# 渇仰

〔新装版〕

宮緒　葵

装画・挿画　梨とりこ

目次

# 渇仰

真夏の大気よりも生温い風が頰《ほほ》を撫《な》でていく。

どん底という言葉が思い浮かび、鴫谷明良《しぎたにあきら》はがっくりと肩を落とした。

学生の頃から住んでいるアパートが炎に包まれ、もうもうと黒煙が上がっている。野次馬を押しとどめながら消防士たちが懸命に放水を試みているが、火勢は激しく、火の元と思しき二階部分が焼け落ちるのは時間の問題だろう。古い木造アパートだから火が回るのはあっという間だ。もしかしたら一階も危ないかもしれない。

明良の部屋は今まさに焼き尽くされている二階の一番奥だ。炎と煙で様子は全く窺《うかが》えないが、家具も貴重品も一切合切燃えてしまっただろう。

『私、妊娠したの』

つい一時間ほど前、久しぶりに会った恋人から告げられた言葉が脳裏によみがえった。

『貴方じゃなくて里中《さとなか》くんの子なの。それで私、会社辞めて彼と結婚することにしたから』

里中は明良の同僚で、社長の甥でもある。親族経営の小規模な建設会社ではいつか役員になるのを約束された男だった。

恋人の真理子《まりこ》は同じ会社の受付で勤務している。いつか彼女と穏やかな家庭を築きたいと思っていたのは明良だけで、彼女の方はより有望な男を選んだというわけだ。悪びれもせず二股を告白した真理子は、明良の返事も聞かずに背を向けて去っていった。

右腕の痺《しび》れが鈍い痛みに変化し、じわじわと疼《うず》きだした。最低な一日に相応しい最低の終わりだ。お前はいつだって選ばれない側なのだと明良を嘲笑《あざわら》うかのように。

――あーちゃん。

「鴫谷さん、鴫谷さん」

一階に住む主婦が人垣をかい潜り、声をかけてきた。明良は一瞬過った青い幻影を振り払い、小さく会釈《えしゃく》をする。

「あの…いったい何があったんですか？」

「それがねえ、さっき大家さんから聞いたんだけど、鳴谷さんのお隣の女子大生、同じ大学の男の子にしつこく付き纏《まと》われてたんですって」

女子大生からの相談を受けた警察は男に警告をしたが、逆恨みをした男は腹いせに彼女の留守を狙って部屋に侵入し、灯油をまいて放火したらしい。

火元が隣室とはますますついていない。犯人はすでに逮捕され、死人も出なかったそうだが、燃えてしまった部屋が元に戻るわけではない。

腕の痛みが針を突き刺されるような鋭いものに変化し、つられて頭も痛みだした。経験上、こうなると一晩は痛み続け、酷ければ一睡も出来ない。今日はどのみち安眠など望むべくもないが。

「この分じゃ全焼は避けられないだろうって、さっき消防士さんが言ってたわ。うちはとりあえず近所の姉のところに世話になるけど、鳴谷さんは？」

「僕は…」

明良は財布の中身を思い浮かべた。安いビジネスホテルなら二、三泊くらい出来そうだがそれ以上は無理だ。給料日前と家賃の引き落としが重なって口座の残高も少ない。

両親には絶対に頼りたくない。希薄な人間関係しか築いてこなかった明良には、こんな時に手を差し伸べてくれるような友人も居なかった。

恋人に裏切られ、家まで失い、明日住む場所すら危うい。

十八歳だった六年前、この先何があってもこれ以上の不幸に見舞われることは無いだろうと思ったものだが、明良はよほど不幸に好かれているらしい。

——あーちゃん、あーちゃん、おいてかないで。

重なる不運は腕の痛みを引き起こし、腕の痛みは封印したはずの過去を揺り起こし、さらなるどん底へと落とされる。究極の悪循環だ。

「あ…！」

黙り込んだ明良に首を傾げていた主婦が不意に声を上げ、明良の後ろを指差す。振り返るよりも早く、明良は背後から回された腕の中に閉じ込められた。

明良よりゆうに頭一つは大きい男が長身を折り曲げるようにして明良の耳朶《じだ》に擦《す》り寄り、我慢のきかない犬のようにふんふんと匂いを吸いまくっている。

肘鉄《ひじてつ》の一つでも打ち込んでやりたいのに、現実には身動き一つ出来ず硬直してしまう。馬鹿な。まさか。この男がこんな所に現れるはずがない。六年間連絡一つ取らなかった。明良の人生からはとうに消え去った男なのに。

「あーちゃん、相変わらずいい匂い…会いたかった…」

腰が砕けそうになるほど魅惑的でどこか甘さを秘めた声は記憶にあるよりもずっと低くなっていたが、間違えようがなかった。幼い頃から毎日誰よりも近くで聞き続けてきたのだから。

力の入らなくなった右手から、ぼと、と鞄が落ちた。

「達幸《たつゆき》…」

明良が不運に見舞われる時、この男はいつでも傍に居る。

忌《い》まわしい名前を六年ぶりに紡げば、青沼《あおぬま》達幸はいっそうきつく明良を抱き締めた。激しい鼓動が密着した背中をどくどくと打つ。

「うそ…、もしかして、青沼幸《こう》…？」

化粧の剝げかけた頰をみるまに紅潮させた主婦が口走ると、聞きとがめた野次馬がざわめきだした。

「あれ、青沼幸じゃん！」

「どうしてこんな所にいんの？　もしかしてここに住んでるとか？」

「馬鹿、そんなわけないでしょ」

「ちょっと、誰あれ！　何で抱き締められてんの？」

興奮した若い女性たちが嫉妬も露わに睨み付けてくる。思わず身を竦《すく》めたとたんに視界が暗くなり、ざわめきはぴたりとやんだ。大きな掌《てのひら》で目隠しをされていなければ、達幸が殺気の籠もった視線で野次馬を黙らせたところが明良にも見えただろう。

「…行こ、あーちゃ…明良」

耳元で囁《ささや》くなり達幸は鞄を拾い上げ、明良を軽々と抱き上げた。

明良とて日本人男性の平均的な体格は満たしている。達幸が大きすぎるのだ。六年前よりもさらに身長は伸びて、きっと今は百九十センチ以上あるだろう。

「ちょっ…、待て、どこへ行く気だ!?」

我に返った明良が暴れても達幸はびくともしない。硬い腹筋や盛り上がった上腕の筋肉は六年前より逞《たくま》しさを増し、少年から男の体格に変化していた。細い

ままの明良とはえらい違いだ。

野性的だが整った顔立ちは洗練され、シンプルな服装でも群衆の中で水際立っている。

カラーコンタクトを入れているのか目は黒い。明良には不自然に感じられるが、大抵の女性は熱い視線を注ぐはずだ。

対して明良は匂やかな美貌《びぼう》が一番の自慢だった母親と容姿だけはそっくりで、女性からは遠巻きにされることの方が多かった。

外見一つ取っても差がますます広がってしまったのは疑いようがない。離れていた間、いったいどこで何をしていたというのだろう。少なくとも明良のように平凡なサラリーマンではあるまい。

予想を肯定するように、路肩にサラリーマンの薄給ではとうてい手の出ないスポーツカーが停まっていた。達幸は暴れる明良を助手席に押し込んでシートベルトを締めさせ、運転席に乗り込む。

「待っ……！」

車は一気に加速し、フロントシートに身体が沈み込んだ。狭い住宅街の路地を驚嘆もののテクニックで通り抜け、高速道路に出ると本領発揮とばかりにスピードを上げていく。ここでドアを開けて逃げ出そうものなら命は無いだろう。

「…おい、お前…」

仕方無しに運転席の男を睨めば、達幸はアクセルをべったり踏んだまま小さく唇《くちびる》を尖らせる。垢抜けた大人の男になっても、拙《つたな》い口調や明良だけに見せる幼い仕草は六年前と少しも変わらない。

「名前…、呼んで」

「はあ？」

「さっきは、呼んでくれた。六年ぶり…俺、もっと、明良に呼ばれたい」

こんな時にまで何を言っているんだとか、気にするのはそこなのかとか、突っ込むべきところはたくさんあるが、明良はぐっと堪えた。必要以上に口を利きたくない。

「馬鹿なことを言っていないで説明しろ。お前、僕をどこに連れて行く気だ」

「……」

「…おい、……おい？」

しつこく呼びかけても達幸は黙りこくったままだ。そのくせルームミラーを見れば運転そっちのけでちらちらとこちらを窺っているのが丸わかりである。

　このままでは埒《らち》が明かないし、事故でも起こされたらたまらない。

「…達幸。説明しろ」

「家に帰るだけだよ」

　現金にも達幸は即座に応じ、今は黒い瞳を輝かせる。尻尾があればぶんぶんとちぎれんばかりに振っているだろう。

「…まさか、実家に帰るつもりじゃないだろうな」

　だとしたら、今すぐシートベルトを外して飛び降りてやる。親に頼るくらいなら死んだ方がまだましだ。

「違うよ。実家じゃなくて、明良の家だよ」

　明良よりもはるかに優秀な頭脳を持っているはずなのに、達幸には昔から会話能力というものが欠如していた。六年経って改善されるどころか悪化したらしい。意思疎通が全く出来ない。

　明良が頭を抱えているうちに車は料金所を通過し、一般道に降りた。薄暮に浮かび上がる繁華街を抜け、高級感を醸《かも》し出す低層マンションの前で停まる。

　造りからして賃貸ではなく分譲だ。小規模とはいえ建設会社に勤務する身である。最低ランクの部屋でさえ一億は下らないだろうことくらい、明良にも見当がついた。

「着いたよ。行こう」

「は……？」

「だから、ここ、明良の家だよ」

　達幸がドアを開けると、控えていたスタッフが恭《うやうや》しくキーを受け取った。専門のスタッフが車を駐車場に運んでくれるらしい。

　達幸はともかく他人の仕事の邪魔は出来ず、達幸に続いて明良も車を降りた。察するにここは渋谷《しぶや》のどこかだろう。駅さえ見付ければ移動出来る。アパートに戻ってもどうにもならないから、とりあえずは会社の近くに安いホテルを見付けようか。

　つらつら考えていると、またもや達幸に抱き上げられた。

「こら…っ、達幸！」

「なあに？」

「なあに、じゃない！　僕は帰る！」

「もうすぐだから、ちょっとだけ我慢して」

　名前を呼ばれたのが嬉しかったのか、頬擦りをしながら達幸は各フロア直通のエレベーターに乗り込む。アールデコ調のエントランスを通り抜ける時、コンシェルジュらしいスタッフが呆気に取られた顔をしていたのが恥ずかしくてたまらなかった。どんな関係だと思われたのだろう。

「何だ…ここ……」

　連れ込まれた五階の部屋は高級ホテルと見紛う広さと内装を誇り、驚くばかりの明良を達幸はリビングのソファに下ろした。このリビングだけで焼けてしまったアパートのゆうに二部屋分はあるだろう。ベッドルームも三つ以上は確実にありそうだ。

「ここ、明良の部屋だから、今日からここに住んでね」

「な…、こら、何するんだ」

「俺、ちょっと、…寝る……」

　達幸はジャケットも脱がずに明良の足元にうずくまったかと思うと、スラックスの裾をまくり上げ、靴下を脱がせた。そして露出したふくらはぎに愛しげに頬を擦《こす》り付け、ぎゅうっと縋《すが》り付いて、安らかな寝息をたて始めたのである。

　その間、わずか三十秒足らず。止める隙もありはしない。

「達幸？　…おい、達幸！　起きて説明しろ！」

　叩いても揺さぶっても達幸は目覚めず、思いきり頭を殴っても無駄だった。信じられないことに、こんな寝苦しそうな体勢で熟睡しているのだ。抜け出そうと足をばたつかせれば縋り付く力はますます強くなり、痛いほどにふくらはぎを締め上げてくる。

　これでは逃げるどころか立ち上がることすら出来ない。十分ほど格闘して明良はようやく諦め、ソファにもたれかかった。忘れかけていた腕の痛みが少しずつぶり返してきて、そろそろ限界だったのだ。

　久しぶりに腕が痛んだのは、嬉しくない再会を身体が予感していたのかもしれない。

　どれほど忘れようとしても、結局達幸が明良の中から消えることは無いのだ。

　恋人も家も失いどん底に居たかと思えば、今は高級マンションの一室で二度と会わないはずだった男に縋り付かれている。

——人生は本当に、何があるかわからない。

ゆっくりと深い淵に沈み込ませた記憶が、懐かしい色彩に染まっていった。


達幸が明良の家にやって来たのは小学生になったばかりの頃だ。達幸を一人で育てていた母親が亡くなったため、その母親と同級生だった明良の父が引き取ったのである。

達幸はその頃から並外れて人目を引く整った顔立ちをしていたが、一番目立つのは日本人には稀有《けう》な青い瞳だった。母親の曾祖母がロシア人だったそうで、その血がたまたま強く出たのだという。

無表情でめったに口を開かず、一日中ぼんやりしているかと思えば、時折じっと明良を感情の滲《にじ》まない目で見詰めている。何を考えているのかわからない達幸はとても同じ歳の子どもとは思えず、不気味で仕方が無かった。

父に頼まれなければ明良も近所の他の子どもたちと一緒になって虐めるか、無視していただろう。

『詳しいことは言えないが、達幸は色々とつらい目に遭ったせいであんなふうになってしまったんだ。仲良くしてやるんだぞ』

父の公明《きみあき》は天才と名高い外科医であり、明良は物心ついた頃から母の美弥子《みやこ》に『将来は絶対お父さんのようなお医者様になるのよ』と勉強を強いられてきた。

多忙でめったに帰宅しないが、口を開けば勉強勉強と煩い美弥子と違って大らかで優しい父が明良は大好きだった。その父の頼みを無下には出来ないし、誉められたいという下心もあった。

加えて、達幸はタツとよく似ていた。タツは明良の愛犬のシベリアンハスキーだ。陽気な青い瞳の犬と達幸は名前も外見も似ていて、放ってはおけなかったのだ。

明良は同じ学校に編入した達幸を虐めから庇《かば》い、家でもなるべく一緒に過ごした。タツの散歩には必ず達幸を誘い、勉強も教えてやった。達幸は簡単な読み書きもままならず、授業に付いて行けなかったのだ。

担任教師や気のいいクラスメイトたちが辛抱強く話

しかけても、達幸はほとんど反応を示さなかった。その目は誰の内容はきちんと理解しているようだが、その目は誰も見てはいなかった。ただそこに動いて喋るものが在ると認識しているだけだ。

何故か明良の言うことにだけは従ったが、口は固く閉ざされたままで、意思疎通すら難しかった。達幸はまるで何もない空っぽの世界に一人だけでぽつりと佇《たたず》んでいるかのようだった。

達幸だけでなく一緒に居る明良までクラスで浮き始め、そろそろ限界だと音を上げそうになった頃、明良は一家で父の友人の結婚式に参列した。式が海の傍の水族館での人前式だったため、家族サービスも兼ねて公明が連れて行ってくれたのだ。

披露宴の会場は海上レストランだった。大人たちが歓談している間、明良はうきうきしながら相変わらずぼんやりとしている達幸を連れて桟橋《さんばし》に出た。あれを見たら、いくら達幸でも感動せずにはいられないはずだ。

だが、達幸を驚かせてやれると高揚した気分はすぐに消沈した。都会の人工の入り江に注ぐ海水は泥を混ぜたように濁り、所々油が浮いている。幼い頃、珍しく休暇を取って連れて行ってくれた公明の田舎の澄んだ海とは大違いだ。

あの海は、そう、もっと…と記憶を手繰り、明良は隣で膝《ひざ》を抱えて座る存在を思い出した。

『…そうだ、この色だ』

何事かと首を傾げる達幸の顎《あご》を持ち上げ、唇が触れ合いそうな距離から覗き込む。いつもとは違い、慌てたように揺れる青い目がおかしくて、明良は笑った。

『お前の目、お父さんの田舎の海にそっくりだよ。こんなドブみたいな海じゃない。本当に真っ青で、でも底が見えるほど澄んでて、すごく綺麗なんだ』

達幸は何故か頬を赤く染め、明良がたじろいでしまうほど強く見詰めてきた。生気の無い人形のようだった達幸が初めて感情らしいものを見せたのはこの時だ。そして、初めて自分から口を利いたのも。

『あー…、ちゃん』

ろくに発声してこなかったせいか、達幸の口調はひどくたどたどしく、明良の名前すらうまく発音出来なかった。それでも初めて我が子が言葉を紡いだ現場に居合わせた親のような感慨がじいんと胸に広がる。

『あーちゃん…は、キレイ』

『………』

『とっても、キレイ…で、やさしい…』

母親似の顔は女の子に間違われることも多く、明良の密かなコンプレックスである。女の子のような呼び方も真っ平だ。しかし、ようやく言葉を発した達幸を咎めるわけにもいかず、明良は渋々ながら屈辱的な呼び名と賛辞を受け容れたのである。

それがきっかけになり、達幸はどんどん明良に懐いていった。

明良が呼ばなくても飛んできて、昼間はもちろん、眠る間際まで傍を離れない。暑苦しくてたまらないから一緒には寝なかったが、朝目覚めると達幸が足元にうずくまっていて、定位置を奪われたタツが途方に暮れていることは頻繁にあった。そのたびに咎めはしたものの、明良の傍でなければ安心出来ないのだと泣かれてしまえば拒みきれなかった。

他人には愛想の欠片《かけら》も無いくせに、この人と定めた相手には無防備に腹を晒《さら》し、ぶんぶんと尻尾を振る。犬のタツと人間の達幸はそんなところまでそっくりで、明良も少しずつ絆されていった。

公明が達幸の変化を喜ぶ一方、二人が親交を深めるのを美弥子は何故か歓迎せず、達幸につらく当たった。

『薄汚い疫病神のくせに!』

美弥子は頻繁に達幸を罵《のの》り、酷い時には手を上げることもあった。元々神経質だが、達幸が絡むとさらに酷くなる。明良は達幸を理不尽な暴力から庇い、皮肉にもそれが達幸が明良にますます傾倒する原因となった。

この頃、明良の楽しみといえばタツと遊ぶこと、そしてピアノを弾くことだった。教養のうちだからと習わされたのだが、これが思いのほか楽しかったのだ。

達幸はピアノを弾く明良の足元に膝を抱えてうずくまり、タツと並んでじっと明良の横顔を見詰めていた。演奏の合間にちらりと視線を流すと、嬉しげに笑う。明良と二人で居る時だけは、達幸も歳相応に豊かな感情表現をするようになっていた。

達幸がまるで名ピアニストの演奏会のように聴き入ってくれるから、つまらないハノンやバイエルも楽しくなった。もっと難しい曲を聴かせて喜ばせたいから、ますます練習に打ち込むようになった。教わった通り機械的に弾くのではなく、聴いてくれる人に楽しいと思ってもらえるよう気持ちを込めて弾くようになったら、ピアノ講師は茶目っ気たっぷりに問うてきた。好きな子でも出来たのかい？　と。

花の歌、アルプスの夕映え、アラベスク、かっこう、貴婦人の乗馬、エコセーズ。

曲のタイトルを教えてやっても達幸はろくに覚えず、気に入りの旋律を口ずさみ、弾いてくれとせがんだ。音程の外れた旋律から元の曲を推察し、正解の曲を弾いてやった時の嬉しそうな顔に、明良も嬉しくなった。

拙い演奏に達幸はいつまでも飽きずにうっとりと聴き惚れた。好きな子なんて居ないが明良の音を変えたのは間違い無く達幸だ。

明良は勉強以外の時間のほとんどをピアノ室で過ごした。

無心に鍵盤を叩く明良の他には青い目の犬と人間しか居ない閉ざされた空間は、まるで海の底のようだった。

父と一緒に眺めた、あの深い瑠璃紺《るりこん》の海。

いつか達幸にも見せてやりたいと、明良はあの頃、確かに思っていたのだ。

明良が達幸より優位に立っていられたのはせいぜい小学校を卒業するまでだった。

達幸はめきめきと頭角を現し、高校に入学する頃にはあらゆる面で明良を追い抜かしていた。身長は明良より頭一つ近く高くなり、元々整っていた容貌には雄々しさが加わって街中を歩けばスカウトの声がかかるほどだ。

さらに達幸は頭脳も優秀だった。ほとんど勉強しなくても、必死に勉強している明良よりも良い成績を維持出来るのだ。その上運動神経にまで恵まれ、いくつもの運動部から入部を懇願《こんがん》されていた。

異質だと爪弾きにされていた目は、神秘的だと賞賛されるようになった。不気味な人形のようだった達幸など、もうどこにも居なかった。

しかし、達幸の中身は全く変わらなかった。

学校一の美少女に告白されようと目もくれずに明良だけを追いかけ、明良だけと言葉を交わし、明良とし か関わろうとしなかった。変化といえば明良をきちんと名前で呼ぶようになったことくらいだ。それも明良がくどくどと言い聞かせたたからで、興奮するとすぐに『あーちゃん』に戻ってしまうのだが。

女子生徒の関心を独占されて面白くない男子生徒は達幸を『鴫谷の犬』と揶揄《やゆ》したくらいだが、屈辱的なはずの綽名《あだな》にも少しも怒らず、むしろ嬉しそうにしていた達幸が明良は不思議だった。

実際、達幸の明良への傾倒ぶりは犬と言われても仕方が無かった。他人には全く興味を示さないのに、明良のことになると簡単に感情の箍《たが》が外れてしまうのだ。

思い出すのも忌々《いまいま》しいが、高校二年生の頃、明良は変質者に襲われたことがあった。母親譲りの顔立ちが災いしたらしい。帰宅途中に待ち伏せされ、乱暴されかけたのだ。

変質者は達幸が返り討ちにしたが、それだけでは済まなかった。

『よくも、よくもよくもよくもよくも、あーちゃんを穢《けが》したな……っ！』

達幸は変質者がひいひいと泣きながら命乞いをするのも構わず、般若《はんにゃ》のごとき形相で徹底的に叩きのめした。明良がしがみついて止めなければ殺していたかもしれない。

はたから見れば拳《こぶし》を血まみれにした達幸の方が立派な犯罪者だ。駆け付けた警察官も最初は達幸が傷害事件を起こしたのだと思い込んでいた。

事件は学校でも知れ渡り、達幸の綽名は犬から狂犬に変わったが、達幸は気にするどころか誇らしげだった。

図体が大きくなっても、一心に明良を慕い、明良のピアノに聴き入ってくれる達幸は可愛かった。ただ無邪気だった幼い頃と違うのは、可愛いと思う一方で、どうしようもなく劣等感を刺激されてしまうことだ。

成績だけならまだいい。我慢出来ないのは、父の関心が実の息子よりも達幸に注がれているような気がしてならないことだった。

連日の予定手術を抱える公明は多忙を極め、家に居る日の方が少ない。しかし、達幸を引き取ってからは帰宅の頻度がわずかながらも上がり、必ず土産を買って帰った。

　公明は家に居られる時間のほとんどを達幸のために使い、達幸を細やかに気遣った。達幸も公明とはきちんと向き合っていた。穏やかに対話する公明と達幸は、明良よりもよほど親子らしく見えた。

　達幸は天涯孤独の身だから公明も気遣うのだと思っているうちは、まだ自分を納得させられた。だが、母の美弥子が達幸にことさらつらく当たる理由を知ってからはそうもいかなくなった。

　法事で伯母たちの話を耳に挟んでしまったのだ。公明は独身時代に達幸の母親と付き合っていたことがあり、未だに彼女を想うがゆえに忘れ形見である達幸を引き取ったのではないか、と。

　美弥子は公明のかつての上司の娘であり、公明に一目惚れした美弥子が父親に頼み込んで半ば無理やり結婚したようなものらしい。

　思い通りにならないとすぐ逆上して喚《わめ》き散らす美弥子は、いくら美しくてもとうてい魅力的な女性とはいえない。

　無理やり娶《めと》らされた女の面影を強く引き継いだ息子と想い人の忘れ形見なら、血の繋がりなど無くても、後者の方が可愛いのではないだろうか。しかも達幸は明良よりもはるかに優秀なのだ。

　物心ついて以来、母親から父のような医師になれと――それ以外の未来は認めないと言われ続けてきた。

　本当は、勉強なんて嫌いだ。医師になどなれなくてもいい。ただ、可愛いタツが傍に居て、好きなピアノを弾いていられればそれでいいのだ。

　したくもない勉強を続けてきたのは公明に認められたかったからだ。公明から医師になれと言われたことは一度も無かったが、同じ道に進めばきっと達幸よりも明良を見てくれるはずだと信じていた。

　それなのに当の公明は達幸の方が可愛いのだとしたら、馬鹿みたいではないか。

　達幸は何も知らないのだからと思いはしても、間近でその優秀さを見せ付けられるたび明良の心はささくれ立っていった。明良が寝食を惜しんで勉強しても一度として達幸に勝てたためしは無い。犬の方が御主人様より優秀だなと陰口を叩かれているのも知っている。

理不尽だと承知していても、可愛いと思う気持ちよりも疎ましさが次第に勝っていく。

明良はだんだん達幸を避けるようになり、その理由がわからない達幸はますますしつこく纏わり付くようになった。

『明良、ねえ、明良、置いてかないで』

『俺、何か悪いことした？　謝るから、もう絶対しないから、嫌いにならないで』

人目もはばからずに縋り付く達幸をうっとうしく思いつつも完全に突き放せずにいたのは、いびつな優越感に浸っていたからだ。優秀な達幸がはるかに劣る明良に執着し、みっともなく縋るのはとても心地好かった。そしてそんな自分が心底嫌だった。

ぎすぎすとした関係のまま二人は高校三年生になり、受験シーズンを迎えた。

達幸は明良と同じ大学の医学部を志望した。達幸が医師になりたいなんて聞いたことも無い。どうしてだと問い詰める明良に、達幸は当然のように返した。

『明良が、行くから』

達幸は久しぶりに話しかけてもらえた嬉しさをありありと滲ませ、絶句する明良の手をきつく握り締めた。

『俺、絶対、明良の傍を離れないよ。明良が俺のこと、嫌いでもいい。俺は明良の犬だもの』

明良の志望校は明良にとっては合格ラインぎりぎりの難関だが、達幸ならあっさりと合格するだろう。そうなったらきっと公明は達幸を誉め称える。そして美弥子は、どうしてあんな子よりもいい大学に行けなかったのと明良を責め立てるのだ。

明良だけ不合格だった場合は最悪だ。達幸のことだ、明良が行かないならと自主的に浪人する。美弥子は激怒し、毎日金切り声を上げるに違いない。

合格してもしなくても、明良はこの先ずっと達幸との差を見せ付けられ、劣等感を抱き続ける。そんなことがあってたまるものか。

もうこれ以上、あの男を醜い嫉妬の渦に巻き込みたくなかった。

傍に居るからいけないのだ。距離を取りさせすればきっと冷静になれる。昔のように達幸をただ可愛いと思えるようになる。大学進学は達幸と離れる絶好の機会なのだ。

明良は何度も思いとどまるよう説得したが、達幸は頑として聞き入れなかった。そして夏休みに入ったある日、聞き分けの無い達幸に苛ついた明良は口論の末に家を飛び出した。

　当然のように追いかけてくる達幸に捕まりたくなくて、明良は周囲にろくに注意を払っていなかった。

『明良！』

　血相を変えた達幸が明良の腕を掴み、引っ張ろうとするのを振り解いた時、激しい摩擦音がギュギギギギギギギーっと大気をつんざいた。

　巨大なトラックがふらふらと左右に大きく揺れ、通行人を撥《は》ね飛ばしながら明良の方へ突進してくる。

　かなりのスピードが出ていたはずだが、この時の明良にはひどくゆっくりに感じられた。ハンドルを握ったまま船を漕ぐ運転手がはっきり見えたくらいだ。

　――死ぬ！

『明良…、あーちゃんっ！』

　衝撃の大半は明良を包み込んで庇った大きな身体が代わりに引き受けてくれたが、なおも蛇行するトラックは明良の右腕を轢《ひ》き、ビルの壁に激突してようやく停止する。

　かろうじて保っていた意識も、肘の内側からちぎれかけ、皮膚一枚で繋がっている己の右腕と、血まみれで転がる達幸を目撃したのを最後に暗転した。

　明良と達幸は他の怪我人と共に救急車で搬送された。運び込まれた先は公明が勤務する病院に併設された救急救命センターだった。

　明良は全身打撲の上、トラックに轢かれた腕がほぼ切断されているに等しい状態だが、命に別状は無かった。そして明良を庇った達幸は脳こそ無事だったものの、折れた肋骨《ろっこつ》が肺に突き刺さって瀕死《ひんし》の重傷だった。

　応援に駆け付けた公明は迷わず達幸のオペを担当し、明良は公明の部下に託された。

　公明の天才的な技術により達幸は一命を取り留め、術後の経過も良く、後遺症も残らないだろうと診断された。しかし明良の右腕は切断こそ免れたものの、腕と指先に慢性的な痺れが残って以前のようには動かせなくなってしまったのだ。

　何とか日常生活が送れるまでに回復したが、ピアノを弾きこなすのは無理だ。しかもリハビリに時間がかかり、その年の受験は棒に振った。だが、たとえ合格出来たとしても、この腕では繊細な手技を求められる外科医になどなれるはずもなかった。

唯一の癒《いや》しだったピアノを奪われたことよりも、外科医の道が閉ざされたことよりも、公明が達幸を選んだ現実の方がはるかに明良を打ちのめした。

冷静に考えれば、重傷だが命に別状の無かった明良より、死にかけていた達幸を公明が担当したのは当然である。公明ほどの技量の医師でなければ、達幸はあのまま死んでいたかもしれないのだ。公明に他意など無く、ただ医師としてどこまでも公平な判断を下しただけなのだ。

そうは思っても理性と感情は別物で、明良は心がどす黒く染まっていくのを止められなかった。公明なら明良の腕を完治させられたかもしれないと、看護師たちの噂話《うわさばなし》で聞いてしまってからはなおさらだった。

明良は公明の血の繋がったただ一人の息子なのだから、最後には明良を選んでくれると期待していたのを、完全に否定されたのだ。

達幸は意識を回復した直後から明良に会いたがっていたが、美弥子が決して許さなかった。美弥子はお前のせいで明良が事故に遭ったのだと達幸を責め、どうして息子より赤の他人を優先したのだと公明を詰《なじ》った。

怒り冷めやらぬ美弥子は明良を転院させると言い出し、明良も従った。達幸と顔を合わせる可能性が無くなるのはありがたかったのだ。

達幸は明良の命の恩人だ。…けれど、同時に残酷な現実を突きつけた。

いくら医師だからといって、我が子の未来が閉ざされようとしているのを目の当たりにしたら、倫理観などかなぐり捨てて助けるのが親というものではないのか。ましてや公明は明良が自分と同じ外科医を目指していることを知っていたのだ。

にもかかわらず他人の達幸を助けたということは、公明にとって明良は己の矜持《きょうじ》を捨ててまで助けるほどの存在ではなかったのだ。結局は父も、愛した女の忘れ形見であり、明良よりずっと優秀な達幸を選んだのだ。

助けて欲しかったのに。

…達幸ではなく明良を、選んで欲しかったのに。

達幸への感謝も、湧き上がる憎悪と絶望がたやすく凌駕《りょうが》する。こんな状態で顔を合わせたらどうなるか、自分でもわからない。感謝の言葉は出てこないだろう。美弥子のように喚き散らす自分など、想像するだけで反吐が出る。

達幸が退院すれば嫌でもまた会うことになる。どうすればいいのか鬱々としていたが、杞憂《きゆう》だった。達幸は退院するとそのまま姿を消したのだ。そしてそれ以降、明良の前には現れなかったのである。

意識を現実に戻し、明良は右の袖をまくり上げた。だいぶ薄くなったが、病的なまでに白い肌には相応しくない醜い傷痕が肘をぐるりと一周するように走っている。

事故は明良の人生を一変させた。

元から良好とは言い難かった両親の仲はついに破綻し、離婚に至った。明良が愛用していたピアノは家族で住んでいた家と一緒に売り払われた。

罪滅ぼしのつもりなのか、公明は美弥子の要求以上の慰謝料を支払ったので経済的にはゆとりがあった。しかし明良は美弥子の執拗《しつよう》な勧めを撥ね付けて文学部を受験し、一年遅れで大学に入学すると同時に実家を出た。外科医だけが医者ではないが、父と同じ外科医になれないのなら意味は無かった。

大学を卒業し、明良は小さな建設会社に就職した。両親や達幸と離れていた四年間のおかげで平静を取り戻しつつあった。

恋人と呼べる女性とも出会えた。心も身体も傷だらけのままでいい。あとは彼女と穏やかな家庭を築き、過去など忘れてゆるゆると過ごしていきたい。

なのに、ささやかな幸せはあっけなく壊れ、遠い彼方へ追いやったはずの過去が再び現れた。

明良は足に縋り付いたまま、すやすやと眠り続ける男を見下ろした。さりげなく嵌《は》められた腕時計は明良でも知っている高級ブランドのものだし、身につけているものもいちいち洒落ていて高価そうだ。おまけに住まいはこの高級マンションである。

姿を消してから今まで何をしていたのか、本当のところは達幸が目覚めてから聞き出さない限りわからないが、この歳ではありえないほどの成功を収めたのは確かだ。明良のように小さな会社のサラリーマンでは、一生かかってもこんな生活は望めない。

忘れかけていた感情が小さく揺らめいた。

何もかも失った自分との落差はどうだろう。いつもそうだ。この男は明良が望んでも得られないものを、欲しくもないのにあっさりと手に入れる。そして達幸を羨み、妬み、最後には自己嫌悪に浸る明良を無邪気な顔で見詰めてくるのだ。

嫌いなわけではない。ただ羨ましくて、妬ましくて、疎ましい。そして醜い嫉妬の泥沼で喘《あえ》ぎ、もがく自分が何よりも嫌なのだ。

真理子が知ったら驚くだろう。彼女は何事にも無感動な明良を、枯れた老人のようだとぼやいていたのだから。

たとえば他の誰かだったら、どんなに差を見せつけられようと何とも思わない。

達幸だからだ。達幸だけが、明良の心を揺り動かす。疎ましいのに視線を釘付けにされて、離せなくなる。矛盾した感情に惑わされる。

嫌いだと突き放せればいいのに、綺麗だと誉めるたどたどしい声や、下手くそなピアノに無心に聴き入る姿がちらついて邪魔をする。

――頼むから、もうこれ以上乱さないでくれ。僕の中に眠る醜い泥のような感情を、これ以上見せ付けないでくれ。

明良は頭を抱え、ぎゅっと目を閉じた。

まんじりとも出来ずに夜は明け、ようやくうとうとし始めた頃、リビングのインターフォンが来客を知らせた。相変わらず達幸は明良に縋り付いたままで、目覚める気配も無い。

「おい、達幸、起きろ」

「ん……、あー、ちゃん……」

「おいってば！」

何とか家主を起こそうと奮闘している間に、玄関のキーが解除された。合鍵を持っているということは、来客は達幸と相当親しい人物らしい。

「おはようございます」

現れたのは真夏というのにきっちりとスーツを着込んだ男だった。明良よりも十歳ほど上だろうか。歳相応の余裕を備えており、不審者のはずの明良にも慌てるそぶりは無い。

「あ…、あの、僕は…」

「存じ上げております。鴫谷明良さんですね。きちんとお目にかかるのは初めてですが…ああ、私はこういう者です」

男は感慨深そうに明良を上から下まで見遣った後、名刺を差し出した。社会人の癖できっちり両手を揃えて受け取る前に、下から伸びてきた手がガッと男の手首を摑む。

「…明良に、触るな」

叩いても蹴っても目覚めなかった達幸が完全に覚醒し、ぎらぎらと底光りする目で男を睨み付けている。気弱な人間なら逃げ出してしまいそうな視線を、男は涼しい顔でさらりと受け流した。

「はいはい、お前の大事な御主人には指一本触らないよ。それよりさっさとシャワー浴びて、その顔を何とかしてこい。あれほど言ったのに、コンタクトしたまま寝たな？」

達幸は不機嫌そうに起き上がり、不承不承バスルームへと去って行った。

ようやく解放された明良は、男がテーブルに置いた名刺を座ったまま摘まみ上げた。失礼だとは思ったが、足が痺れて動かせなかったのだ。

「株式会社エテルネ、アーティストマネージメント事業部…松尾忠《まつおただし》、さん…？」

「はい。幸のマネージャーを務めております」

「マネージャー…？　あの、達幸はいったい何をしているんでしょうか。幸というのは達幸のことですか？」

「…まさか、幸から何もお聞きになっていないんですか？」

頷けば、松尾はがっくりと項垂れた。

「ああ、もう…これじゃあアイツ、ただのストーカーじゃないか…」

「松尾さん？」

「…失礼しました。さぞかし混乱されたでしょう。申し訳ありません」

平身低頭する松尾は、不出来な子どもの不始末を詫《わ》びる親のようだ。達幸の性格を正確に把握しているのだろう。

「鳴谷さんは、青沼幸という名前に聞き覚えはおありですか？」

「いえ…あ、でも、そういえば…」

昨日、野次馬たちが口々に達幸をそう呼んでいたのを思い出したが、それ以外では聞いたことが無い。

「青沼幸は芸名です。幸は我が社に所属する俳優なんですよ」

「…ええ⁉」

「映画でかなり露出もしているんですが、ご覧になったことは…その様子では、無いようですね」

「すみません。テレビはニュースくらいしか観ないし、ネットも仕事以外ではほとんど使わないので…」

驚きのあまりソファからずり落ちそうになった。感情表現に乏しく、明良以外とは満足に会話も成立しなかった男がどうやったら俳優になどなれるというのだ。

高校生の頃から頻繁にモデルやタレントのスカウトを受けていたが、達幸は軒並み断っており、演技の経験も皆無のはずだ。いったいどこでこんな生活を維持出来るほどの実力を身につけたのだろう。

明良の疑問を察した松尾は丁寧に説明してくれた。

エテルネは所属タレントを基本的にスカウトで集めており、社長自ら精力的に外に出て有望な若手を探しているという。松尾は高校生の達幸を街で見かけて以来惚れ込み、ずっと勧誘を続けていたが、すげなく断られ続けていたそうだ。

「六年前、突然姿が見えなくなって、これはもう駄目かと諦めかけていたらいきなり幸が現れたんですよ。事故に遭って死にかけてたっていうだけでも驚いたのに、すぐにでも契約したいと言い出すじゃありませんか。あの時は本当に仰天しましたよ」

では病院から姿を消した達幸は、その足で松尾の元へ行ったというのか。…明良に何も言わないままで。絶対に傍を離れないとあれほどしつこく言っていたくせに…？

「『あーちゃんの役に立つ犬になりたいから』」

ぽかんとする明良を、松尾がくすくすと笑う。

「六年前、私の所へ来た時の一言ですよ。鳴谷さんの犬になって、ずっと傍に居るために手っ取り早く稼ぎたいから、自分の容姿を売り物にすることにしたそうです」

「…あいつ、何を考えて…」

「つまり鳴谷さんは、私にとって恩人というわけです。にもかかわらず、恩を仇で返すような真似をしてしまいました。すみません」

「どういうことですか？」

「鳴谷さんの生活状況やお住まいのことなどを調べさせ、幸に教えました。いきなりあんな男が押しかけて、何の説明も無く連れてこられたのではさぞ驚かれたでしょう」

なるほど、それでようやく達幸がアパートに現れた理由がわかった。

しかしよりにもよってあの最悪のタイミングにやって来るとは、やはり達幸との間には何かの因縁があるのだろうか。どんなに断ち切りたくとも断ち切れない——。

「本当に申し訳ありません。ただ、このことは幸との前々からの約束だったもので、破ったら私の命が危うくて…って、うわ！」

ぶん、と飛んできた小さな四角いケースが松尾の後頭部を直撃した。見事なコントロールを披露した達幸は素早くソファに駆け寄り、驚く明良と松尾の間に割り込む。

バスルームに消えてから十分も経っていないが、寝乱れてぼさぼさだった髪は綺麗にセットされ、着替えも済んでいる。決して派手な服装ではないのに一般人とはかけ離れたオーラを放っているのも、俳優と聞かされれば納得だ。

「あんまり見るな。減る」

「見るのもNGなのか…心狭すぎるぞ」

「あんたなんかに見られたら、キレイな明良が穢れる」

達幸が明良を誉め称えるのは昔からだが、今でも達幸の目には明良が綺麗に見えているのだろうか。

ここに居るのは達幸とは違い、何もかも失ったただの惨《みじ》めな男だというのに。

「明良…ごめんね。俺、ちょっと出かけなきゃ」

悲しげに振り返った達幸の目は、六年前と変わらず青かった。

達幸はいつでも、どんな時でもまっすぐに明良を見詰めてくる。そのたびに明良は深い海の底へ引きずり込まれ、沈められそうな錯覚に捕らわれる。

達幸は明良の視界に入っていることが嬉しくてたまらないとばかりに微笑み、ひざまずいてきつく明良の手を握り締めた。

「すぐ帰ってくるから、ずっとここに居てね。どこにも行かないでね」

「幸、時間だ。これ、忘れるなよ」

やわらかく微笑む達幸に呆気に取られていた松尾が時計を確認し、さっき投げ付けられたケースを拾って渡す。

渋々受け取った達幸が中身のコンタクトレンズを装着したとたん、瞳は黒に変化した。目の色が違うだけで別人だ。サラリーマンならともかく、個性が売りの俳優なら珍しい色合いの目はセールスポイントにもなるだろうに、何故わざわざ隠すのだろう。

「じゃあ、行ってきます」

絶対絶対どこにも行かないでねと何度も念を押し、達幸は松尾に引きずられるようにしてようやく出て行った。


「この部屋は鳴谷さんのものですから、中にあるものもご自由にお使い下さい」

去り際の松尾の台詞が妙に気にかかる。明良はすぐにでも退散したいのを堪え、会社で発行されているIDを使い、近くにあったパソコンでこのマンションの登記簿を閲覧した。

この部屋の所有者を確認し、明良は絶句した。所有者の名前は鳴谷明良になっている。

『ここ、あーちゃんちだから』

あれは嘘《うそ》でも冗談でもなかったのだ。

もちろん明良にこんな高級マンションを購入した覚えは無い。達幸が勝手に購入して明良の名義にした上、高額な不動産取得税や固定資産税なども肩代わりしていたのだろう。

明良はそのまま達幸のことを調べてみた。サーチエンジンに青沼幸と打ち込むだけで膨大な量の記事がヒットし、望む以上の情報を与えてくれた。

俳優・青沼幸は十九歳でデビュー。芸歴は短いが抜群の容姿と演技力でデビュー当初から注目を集めた。

大々的なブレイクのきっかけになったのは去年公開

された久世《くぜ》監督の映画『天《てん》の花《はな》』だ。激動の時代を生き抜いた華族の令嬢の一生を描いた作品である。

達幸は復讐のために使用人として令嬢の家に潜り込み、最終的には恋した令嬢のために死ぬ男の役だ。令嬢と結ばれる相手役は人気アイドルグループの一人が務め、達幸は脇役に過ぎなかったのだが、その鬼気迫る演技は主役を食うほどで、評判が評判を呼び映画は予想をはるかに超えるヒット作品となったのだ。

達幸は若手男性俳優としては珍しく若い女性ファンだけでなく映画マニアからも支持され、今や引っ張りだこの売れっ子のようだ。

事務所の方針で純粋な演技以外の仕事は控えており、人気と反比例して少ない露出はさらにファンの熱狂を煽《あお》っている。達幸の特集を組んだ映画雑誌は普段の三倍以上の売り上げを記録し、地味な季刊誌ではありえない事態だと出版社が驚いたらしい。

松尾の話は誇張でも何でもなく、事実だったのだ。

――どうして。

心の中で、あのどす黒い感情が再び渦を巻いた。

どうして達幸はわざわざ明良がどん底の時に現れて、明良との差を見せ付ける？

優秀な達幸が演技の才能にも恵まれていたというなら、それを歓迎する人たちにだけ披露すればいい。明良に見せ付ける必要はどこにも無い。もう比較するのもされるのもたくさんだ。どうして明良を放っておいてくれないのだ。

明良のためだなんて、明良の犬になりたいだなんて嘘だ。誰がこんな惨めな男に尽くしたいと思うだろう。きっと優越感に浸りたいだけだ。あの事故の後だって、実の子でありながら公明に見捨てられた明良を嘲《ちょう》笑《しょう》していたに違いない。

思考がどんどんめちゃくちゃに、卑屈になっていくのを止められない。自分の心が自分で制御出来ない。

達幸さえ居なければ。

達幸さえ明良の前に現れなければ、こんなことには……！

「違う、落ち着け…っ」

腕につられてずきずきと痛みだす頭が、皮肉にも明良に冷静さを取り戻させた。

達幸が居なければ明良はそもそも生きていなかった。

恨むのは筋違いだ。ずっと己に言い聞かせ、納得したはずではないか。たとえ事故に遭うきっかけが、達幸との口論だったとしても…。

ともすれば暗い方向へぶれそうになる心を叱咤《しった》する。達幸が再び明良に近寄ってこようとしても、無視すればいいだけだ。関わりさえしなければ、心を乱されずに済む。

玄関で見付かった鞄を引っ摑み、明良は分不相応な『我が家』を飛び出した。ここに来ることは二度と無いだろうと思いながら。


幸いにも駅はすぐ近くにあった。電車を降りてから会社近くのコンビニに寄り、シャツと下着を買ってトイレの中で着替える。所持金はかなり心もとなくなったが、真夏に昨日と同じシャツで出勤するわけにもいかない。

会社に着いたら事情を話して給料を前借りさせてもらおう。職人用の宿泊施設を常に確保してあるから、頼めば融通してもらえるかもしれない。


そこでようやく昨日の出来事を思い出し、明良は憂鬱になった。会社には真理子と里中が居るのだ。あれだけのことを今の今まで忘れていた自分が情けないが、達幸との再会に比べれば可愛いものである。

どんなに気が重くても逃げるわけにはいかない。両親を頼る気が無い以上、自分でどうにかするしかないのだから。

小さな会社だから真理子のことはすでに知れ渡っているはずだ。しばらくは居心地が悪いだろうが、いつもの日常を取り戻すためだと思えば苦にならない。つらい記憶が消えはしなくとも、時間と共に薄らいでいくことを明良はよく知っている。

覚悟して職場に向かった明良を迎えたのは、同僚たちの刺々しい眼差しだった。

「おはようございます」

「……………」

戸惑いながら挨拶をしても誰も返してくれない。唯一、比較的仲の良い同僚の小杉《こすぎ》が遠巻きに気の毒そうな視線を送ってくるだけだ。

何があったのか聞き出せずにいるうちに課長が現れ、

打ち合わせ用の小部屋に連れ込まれた。

「鳴谷、お前もう来なくていいから」

「え…？　それは、どういう」

「クビだよ、クビ。会社の金使い込むような奴をそのまま雇ってやるほど、うちは寛大じゃないんでね」

「な…！」

課長いわく、経理で不正な領収書が大量に発見され、使い込みが発覚したそうだ。

気心の知れた取引先から白紙の領収書を受け取り、任意の金額を記入するのはよくある手口だが、今回発見された領収書は全て明良が要求したものだというのだ。もちろん、身に覚えは無い。

「僕は、そんなことはしていません…！」

「あちらさんの担当者は確かにお前相手に領収書を切ったって認めてんだよ。社長も警察沙汰だけは勘弁して下さるそうだから、気が変わる前にさっさと辞めるのが身のためじゃないか？」

「僕が本当にそんなことをしたとお思いなんですか⁉」

「……ま、運が悪かったと思って諦めなよ。これ以上文句があるなら弁護士でも連れてくるんだな」

課長は歯切れ悪く言い、追及を怖れるようにそそくさと逃げてしまった。

同僚たちの態度が豹変《ひょうへん》した理由はわかったが、課長が言う取引先と面識すら無いのに空の領収書なんて切ってもらえるはずがない。

立ち尽くす明良の肩を、人目をはばかるようにこそこそとやって来た小杉が叩いた。

「小杉…僕は、使い込みなんてしてない…」

「わかってるさ。お前がやったなんて思ってる奴はほとんど居ないよ。こんな中途半端な時期に、税務調査も入ってないのにいきなり使い込みが発覚するなんておかしいだろ」

「え…？」

「嵌められたんだよ、お前は。お前の彼女、里中とデキ婚するんだろ？　甥っ子が社員の彼女を寝取ったっつうのは外聞が悪いから、社長と課長がぐるになってお前を辞めさせようとしてるんだよ」

小杉はばつが悪そうに頭を下げた。

「そこまでわかってても助けてやれない…本当に、ごめん」

契約の多くを社長の人脈で獲得しているこの会社では、社長の権力は他所よりも圧倒的に強い。一従業員が声を上げたところでひねり潰されるのは明白であり、小杉の言い分は当然だった。明良が彼の立場だったら同じようにしただろう。

「いや…、気にしないで」

何とかそれだけ吐き出し、明良はふらふらと歩き出した。小杉がまだ何か言っているのは聞こえたが、相手にする気力も失せていた。

——ま、運が悪かったと思って諦めなよ。

乾いた笑みが浮かんできた。運が悪いの一言で済ませるには、現状は厳しすぎる。

給料の前借りどころか失職してしまった。弁護士に依頼すれば濡れ衣は晴れるかもしれないが、相当の時間がかかるだろうし、報酬どころか今日の宿を用意する金も危ういのだ。

再び腕が疼き始め、追い討ちをかけるように眩暈《めまい》がしてきた。

何故だ。どうしてこうなった。


昨日の朝までは確かに、刺激も無いが穏やかな日々を過ごしていた。このままずっと心乱されずに生きていけると思っていたのに。

同情や軽蔑や嘲笑が入り混じった視線から逃れるように会社を出ると、いつもは閑散としているオフィス街の歩道に人だかりが出来ていた。

その中心に佇む男を見た瞬間、呼吸が止まりそうになる。

——どうして、いつもいつもいつもいつもこの男は、最悪のタイミングを狙ったかのように現れる…⁉

「あーちゃん…っ！」

明良を目敏《めざと》く発見するなり達幸は破顔し、突進してきた。

ぶつかる寸前で何とか止まり、人垣からどよめきが上がるのも構わず地べたに膝をつき、明良の脚に縋り付く。

「あーちゃん、あーちゃん、明良…」

青い目からびしゃびしゃと流れる涙で夏用スーツの薄い生地がどんどん濡れ、脚に纏わり付いてくる。

「どこにも行かないでって言ったのに、どうして居なくなっちゃうの…っ」

「やめ…、達幸、放せ！」

「嫌だ、一緒に帰ってくれるまで放さない。絶対に放さない！」

蹴り飛ばそうとしても達幸はびくともせず、いっそう強い力でしがみついてくる。

揉み合う二人を見物する野次馬はどんどん増えていき、しまいにはスマホで撮影する者まで出る始末だ。

「やだやだやだやだやだやだ、あーちゃんが居なくなったら嫌だあああ！」

こんな姿を目撃されては著しいイメージダウンに繋がるのではないか、仕事は大丈夫なのかと明良ですら一瞬心配になったというのに、達幸は構わない。聞き分けの無い子どものように明良に縋り付き、涙と鼻水でぐちゃぐちゃの顔を惜しげも無く晒し、眼差しでもって懇願する。

そうこうするうちに野次馬はますます増え、騒ぎを聞き付けた元同僚たちがちらほらと姿を現すに至って、明良は降参した。

「…わかったから、さっさと放せ…！」


達幸は仕事に出たはいいものの、明良がどうしても気にかかり、休憩時間にこっそりと抜け出した。そして明良の不在を知るや、松尾に調べさせておいた明良の会社に向かい、明良が出てくるのをずっと待っていたらしい。

タクシーを捕まえて達幸のマンションに戻る間に、事の次第をようやく聞き出し、明良は眩暈に襲われた。たまたま明良が早く出てきたからいいが、何事も無ければ会社を出るのは五時過ぎだ。そんな時間まで達幸があそこで待ち続けていたらどうなるか、考えるだけで頭痛もしてくる。警察の世話にならなかっただけ良かったと思うしかないだろう。

「ここまで来ればもういいだろう。僕は行く」

玄関で靴も脱がないまま、明良は踵《きびす》を返した。オートロックのドアは内側からなら簡単に開くはずだったが、慌てて回り込んだ達幸に阻止されてしまう。

「どこ行くの⁉　一緒に帰るって言ったのに！」

「だから来てやったじゃないか。約束は果たしたはずだ。…どけ」

頼みの綱の職まで失った今、傍に居られたらまともでいられる自信が無い。こうしている今だって、渦巻く感情に押し潰されそうなのだ。

恵まれた容姿はさらに洗練され、演技の才能を開花させ、数多の人々から期待されている。全てを失った自分とは何もかもが正反対だ。同じ家で育ったのに、どうしてここまで違うのか。こうなることを予測していたから、父は達幸を助けたのか。実の息子よりも達幸を選んだのか……。

…やめろ、考えるな。これ以上ひがんで何になる。

早く、一刻も早く達幸から離れるのだ。でなければ今にも堰を切って溢れそうなどす黒い感情に押し流されてしまう。

「だって、明良のアパートは燃えちゃったんだよ。ずっとここに居ればいいじゃない。ここは明良のものなんだから」

「…僕じゃない、お前が買ったんだろう」

「俺のものはみんな明良のものでしょう？　…どうしてわかってくれないの？」

それは明良の台詞だ。

誰よりも近くに居たのに、達幸への嫉妬と羨望で死にそうになっている明良にどうして気付いてくれない。卑屈に妬むことしか出来ない明良をどうしてそこまで慕うのだ。実の母親ですら、医師になれなかった明良を人生の落伍者だと罵った。父にも見捨てられた明良には何の価値も無いのに。

「明良…」

悲しげに目を眇《すが》める達幸には、一片の悪意も無いとはわかっている。だからこそよけいにつらいのだ。

いっそ悪意があってくれた方が良かった。そうすれば明良も何の遠慮も無く達幸を憎んで楽になれるのに。

「お前の施しを受けるくらいなら、ホームレスにでもなった方がましだ」

「…！　駄目、そんなの駄目っ！」

きつく睨み付ける明良を、達幸は腕の中に閉じ込めた。明良を包み込んでなお余りある逞しい身体は、がくがくと小刻みに震えている。

「施しなんかじゃない。…明良の人生を台無しにしたのは俺だよ。明良がつらいのは全部俺のせいだ。明良は俺に償わせる権利がある」

「――――――！」

　ぶつり、と何かが切れる音が聞こえた。

　明良の人生が激変するきっかけになったのは確かにあの事故だ。事故さえ無ければと何度も悔やみ、思い通りに進まないリハビリに涙し、己の不運を嘆いた。けれど明良は歯を食いしばって耐え、苦痛を乗り越えた。

　人気絶頂の俳優からすればちっぽけかもしれない。恋人に天秤にかけられてあっさり捨てられ、会社には切り捨てられてしまうような存在だったかもしれない。それでも、今の自分は精いっぱいの努力の結果なのだ。

　なのに――。

「お前は…ずっと、そう思ってたのか」

「明良？」

「台無しにしたって…自分がそこまで僕の人生を左右したって思って、憐れんで、同情していたのか」

「ち…、違う、明良、俺は！」

「ふざけるな…、ふざけるなよ…っ！」

　明良は絡み付く腕を普段ではありえない力で振り解き、怒りに突き動かされるまま達幸の頬を殴り付けた。

　人に暴力を振るうのは生まれて初めての経験だし、ずきずきと疼く右腕にはろくに力が入らない。命中したのは達幸が敢えて受け止めたからで、それがいっそう怒りを煽った。どこまで明良を憐れんだら気が済むのだ。

「お前に憐れまれるのだけは真っ平だ…どうしてお前はいつもいつも、そうやって僕を惨めにさせるんだ…！」

「あ、きら」

「楽しいのか？　僕がのたうちまわるのを高いところから見下ろして、お前は楽しいのか…っ」

――貴方じゃなくて里中くんの子なの。

――この分じゃ全焼は避けられないだろうって。

――嵌められたんだよ、お前は。

　理不尽だと、めちゃくちゃだとわかっていても止められなかった。

　六年間溜め込んだ醜悪な感情は捌《は》け口《ぐち》を求め、すさまじい腐臭を放ちながら奔流《ほんりゅう》となって溢れ出ていく。やめろと、今の窮状に達幸は関係無いはずだと叫ぶ理性はたやすく呑み込まれてしまう。

ガッガッと肉を打ち付ける鈍い音と、明良の荒い呼吸だけが玄関に響く。

簡単に押さえ込めるはずなのに、達幸は阻止するどころか両手をだらりと垂らし、無抵抗のまま理不尽な暴力を甘受し続ける。殴っている明良の方が怯んでしまうほど、恍惚《こうこつ》の笑みすら浮かべて。

「はぁ…、はぁっ…」

先に限界が訪れたのは明良だった。慣れない暴力に酷使された右腕が悲鳴を上げたのだ。もはや拳を握ることすら難しい。少し頬を腫《は》らしただけの達幸と比べたら、ダメージはむしろ明良の方が大きいかもしれない。

「明良…」

達幸は被害者には似つかわしくない痛ましげな表情を浮かべ、肩で息をする明良の足元に縋り付いた。反射的に蹴り飛ばしそうになるのを予測していたのか、膝立ちになってぎゅっと明良の腿《もも》を抱き締め、頬を擦り付ける。

「ごめんね…、明良、ごめんね。俺、本当に駄目な犬だ。明良をこんなに悲しませて…でも、でも…っ」

「は…、放せ…っ」

「俺は、明良が居ないと駄目なんだ。明良が居ないと生きていけないんだ。だから…俺を明良の犬にしてよ。俺を明良のものにしてよ。飼い主なら、ここに居たっておかしくないでしょ…?」

「おまっ…、何言って…うわっ!」

荷物か何かのように達幸の肩に担ぎ上げられた。明良が百九十センチを超える高さに怯んでいるうちに、達幸はいくつかあるベッドルームの一つに明良を運び込む。

キングサイズのベッドの上にそっと下ろされた。履いたままだった靴が無礼を詫びるように恭しく脱がされる。

シャツを脱ぎ去り、割れた腹筋を惜しげも無く晒した達幸がスプリングをわずかに沈ませながら覆いかぶさってきた。

滑らかな浅黒い肌に六年前の大怪我の痕跡はほとんど残されていない。左胸に注視してやっとわかる薄い痕があるくらいだ。公明の卓越した手技は患者に傷痕すら残さない。執刀したのが公明だったら、明良の腕もこうなっていたのだろうか。

「…キレイ…」

「…っ！」

恍惚と囁き、達幸は耳朶の裏側に鼻先を突っ込んだ。ふんふんと荒い鼻息を感じ、匂いを嗅がれているのだと気付いた明良は我に返って抵抗する。

「やめろ！　やめろってば！」

「明良…あーちゃん、あーちゃん、あーちゃん」

明良より一回りは大きく逞しい男は、非力な抵抗などものともしなかった。激しく暴れたせいで開いた脚の間に入り込み、存分に匂いを堪能してから熱い舌を這《は》わせる。

「やっ、やぁっ！　きもち、わる…やめ、ろっ」

尖らせた舌が耳の穴の奥まで入り込んできたせいで、ぬちゅぬちゅといやらしい水音は直接明良の頭に響いた。

いくら首を振っても舌は出て行くどころかますます深く入り込み、唾液で溢れんばかりに肉をこそぎ、ほじって舐め尽くす。

右耳が終われば左耳も同様にされ、達幸がようやく顔を上げた時には自分の荒い呼吸すらわずかにくぐもって聞こえるほど大量の唾液に浸されていた。

信じられない。どうして他人の耳の中なんて汚い場所をあんなふうに舐められるんだ。

嫌悪感に顔を歪めた明良だが、こんなものはまだ序の口だった。

興奮しきった達幸は明良のネクタイを解き、引きちぎりそうな勢いでシャツを奪い去る。ベルトを引き抜かれ、ズボンを下着ごとずり下ろされそうになって、恐怖にかられた明良は激しく足掻いた。

ベッドの上で裸になれば、その先に待つ行為くらい察しが付く。明良には理解し難いが、男同士のセックスというものが存在することも知っている。

けれど、それが自分と達幸にどうやったって結び付かない。

達幸が明良に懐いたのは、刷り込みのようなものだ。離れていた六年間で達幸の世界は大きく広がった。明良より身も心も綺麗な女性はいくらでも居たはずだ。

俳優という職業で稼ぐのはとても難しいと聞く。いくら容姿や才能に恵まれても、この歳で高級マンションを購入出来るくらいに稼ぐのは並大抵の努力ではなかったはずだ。

醜く身勝手な嫉妬でがんじがらめになるような明良のために、どうしてそこまでやれるのだろう。わからない。わからない、わからない——。

必死の抵抗を続けるうちに、達幸はとうとう明良の上から退いた。

ついに諦めてくれたのかと期待したが、達幸は長い腕を伸ばしてサイドボードから鋏《はさみ》を取り出し、この隙に逃げようとする明良のズボンをじゃきじゃきと切り裂く。

「ヒ……っ！」

冷たい金属の感触に慄《おのの》き、ぴたりと抵抗をやめた明良に、達幸は嬉しそうに微笑みかける。鋏を握る手を軽やかに動かしたままで。

「そう…、あーちゃん、お願いだから大人しくしてて。大丈夫、絶対に傷付けないから」

「あ…、あ…」

ズボンは明良が震えている間にただのぼろ布と化し、明良は下着と靴下だけの姿を晒してしまった。達幸は鋏を放り捨てると、もう我慢出来ないとばかりに下着をずり下げ、縮こまったままの性器にむしゃぶりつく。

「なっ…、な、何を…！　何考えてるんだ、この馬鹿…やめろ…！」

恋人にすらこんな真似はされたことが無い。しかも明良は昨日からシャワーも浴びていないのだ。敏感な場所を男にしゃぶられるおぞましさと嫌悪感に、汚らわしさが加わる。

「離せ！　達幸、放せっ！」

「駄目。…ずっと、こうしたかったんだ。思ってた通り…うん、それよりもずっと、おいしい…おいしい、おいしい…ああっ、あーちゃん…」

じゅぽ、じゅぽ、じゅぷ…っ。

耳を塞ぎたくなるほどいやらしい音の源が自分の股間だなんて、信じたくない。だが恐る恐る視線を下げれば、達幸が上気した顔で明良の竿《さお》どころか袋の部分まで口内に含み、じっくりと味わっているのだ。男の股間に顔を埋め、腰をもじもじと揺らしながら熱心に奉仕する青沼幸の姿をファンの女性が見たら、百年の恋も冷めるだろう。

「あーちゃん、濡れてきた…」

これだけしつこく刺激されれば、どんなに嫌でも反応してしまうのが男の性だ。同じ男ならわかるだろうに、達幸は顔を輝かせて緩く勃《た》ち上がりつつある性器の先端を吸い上げ、もっと出してとねだる。

「あ…！　ん、ぁ…！」

口から飛び出した声のあまりの甘さに驚き、明良はとっさに指を噛むが、見咎めた達幸が長い腕で外させた。

股間のささやかな茂みを揺らす鼻息と吐息は荒く、熱い。奉仕している達幸の方がよほど興奮している。同じ男の身体のどこにそんな要素があるというのだろう。

「我慢しないで。あーちゃんの声、いっぱい聞かせて」

「は…、あ、あぁっ、あっ」

「あーちゃん…、ああ、あーちゃん…っ」

身体の中心にどんどん熱が集まっていく。真理子とは随分ご無沙汰だったし、忙しくて自慰もろくにしていなかったのが災いした。

このままでは達幸の口内に放ってしまう。危機感を覚えて達幸の頭を何とか引き剝がそうとするが、太腿を横からがっちり抱えられていては叶わない。足元にわだかまる脱げかけの下着も邪魔をする。

駄目だ、駄目だ、達幸にイかされるなんて絶対に駄目だ…！

明良はぶんぶんと頭を振るが、窄《すぼ》めた口の中で何度も抜き差しを繰り返され、容赦なく扱《しご》かれて、あっけなく絶頂を迎えた。

「ひ！　あ、あああああ…」

「ん…」

望まぬ快感に震える性器を含んだまま、達幸の喉《のど》が上下する。明良が吐き出したものを飲んだのだ。しかも、それだけでは足りない、もっと寄越せと、未だに口内にある竿を舌と顎で扱き、袋まで揉み込んで要求する。

「だ…、めだ…、も…、出ない…」

果てた後特有の気だるさに支配された上、満足に動かせない腕では達幸を押し退けるどころか、短く揃えられた髪に指を埋めるくらいしか出来ない。

「出ないって…ひ、あぁっ！」

明良は仰け反った。萎えた性器をしゃぶるのを一旦やめ、己の指を唾液で濡らした達幸が、明良のさらに奥に息づく蕾《つぼみ》に触れたのだ。慎ましやかに閉じる入り口をぐるりとなぞった後、つぷ…と中に侵入してくる。

「この、馬鹿！　気持ち悪い…、やめろ！」

排泄器官であるはずのそこに突き入れられた指は、すさまじい不快感と嫌悪感をもたらした。死に物狂いで暴れる明良にさすがの達幸も怯むが、暴れた弾みでわだかまっていた下着が完全に脱げ、開いた脚の間に入り込まれてしまう。

「ぐ、はあああああっ！」

一気に突き入れられた指が胎《はら》の内側のある一点を抉《えぐ》った瞬間、痛みにも似た快感が電流のように背筋を駆け抜けた。

「見付けた…、あーちゃんのいいところ」

達幸はうっとりと囁き、二本目の指を追加すると、見付けたばかりの弱いところを狙って容赦無く抉る。

男に前立腺というものが存在し、そこを刺激されると否応無しに反応してしまうという話は聞いたことがあるが、こんなにてきめんとは思わなかった。怒涛のように押し寄せる快感が嫌悪を押し流していく。

「ひっあ、あ、あ、あん、あああ、ぁ…！」

「イイ？　あーちゃん、気持ちいい？」

「ぁ…あ、や、やだ、またぁ…！」

明良の意志に反して身体は強制的に高められ、項垂れていた性器はみるまに元気を取り戻した。達幸は明良の太腿を抱え上げ、嬉しそうに頬擦りすると、再び性器にしゃぶりつく。

「あーちゃんのミルク、もっと飲ませて…？」

「あ、さ、さっき、もう…」

「あんなんじゃ全然足りないよ。俺がどれだけおあずけ喰らってたと思ってるの」

「くぅっ…ん、んぁあああっ」

赤子が母親の乳を求めるかのように熱心に吸い上げられ、限界はすぐに訪れた。二度目とあって量は格段に少ない。達幸は丹念に味わってから名残惜しげに飲み下し、ようやく解放してくれた。

やっと気が済んだのかと安堵したのは、大きな間違いだった。

達幸は羽毛枕を明良の腰の下に入れ、おむつを換えられる赤ん坊のように大きく脚を開かせたのだ。熱っぽい視線が、さんざんいじられてひくひくと震える蕾に注がれる。

「や、やめろっ…見るなぁっ！」

「どうして？　あーちゃんはキレイだよ…どこもかしこも、本当に、キレイだ…」

興奮に上擦った声で囁きかけられ、蕾に熱い吐息がかかる。それだけでも気色悪くて仕方が無いのに、ぬめった舌で舐められるに至って嫌悪感は頂点に達した。

「変態っ！　よくもそんな…やめ、やめろ！　やめろって！」

懸命に足掻いてもがっちり抱えられている脚は空を切るだけで、己の下肢に押し潰されている格好の上半身もろくに動かせない。

唯一自由になるのは腕だけだが、右腕は感覚すらほとんど無く、左腕一本では股間でぐちゅぐちゅといやらしく蕾を舐め啜《すす》る男を引き剝がすのはとうてい無理だ。

重たい肉塊と化した腕が明良をせせら笑う。

男のくせに、男に押し倒されて抵抗すら叶わない惨めな明良。だから父も恋人も会社も、お前を選ばなかったのだ。

「ん…、あーちゃん、あーちゃん…っ」

すでに指を二本も受け容れていた胎内は、達幸の尖らせた舌をたやすく呑み込んだ。

ぬるついた生温かいものが我が物顔で明良の中を這いずり、敏感な肉壁を味わう。絶え間無く送り込まれる唾液で、自ら潤うはずのない器官はいつしかぐっしょりと濡れそぼち、舌の動きをより滑らかにする。

排泄器官を男の舌に犯される屈辱と猛烈な嫌悪感、そして腕の痛みは明良から抵抗する気力を少しずつ奪っていった。

まるで遅効性の毒をゆっくりと流し込まれているかのようだった。達幸という毒に侵され、意識がだんだんぼやけていく。

尻を抱え込まれ、蕾がふやけるほど貪られて、どれほど経っただろう。この部屋に連れ込まれた時は高かった陽が傾きかけていた。

舌の侵略は全身に及び、明良の身体はどこもかしこも達幸の唾液にまみれていた。達幸は穴という穴をほじり、味わった。

明良は開かされたままの脚を閉じる気力も無く、四肢をベッドに投げ出していた。達幸が特に味わったせいでほころび、内側からびしょ濡れの蕾が気持ち悪い。

ジイっと音がして、虚《うつ》ろな目をやると、達幸がジーンズを下着ごと脱いでいた。明良と同じ器官とは思えないほど太く立派な雄《おす》は白濁した液体でてらてらと光っている。放り捨てられた下着は濡れており、達幸が着衣のまま何度か射精したのは確実だが、鍛え上げられた腹筋に付くほど反り返った偉容からはそんなことは窺えない。

「あーちゃん…ああ、やっとあーちゃんのものになれる…」

何時間も明良を貪り続けていた疲れなど微塵《みじん》も見せず、達幸は反り返る雄を無防備に晒された明良の蕾に押し当てる。

犯されるのだと理解した瞬間猛烈な拒否感が湧き上がったが、身体は少しも動いてくれなかった。昨日の火事に始まる不運の連続、そしてこの理不尽な蹂躙《じゅうりん》。

明良は疲れきっていた。

「あーちゃん、あーちゃん…、ああっ、あーちゃん…」

すっかり馴らされた蕾はいっそ気味が悪いほどすんなりと達幸を呑み込み、太い先端がすっかり収まった瞬間、熱いものがぶわっと胎内に広がった。

「な…、あ、や…っ、熱い…っ」

「ごめん…あーちゃんの中、すごく狭くて気持ちいいからもう出ちゃった…」

でも大丈夫。すぐにもっともっともっといっぱい飲ませてあげるから。

根元まで雄を打ち込み、吐き出した精液を擦り付けるように腰を揺らしながら達幸は囁き――明良は熱の奔流に呑み込まれた。

「あーちゃん…、あーちゃん?」

揺さぶり続けていた明良がとうとう呻き声すら漏らさなくなるに至って、達幸はようやく雄を引き抜いた。支えを失い、四つん這いで犯されていた明良はがくりとベッドに沈み込む。

何度体位を変えても胎内に居座り続けたままだったから、栓を失った蕾からは後から後からとめどなく精液が溢れ出て、白い内腿を汚していく。

達幸は吸い寄せられるように濡れた内腿に口付け、己の精液ごとぴちゃぴちゃと舐めた。

「あーちゃん、おいし…本当に、おいしい」

どこもかしこも達幸の唾液と精液にまみれ、達幸の匂いをまき散らしている明良を眺めていると幸福で死にそうになる。

――ずっと、こうしたかった。六年前から…いや、きっと、初めて出逢った時から。

『とても優しい子なんだ。きっと仲良くなれるよ』

公明は達幸を無視したり怒鳴ったりしない初めての大人だった。その彼が言うのなら、間違い無く彼の息子は優しい子なのだろう。

だからこそ、達幸はその子に近付いてはいけないと思っていた。達幸は生まれつきの疫病神だから、周囲の人間に不幸を移してしまう。今までずっとそうだったのだ。公明が大切にしている息子まで同じ目に遭わせてはいけない。

実際に明良と引き合わされてからは、それがとても難しいことだと悟った。

大柄で男らしい父親とは正反対に、明良は透き通るように白い肌をした、綺麗な少年だった。こんなに綺麗なものを見たのは生まれて初めてで、胸がどきどきした。細く華奢《きゃしゃ》な指が奏でるピアノの音色は、罵声か痛いほどの静寂しか味わったことの無い耳には天上の調べのように響いた。明良は辛抱強く達幸の世話を焼いてくれたから、近付いちゃ駄目だと思っても視線が吸い寄せられて困った。

疫病神でもある達幸は、決して明良の傍に居てはいけない。そんな自制心も、明良が綺麗な顔をにっこりとほころばせ、達幸を覗き込んできた瞬間に崩壊した。

『お前の目、お父さんの田舎の海にそっくりだよ。こんなドブみたいな海じゃない、本当に真っ青で、でも底が見えるほど澄んでて、すごく綺麗なんだ』

達幸は生まれてきてはいけない子どもだった。

記憶にある母親の姿はどれも達幸を忌み嫌い、罵るものだ。

不幸と不運の象徴でしかないこの目を、そんなふう

に評してくれたのは明良が初めてだった。意図的に誉めたのではなく、何気なく口を突いたのだとわかる口調は達幸をいっそう舞い上がらせた。

いつか母親のように、達幸を忌み嫌ってもいい。明良の傍に居たい。

明良によって開かれ、色づいた達幸の世界は後にも先にも明良だけしか存在しない。明良が居てくれなければ達幸は空っぽのままだ。他の何が無くても構わない。明良の傍に居られれば達幸は幸せだった。

達幸とて馬鹿ではないから、明良が突然現れた達幸に優しくしてくれたのは父親に頼まれたからだということをわかっていた。成長するにつれ、ぴったりと引っ付いて離れない達幸を時折疎ましそうに見ていたことも。

明良が愛し、心を許しているのは父親以外では飼い犬のタツだけだった。達幸よりも薄い青い目をした、達幸と似た名前の犬だけは、どれだけ明良に纏わり付こうと笑顔で受け容れられた。

だから達幸はタツに——明良の犬になりたかった。犬なら明良に愛してもらえる。微笑んでもらって、可愛がってもらえる。ずっと傍に居ても鬱陶しいと思われずに済む。

役に立つ優秀な犬になれば、きっと明良は達幸をタツのように可愛がってくれる。綺麗で優しい明良に相応しい犬になれるよう、達幸は努力を惜しまなかった。その甲斐あって、幼い頃は読み書きすら危うかったのが、飛躍的な進歩を遂げたのだ。

しかし明良は、達幸が努力すればするほど疎ましげな顔をするようになった。どうにか振り向いて欲しくて頑張れば頑張るほど明良は達幸から遠ざかり、ピアノの音色も聴かせてくれなくなった。

明良がピアノ室にタツを連れて閉じこもると、閉ざされた扉に寄りかかり、かすかに漏れる音色を拾いながら犬になる妄想に耽《ふけ》った。

どうして自分は人間なのだろう。こんなに望んでも、四つ足で毛むくじゃらの獣になれないのだろう。

達幸がタツのような犬だったら、明良はきっととこを開けてくれる。足元にうずくまり、じゃれるのを許してくれる。

人間の達幸になど何の価値も無い。犬になりたい。

明良に可愛がってもらえる犬になりたい。人間の自分なんて要らない。明良がピアノ室から出てくるまで、ずっとそんなことばかりを考えていた。

今でもわからない。どうして明良があそこまで達幸を疎んじたのか。

教師やクラスメイトたち、周囲の人間は皆達幸を明良の犬だと評していたのに、当の明良だけが認めてくれず、達幸は悲しかった。どうにかして明良に達幸は役に立つ良い犬だと思ってもらえまいかと模索しているうちに、あの事故が起きたのだ。

達幸は眠る明良の右腕をそっと持ち上げた。精根尽き果てた明良は、敏感な傷痕をなぞられてもぴくりとも動かない。

「ごめんね…あーちゃん、ごめんね…」

達幸が明良の傷を間近で見るのはこれが初めてだった。なまじ白い肌をしているせいでくっきりと浮かび上がる傷痕は、今でさえこの有り様なら、事故当時はさらに酷かっただろう。

この腕がちぎれかけ、あわや切断するかもしれなかったと聞いた時、達幸は看護師が止めるのも構わず声を上げて泣いた。自分が心底情けなかった。こんな役立たずでは明良に捨てられるのも当然だ。明良の犬なら、己がどうなっても明良には傷一つ負わせてはいけなかったのに。

けれど、かすかな希望も生まれた。

明良は達幸のせいで生涯消えない傷を負った。ならば達幸は明良に償う義務が——いや、権利がある。

達幸は傷が完治すると松尾を訪ね、エテルネと契約した。明良の犬になって存分に償わせてもらうには、金が必要だった。それには自分の容姿を売り物にするのが一番手っ取り早かった。エテルネを選んだのは一番小規模な会社だったからだ。発展途中の会社なら、達幸の希望にも融通を利かせてくれるだろうと踏んだのである。

幸い、俳優という職業は達幸に合っていたようで、達幸は六年で明良に飼ってもらうのに相応しい環境を手に入れた。松尾が依頼した探偵から交際中の女が居ると聞かされ、いてもたってもいられなくなり、明良の元に駆け付けたのだ。

六年ぶりに逢えた明良は以前よりもずっと綺麗にな

っていて、胸が高鳴った。やっとこの人の犬になれるのだと有頂天だった。家が焼失してしまったのも好都合だ。これならきっと、明良は達幸の手を取ってくれる。

だが、明良は達幸を飼ってくれるどころか、少し離れた間に居なくなってしまった。必死になって探して、ようやく見付けたと思ったら、再び達幸から離れて行こうとする。

血反吐を吐くような思いで、明良の居ない六年間を耐えたのだ。離れるのはもうたくさんだった。

明良は達幸の飼い主だ。達幸だけの飼い主だ。

絶対どこにも行かせない。他の雄にも雌《めす》にも絶対に渡さない――――！

達幸は本能が求めるままに行動した。一滴残らず精を搾《しぼ》り取って、達幸の中を明良で満たす。そして代わりに明良の穴という穴を達幸で満たして、身の内から達幸の匂いを放つくらいに注いでやれば、誰も明良を達幸から奪えなくなるはずだ。

「あーちゃん…これで、俺はあーちゃんのものだよね？」

達幸は明良の掌に己の頭を押し付け、ぐりぐりと動かした。自発的にではなくとも明良に撫でてもらっているのだと思うと、まだ満足にはほど遠い雄が再び熱を孕《はら》む。

何度吐き出しても足りない。男の明良はどれだけ注いでも実を結ばず、最後には流れ出てしまう。だから常に達幸を埋め込んで、他の誰も入り込む隙間も無いようにしてやりたい。

昏々《こんこん》と眠る明良を仰向けにさせ、閉じられずにいる蕾にそっと指を一本差し入れる。腹を軽く押してやるだけで、大量に注ぎ込まれた精液が再び溢れ出た。まるで尻で吐精しているかのような淫《みだ》らな光景に、達幸はごくんと唾を飲む。

これだけされても目覚めないのだ。明良は疲れ果てている。そろそろ身体を清めてやって、眠らせてやらなければならないだろう。

「でも…、ちょっとだけ…」

ちょっとだけ、そう、あとほんの少しだけ。

己に言い聞かせながら、達幸はぐったりと弛緩した身体を横臥《おうが》させ、自分も横向きになって背後から抱き込んだ。

片足を少し上げさせ、精液を零し続ける蕾にそうっと雄を挿入する。何度も銜《くわ》え込まされ、達幸の形に広がった内部は、何の抵抗も無く達幸をやわらかく包み込んでくれる。

明良は固く閉じたまぶたを震わせただけで、いっこうに意識は戻らない。

達幸はほっと胸を撫で下ろしながら傷痕の残る腕に己の腕を絡め、ほっそりとした脚に己の脚を絡めて、ゆらゆらと揺らす。

「あーちゃん…俺、いい犬になるから」

起きている時の明良は怒ってばかりだが、それは達幸が悪いのだ。達幸が出来損ないの駄目な犬だから、明良は要らないと言うのだ。

ならば、ずっと傍に居て、何もかも明良の望む通りにすれば、きっと明良はわかってくれる。達幸はただ明良の犬になりたいだけだと理解してくれる。

「だからお願い…俺を置いて行かないで。どこにも行かないで。ここに居て…」

死んだように眠る明良の熱い胎内を味わいながら、白い腹を撫でさする。薄い肉壁を隔てた向こう側は達幸と達幸の精液に満たされているのだと思うと、幸せに押し潰されてしまいそうだ。

ぴたりと重なったまま明良の胎内に居座り続け、そのまま眠りそうになってしまうのを見計らったように、スマホの着信音が響く。

放置しておきたいのは山々だが、そんなことをしたら合鍵を使って踏み込まれてしまう。達幸まみれになった明良は壮絶なまでになまめかしく、他の雄に見せるなど言語道断だ。

達幸は明良と繋がったまま、脱ぎ捨てたズボンのポケットから渋々とスマホを拾い上げた。

『スタッフを置き去りにしてご帰還とは、いい身分だな』

通話状態になるなり、松尾は恨めしげに文句を付けてきたが、達幸はまるで堪えない。

「仕方ない。明良が居なくなっちゃうところだったんだから」

達幸が契約に際して出した条件は一つだけだ。達幸はどんな仕事よりも鴫谷明良を優先し、エテルネはそのことについて一切責任を問わない。それさえ守られれば、他はどうなっても構わなかった。

『どういうセンサーしてるんだよ…このストーカー犬が。で、愛しの御主人様は見付かったのか？』

「…今、ここに居る」

「…ぁ…っ」

揺らした反動で明良が苦しげに喘いだ。

高性能のスマホは、ごく小さな声もしっかりと拾い上げたようだ。

『お前…まさか、ヤっちゃった…とか？』

「…？　明良の中に入って、明良のものにしてもらっただけ」

『つまりヤったんじゃないか！　ちゃんと合意だったんだろうな⁉』

「は…、んん、あ…」

内側から圧迫され続けて苦しいのか、明良が再び唸《うな》る。はっきりと苦痛の滲む声に、松尾が息を呑む気配がした。

『おい…幸、事件だけは勘弁してくれよ？　大事な時期なんだから』

「大事？」

『聞いて驚け、久世監督から新作の出演オファーがあった。しかも今度は主役だ！』

久世は映画のみならずテレビドラマの監督や演出なども手がけ、幅広い分野で活躍している。若手の俳優なら誰もが一度は仕事をしたいと願うヒットメーカーであり、達幸が出演した映画『天の花』の監督でもある。

『反応薄すぎるぞ、もっと喜べ。久世監督が若手俳優を指名するなんてめったに無いんだからな。しかも主役！』

「…主役、主役って嬉しそうだな」

『そりゃあ嬉しいに決まってるさ。主役は他所の俳優に決まりかけてたのに、監督がプロデューサーに無理やりねじ込んだっていうんだからな。それもこれも、『天の花』のお前の演技が監督に認められたからだ。本当に…、良かった』

すんっと洟を啜り上げる音がする。

松尾はクールな外見に反して熱血漢であり、達幸が評価されるたびに喜びを露わにした。達幸が会社やファンの期待に応え、着々とキャリアを積んでいくことが嬉しくて仕方無いらしい。容姿に恵まれていたとはいえ、何の後ろ盾も経験も無かった達幸がここまで来られたのは松尾のおかげだ。

『天の花』に出演出来たのも、松尾がコネと人脈を駆使したからだ。さすがの達幸でもありがたいとは思うが、松尾のような感激は全く湧いてこない。

達幸にとって俳優業はあくまで明良のため、金を稼ぐための手段でしかないのだ。他にもっと向いた職業があれば、達幸は迷わずそちらを選ぶだろう。

『クランクアップまで他の仕事はセーブするから、お前はこっちに専念しろ。シナリオもあと一週間もすれば決定稿が届くからな』

「わかった」

久世の監督作品に出演し、成功すればますます仕事が増える。もっともっと稼いで明良に捧げれば、明良はきっと良い犬だと誉めてくれる。役に立つ良い犬なら、傍に置いてもらえる。

明良の髪に顔を埋め、期待に唇をほころばせる達幸は、受話器の向こうで落とされた深い溜め息には気付かなかった。

頭が痛い。喉が痛い。腕が痛い。どこもかしこも痛い、痛い、痛い…。

全身を苛む痛みと喉の渇《かわ》きで明良は目を覚ました。ぼやけた視界の隅にベッドの足元でうずくまる黒い塊が入り、懐かしい記憶が呼び覚まされた。

「た…、つ？」

絞り出した声は自分のものとは思えないほどしゃがれており、ぎょっとした。硬直している間に足元の塊はむくりと起き上がり、明良の枕元に移動する。

「明良…、起きた？」

マットレスに手をかけ、覗き込んでくる青い目の主は可愛いタツではない。整った精悍《せいかん》な顔が近付いてきた瞬間、今までの出来事が一気によみがえり、嘔吐《おうと》感がこみ上げた。

男に犯された。よりにもよって達幸に。

屈服させられ、何度も何度も尻の奥に精液を飲み込まされ、失神しても逃れられなかった。時折ふっと意識が浮上すると、それまでとは違う体勢で犯されていた。

はっきり記憶があるのは二度目に中で出されたところくらいまでだが、それからも相当の間あの巨大な雄を銜えさせられ、喘がされ続けたのだろう。でなければいくら男同士のセックスだからといって、ここまでのダメージは負わないはずだ。

綺麗に清められてはいても、重たい身体はひどい筋肉痛に侵され、身じろぐだけでぎしぎしと痛む。そして股間は未だに何かを銜え込まされているような違和感が残り、脚を閉じるのも難しかった。しばらくはろくに歩けないだろう。

「待ってて…今、水を持ってくるから」

達幸が部屋の外に消えると、身体の強張りが解けた。今まで無意識に緊張し、警戒していたらしい。

明良の不運は達幸のせいではない。犯される前は確かにそう思っていた。

けれど、今は——蹂躙され、かつてないほどの屈辱と敗北感にまみれた今は、そんな綺麗事を唱える余裕など残ってはいなかった。

達幸さえ家に来なければ、比較され続けることは無かった。実の子より達幸を可愛がる父親を見なくて済んだ。

あの事故が無ければ、きっと今頃は医学生として偉大な父の背中を追っていた。そうすれば今の会社に就職することも、恋人に裏切られることも、火事に遭うことも、理不尽な解雇を言い渡されることも無かった。

ほら、全ての発端は達幸じゃないか。

明良が持っていたはずのものを全て、根こそぎ奪っていったのは達幸だ。最後に残ったプライドすら、達幸は憐れみをかけてぶち壊した。しまいには身体まで奪ったのだ。

心に闇が広がっていくのを止められない。

——すべてを奪われた者が、奪った者から奪い返して何がいけないのだろう？

そんなことをしても過去がくつがえるわけではない。自分が惨めになるだけだ。

——でも、誰かのせいにしなければ、どこかに逃げ込まなければ、こんな現実は耐えられない。

「明良、飲める？」

ペットボトルの水を手に戻ってきた達幸は丁寧にキャップを外し、明良の口元に運んだ。小さく唇を開けば、ほっとしたようにボトルを傾け、少しずつ流し込んでくる。猛烈な渇きを覚えていたせいで、ボトルは間も無く空になった。

ようやく人心地がつき、何気無く枕元の時計を見ると、この部屋に連れ込まれてから実に一日半が経過している。

「お…、まえ、仕事、は」

「休み」

あっさりと達幸は言うが、今を時めく人気俳優が何もせず丸一日自宅に籠もっていられるはずがあるまい。そういえば、会社に現れた時も、確か仕事の休憩中に抜け出してきたのだった。

「松尾さん…、困るんじゃ、ないか？」

「構わない。明良の方がずっと大事だもの」

青い目が嬉しげに細められた。

数多のファンを魅了する男が、全てを失った冴《さ》えない男にひざまずき、甲斐甲斐しく世話を焼いている。

六年前と同じ構図に、笑いがこみ上げた。

どんなに魅力的な男になっても、達幸はまるで変わらない。明良のためなら何でもする。トラックが突っ込んできた時、迷わず明良を庇ったように。

挫折を知らない、自信に満ちた瞳を絶望に染め上げてやりたい。明良と同じように全てを失わせ、どん底でのたうち回らせてやりたい。そうすれば、やり場の無いこの怒りや恨みも和らぐはずだ。

にわかに生まれた凶暴な願望は急激に成長し、明良を支配した。目の前の従順な犬は、築き上げたもの全てを奪われたら、明良の苦悩を少しは理解するだろうか？

——同じところまで引きずり落としてやる。

「…風呂に入りたい。連れて行け」

マットレスに頬杖をつき、うっとりと自分を眺める犬に、明良は最初の命令を下した。

達幸のマンションは専用シャワーブース完備のベッドルームが三つ、書斎が一つ、リビングダイニング、サービスルームが二つ、ウォークインクロゼットが二つにシューズインクロゼットまで備えているという、ぜいたくな物件だった。

何とか自力で歩けるようになり、初めて見て回った時には溜め息しか出なかった。ここに比べたら、焼けてしまった明良のアパートなど兎小屋《うさぎごや》のようなものだ。

明良は書斎を自分のスペースに定め、一人の時間をそこで過ごすことにした。達幸はふんだんに陽光が差し込むリビングが明良に相応しいと主張したが、広すぎる空間はどうにも落ち着かないのだ。といっても、一番狭い書斎ですらアパートの部屋より広いのだが。

達幸は主寝室以外の部屋を全くといっていいほど使っておらず、書斎は造り付けの棚以外は何も無い殺風景な部屋だったが、明良がここに住むと決めた翌日には、望んだ以上のものが揃っていた。

最新のテレビにパソコン、オーディオセット、本棚にぎっしりと詰め込まれた明良が好きな作家の作品集。寝心地の良いカウチとマッサージ機能付きのソファ。ウォークインクロゼットには高価な服が並び、着て行くあても無いのにテーラーメイドのスーツや靴まで眠っている。全て達幸が明良のために嬉々として用意したものだった。

『明良、嬉しい？　…俺、役に立ってる？』

おずおずと問う達幸にうっすらと微笑んでやれば、それだけで達幸は顔を輝かせ、頼みもしないのに次々と散財した。

マンションを購入した際に付いてきたという家具は、明良の目にはじゅうぶんに機能的かつ豪奢に見えるのに、達幸は明良には相応しくないと言って全て買い換えてしまった。まろやかな曲線を描く、いかにも女性が好みそうなホワイトアンティークだ。いったいあの男の目に、明良はどんなふうに映っているのだろう。

居心地良く整えられた書斎で明良は読書にいそしんだり、ネットサーフィンをしたりと気の向くままに一日の大半を過ごす。

空腹になれば冷蔵庫に用意された食材を料理し、眠たくなれば時間を気にせず眠る。ゆったりとしたぜいたくな日々を一週間も続ければ、あくせく働いていた頃は遠い幻のように感じられる。

この日も、明良は陽が高く昇ってから、達幸のベッドの中で目覚めた。

明良が欲しがるものは何でも買い与える達幸だが、例外が明良専用のベッドだ。達幸は必ず明良を自分のベッドで抱き、行為が終わると飼い犬の名に相応しく明良の足元にうずくまって眠りたがる。

セックスといえば女性としか経験が無く、それも彼女にせがまれて月に一、二度すればいい方だった。

だが達幸は毎日どんなに帰宅が遅くなろうと眠っている明良を起こし、明良が失神するまで挑んでくる。あれが基準ならば、彼女に淡白すぎると詰られたのも当然だろう。

「…もう十二時過ぎてるのか。くそ…、あいつ、また…っ」

起き上がったとたん、どろりと股間から生温かい液体が零れ出るのを感じ、明良は背筋を震わせた。

達幸が胎内に発射するのをことのほか好むせいで、毎度限界までいっぱいにされてしまう。

達幸は失神した明良をバスルームに運び、きちんと綺麗にしてくれるのだが、それでも掻き出しきれずにとどまった精液が起きるとこうして零れてくるのだ。

男の精液を垂れ流しながら目覚めるのが日課になりつつあるなんて嫌すぎるが、目的のためには仕方が無い。明良はバスルームで昨夜の残滓《ざんし》を綺麗に洗い流し、着替えてからリビングに向かった。

達幸はすでに出かけたらしく、どこにも姿は無かった。まだ家に居たらどんなに時間が押していても捕まえられ、雄を銜えさせられてしまう。明良はほっとしてパンとコーヒーだけの食事を準備し、書斎に引っ込んだ。

パソコンが立ち上がるまでの間に、スマホをチェックする。大学生の頃から愛用している古い機種ではなく、達幸が購入した最新機種のものだ。番号は達幸しか知らない。

ディスプレイには着信八十五件と表示されている。操作しようとしたとたん、着信音が鳴り響いた。発信者は当然、達幸だ。

「もしもし」

『明良、俺！』

待ちかねたとばかりに弾んだ声の背後で、大勢の人間のざわつく気配がする。今日は昼過ぎからCMの撮影があると言っていたから、その合間にかけてきたのだろう。

一度逃げられたのがよほど堪えたのか、達幸は仕事先から毎日明良が出るまで電話をかけてきて、明良がちゃんとマンションに居るのを確認する。明良が出なければ、出るまでずっと何度でもかけ続けるのだ。

この分では、今日は仕事もろくに手に付かなかったかもしれない。松尾の苦虫を噛み潰したような顔が頭に浮かんできて、良心の呵責《かしやく》を覚える。あの人にまで迷惑をかけたいわけではないのだ。

『今起きたの？　ご飯食べた？』

「ついさっき起きて、今食事をしようとしてたところ」

『朝ご飯って何？』

「パンとコーヒー」

『……それだけ？』

「何か文句でも？」

もともと、朝は食欲が無いのだ。勤めていた頃は、朝食抜きで出勤する日の方が多かった。毎日毎日達幸に付き合わされれば、なけなしの食欲も失せるというものだ。

『そんなの駄目だよ！　明良、夜だってあんまり食べないのに…』

「食欲が湧かないんだからしょうがないだろう。…一人じゃ、どうしても食べずに済ませてしまうんだ」

意味深に付け加えられた囁きを聞き取り、達幸がごくりと息を呑んだ。

『…俺がいれば、ちゃんと食べてくれる…？』

「…そうだな。夕食時に、お前が居ればな」

達幸の所属するエテルネは達幸を大切にしており、殺人的な過密スケジュールが組まれることは無い。

だが毎日朝から晩まで何かしらの仕事はあり、普通のサラリーマンのように定時に帰れることは稀《まれ》だ。一般的な夕食の時間に間に合うわけがない。

当然、それを知った上で——達幸の反応を予想した上での発言である。

『俺、帰るから！』

案の定、達幸は食い付いた。

『何があっても六時までには帰るから、そしたら一緒にご飯食べよう？　ね？』

「…わかった。お前が六時までに帰ってきたらな」

達幸は『きっとだよ、約束だからね』と何度も念を押し、松尾らしい声に急かされてようやく通話を切った。この分なら、何があっても六時までには帰ってくるだろう。再会してからの一週間でずいぶん体重を落としてしまった明良を、達幸はとても心配しているから。

明良のために達幸が予定を変更したり切り上げたりするのは、これが初めてではない。スケジュールにはすでにかなりの影響が出ているはずだ。

今は数字が取れる人気俳優だからと大目に見られていても、続けばいずれ信用は失墜する。傍目には達幸のわがままにしか見えないのだから。

俳優という職業にさほど拘泥《こうでい》してはいないようだが、築き上げたものを全て失えば、さしもの達幸も堪えるだろう。…今の明良と同じように。

達幸に自分と同じ、全てを失う絶望を味わわせてやる。ただそのためだけに、明良は自分を犯した男のもとにとどまり続けている。

歪んでいるという自覚はある。今の自分がどれほど醜い、人として最低の部類に入ることをしているかもわかっている。

それでも、明良は自分を止められないのだ。こんな惨めな男のどこがいいのか知らないが、明良が居なければ駄目だ、明良の犬になりたいと無邪気に泣き喚く達幸を、自分と同じところに引きずり落としてやりたいのだ。

出逢ったばかりの頃を除けば、いつだって明良より高いところに居た達幸。

明良以外には目もくれず、明良の拙いピアノの音色にうっとりと聴き入っていた達幸。大好きな父親に選ばれ、明良に絶望を教えた達幸……。

淡々と生きてきた二十四年間を思い返せば、喜びも悲しみも苦しみも、あらゆる感情は達幸と共に在った。達幸と過ごした日々は頭に鮮明に刻まれているのに、別れて過ごしたこの六年間は霧《きり》がかかったようにあいまいだ。

あの事故で父が助けたのが達幸ではなく他の被害者であったなら、あれほど打ちのめされはしなかった。

二股をかけた挙句裏切った恋人も、アパートに放火した犯人も、濡れ衣を着せた会社すらも、達幸ほど明良の心を揺さぶりはしなかった。

達幸が、達幸だけが、胸を掻きむしりたくなるような狂おしい感情を明良に与える。

六年間胸にくすぶり続けた、ただ嫉妬や憎悪と呼ぶには苦しすぎる、この感情を。

翌朝、珍しく達幸よりも早く目覚めた明良は、達幸を起こしてしまわないよう布団の中で肘をつき、SNSをチェックしていた。

達幸のスケジュールは本人からたやすく聞き出せる。達幸を取り巻く周囲の反応や評判を知るには、SNSを検索するのが一番手っ取り早い。

達幸に関しての話題といえば、今は来年の正月に公開される映画『青い焔《あおほむら》』に尽きた。監督は達幸がブレイクするきっかけになった映画『天の花』を撮った久世だ。

めったに若手を指名しないことで有名な監督直々の出演オファーに加え、主役に抜擢されたということでファンの期待は高まっている。エテルネも出来うる限り他の予定を入れず、この撮影に専念させているようだ。見事久世の期待に応え、高い評価を受ければ、俳優としてさらに成功するだろう。

けれどもし、失敗したら——？

例えばもし、達幸が自分のわがままで大切な撮影をすっぽかし続けたりすればどうだろう。主役無しでは映画は成り立たない。達幸を見込んだ監督の面目も丸潰れだ。

芸能界に強い影響力を持つ久世の機嫌を損ねれば、ただでは済むまい。期待が大きかった分、批判も強くなるだろう。達幸は完膚無きまでに打ちのめされ、二度と浮上出来なくなる。半月前の明良と同じように。

ファンの情報網は侮れない。中にはどうやってそこまでと感心してしまうような情報を呟いているファンも居る。達幸の失態は瞬く間に広まり、幻滅したファンは達幸から離れていくだろう。その時を思うと、歪んだ歓びが胸を満たす。

ベッドの下、達幸は本来の家主でありながら、明良の足元で大きな身体を丸めて眠っている。

昨日は明良と約束した時刻の、ほんの数分前に息を切らして帰宅した。たった数十秒のCMでも撮影には数時間かかるものだし、それ以外にも雑誌の取材が三件ほど入っていた。松尾から何度も電話があったことからも、約束を守るために達幸がかなりの無茶をしたのは確実だ。

にもかかわらず達幸は明良が一人前を食べたので終始ご機嫌で、ベッドではいつも以上に激しく明良を求めた。

…満足そうに寝ていられるのも今のうちだ。

これからのことを考えると、口の端が自然に吊り上がっていく。

欲しいのなら好きなだけくれてやろう。けれど明良を貪れば貪るほど、達幸は着実に破滅へと近付いていくのだ。

さあ、今日はどうやって追い詰めてやろうか。

達幸から聞き出したスケジュールを思い出していると、枕元に置いていた古い方のスマホが震えた。

「…もしもし？」

『鳴谷明良様でいらっしゃいますか？』

相手は焼失したアパートを管理する不動産業者だった。大家の依頼を受け、焼け出された住人への連絡をしているという。

アパートが焼けてしまったことで賃貸借契約も終了したが、大家には入居時に預かった敷金の返還義務があるのだ。希望する受け取り方法を問われ、明良はふと思い付いた。

「振り込みではなく、直接取りに伺ってもいいですか？」

業者は快諾し、事務所の住所と最寄り駅を教えてくれる。もう一つのスマホにメモを入力していると、布団の足元がそっとまくられた。熱い吐息がかかり、柔らかなものが押し当てられる。

業者に礼を言って通話を切り、顔を向けると、予想通り達幸が明良のふくらはぎにしがみついて口付けを散らしていた。

「…誰から？」

今まで熟睡していたくせに、小さな通話の声で完全に覚醒したらしい。嫉妬も露わな青い瞳がぎらぎらと光っている。

明良は達幸を振り払い、ベッドに座って業者の話を説明した。

「というわけで、今日受け取りに行く。保険がどうなってるか確認したいし、他にも」

「俺も行く」

言葉尻を奪って宣言する達幸を手招きし、ぺしりと叩いた。妙なところで犬らしいこの男は、身体を重ねる時を除いては、明良の許しが無い限りベッドに上がってこない。今も律義に床に正座していたのだ。

「馬鹿を言うな。お前、仕事があるだろうが」

「休む。明良を一人で外になんか出せないよ」

「小さな子どもじゃあるまいし、付き添いなんて要るか」

達幸が最も嫌うのは、留守中に明良が一人で出歩き、達幸以外の人間と関わることだ。生活に必要なものはコンシェルジュを通じて取り寄せ、達幸が運び入れる。明良には運送業者と応対すらさせないという徹底ぶりである。

外出しなくても特に困らないので今まで大人しく部屋に籠もっていたが、ちょうどいい機会に恵まれたのを活かさない手は無い。

「大事な仕事が入ってるんじゃないのか？」

「無いよ、そんなもの」

達幸は即座に否定するが、今日は『青い焔』のメインキャストが集合し、衣装とメイクを合わせる予定のはずだ。

メインにキャスティングされる俳優は皆多忙を極め、全員の都合を合わせるのは難しい。しかも久世は脚本から演出まで自分自身で徹底的に煮詰めなければ気が済まない完璧主義者だから、撮影前の準備期間はいくらあっても足りない。

「業者の事務所まで電車で二十分もかからないし、用事が終わったらすぐ戻るから」

今日はキャスト全員の予定が合う貴重な一日と知っていながら、明良はわざと達幸の心に引っかかる言葉ばかりを選ぶ。案の定、達幸はぴくりと頬を引きつらせた。

「駄目…」

「達幸？」

「電車なんて絶対に駄目。俺が車で送ってく」

達幸が電車というキーワードに露骨な嫌悪を示すのには訳がある。高校生の明良を襲った変質者は、たまたま乗り合わせた電車で明良に目を付けたと後に供述したのだ。二人の高校は電車を使わなければ通学不可能な距離にあったから、それ以降事故に遭うまで達幸は明良に殴られようと蹴られようとぴったり張り付いて離れなくなった。

明良は内心ほくそ笑みながら、表面では眉《まゆ》を顰《ひそ》める。

「僕ももういい大人になったんだ。今さら何かあるわけないだろう。くだらないことのためにお前が時間を割く必要は無い」

「くだらなくなんて…！」

達幸が膝立ちで抗議しようとするそばから、スマホの着信音が響く。きっと松尾だ。しかし達幸は床に落ちていたスマホを拾い上げ、苛立たしげに電源を切ってしまった。

「達幸！」

「だ…だって、明良よりも大事な仕事なんて無いもの。明良がどれだけ怒っても、俺、絶対に付いていくから…！」

咎める声音にびくんと肩を震わせても、達幸は絶対に譲ろうとしない。反抗しておきながら恐々と明良の機嫌を窺う様は、悪戯《いたずら》がばれて叱られるタツにそっくりだ。

達幸にはささいな情報一つに感激してくれる熱烈なファンが、数えきれないほど存在する。久世を始め、多くの業界関係者にも注目されている。なのに達幸が求めるのは昔と変わらず、明良ただ一人だけ。

あの事故に遭う前と同じだ。突き放しておきながら、達幸が明良に追い縋り、一挙手一投足にいちいち反応して喚くたびぞくぞくした。

いびつな優越感はおくびにも出さず、明良は不承不承を装い、深い溜め息を吐いた。あくまで達幸が駄々をこね、明良はそれを許すという形を取るのが大切だ。暴走しがちな駄犬には、折に触れて自分の立場を教え込んでやらなければならない。

「…そこまで言うなら仕方無いな」

「明良…いいの？」

「ただし、街中を歩いても青沼幸だってわからないようにしろよ。ばれたらその場に捨てて行くからな」

「う、うん！」

明良の企みなど知りもしない達幸は破顔し、驚異的な早さで身支度を整えた。

髪型を少しいじっただけで印象ががらりと変わる。

ありふれたシャツとジーンズの組み合わせでもスタイルの良さは隠せないが、サングラスをすれば青沼幸だと一瞥《いちべつ》で判断するのは難しい。

明良もクロゼットから適当に選んで着替え、達幸と連れ立って久しぶりにマンションの外に出た。


不動産屋での用事は三十分もせずに済んだが、明良は車をパーキングに預けさせ、その後も達幸を連れ回した。

「明良とこうやって一緒に歩くの、久しぶり」

ただ街中をぶらぶらするだけなのだが、明良と並んで歩けるだけで達幸はこの上無く幸せそうだった。

達幸が幸せなら明良も嬉しい。幸せであればあるほど、転落した時の絶望はより深くなるのだから。

スケジュール通りなら、今頃衣装合わせが始まっているはずだ。肝心の主役が現れず、連絡の一つも取れない。久世は怒り、共演者やスタッフたちも心証を悪くしただろう。人間関係がものを言う世界だから、この撮影が終わっても後々まで尾を引く可能性は高い。のんきにしている間にも、一歩一歩着実に破滅は近付いているのだ。

微笑む明良にさらに気を良くした達幸は、明良に似合いそうなものを発見するたびあれこれと試着させては貢いだ。狙ったのかそうでないのか、達幸が選ぶのはいかにも高級そうなブランドショップばかりだ。店員の躾《しつけ》はしっかり行き届いており、一般人からはほど遠い目立つ男が同じ男相手に貢いでいても詮索一つしないのが救いである。

しかし一歩店の外に出れば、無遠慮な視線があちこちからぐさぐさと突き刺さる。視線は若い女性だけでなく、時折男性のものも交じっていた。青沼幸だとばれているわけではなく、純粋に見惚れているだけのようだが、男まで惹き付けてしまうとは恐ろしい。

「…明良、ちょっと来て」

中身はただの犬なのにと苦笑する明良を、達幸は近くのセレクトショップへ連れ込んだ。広い店内にはメンズの服を中心に、靴や様々な雑貨が所狭しと並べられている。

愛想よく挨拶をする店員に構わず、達幸は伊達眼鏡の売り場へ直行した。数ある眼鏡の中から瞬時に一つを選び、明良に装着させる。

「――よし」

鏡越しに頷く達幸の正気を疑った。四角くて太い黒フレームは存在感があり過ぎ、細面の明良には似合わないどころか、魅力を半減させてしまうのだ。付いてきた店員も笑顔を引きつらせているから、相当酷いのだろう。しかし達幸はさっさと会計を済ませ、明良を引っ張って行ってしまう。

「何のつもりだよ、これは。嫌がらせか」

目立っているのは達幸で、明良に変装の必要は無いはずだ。店を出てすぐに外そうとするが、がっちりと手を摑まれてしまう。

「だって…皆、明良を見てるから、隠さなくちゃ」

「お前…何言ってるんだ。見られてるのはお前だろう」

「明良は自分のこと、全然わかってない。明良よりキレイな人なんてどこにも居ないのに」

確かに明良は美人の母親似だと言われるが、男が女のような顔をしていても気持ちが悪いだけだろう。その証拠に変質者に襲われたり異性に遠巻きにされたりと、昔からろくな思い出が無いのだ。達幸の言い分は全くもって理解不能である。

達幸は疑問でいっぱいの明良と己の指を絡めて握り、ずんずんと歩き出す。いわゆる恋人繫ぎだ。ゲイのカップルにでも間違われたらどうしてくれる。

「たっ…達幸…わかった。外さないから手を離せ」

慌てて言い募れば、達幸は渋々従った。また捕まってはたまらないので、明良は近くにあった書店にそそくさと逃げ込む。

「…やっぱりわかってない。高校の頃だって、皆、明良に近付きたくて仕方無かったのに」

追いかける達幸の呟きは、当然ながら明良には届かなかった。

久しぶりの外を予想以上に満喫してしまい、気が付いたら夜の八時を回っていた。夕飯も外で済ませることになり、達幸が何度か利用したという創作料理の店に入る。

小さな日本庭園を囲む店内は全席が個室で、人目を気にせずくつろげるのが売りだそうだ。店員は達幸が素顔を晒していても騒いだりせず、平然と給仕を務めている。芸能人のお忍びが多いというのも頷けた。

「明良、こっちももっと食べて」

「ま…、まだあるのか…？」

達幸はアルコールも入っていないのに上機嫌で、次から次へと料理を勧めてくる。自分はろくに食べずに明良に食べさせようとするところは、一緒に暮らしていた頃から変わらない。昔と違うのは、露骨に顔を顰める母が居ないことくらいだ。

――疫病神。

美弥子はことあるごとに達幸を疫病神と面罵《めんば》していた。達幸の粗を探しては罵倒するチャンスを虎視眈々《こしたんたん》と狙っているようにも思え、その執拗さには実の子の明良ですら辟易《へきえき》したものだ。

幼い頃はただ赤の他人が煩わしいのだろうと思っていた。そして公明と達幸の母親の件を知ってからは、醜い女の嫉妬だと思っていた。

だが、今になってよくよく思い出せば、小さな違和感を覚える。

疫病神と執拗に詰り続けたのは、何か理由があったのだろうか。

公明は鳴谷家に引き取られる前の達幸については固く口を閉ざし、決して教えてくれなかったが、美弥子は達幸の過去について何か知っていたのかもしれない。

まだ六歳だった子どもに、疫病神と呼ばれるような過去があったとは考えづらい。

でも、ならばどうして…？

「あーっ！　本当に幸だあ！」

突然個室のスライドドアが開き、浮かびかけた疑問はどこかへ飛んでいってしまった。すっかり酔っ払った様子の若い女が恋人らしい男の手を掴み、ぶんぶんと振り回しながら達幸に熱い視線を送っている。

「ほらね、あたしの言った通りだったでしょ？　あたし、幸ならどんな格好しててもわかるんだから！」

「うんうん、わかった、わかったから、もう行こう。プライベートだぞ。…すみません、こいつ、青沼さんのファンなんです。さっき店に入るところを見て、絶対会うんだって言って聞かなくて」

男はしきりに頭を下げて女を連れ出そうとするものの、女は男を引きずる勢いで個室に突進してくる。

「やだ、幸の友達ってやっぱりレベルたかーい！　モデルか何か？」

明良に気付いた女がはしゃいだ声を上げ、厚かましくも顔を覗き込もうとする。避けようとする明良と女の間に、大きな背中が割って入った。たたらを踏み、尻餅をつきそうになった女を男が慌てて支える。

「え、幸……？」

「…見るな。出て行け」

「え、な、なんで、何でそんな怖い顔するの？」

「出て行け。明良が穢れる」

こちらに背を向けた達幸は、一体どんな表情をしているというのだろう。憧れの存在を前にしてあれほど浮かれていた女がみるみる色を失い、ついには肩を震わせてしゃくり上げた。

「ひ…っ、ひ、酷い！　あたし、ただ、幸に会いたかっただけなのにぃっ」

酔いも手伝ってか、女は座り込んでわんわんと泣き始めた。恋人が宥めてもすかしても効果は無く、騒ぎを聞き付けた周囲の個室の客たちが何事かと顔を出す。

「お客様！」

そこへ異常を察知した店員たちが駆け付け、人騒がせなカップルを半ば強制的に引っ張り出した。女の悲鳴が遠ざかっていく中、責任者であるフロアマネージャーが深々と頭を下げる。

「私共の不注意のせいでご気分を害してしまい、たいへん申し訳ありませんでした」

「いえ、こちらの方こそ騒がせてしまってすみません」

黙ったままの達幸に代わって明良が詫びると、フロアマネージャーは恐縮して裏口へ案内してくれた。さっきの女のような芸能人目当ての客もたまに居り、そんな事態に備えた脱出ルートを確保してあるのだそうだ。おかげで明良たちは誰にも見咎められずに店を出られた。

「明良…怒ってる？」

帰りの車の中、ハンドルを握る達幸がしきりにこちらを窺う。明良がずっと黙ったままスマホを弄っているので、さっきの出来事に腹を立てているのだと思っているらしい。

「…別に、怒ってなんかいない」

「嘘！　じゃあどうして俺のこと見てくれないの？」

達幸は耐えきれないとばかりに車を路肩に停め、明良の右手を握り締める。怒っているわけではなく単に情報集めに集中していただけなのだが、明良に無視されるのは相当堪えるようだ。

「ごめんね、ごめんなさい、俺のせいで嫌な思いをさせて…」

常軌を逸してはいても、ファンはファンだ。あの場は早々に店員を呼んで引き取らせるのが最善の解決法だった。

なのにこの男は、明良を他の人間に見せたくないという理由であんな真似をした。一般人相手のトラブルが芸能人には禁物だと、知らないわけではないだろうに。

全ては、明良のために。

明良は無表情を取り繕い、泣きそうになっている達幸を見遣った。とたんに顔を輝かせる単純な男に、シャツの右袖をまくって傷痕を晒してやる。

こくん、と達幸の喉が上下した。どういうわけか、達幸は実の母親ですら醜いと嫌悪したこの傷痕に欲情するらしい。行為の最中、明良の胎内に収まると、皮膚がふやけるほど舐め尽くしては激しく腰を振るのだ。

「…少し、傷が痛むだけだ。今日は久しぶりに長く歩いたからな」

もちろん嘘だ。会社勤めをしていた頃は疲労やストレスでしょっちゅう痛んだものだが、歩いた程度ではほとんど痛まない。

「ほら…、少し腫れて、熱いだろう?」

機嫌を損ねるのが怖くて微動だに出来ずにいる男の鼻先へ、醜い傷を突き出してやる。痛みもしない傷が熱いとしたら、欲情した視線に籠もった熱情のせいだ。

「俺…、舐めて治しても、いい…?」

目を爛々《らんらん》とさせる達幸の股間はズボンの布地を押し上げ、小さな染みまで作っている。心配させて焦らした分、そこはいつもより硬くいきり立ち、収まるべき場所に収まりたいと熱望しているのだろう。

許したが最後、今日は気絶しても放してもらえまい。また全身をぐしょ濡れにされ、最後の一滴まで搾り取られる。

「ああ…、いいぞ。部屋に帰ったら…な」

頷いた瞬間、エンジンが唸りを上げた。事故にならないのが不思議なくらいのスピードで道路を走り抜け、五分もせずにマンションに到着してしまう。

「あきら…、ああ、あーちゃん…っ」

明良を抱えるようにして部屋に入るや否や、飢えた獣のように傷痕を貪る男の顔を上げさせれば、狂おしい光を湛《たた》えた青い目が明良を射すくめる。

高い防音性を誇る室内に響くのは、ただ欲情した雄の荒い息遣いだけ。熱い肌を重ねてしまえば、あとはまともな思考すら放棄して喘ぐだけだ。

隔絶され、切り取られた空間には二人だけしか居ない。

タツと明良と達幸とでピアノ室に籠もっていた頃と同じ、溺《おぼ》れてしまいそうなほど深い青が近付いてくる。

身体の内側まで遠慮会釈も無く暴くくせに、初めて交わった時から達幸は何故か一度も唇を重ねようとしない。どんなに興奮して我を忘れようと、唇にだけは決して触れない。

今度こそ口付けられるのかと身構えたが、達幸ははっと動きを止め、何事も無かったように項《うなじ》に齧《かじ》り付く。

「ひあ…っ」

「あーちゃん…」


——別にこの男のことなど何とも思っていない。ただ自分と同じところまで引きずり堕とし、同じ絶望を味わわせてやりたいだけ。離れていった唇が少し寂しいなんて、感じるはずがない。

明良は湿った髪に指を埋め、逞しい腰に脚を絡めた。


予想通り、深い闇に沈んだ明良の意識が浮上したのは、翌日の夕方といってもいい時間帯であった。

達幸は居ない。今日は昨日の埋め合わせをしなければならないから、どんなに遅くても昼前にはここを出ただろう。朝方まで明良の中に居座って責め立てていたのに、相変わらず驚異的な体力だ。

バスルームで昨夜の残滓を洗い流すのは、もはや日課となりつつある。

胸も尻も無い男の身体にはすぐに飽きると思っていたのに、達幸は初めて犯された時と同じ…いや、それ以上の欲望を明良にぶつけてくる。達幸があらかた始末しているにもかかわらず、胎内にとどまり続け、こうして明良が自分で掻き出す残滓の量が日に日に多くなっていく。

何とか身繕いが済んだ頃にはすっかり疲れ果ててしまったが、書斎でＳＮＳをチェックするのは忘れない。

今日はタイムラインがかなり荒れていた。昨日の衣装合わせをすっぽかしたキャストが居ると呟いたうかつなスタッフが居り、特徴からして青沼幸ではないかと推測されているらしい。

昨夜、車の中でチェックした時には幸がそんなことをするわけがないと憤るファンがほとんどだった。しかし青沼幸を某飲食店で見た、連れと二人でプライベートらしいという呟きが真夜中に投稿されてから流れが変わる。

事実なら、衣装合わせをすっぽかしたのは青沼幸である可能性が高い。しかも連れの性別は明記されておらず、もしや恋人ではないかと勘繰ったファンたちが嫉妬混じりの呟きを大量に投稿しているのだ。それに同調する者、否定する者、傍観する者が入り交じって混沌としている。最近の青沼幸がひんぱんに予定をキャンセルしているのはすでに噂になっていたから、調子に乗っているのではないかと辛らつな意見も少なくない。

達幸の目撃情報を投稿したのは、おそらく昨日のあの女だろう。冷たくあしらわれた腹いせに、わざと誤解を招くような書き方をしたのだ。

笑いがこみ上げて止まらなかった。明良の計画は少しずつ実を結び、偶然も味方してくれている。復讐が叶うのも遠い日のことではないかもしれない。そう思えば、男に犯される屈辱もたやすく耐えられる。

あと二時間くらいしたら、達幸を呼び戻してやろう。帰らなければ出て行くと言えば、何があっても戻るはずだ。昨日の今日でまたすっぽかせば、ダメージはさらに大きくなる。

暗い想像に耽っていると、インターフォンが鳴った。達幸以外にここを訪れる者は、一人しか居ない。

「突然お邪魔して申し訳ありません」

所持しているはずの合鍵を使わず、明良がロックを解除するのを待って、松尾はリビングに上がった。

深々と頭を下げられて、明良は強烈な居心地の悪さを味わった。明良の計画で一番迷惑を被っているのは間違い無くマネージャーであるこの人だ。松尾には何の恨みも無いだけに、良心が咎めて居留守も使えなかった。

　明良を除けば達幸の最も近くに居た人だから、達幸と明良の関係も看破されているに違いない。ＳＮＳ上の評判も明良以上に把握しているはずだ。わざわざ達幸の目を盗んで訪れた用件は、明良への警告以外に考えられない。

　しかし、松尾は怒るでも糾弾《きゅうだん》するでもなく、黙って一枚のＤＶＤを差し出した。

「これは…？」

「久世監督の『天の花』です。ご覧になったことは？」

『天の花』といえば達幸の出世作であり、エグゼクティブプロデューサーの予想をはるかに上回る興行収益を記録したのでも有名な映画だ。キャストやストーリーの粗筋は知っているが、映画そのものを鑑賞したことは無い。

『天の花』に限らず、明良は達幸の出演した作品を一切観ていなかった。手っ取り早く稼ぐ手段でしかないと断言するような俳優は、どうせあの並外れたルックスで売れているのだろうと高を括っていた。


首を振る明良に、松尾は感情を窺わせない顔でＤＶＤを押し付ける。

「観て下さい。…いや、貴方は観なくてはいけない」

　強い視線に促され、明良はＤＶＤをリビングのプレーヤーにセットする。ほどなく再生が始まり、大画面にタイトルが映し出された。


『天の花』の舞台は大正時代の日本。歴然とした身分の格差があった時代、華族の名家に生まれた令嬢・多《た》嘉《か》子《こ》の波乱に満ちた生涯を描いている。

　達幸は多嘉子の家の使用人、栄《えい》次《じ》郎《ろう》として登場する。美しく闊達《かったつ》な多嘉子に恋心を抱き何くれとなく協力するが、実は栄次郎は多嘉子の父である当主が下働きの女に手を付けて産ませた子なのである。

　当主は栄次郎を我が子と認めず、母親ごと追い出してしまった。母親は乳飲み子を抱えて苦労を重ねた末に病死し、父を憎みながら成長した栄次郎は父の家に潜入して復讐の機会を探っていたのである。

　多嘉子に恋心を抱いているというのも最初は見せか

けであり、復讐の道具として利用するためだった。当主は多嘉子を溺愛《できあい》している。蝶《ちょう》よ花よと育てた娘が血の繫がった兄と恋仲になったと知れば、これ以上無い痛手を与えることが出来ると企んでいた。

しかし、ただの道具であったはずの異母妹に、栄次郎はだんだん本当の恋情を抱くようになっていく。奉公先で孕んだ母は故郷ではふしだらな女と蔑《さげす》まれ、栄次郎共々村八分にされていた。母以外の人間に愛されたことの無い栄次郎にとって、屈託無く微笑みかけてくれる多嘉子は生まれて初めて接する無垢《むく》で美しい生き物だったのだ。

やがて多嘉子は異国の商人と許されぬ恋に落ち、嫉妬に悶え苦しんだ栄次郎はようやく自分が異母妹を愛していることを認める。栄次郎は恋情を吹っ切るために多嘉子の駆け落ちに協力し、異母妹の居なくなった実家を長い時間をかけて乗っ取った。

その後、数奇な運命をたどった末に、栄次郎は多嘉子と再会を果たす。

多嘉子の夫となった男は異国の王家の血を引いており、その子を身籠った多嘉子は逆賊に追われていた。夫とはぐれた上、身重で動けない多嘉子を自分の馬に乗せて逃がし、栄次郎は時間稼ぎのために逆賊たちに立ち向かう。護身用の拳銃を所持しているとはいえ、武装した逆賊たちに敵うはずがない。奮闘虚しく栄次郎は銃弾の雨に倒れるが、多嘉子は無事逃げおおせ、物語は続いていく。

父の持つ何もかもを奪い、復讐を遂げ、地位も名誉も手に入れた。しかし結局は利用するはずだった異母妹のために、誰にも看取られることなく冷たい異国の地べたの上で絶命しようとしている。

だが、栄次郎はこの上なく幸せだった。ただ一人愛する者をこの手で守れたのだ。たったそれだけで、汚濁にまみれたこの生にも意味があると思えた。神仏の存在すら信じたことの無い男が、薄れゆく意識の中で感謝の祈りを捧げた。

『…ありがとう、神様…』

降りしきる白い雪が、死にゆく男の目には天上からの散華《さんげ》にでも見えたのだろうか。

力無く伸ばされた掌には雪が次々と舞い落ちるが、すぐに溶けて掌を零れ落ちてしまう。まるで、想っても想っても報われない男の心のように。

『俺は、多嘉子を守れた…。あの子はこれからもずっと、ずっと生きていく…』

栄次郎や母親につらく当たり続けた村人、貧乏人の子だと栄次郎を蔑んで虐めた使用人仲間、卑しい畜生がと唾を吐きかけてきた父親。憎んでも憎み足りない者たちが脳裏を巡り、栄次郎は弱々しく笑った。呵々《かか》大笑《たいしょう》したかったが、そんな体力は残されていなかった。

『ざまあみろ…、多嘉子は無事だ。俺はこのために生まれてきたんだ。俺の生まれてきた意味は、ちゃんとあった』

ありがとう、ありがとう、と何度も感謝の祈りを捧げながら、栄次郎は永遠にまぶたを閉じる。最期まで彼は満足そうだった。


膝の上に置いた手の甲にぼたぼたと温かい液体が落ち、明良はようやく自分が泣いていることに気付いた。栄次郎が凶弾に倒れた時から視界がぼやけ、まぶたが重たくてたまらなかったのはそのせいだったのだ。


どうせあの並外れたルックスで売れているのだろうと、確かめもせずに決め付けていた自分を、叶うものなら引っ叩いてやりたかった。

均整の取れた長身と人並み外れて整った顔立ちは、確かに寄与する部分が大きかっただろう。だが、それだけで観客の心を鷲摑《わしづか》みに出来るはずがないのだ。

画面の中に居るのは青沼幸ではなく、無害を装いながらも野望を胸に秘め、異母妹への恋情に悶え苦しむ一人の男だった。

不幸な生い立ちゆえに父を呪い、己を呪い、神を呪ってきた男が、愛ゆえに全てを失いつつも救われ、その瞬間に命を高らかに賛歌しながら死んでいく。

あまりの凄絶さ、純愛と呼ぶには激しすぎる恋慕に、女性なら多嘉子に己を投影して酔い痴れただろう。男なら一人の女を愛し抜き、守り抜いて死んだ栄次郎の潔さに心を揺さぶられただろう。

感動であれ、嫌悪であれ、栄次郎の生き様から何も感じ取らない者は居ないはずだ。明良ですら未だに溢れる涙を止められずにいるのだから。

演じたのが達幸――否、青沼幸でなければ、栄次郎はあまり注目されずに終わっただろう。多嘉子はその生涯に夫以外にも多くの男を惹き付け、恋に落ちる。栄次郎はその一人でしかないのだ。

　まぶたを閉ざす刹那《せつな》、かすかに動いた唇は、何を紡ごうとしていたのだろうか。彼が感謝を捧げた神の名か。それとも決して結ばれることの無かった異母妹の名か。

　映画はすでに視点が多嘉子に移り、新たなエピソードが展開されていくが、血の海の中で幸福そうに逝った男の残像が焼き付いて離れなかった。物語はあと一時間近く残っているというのに、ヒロインを襲う数奇な運命にはらはらするどころか、栄次郎のことばかり頭に湧いてくる。

　多嘉子と結ばれる本命の相手役は明良でも知っている人気アイドルグループのメンバーであり、華やかな王子様のような外見をしている。

　人目を引く容姿という点では勝っているのに、ほぼ全編にわたって登場する彼よりも途中で死ぬ栄次郎の方がはるかに存在感を放っていた。

「この撮影の後、大変だったんですよ」

　立ったまま腕を組んで見守っていた松尾が、ぽつりと呟く。

「バニーズが…ああ、この相手役の子の所属事務所ですけど、エテルネに抗議してきましてね。これじゃあうちのアイドルが全然目立たないから幸を降板させろって…もうネガの編集まで終わってるっていうのに無茶苦茶ですよ」

　ネガは映画の大元となるフィルムで、一度編集してしまうと基本的にやり直しは利かない。かなりめちゃくちゃな要求なのだと松尾は付け加えた。

「うちゃ監督はもちろん、撮影スタッフも怒り狂いましたが、そこは天下のバニーズですからね。さすがに降板は却下されましたが、幸の出番が何分か削られました。それでも結果はこうですから、しばらくあちら絡みの仕事は来ないでしょうね」

　困ったような口調に反して松尾の表情は優しい。手塩にかけて育てた青沼幸という俳優の成長と活躍をどれだけ喜んでいるのか、言葉の端々から感じ取れる。

　…いいのだろうか。

　この才能を潰してしまって、本当にいいのだろうか。

——いや、達幸は明良を憐れんだ挙句、犬になりたいなどとむちゃくちゃなことを言って犯したのだ。その報いは受けて当然だ。そもそも達幸が鳴谷の家に来たことが全ての発端ではないか。

芽生えかけたためらいを、明良はすぐさま踏み潰す。奪われた分を奪い返して何がいけない。明良は正しい。間違ってなどいない。右腕が疼くのもただの気のせいだ。

「鳴谷さん、私はまだ貴方が高校生の頃にお会いしたことがあるんですよ。覚えていらっしゃいませんか？」

思いがけない問いに記憶を手繰ってみるものの、全く思い出せなかった。

「いえ…すみません」

「私が一方的に話しかけていたようなものですから、無理もありませんね。スカウトのために街中を歩いていて、幸を見付けた時に鳴谷さんも一緒にいらしたんですよ」

達幸との仲がかろうじて保たれていた頃は、学校帰りによく繁華街にある楽器店に寄っていた。芸能スカウトが多いので有名な界隈であり、達幸が声をかけられるのは日常茶飯事だったから、松尾がその中の一人だったのなら覚えていないのも道理だ。

「幸は壁に寄りかかって、一人で誰かを待っているようでした。とんでもなく格好いい子だとは思いましたが、それだけです。声をかけようと思ったのは鳴谷さん、貴方が原因ですよ」

「…僕が…？」

「ええ。貴方が店から出てきた瞬間、人形のように無表情で誰も寄せ付けなかった幸に血が通いました。人形が人間になった、私にはそう思えました。同時に悟りました。幸は空っぽの器なのだ、と」

「空っぽの…器」

それはかつて明良も思ったことだ。出逢ったばかりの頃、誰も寄せ付けず、周囲の何もかもを拒絶していた達幸。明良に懐いてからはだいぶましになったはずだが、他人の目からはやはりそう見えていたのか。

「俳優にルックスの良し悪しはさほど重要ではないんですよ。むしろ良すぎるとイメージが固定されて、役の幅が狭められてしまうんです。タレントを兼ねるなら別として、俳優だけで長くやっていくには幸レベルの容姿はかえって邪魔です。特に栄次郎のような当たり役が出来てしまった場合、本人もその役のイメージに無意識に縛られ、後々の演技に少なからぬ影響を及ぼされてしまう。私はそうして潰れていった俳優を何人も知っています」

芸能方面にはとんと疎い明良だが、言われてみれば息の長い名優にずば抜けた美男美女は思い当たらない。容姿で売り込む若手俳優は一時は話題になっても、数年後にはろくに名前も見かけないことがほとんどのような気がする。

「なら、達幸もそうなると？」

「いえ…、幸は違います。言ったでしょう？　あいつは空っぽの器なんです。自分というものが無いから、やれと言われればどんな役にもなりきれる。水が注がれる器に合わせて自在に形を変えるようにね。本人には演じているという意識すら無いでしょう」

松尾は壁際のラックからＤＶＤを何枚か選び出してきた。全て達幸が出演したドラマもしくは映画だが、本人は撮影が終わったものには興味が失せるらしく、パッケージの封すら切られていない。

松尾はまだ途中の『天の花』のディスクを取り出し、選んできたＤＶＤを順番に再生していく。

デビュー当初から最近まで役柄は様々、達幸の出番だけをピンポイントで再生するのでストーリーはほとんどわからないのだが、見応えはじゅうぶんだった。

圧倒的な存在感を放つ男がごく自然に映像の中に溶け込んでいる。素の達幸を知っている明良でも、一見しただけでは達幸がどこに居るのかわからないくらいだ。

役名も無いワンシーンだけの端役、ストーリーに大きな影響を与える役、中には女装する役もあった。そのどれもに完全になりきって、青沼達幸という男の片鱗《へんりん》も窺わせない。演じている意識すら無いだろうと松尾が言った意味がよく理解出来る。

カタンと音がした方を向き、明良は卒倒しそうになった。リモコンを置いた松尾がラグの敷かれていないフローリングにひざまずき、額を床に擦り付けたのだ。

「松尾さん⁉」

「お願いします、鳴谷さん。どうか幸を、青沼幸を潰さないでやって下さい」

自分よりずっと年上、しかも明良に土下座するどころか逆に激昂してもいい立場の相手である。慌てて止めさせようとしても、松尾は頑として動かなかった。

「松尾さん、どうして」

「今の幸を形作っているのは貴方なんです。幸は貴方に飼われる環境を手に入れるために、俳優の道を選んだ。ここまでキャリアを積み上げてきたのも、いつかは貴方を迎えに行くのだという一心です。一時は不眠症でかなり苦しんだのに」

「達幸が不眠症？」

鳴谷の家で暮らした十二年間、達幸はいつだって明良のベッドの足元に潜り込んですやすやと眠っていた。今もセックスが終われば明良の足元で熟睡している。およそ不眠とは無縁の男だ。

「信じられないかもしれませんが事実です。エテルネと契約してから…貴方と別れてから幸はろくに眠れず、体力の限界が来ると医師に薬を処方してもらって無理やり眠る、ということの繰り返しでした。医師いわく、精神的なものだから治療のしようが無いと」

初めてここに連れてこられた日、達幸は室内にたどり着くなり明良の足元にうずくまり、昏々と眠り続けた。叩いても蹴っても目覚めないほど深い自然の眠りを、まさかあの男は六年ぶりに味わったというのか。

「幸自身は俳優に全く執着していません。貴方さえ傍に居てくれれば、今まで築き上げたもの全てを失っても何ら痛手を感じないでしょう。…あれほどの才能、望んでも手に入れられる者は稀有なのに」

松尾はゆっくりと顔を上げた。

「続けさせたいのは私のエゴかもしれない。…でも、幸の才能は宝です。このまま潰してしまうにはあまりに惜しい…鳴谷さんも、そうは思われませんか？」

復讐のためなら何でも踏みにじっていいと思っていたはずなのに、一点の曇りも無い誠実な眼差しが凝り固まった心をわずかに溶かす。奥底に押し込んでいた理性がかすかに浮かび上がる。

「…松尾さんのおっしゃりたいことは、わかります」

「なら…！」

「けれどそれを認めてしまったら、もっと達幸の演技を観たいと願ってしまったら、僕は今までの自分を否定することになる…」

もしも達幸でなければ、この身を差し出してまで引きずり落としてやろうなんて思わなかった。元々他人と深く関わるのを厭《いと》う質だ。理不尽な別れ話にも結局は引き下がったように、不運を嘆くだけで終わっただろう。

達幸だからだ。達幸だからこそ、明良はこの胸にくすぶるどす黒い感情をぶつけずにはいられない。半ば八つ当たりだと自覚していても、諦めてしまえば楽になれるとわかっていても復讐を止められない。

「昔から達幸は僕をどうしようもなく掻き乱してめちゃくちゃにする。一緒に居るとわけがわからなくなる。あいつでなきゃ、何をされたって何も感じたりしないのに…」

「………ッ」

松尾が耐えきれないとばかりに吹き出した。何故ここで笑われるのか理解出来ず、目を白黒させていると、その反応がつぼに嵌まったらしく、上体をたわませて盛大に笑い出す。

「ま…松尾さん？」

「ははは…っ、はあ、はあ…、ああ、失礼しました。鳴谷さんがあまりに可愛いことをおっしゃるもので」

真剣に悩みを吐露していたつもりなのに、可愛いとはどういうことだ。むっとする明良に、松尾は目尻に滲んだ涙を拭いながら悪戯っぽく微笑む。

「幸でなければ何をされても感じないだなんて、幸のことだけが気になって気になって仕方が無いと白状しているようなものじゃありませんか」

「な…！」

「よく言うでしょう？　『好き』の反対は『嫌い』ではなく『無関心』なんです。鳴谷さんが幸をどう思っているのかは鳴谷さんにしかわかりませんが、少なくとも鳴谷さんは自分ではどうにもならないほど幸に惹き付けられているんでしょうね」

「そんな…、馬鹿な…」

松尾は立ち上がると、愕然《がくぜん》とする明良の両肩にそっと手を置いた。

「もし、ほんの少しでも幸を大切に思う気持ちがおありなら…お願いします。幸に演技を続けさせてやって下さい」

労るように肩を叩き、一礼してから松尾は玄関に向から。

「そうそう、幸が仕事中にコンタクトを着用しているのは貴方のためですよ。『あーちゃんが誉めてくれたから、他の誰にも見せない』そうです」

背を向けたまま呟かれ、明良は右腕をぎゅっと握り締めた。

ズキンと痛むのは、腕だけだと思いたかった。


――おかしい。これはどう考えてもおかしい。

いつものように激しく交わった後、たっぷりと種付けした胎内に居座ったまま明良を背後から抱き込み、達幸は首を傾げていた。

何度も達したにもかかわらず硬いままの雄でぐりぐりとかき混ぜても、円を描くように腰を回しても、明良は甘い悲鳴を上げるだけだ。いつもならいい加減にしろと蹴りか鉄拳が飛んでくる頃なのに。

帰宅した時には、すでに明良は変だった。

リビングでじっとテレビを観ているかと思えば、達幸に気付くとすさまじい勢いで電源を切り、そこらじゅうに散乱していたDVDのパッケージをソファの下に押し込んでしまった。隠したつもりのようだが、達幸の目はタイトルをしっかりと捉えていた。どれも達幸が出演した作品だ。

ただの気紛れだとしても明良が達幸に興味を持ってくれるのは嬉しくて、繋がりたいという欲望のままに達幸は床に手をついている明良のスウェットをずり下げ、顔を埋めて露わになった蕾をぐちゃぐちゃと舐めまくった。

普段ならこの時点でふざけるなと蹴り飛ばされているところだが、明良はまるで抵抗しない。それでさらに調子に乗り、ふやけるまで蕾を舐め蕩《とろ》かせ、内部までびしょびしょにしてから明良の胎内に押し入った。

それから数時間、場所や体位を変え、入りっぱなしで挑み続けても明良の口からは何も文句が零れない。罵倒されたいわけではないが、あまりにいつもと様子が違うので何かあったのかと心配になってくる。

ふと閃《ひらめ》いたものがあり、達幸は恐る恐る明良を覗き込んだ。

「あーちゃん…もしかして、俺、駄目だった…？」

「な…、んの、ことだ…」

「俺の出たやつ、観てたでしょう？　下手くそだから気分悪くなっちゃったの？」

「……お前、本気で…っん、ちょっと、離れろ…っ」

明良が離して欲しそうに前のめりになるので、達幸は渋々埋めたままのものを引き抜いた。太い先端が抜ける瞬間、うっとつらそうに呻く明良はひどく色っぽくて、抜いたそばから反り返る雄を苦労して宥める。

ようやく解放された明良はもぞもぞと動いて距離を取り、達幸と向き合う。視線が合うと逸《そ》らされてしまうのはいつものことだけれど、今日はさらにすっぽりとシーツを被ってしまった。寂しい。これでは綺麗な顔が拝めない。

「…下手じゃない」

「えっ」

「『天の花』の栄次郎は…良かった、と思う」

――明良が、達幸を誉めてくれている。

思わず己の頬を抓《つね》り、痛みが走ると、猛烈な歓喜が広がっていく。達幸は突き動かされるままにシーツごと明良を引き寄せ、ぎゅっと抱きすくめた。

「うわっ…、何するんだ、お前は…っ」

「あーちゃん、あーちゃん…俺、すごく嬉しい。だってあーちゃんが誉めてくれたの、八年ぶりだよ？」

「八年って…やけに具体的だな」

何かあったっけ、と呟いた明良の身体が固まった。きっと思い出したのだろう。

「…そうか。タツが死んで、もうそんなになるんだな…」

タツは明良が高校に入学して間も無く、主の成長を見届けて満足したように老衰で死んだ。あの犬種で十五歳なら長寿の部類に入るだろう。

しかし明良の悲しみは深く、学校を休んで部屋に閉じ籠もってしまった。達幸は扉にもたれ、ひたすら明良が出てくるのを待っていた。扉越しに、かすかな啜り泣きが聞こえる。傍で慰めたいけれど、綺麗なだけでなく気高い明良は泣き顔を誰にも見られたくないはずだ。タツの分も今度は達幸が明良を守るのだ。

美弥子はたかが犬が死んだくらいでとまなじりを吊り上げたが、番犬よろしく居座る達幸の前に引き下がった。明良や公明の居ないところで折檻され、抵抗する力も無かった幼い頃とは違う。逞しく成長した達幸を美弥子は怖れるようになっていた。

泣き声が止むのを見計らって部屋に入り、達幸は黙ったままの明良にただじっと寄り添った。タツが羨ましくてならなかった。達幸が死んでも、明良はきっとこんなに悲しんではくれない。寂しいとは思ってくれるかもしれないが、すぐに忘れてしまう。想像するだけで悲しくて涙が出た。

明良は突然泣き出した達幸にぎょっとして頬を拭ってくれた。こんなに優しい明良に忘れ去られてしまったら、きっと死んでしまう。らちも無い妄想と共に涙がとめどなく溢れ、明良のハンカチをあっという間にぐしょ濡れにした。

『…ったくもう、お前って奴は、どうしようもないな。……でも、偉いぞ。ありがとう』

今でも一言一句違わずに覚えている。明良がだんだんよそよそしくなっていった頃だったから、よけいに嬉しかった。

「あの時はお前があんなにタツのことを悲しんでくれるとは思わなかった。お前、よくタツに絡んでは怒られてたし」

タツと達幸は明良の寵愛を競う雄犬同士なのだから、仲良くなどなれるはずがない。明良に愛でられるふさふさの毛皮と立派な肉球を持つあの雄に、達幸はいつだって嫉妬していたのだ。

明良はきっと達幸が自分と一緒にタツを悼《いた》んでくれたのだと思い、誉めてくれたのだろうが、大いなる勘違いである。…訂正する気は無いが。

「上京してからは一度も墓参りに行ってない。寂しがってるだろうな…あいつ、甘えん坊だったから」

明良がシーツを被っていてくれて良かったと、達幸はしみじみ思った。

だって今明良はきっととても切なげで甘く優しい表情をしている。そんなものを見てしまったらただでさえ危うい理性は一瞬で崩壊し、明良が泣こうと喚こうと犯し尽くさなければ止まらなくなってしまうから。

「…でも、あーちゃんたらどうしたの？　今まで俺の出た映画を観たことなんて無かったよね？」

これ以上明良から他の雄の話を聞きたくなくて、達幸は問いかけた。ぎくりと硬直した明良をいぶかしく思っていると、しばらく黙り込んだ後にやっと答えてくれる。

「……別に、ただの暇潰しだ。でも、予想してたよりずっと面白かった。『天の花』はお前の出世作だって聞いてたけど、納得…って、何してるんだお前」

「熱でもあるのかと思って」

ついついシーツを引っ剝がし、明良の額に手をやってしまっていた。明良は無礼な手を叩き落とし、ぎろりと睨んでくる。

「誰かさんのせいで疲労困憊してるけど、熱は無い」

「だって、あーちゃんが一度にこんなにいっぱい誉めてくれるなんて、夢じゃなきゃ熱があるとしか思えないもの。…あ、もしかして熱があるのは俺…」

「さっきまであれだけやりまくってたくせに、あるわけないだろう」

自分で熱を測ろうとした達幸を制し、明良が達幸の額に手を乗せる。

肌を重ねるよりも、こんな触れ合いの方がはるかに興奮するのは何故だろう。内も外も、およそこの手と舌が届く部分は余すところ無く触れて舐めてしゃぶって入れまくって揺さぶって、明良の身体がどれほど甘美か知り尽くしているはずなのに。

「ほら、やっぱり平熱だ。…何を笑ってる。人がせっかく真面目に話してるんだから、ちゃんと聞け」

「だって仕方無いよ。栄次郎は、あーちゃんを想いながらやったんだ。あーちゃんに誉められるのが一番嬉しい」

「僕を…？」

『天の花』の栄次郎は血の繫がった異母妹に恋い焦がれる、因業を背負った男だ。

いつもなら台本を読み、役柄を摑めばあとは身体が勝手に動く。まるでその役の人物が達幸という空っぽの器に乗り移ったかのように。

カメラが回っている間、達幸は演技をしている自分をどこか遠くから眺めているような、他人に身体を支配されているような不思議な感覚を常に味わっている。台詞も監督の指示もきちんと頭の中にあるのだが、それを理解しているのは自分で、実際に演じているのは自分の中に居る誰かという奇妙な状態だ。

だが、『天の花』の栄次郎は違っていた。

栄次郎にとって多嘉子は生まれて初めて自分を肯定してくれた人だった。達幸にとっての明良と同じだと思った瞬間、達幸は栄次郎になった。

いつものように栄次郎という人物が達幸という器に乗り移ったのではない。達幸が栄次郎に同化したのだ。

達幸は初めて自我を持ったまま撮影に臨んだ。多嘉子役は男性ファンの多い清楚《せいそ》な美人女優だったが、顔も覚えていない。常に明良を重ねていたからだ。

「松尾さんが、久世監督に認められればもっと仕事の幅が広がるからって…そしたらもっと早くあーちゃんを迎えに行けるようになるって思ったから、頑張ったんだ」

自我を保ったままの演技は監督に絶賛された。久世は気難しいが、その分気に入った人間にはとことん甘い。松尾が言った通り『天の花』以降達幸の元には久世の周辺から主役級の依頼が次々と舞い込んだ。

「本当に栄次郎をやって良かった…いっぱい稼いで、予定よりずっと早くあーちゃんを迎えに行けたもの」

「…お前は…」

「あーちゃん？」

「お前が俳優をやってるのは、金のためか？　…他に何も理由は無いのか？」

「金のためっていうか…あーちゃんのためだよ」

明良にゆったりと過ごしてもらう家、美味しい食べ物、明良に相応しい家具や服。

望むもの全てを捧げれば、きっと明良は達幸を受け容れてくれる。

タツのように…いや、タツよりも役に立つ良い犬だと誉めて、達幸を傍に置いてくれる。

生まれつきの疫病神である達幸に価値があるとすれば、たった一つ、明良の役に立つ犬であることだけなのだ。

それさえ叶えば達幸は救われる。生まれてきた意味を摑める。

多嘉子を救えた栄次郎が、手にしたもの全てを失いながら、神に感謝を捧げ至福のうちに死んでいったように。

「あーちゃんに飼ってもらうための資金さえ稼げるなら、別に俳優なんていつ辞めたって構わな…！」

「この、馬鹿！」

言い終わる前に羽毛枕の直撃を顔面に喰らい、ぎゅうぎゅうと押し付けられる。

「どうしてお前はそうやって、僕を…僕なんかを、どうして…！」

くぐもった声ははっきりとは聞こえないけれど、明良が泣いているような気がしてならず、達幸は枕を押し付けられたまま手を伸ばした。

「あーちゃん、ごめん…ごめんね…」

「…っ、何でお前が、謝る…っ」

「あーちゃんが悲しい思いをするのは、全部俺が駄目な犬のせいだから。ごめんね…何でもするから、良い犬になれるように頑張るから、だから泣かないで…」

どんなに謝っても明良は泣きやんではくれなかったけれど、その晩も足元で眠ることを許してくれたから、達幸はとても幸せだった。


小さな内港のコンクリートの床をカメラや様々な機材が埋め尽くし、その間を縫うように多くのスタッフが行き交っている。ろくに足元も見ずに走り回っているのに、コードに足を引っかけたりしないのが不思議だ。

都心から車で二時間ほどの位置にある小さな田舎町の漁港は、今日ばかりは人で溢れ返っていた。そろそろ夕刻に差しかかろうというのに、隣接する土産物売り場や周辺の小さな飲食店まで観光客で満員の状態だ。内港を一番よく見渡せる展望台には大勢の女性たちが早朝から陣取り、今か今かと撮影開始を待ちかねている。

押し合い圧し合いする人々や忙しく働くスタッフたちを、明良は駐車場に停められたロケバスの中から観察していた。警備員を押し退けて少しでも近付こうと身を乗り出すファンの熱気は、ただでさえ高い気温をさらに押し上げるかのようだ。

「鴫谷さん、大丈夫ですか？」

外でスタッフと打ち合わせをしていた松尾が、ひょいと車窓から覗き込む。盛んに溜め息をついていたので心配されたらしい。

「大丈夫です…すみません。何だか圧倒されてしまって。映画のロケってこんなに人が集まるものなんですね」

「普通はもう少し静かですよ。今回が特別なんです。監督が久世さんですし、何といっても主役は幸ですからね」

誇らしげに言う松尾の視線の先には、すでに衣装をつけ、メイクアップアーティストたちに囲まれた達幸が居る。

目を閉じて佇む達幸からは『明良と離れたくない』と駄々をこねていた姿は想像も出来ない。すっかりレイに——『青い焔』の主人公である青年になりきっていた。

まさか達幸の撮影を生で、しかもこんな近くで見ることになるとは思わなかった。

きっかけは昨晩松尾からかかってきた電話だ。

『突然ですが、鴫谷さん、明日からのロケに一緒にいらっしゃいませんか？』

五日前さんざん醜態を晒してしまっているが、気まずいのは明良だけで、松尾は何のわだかまりも無いようだった。

達幸が『青い焔』のロケで一週間留守にすることは、本人から聞いていた。復讐のためには千載一遇《せんざいいちぐう》のチャンスだ。

明良が行くなと言えば、達幸はどんなペナルティを負わされることになっても行かないだろう。達幸の信用はがた落ちした挙句、久世監督にも見放され、築き上げたキャリアにははっきりとひびが入る。

しかし、明良は結局松尾の提案を受け容れてしまった。

『天の花』を観てしまったことで生じた迷いは吹っ切れるどころかいや増し、明良の中に根を張っていた。

達幸の演技をじかにこの目に焼き付ければ、摑めるような気がしたのだ。

自分が本当は何がしたいのか、達幸をどう思っているのか。青沼幸を消してしまいたいのかそうでないのか——その答えが。常に傍に居れば、単に撮影をすっぽかさせるよりも効果的な手段が見付かるかもしれないという期待もある。

明良の同行が決まってから、達幸は明良が意図的に邪魔をしなくてもしょっちゅう現場を抜け出しては電話をかけたりメッセージを送ったり、ひどい時には撮影の真っ最中でも明良の元に戻ろうとしていたらしい。実際に会社の前に現れたり、何十件もの着信履歴を残したりした達幸を知っているだけに、真実だと納得せざるを得なかった。明良に妨害される可能性を考慮しても、達幸を安定させる方が優先だと松尾は判断したのだろう。

「ここにじっとしているだけでいいんですか？　一応、付き人ってことになってるんですから、せめて外に居た方がいいんじゃ…」

明良が乗り込んでいるのは、達幸の待機用のロケバスだ。運転席と完全に分離された後部はメイク台やトイレ、シャワーブース、ミニキッチンにソファセットまで備えた個室になっており、車の中とは思えない快適さである。

もちろん、主演俳優だからこその待遇であり、他の俳優たちは何人かずつで一台のロケバスを共有している。端役に至ってはスタッフと同じマイクロバスに詰め込まれ、出番が無い間は一緒になって雑用に汗を流していた。

それぞれの俳優の付き人やマネージャーもあちこち挨拶に回ったり、担当する俳優の世話を焼いたりと忙しく働き回っており、明良のようにじっとしている者など皆無だ。周囲が忙しくしているのに、自分だけ何もしないのは落ち着かない。

素人もいいところの明良は邪魔にしかならないだろうが、ただの付き人がお客様状態では周囲も不審がるのではあるまいか。

「鳴谷さんに雑用なんてさせたら、幸に殺されてしまいますよ。…それに、鳴谷さんのような方があの集団の中に紛れると思うと、私も心配ですから。この業界、そっちの人間は多いですからね」

「そっち？」

首を傾げると、松尾は苦笑した。

「おわかりにならないなら、その方が良いでしょう。しかし…鳴谷さん、建設会社にお勤めだったんですよね？　男性比率があれだけ高い業種なのに、事務職とはいえよくもまあ今まで無事で…」

これも幸の怨念《おんねん》でしょうか、と意味不明なことをぶつぶつ呟いていた松尾を、スタッフの一人が呼んだ。すぐ行きますと返し、松尾は少し離れたバスを指す。

達幸以外のメインキャストたちが使っている車だ。

「外に出られる場合には、あのバスにはなるべく近付かないようにして下さい。幸の相手役の伊勢谷《いせや》くんと、彼と同じアクト所属の俳優が固まっているんです。今回、うちとアクトはかなり揉めたもので…」

「…何かあったんですか？」

松尾は人目をはばかり、声を潜めた。

「レイ役は当初、プロデューサーの意向で伊勢谷くんに内定していたんですよ。そこへ久世監督が幸を強引にねじ込んだんです。アクトも監督の意向には逆らえませんでした。伊勢谷くんにはレイの次に重要な役どころが回されましたが、溜飲を下げてはいないでしょう」

そんな経緯があるなら、伊勢谷は当然達幸を良く思ってはいないだろう。達幸サイドの人間だからというだけで何かされるとは考えづらいが、達幸ではなく明良がトラブルに巻き込まれるのは本末転倒だ。出来うる限り避けなければなるまい。

「わかりました。どうせ外に出る用事もありませんし、ここで大人しくしています」

「よろしくお願いします。何かありましたら、先ほどお渡ししたスマホを使って下さい」

撮影現場は特殊な機器が大量に持ち込まれる都合上、通常のスマホは繋がりにくいとのことで、松尾は専用のスマホを渡してくれていた。

松尾が達幸の元に行ってしまうと、慌ただしく動き回っていたスタッフたちが引っ込み始めた。達幸や他の俳優たちが持ち場につき、現場に緊張が走る。

これから始まるのはカメラリハーサル——実際の衣装とメイクを施した予行演習である。実際の撮影が行われるのは深夜だ。

本来ならリハーサルと本番の間にはもっと時間を置くのだが、条件に適った港がここしか無いことや港湾管理者の許可の関係など諸々の条件が重なり、撮影期間がかなり限定されてしまったのである。

映画では香盤表《こうばんひょう》というロケーションごとの撮影計画表が作成され、同じ場面でのシーンはまとめて撮影してしまう。この港は最初のシーンとラストシーンに使われるため、一週間ほど滞在してリハーサルから本番の撮影まで一気に済ませてしまうのだ。

最初と最後のシーンを連続で取るなんて、うまく頭が切り替えられず混乱してしまいそうだが、映画の撮影ではよくあることらしい。

達幸は内港の中ほどまで小さな船で進んでから海中に飛び込み、船に摑まって開始を待つ。明良もまた、松尾の計らいで設置されたモニターの前に移動した。

「用意……、スタート！」

久世の掛け声が響き渡った。

『青い焔』は架空の軍事国家・G国に生まれた青年レイの心の成長を描いたストーリーである。人気漫画が原作であり、原作者と久世が無二の親友であったことから映画化が実現した。アクトが主役交代に関して強く抗議出来なかったのは、ここに拠るところが大きい。

長引く内戦により両親を亡くしたレイは、軍事訓練施設に送られた。G国は高い能力を持つ兵士を養成するため、秘密裏に孤児を集めて過酷な訓練を課していたのである。多くの孤児が耐えきれず命を落とす中、高い身体能力を有していたレイは幸か不幸か生き残り、一流の暗殺者になった。

人殺しの技術を徹底的に叩き込まれたレイは、人間の感情など持たない機械である。どんな命令にも従い、誰であろうと無慈悲に殺した。

しかし独裁的な軍事政権は長くは続かず、革命により打ち倒された。国家の解体と再編が進む中、軍の元幹部たちは悪事の証拠隠滅に走る。

新政府が正式に成立した暁には、彼らは法廷で裁かれることになる。懲役刑をもぎ取った後に金をばらまいて海外に逃亡する腹積もりだが、子どもの軍事利用が露見すれば処刑台に送られかねない。それを怖れた彼らは、元孤児の兵士たちを皆殺しにしてしまったのだ。

虐殺をただ一人逃れたレイは密航船に乗り込み、逃亡を図る。しかし船の中まで迫った追っ手により深手を負い、活路を求めて海に飛び込んだ。

驚異的な体力と精神力によりレイが何とか泳ぎ着いた先は、G国とは対照的に平和を謳歌《おうか》する日本。

レイはそこで一人の青年に出会い、人としての心を取り戻していくことになる。

力尽きたレイを偶然拾って介抱し、後々大きな影響を及ぼすことになる日本人青年が伊勢谷扮する光《ひかる》である。

今日から三日間をかけて光とレイの出会いのシーンを撮影する。わずか十分にも満たないシーンだが、撮影にはその何倍もの時間がかかる。しかも久世はフィルム撮影にこだわり、デジタルビデオカメラを一切使わないため、失敗は許されない。リハーサルの段階でも、久世や撮影監督を始めとしたスタッフたちには緊張が漲《みなぎ》っている。

そんな中、一番自然体でいたのは達幸かもしれない。

達幸は——レイは右腕一本で海水を掻き、何度も何度も沈みそうになりながら港に向かって泳いでくる。左腕は使えない。追っ手に撃たれて負傷しているのだ。致命傷は免れたものの出血は酷く、海水は容赦無く体温を奪っていく。水温の高い夏の海であっても、レイは極寒の氷海のように感じているだろう。

レイは時折ぶつかってくる漂流物を避けない。いや、避けられないのだ。現実の時間は夕方だが、ストーリー上の時間は真夜中。失血でぼやけたレイの視界は夜の闇に覆われ、完全に奪われている。レイの目に映るのはただどこまでも広がる無明の闇だけだ。

引きぎみだったカメラが少しずつレイに近付いていく。

カメラが初めてアップでレイを捉えた瞬間、ぎらぎらと強い光を放つレイの目に射貫かれて心臓が跳ね上がった。

信じてきたもの全てがくつがえされ、絶対的存在であった国家に命を奪われそうになり、今にも海の藻屑《もくず》と消えようとしているというのに、この男はまだ生きることを諦めてはいない。生への執念だけがレイを支えている。

どんな命令にも絶対服従するよう養成された男にとって、生き延びることは生まれて初めての反逆だっただろう。死ねと命じられているのに、何故逆らったのか。何故生きようとしているのか、きっとそれすらもレイにはわかってはいない。混乱と絶望の淵にありながら、ただ本能のままに生きようとしている。

明良はいつしか拳を握り締めていた。レイにこのまま死んで欲しくない。無事に助かることはわかっているのに、本気で祈っていた。きっと固唾《かたず》を呑んで見守っているスタッフたちや監督ですら、同じ気持ちだっただろう。

レイが岸に泳ぎ着いても、まだ心臓が激しく脈打っている。眼差し一つであれほどたくさんの感情を伝えられるなんて、と素直に驚いている自分が、明良にはもっと驚嘆に値した。

あそこに居るのは、たった十数分前まで明良に張り付いて離れなかった情けない男だ。今ここで声を張り上げでもすれば、すぐに尻尾を振って飛んでくる。

いっそそうしてしまえばいい。

駄目だ、そんなことをしたら続きが観られなくなる。

背反する心がせめぎ合う間にもリハーサルは順調に進み、伊勢谷扮する光が意識を失い倒れているレイを発見する。

光は漁港の近くで古くから土産物店を営む家の息子である。家業は継がず小学校の教師をしており、ある事情から毎夜海を見回るのが日課であった。その最中にレイと遭遇したのだ。

光は救急車を呼ぼうとするが、一瞬だけ目を覚ましたレイに人を呼んだら殺すと脅《おど》される。どこまでもお人好しな光はレイに何か事情があると察して自分の家で介抱する。

平凡な光にも、ストーリーの根幹に関わる秘密がある。平和な国に生まれ育った青年と、元暗殺者の男。接点などまるで無いはずの二人は少しずつ友情を築き、やがて大きな岐路を迎えることになる。これら中盤のエピソードは別の日程で撮影する予定だ。

光を演じる伊勢谷には何となく見覚えがあった。どうしてだろうと軽く悩んで思い当たる。真理子が伊勢谷のファンだったのだ。

フルネームは確か伊勢谷悠斗《ゆうと》。モデル出身の俳優で、女性受けしそうな洗練された甘い顔立ちをしている。

光はお人好しで周囲を和ませる青年という設定だからかなり違和感があるが、当初は主役に抜擢されていただけあって素人目にも華があり、うまく演じているように見える。

しかし、達幸の圧倒的な存在感の前には霞《かす》んでしまう。レイを自分の家に運び込むシーンは光の序盤の見せ場の一つなのに、カメラが光にアングルを合わせていても、視線は気絶したレイばかりを追ってしまうのだ。

久世がレイ役を達幸に変更したのは英断だったのだろう。真理子を始め、伊勢谷のファンは憤慨しているかもしれないが。

かつての恋人に対して何の負の感情も湧いてこないのに驚き、ためしにアパートに放火した犯人や課長を思い出してみるが、何も浮かばない。達幸のことなら意識しなくても次から次へと湧き出るのに。

これから達幸がレイをどう演じるのかと想像するだけで胸が躍《おど》る。ラストシーンまでずっと傍で見守りたくなる。明良でさえそうなのだから、ファンの女性たちが恍惚の表情を浮かべているのは当然だ。きっと今、彼女たちの頭には明良と同様、達幸だけしか居ない。

あれだけの男が、あれだけの才能を、他の誰でもない自分のためだけに発揮している……この、たとえようのない愉悦…！

——少なくとも鳴谷さんは、自分ではどうにもならないほど幸に惹き付けられているんでしょうね。

あの時は否定した松尾の言葉を、明良は今、認めざるを得なかった。降参だ。青沼幸という俳優に、明良はどうしようもなく魅せられている。あれは復讐を遂げた暁には消えてしまう存在。明良の意志一つで、簡単に消し去ってしまえる存在なのに。

リハーサルは滞り無く終了し、真夜中の本番を待つのみとなった。

手間を省くために機材はそのまま設置され、スタッフも俳優もそれぞれのロケバスの中で本番開始を待つことになる。宿舎のホテルに戻るのは早朝だ。

達幸は監督やスタッフからねぎらいを受けるのもそこそこに、周囲が呆気に取られるのも構わず、衣装もメイクもそのままに明良の元に飛んでくる。

「明良！　明良っ……！」

「うわ…っ」

一回りは大きな長身に走ってきた勢いのまま飛び付かれ、明良はなすすべも無く押し倒された。据え付けのリクライニングシートが受け止めてくれるが、一人がけのシートは二人分の体重に耐えかねてぎしぎしと悲鳴を上げている。

「ね、見ててくれた？　俺、頑張ったよ。明良が見てくれたから、いつもよりもっと頑張ったんだよ」

「や…、止めろ、重たい、冷たい、痛いっ！」

悲鳴を上げているのは明良もだ。何せ達幸は長い間海中を漂っていたおかげで、ずぶ濡れなのである。筋肉に覆われた長身の重みにたっぷりと水を吸った衣装の重量が加わった挙句、ぴったりと重なった明良まで海水でぐしょ濡れにされてしまう。

何とか押し退けようと腕を突っ張っても、鍛え上げられた長身は少しも持ち上がらない。明良の抵抗をあっさりと封じ込め、達幸は悲しげに小首を傾げる。

「明良…俺、下手くそだった…？」

「う…っ」

きゅうん、という悲しげな鳴き声が聞こえ、しょんぼり垂れ下がった尻尾が見えた。無論幻聴であり幻影なのだが、叱られた犬のような姿は良心をいたく刺激する。達幸が何度も明良の犬だと言うから、こちらまで洗脳されてしまったのかもしれない。

「……良かった、と思うぞ」

「明良…っ！」

何かに負けたような気分で呟けば、達幸は破顔一笑し、がばりと明良の首筋に顔を埋めた。ふんふんと鼻を鳴らしながら鎖骨《さこつ》の窪みや項、耳朶の後ろにかけて嗅ぎまくり、嗅いだそばから舐めまくる。

「ちょ、くすぐったっ…い、止めろっ」

「駄目…、明良はキレイだから、絶対誰か目を付けたに決まってるもの。他の雄に手を出されないように、ちゃんと俺の匂いをつけておかなくちゃ」

いつの間にか脚の間に入り込んだ腰が、ぐいっと明良の股間に押し付けられる。濡れた衣装越しにも熱く硬いそこは、すぐにでも明良の中に入りたいと激しく主張している。

「あ…」

「明良…」

生々しすぎる熱に怯んだ明良を宥めるように達幸は微笑み、コンタクトレンズを外す。

表面を舐めるだけでは物足りない。他の何も入り込めないくらいに明良の中を内側からいっぱいに満たして、達幸の匂いをぷんぷんと放たせたい。

露わになった青い目から流れ込んでくる熱情に押し流されそうになった時、のしかかる重みがいきなり失せた。

「シャワーも浴びずに何を盛ってるんだ、お前は」

苦虫を噛み潰したような顔の松尾が達幸の首根っこを摑み、持ち上げている。明良が脱出するのを確認し、松尾はぱっと手を離した。

「鳴谷さん、大丈夫でしたか？」

「はい、おかげさまで何とか…ありがとうございます」

解放され、シートに激突した達幸が抗議するのも歯牙《しが》にもかけず、それは良かったと微笑む松尾はかなりいい性格をしているのかもしれない。達幸も結局諦めて引き下がり、ぶつぶつ言いながらシャワーブースに入っていった。

「幸が出たら鳴谷さんもシャワーを使った方がいいですね」

松尾に指摘され、明良はようやく己の惨状に気付いた。白いシャツに赤黒い染みが広がっている。達幸の衣装に付着した血糊《ちのり》が移ったのだろう。

「あいつは、全く…」

溜め息をつきながらも苛立たしさがまるで無いのは、見せ付けられた演技の余韻がまだ頭に残っているからだ。

「幸はいかがでしたか？」

薄い扉を隔てて、シャワーブースからは勢い良く水が流れる音が漏れてくる。いくら達幸でも、明良たちの会話は聞き取れないだろう。

「…素晴らしかったです。とても」

だから明良は、偽り無い本音を吐き出すことが出来た。

「月並みな言い方しか出来ないんですけど…引き込まれました。レイは強いのに、どこか危うくて、つい見守っていたくなるっていうか…」

これが女性なら母性本能がくすぐられるとでも言えばいいのだろうが、男の場合は何と表現すればいいのか見当がつかない。

「台詞の量も出番も光の方がよっぽど多かったのに、光のことは全然印象に残ってないんです。正直、伊勢谷悠斗がレイ役だったら、こんなに引き込まれなかったと思います」

「…鳴谷さん、伊勢谷くんをご存知だったんですか？」

拙い感想をうんうんと頷きながら嬉しそうに聞いていた松尾が、唐突に表情を曇らせる。元恋人がファンだったのだと教えてやると、松尾は深く溜め息をついた。

「それ、幸には絶対に言わないで下さいね。自分のことを全然知らなかった鳴谷さんが伊勢谷くんのことは知っていたなんて聞いたら、荒れ狂いますから」

「彼女から無理やり聞かされてただけなんですが…」

「だったら、なおさらです…！」

切れ長の目をくわっと見開き、松尾は気圧《けお》される明良に力説する。

「探偵から届いた鳴谷さんの調査報告書に、交際中の女性有りと書いてあったんです。うっかりそのまま幸に渡してしまい……一生の不覚でした」

明良に恋人が居ると知った達幸は我を失い、その後のスケジュールを放棄して明良のアパートに突撃したのだ。それが六年ぶりの再会を果たしたあの火事の日だというのだから強運である。一日でも遅かったら、焼け出された明良とは遭遇出来なかっただろう。

悲惨なのは、一人残された松尾である。あちこちに謝って回り、スケジュールの調整をして、落ち着いたかと思えば動画投稿サイトに達幸のプライベート映像がアップされていると知らされる。明良を迎えに行った時、野次馬がスマホで撮影していたのだ。息をつく間も無く動画の削除をし、ネットを巡回しなければならなかった。

「す…すみません…。本当にご迷惑を…」

「あ、いえ、責めるつもりで言ったのではないんです。それに幸は今まで問題一つ起こしたことの無い品行方正な優等生でしたから、ツケが一気にまとめて来たと思えば諦めもつきますよ」

「品行方正な、優等生…？」

狂犬と呼ばれ、怖れられていた達幸にはあまりに似つかわしくない表現である。

事故が起きる前だって、あの男は明良がどんなに止せと言っても部屋に侵入しては明良の足にしがみついて寝たり、トイレの中までくっついて来ようとしたり、クラスが違うにもかかわらず体育の授業に乱入してクラスメイトを威嚇したり…品行方正、品行方正はどこだ…？

ついつい真剣に考え込んでしまった明良に、松尾は苦笑した。

「鳴谷さんが絡まなければ、幸は大人しいものですよ。ご覧になったでしょう？」

バスの窓からは、撮影現場を覗き見ることが出来る。久世や撮影監督などのスタッフたちと談笑していた達幸は、礼儀正しく爽《さわ》やかな好青年だった。気難しいと評判の久世が豪快に笑いながら達幸の背中をばんばん叩いていたのには、驚いたものだ。

「申し上げたでしょう。幸は空っぽの器です。青沼幸という俳優も、幸の演じる役柄の一つでしかありません。ありのままの姿を見せるのは、きっと鳴谷さん一人だけなんでしょうね。…少し、寂しいですが」

達幸が松尾という男に巡り会えたのは、大きな幸運だったのだろう。松尾が青沼幸という俳優をただの商品としてだけではなく、一人の人間として大切にしているのは、出会って間も無い明良にもひしひしと感じ取れるから。

「達幸はちゃんと松尾さんに感謝していると思いますよ。あいつは馬鹿ですけど…そういうことがわからない奴ではありませんから」

「だとしたら…はは、嬉しいですね」

頬を掻きながら松尾は笑い、明良もつられて微笑む。和やかな雰囲気をぶち壊すのは当然、達幸だった。

「明良…俺以外の雄に笑っちゃ駄目」

いきなり視界が大きな手でさえぎられ、硬直した身体を背後から抱き込まれる。薄いシャツ越しにくっきりと感じる硬い筋肉は熱く、上半身に何も纏っていないことがわかった。

かろうじて下肢はバスタオルを巻いているようだが、腰に当たっているものはさっきと変わらず硬いままだ。明良が衝立《ついたて》代わりになっていなければ、かなり恥ずかしい姿を晒しているだろう。

明良の様子から松尾も状況を察したようだが、達幸は全く気にせず、明良の耳朶を食むように囁きかける。

「明良はただでさえキレイなのに、笑ったりしたら攫《さら》われちゃう」

「ば…かっ！」

離れろと怒鳴りかけ、明良は口を噤《つぐ》んだ。

達幸が馬鹿正直に離れたりしたら、立派なテントを張っているだろう股間を晒させることになる。松尾と達幸が気にしなくても、明良が嫌だ。

結局、明良に出来たのは懲《こ》りずにふむふむと匂いを嗅ごうとする達幸の向こう脛《ずね》を蹴り付けることだけで、当然ながら応えた様子は無い。

「では、私は打ち合わせがありますので失礼します。達幸、撮影開始は二時間後だ。羽目を外して鳴谷さんを困らせるなよ」

松尾がさっさと退却してくれたので、明良はさっそく硬い腹筋に肘鉄を打ち込んだ。

達幸には痛くも痒《かゆ》くもなかっただろうが、離せという意志は伝わったようで、絡み付いていた腕が外れる。

「ぼ…僕もシャワーを浴びてくる。その間にお前も何とかしておけよ」

さっと逃れた明良は、盛り上がった股間を見なかったことにしてシャワーブースに駆け込み、内鍵をかけた。

さびれた港をとぼとぼと散策していた明良は、海にせり出した波止場で足を止めた。めったに外出しない生活が続いたせいですっかり体力が落ち、軽い疲労を覚えてしまう。

水平線の彼方に沈もうとしている太陽が、水面を真っ赤に染めている。都会の真ん中では拝めない自然の美しさに目を奪われながらも、頭を巡るのは達幸のことばかりだ。

シャワーブースを出たとたん、達幸は待ってましたとばかりに明良を捕まえた。何かされるだろうと身構えてはいたが、まさかそのまま壁に手をつかされて後ろから貫かれるとは思わなかった。

命じた通り、明良がシャワーを浴びている間に何度か自分で慰めたのだろう。砲身は生温かい液体にまみれ、やけにぬるぬるとしていた。

おかげで傷付かずスムーズに巨大な雄を呑み込めたと感謝すべきか、相当抜いただろうにまだ満足していないのかと呆れるべきか。

予想外の展開に翻弄され、どうでもいいことに悩む明良を達幸は無言のままがくがくと激しく揺さぶり、突き上げた。

松尾が予定の変更を告げに来なかったら、今もまだきっと放してもらえていない。再びシャワーを浴びて身繕いをし、外に出る余力も残っていなかっただろう。

土産物を売る店からは離れたこの辺りには、観光客は近付かない。ロケにも使用されないためスタッフが立ち入ることも無く、息抜きに散歩をしたければ穴場だと松尾が教えてくれた。

明良の他には誰も居ない。時折、遠くから流れてくる観光客たちのざわめきも波の音がかき消してくれる。

……自分で自分がわからない。

初めて犯された時は屈辱でしかなかったのに、今では達幸の熱を注がれることに抵抗を感じなくなっている。

いや…それどころか、欲情を孕んで光る目に射竦められると、高揚すら感じるのだ。どんなに熱狂的なファンも、松尾ですら知らない達幸の本性。明良だけに晒される、深い海色の瞳。

事故の前、お願いだから捨てないでと纏わり付かれて、疎むと同時に覚えていたいびつな優越感。自分よりも優れた者に求められる快感。あれと同じなのだろうか。

家財を失い、恋人に去られ、会社に捨てられた。そんな自分を死に物狂いで求める達幸の執着が心地良いのだろうか。

だから、この身を復讐のための餌だと割りきれなくなっているのだろうか？

「…馬鹿げている…」

母親と死に別れた後初めて遭遇した同年代で、長い間一緒に過ごし、何かと庇ってくれた存在だから達幸は明良に執着するのだ。刷り込みのようなものだ。明良が達幸に構ってやったのは、公明に誉められたい一心からだったのに。

——最初の、うちは。

「…母親…？」

ふと疑問が浮かぶ。母親と暮らしていたのに、空っぽの器みたいだった達幸。肉親を亡くしたせいかと思っていたが、成長してからも達幸は母親について一度も言及しなかったし、公明に何度促されても墓参りにも行かなかった。

達幸を女手一つで育てたというから、美弥子とは正反対の優しく母性に満ちた女性だというイメージを勝手に作り上げていたけれど…そんな母親に育てられて、達幸のような子どもになるだろうか？

『あーちゃん…キレイ』

『とっても、キレイ…で、やさしい…』

青い目を誉められ、初めて感情を、笑顔を覗かせた達幸。

『疫病神のくせに！』

何の罪も無いはずの子どもをことあるごとに詰った美弥子。固く口を閉ざし、達幸の生い立ちを決して語ろうとはしなかった公明。

誰よりも長く一緒に居て、何でも知っていると思っていたのに、肝心なことは何一つ知らないのではないか。

「…ったく、やってらんねぇよ、あのジジイ」

ふいに若い男の声が聞こえ、明良は飛び上がった。すらりとした長身の男が、スマホで話しながら歩いてくる。

男が伊勢谷だと気付き、明良はとっさに柱の陰に隠れた。

「さんざんケチつけた挙句、二言目には『幸に喰われてる』だぜ？　プロデューサーにごり押ししといて偉そうに…男もいけるって噂あるし、青沼とデキてんじゃねぇの？」

察するに、話題は久世だろう。活き活きと悪口雑言《あっこうぞうごん》をまくしたてる伊勢谷には底意地の悪い本性が見え隠れしている。昔真理子に押し付けられた雑誌のグラビアで浮かべていた爽やかな笑顔とは別人のようだ。

松尾が教えてくれた。伊勢谷はモデルとして一時期ブレイクしたが、俳優デビュー後は人気が下降し、『青い焔』の主演に再起を賭けていた。だから結果的に主役を横取りした形になった達幸を、ひどく恨んでいるのだ。

素人の明良から見てもリハーサルでは達幸との実力の差は歴然としていたのだから、演じる本人は痛感しただろう。反省するどころかゴシップに興じるようでは、先は長くあるまい。

見付かったら面倒だ。早くどこかへ行ってくれないかと息を殺して願ったが、よほど腹に据えかねているのか、伊勢谷の口は止まらない。

話題が久世への不満から達幸の悪口、そしてプロデューサーの下半身事情にまで及んだ頃、松尾から渡されたスマホが鳴った。慌てて電源を切ろうとするが、焦っていたせいで手から落ちてしまう。

弾みでコンクリートの上を滑っていくスマホを、大きい足が踏み付けた。小さな精密機械は、着信メロディに交じってみしっと不吉な音をたてる。

「何あんた…隠れて盗み聞きとか、すげーむかつくんですけど」

不機嫌を丸出しに唇を尖らせ、伊勢谷はスマホを拾い上げる。当然のようにディスプレイを覗き込む伊勢谷に呆気に取られたのは一瞬で、奪い返そうと懸命に手を伸ばすが、ひらりと身軽にかわされてしまう。

「ん？　松尾って確か、青沼のマネージャーじゃん。ってことはもしかしてお前、青沼の関係者？」

呼称があんたからお前に変化し、ツっと眇められた目には鼠《ねずみ》をいたぶる猫のような残忍さが滲む。わずかばかりの遠慮も消え失せ、完全に敵と認定されたようだ。

「…付き人です。気分転換をしていたら、伊勢谷さんがいらっしゃったんです。盗み聞きをする気はありませんでしたが、出るに出られなくて…すみませんでした」

とにかく絡みたがるタイプの人間には、申し開きをせずすぱっと謝ってしまうのが一番だ。勤め人時代に培った経験を活用して頭を下げると、伊勢谷はふんと鼻を鳴らしてスマホを掌の上で弾ませた。

「ふうん、俺のせいにしちゃうんだあ。売れっ子俳優は付き人まで態度でかいなー」

言葉尻を捉えてさらに言いがかりをつけられても、逆上したり言い訳をしたりしてはいけない。ひたすら謝るのみだ。こういう手合いは、相手が反応すればするほど喜ぶのだから。

思った通り、いくら挑発しても乗ってこない明良に興醒めしたのか、伊勢谷もだんだん白けてくる。そろそろ解放してもらえるだろうかと淡い期待を抱くが、伊勢谷は明良の顎に手をかけ、無理やり仰向かせた。

「…よく見たらお前、綺麗な面してるんだな。虐めて泣かせたくなるっつーか…っ！」

検分するように明良を覗き込んでいた甘い美貌が、苦痛に歪んだ。達幸が背後から伊勢谷の手首を摑み、無言で締め上げている。

解放された明良が小刻みに震えているのに気付き、達幸はコンタクトレンズの向こうの双眸を細めた。伊勢谷の手首がみしりと軋《きし》む。

違う、そうじゃないと叫びたいのに、声が出なかった。夜叉《やしゃ》のごとき形相で走ってくる達幸が見えた瞬間によみがえった記憶が、悪寒となって明良を襲っていたのだ。

高校生だった明良に暴行しようとした変質者を、達幸はこんなふうに取り押さえて、それから――。

「……明良から離れろ」

低い恫喝《どうかつ》が響くや否や、伊勢谷はうわっと叫んで躍り上がった。痛みに耐えかねたというよりは、地獄の底から響いてくるような声に恐れをなしたのだろう。

「な…、何だよ、青沼。こいつ、お前の付き人なんだろ」

こんな時でも虚勢を張って嚙み付く根性はたいしたものだが、明良への侮辱を吐くごとに達幸を取り巻く空気の温度が下がっていくのには気付かないらしい。

「こいつ、盗み聞きしたくせに言い訳ばっかりで全然話にならねぇよ。こんな使えねぇのを付き人にするくらい、青沼幸は余裕だって自慢したいわけ？　うらやまし…」

「達幸、やめろ！」

悪寒を振りきって明良は叫び、二人の間に割り込んだ。今まさに伊勢谷を捕らえようとしていた拳が、明良のこめかみに打ち込まれる。

目の前で火花が散った。

とっさに力を抜いてくれたのだろうが、体重をたっぷり乗せた拳は明良の身体をわずかに浮かせた。

こんなの漫画みたいだと間抜けな感想を抱く間も無くコンクリートに叩き付けられ、側頭部ががんがんと痛みだす。

「あ…、あーちゃんっ…」

たちまち色を失った達幸が、明良の傍にへたり込む。顔面蒼白の伊勢谷がスマホを放り捨てて逃げ出すのをぼやける目で確認し、明良はほっとした。あの分なら、わざわざここでの出来事を吹聴して回ったりはしないだろう。

「何でっ…、どうしてあんな奴を庇うの…⁉」

「…仕方無い、だろ…身体が勝手に動いたんだから…」

「あーちゃん…明良…あいつがいいの？　やだよ…俺以外の雄なんて、見ないでよっ…」

「馬鹿…、どうでもいい奴でも、殴ったりしたら不祥事になる。主役を降ろされるかもしれないだろう…」

達幸が拳を振り上げた瞬間、真っ先に閃いたのはそのことだった。こんな馬鹿げたことで達幸が降板させられるなんて、絶対にあってはならない。達幸以外がレイを演じるのは見たくない。それくらいなら、自分が痛い思いをする方がはるかにましだ。

涙と鼻水にまみれた達幸の整った顔が、くしゃりと歪む。

ああ――よほど打ち所が悪かったのだろう。無邪気だった昔のように、頭を撫でてやりたくなるなんて。

けれど実際には意識がどんどん沈んでいって、指一本動かせない。

「救急車は、呼ぶな…松尾さんに、連絡を…」


何とかそれだけを伝え、明良は気を失った。


明良が意識を取り戻したのは、見慣れぬ部屋のベッドの上だった。

「こ…、ここは…？」

「…明良…っ！」

思わず疑問を口にすると、ベッドの横にうずくまっていた達幸ががばりと身を乗り出した。横たわった明良に抱き付こうとしてぐっと思いとどまり、シーツに顔を埋めてしまう。

いつもならありえない事態を疑問に思っていると、松尾がスマホで話しながら入ってきた。覚醒した明良に気付くや、通話を終えてベッドに歩み寄る。

「良かった、気が付かれたんですね。気分はいかがですか？　視界がぼやけるとか、吐き気がするとか、何か異常はありますか？」

「いえ…、そういうことは何も」

松尾はほっと頬を緩ませた。

「知人の病院で診てもらいましたが、軽い脳震盪《のうしんとう》だろうという診断でした。その分なら心配無いようですね」

「はい。ありがとうございます」

「お礼を申し上げるのはこちらの方です。本当に、何と言って感謝したらいいのか…鳴谷さんのおかげで大事に至らずに済みました」

「あの…、ここはどこなんでしょうか。それと、撮影はどうなったんですか？」

　元はといえば明良が不用意だったのが原因なのに、礼を言われるのは気が引ける。やや強引に話題を変えても、松尾は深く追及してこなかった。

「ここは宿舎のホテルです。この部屋は幸と鳴谷さん専用ですのでご安心下さい。撮影は明日に延期になりました」

「延期？　…まさか、伊勢谷さんが何か…」

「いえ、天候不順のせいです。今、外はこの通りの有り様でして」

　松尾がリモコンを操作してカーテンを開けたとたん、ザアアっと激しい雨風が窓ガラスに打ち付けた。時折おどろおどろしい雷鳴が轟《とどろ》き、稲妻が闇空を白く染め上げる。

「リハーサルが終了した段階で大雨警報が出ていたんですが、大雨どころか嵐ですよ。撮影は続行不可能ということで、明日以降に延期になりました。…まさに天の助けです。幸はとうてい、演技なんて出来る状態ではありませんでしたから…」

　自分が話題になっているのに、達幸はシーツに顔を沈ませたままだ。明良よりも一回りは大柄な男が、小さく萎んで見えた。

　大きな手がぎゅっと明良の手を握り締め、何度も何度も明良を呼んでいたのをおぼろげに覚えている。

　かつて変質者を撃退し、明良の番犬だと呼ばれて誇らしげにしていた男だ。結果的に明良を傷付けてしまい、どれほど衝撃を受けただろう。

「…松尾さん、少し達幸と二人にしてもらってもいいですか？」

　起き上がりながら頼むと、松尾は無言で頷き、明良の望みを叶えてくれた。嵐はますます激しさを増している。どんなに早くても、朝までは撮影は再開されないだろう。

「達幸」

逞しい肩がびくんと跳ねるが、達幸は顔を上げない。何度呼んでも微動だにせず、シーツにしがみついたままだ。

何だか笑いがこみ上げてきた。

タツも昔、悪さをして叱られると申し訳無さそうに頭を垂れていた。喧嘩ばかりしていたくせに、達幸とタツはよく似ている。

「あーちゃん…？」

笑い声に励まされたのか、達幸がおずおずと上体を起こす。さっきは気付かなかったが、唇が切れて紅く染まっていた。

「口、どうしたんだ？」

「え？　…あ、しまった」

本人も指摘されて初めて気付いたらしい。大方、明良が気絶している間、無意識に嚙んでいたのだろう。昔も焦れるとよくそうしていた。

「馬鹿、触るな」

無造作に傷口に触れようとした手を摑む。驚愕に見開かれた青い目に引き寄せられ、明良は傷付いた唇に己の唇を寄せた。

もう頭は正常に戻っているにもかかわらず、意識を失う直前の感情が再び押し寄せてきた。達幸に優しくして、可愛がってやりたい。明良のせいで刻まれた傷を舐めて治してやりたい。

だが、明良の唇を受け止めたのは同じ柔らかな感触ではなく、硬く少しかさついた皮膚だった。達幸が寸前で掌を割り込ませたのだ。

「だ…、駄目、あーちゃん…」

「…駄目って、何が」

ぷるぷると震えながら訴える達幸に、軽い苛立ちが湧いた。

もっといやらしいことを当然のように強要するくせに、たかがキスをこの男は決してしようとしない。偶然唇が触れそうになると、仰け反りそうな勢いで離れてしまう。

達幸とキスしたいわけでは断じてないが、こうも避けられ続けると苛々する。いい加減理由を白状しろと迫れば、達幸はしおしおと降参した。

「だ…って、俺、犬だもん」

「は…？」

「俺は、明良の犬で…恋人じゃ、ないから。キスは、恋人じゃなきゃ、駄目だから」

開いた口が塞がらなかった。どういう理屈なのだ。犬だからいけないと言うなら、身体を繋げる方がよほど禁忌に当たるのではないのか。

この男は明良の理解の範疇《はんちゅう》を超えている。

でも…、大きな身体を竦めて震える達幸が、何故か可愛いと思ってしまう。

明良は衝動のままに達幸の掌をどかし、血の滲んだ唇をそっと舐めた。

「あっ、明良っ…！」

逃れようとする頭を固定し、薄らと開いた唇から舌を差し入れる。ディープキスは気持ち悪いから嫌いで、ろくに経験の無い自分が嘘のようだ。けれど、涙目で震える達幸に嗜虐心《しぎゃくしん》が刺激され、どうしてもやりたくなってしまった。

呆然とされるがままの達幸の舌をなぞり、絡め、吸い上げる。いつもとは逆の立場は明良を煽り立て、拙い舌使いでひたすら達幸の口内を貪った。

ようやく解放された達幸は真っ赤な顔で唇を覆い、ぼろぼろと涙を零す。

「どうして…？　俺、俳優なんていつ辞めたって構わないんだ。伊勢谷…あいつ、明良に触った。明良を侮辱した。殺してやったって良かったのに、どうして庇ったりするの。どうして、…明良を傷付けた俺に、優しくしてくれるの」

「達幸…」

それを聞きたいのは明良の方だ。

伊勢谷を殴ろうとする達幸を、止めずに傍観していれば良かったのだ。伊勢谷のことだからこれ幸いと被害を騒ぎ立て、達幸には暴力俳優のレッテルが貼られただろう。

復讐を達成する絶好のチャンスを、明良は我が身を犠牲にしてまで棒に振った。自分のせいで達幸が降板させられるなんて、絶対に許せなかった。達幸から俳優という天職を奪おうとしているのは、他ならぬ明良自身なのに。

今からでも遅くはない。明良が願えば、達幸はすぐにでも伊勢谷に暴力でもって報復をするだろう。考えようによっては、こちらの方がより大きなチャンスだ。

さっきと違い、ホテルには多くの人目がある。一般人に目撃されれば秘密裏に揉み消すことは難しく、人気俳優の暴力事件はあっという間に知れ渡るだろう。

たった一言、言えばいいのだ。伊勢谷が許せないと。

そうすれば復讐は終わる。達幸は明良と同じく全てを失う。青沼幸は消え、明良は達幸から…不可解なこの想いから解放される。いいことずくめだ。何をためらう。血と涙と鼻水でぐちゃぐちゃの顔なんて、どんな美女だってみっともないはずだ。頬擦りをして慰めてやりたいと思うのはただの錯覚だ。騙されてはいけない。

猛烈な風に煽られた雨が窓ガラスに打ち付けられ、反射的にびくんと肩が跳ねた。

「…明良、寒いの⁉」

達幸は血相を変えて立ち上がり、きょろきょろと忙しなく周囲を見回したかと思えば、クロゼットに突進する。

力任せに開閉された扉がガタガタ、ドゴッ！　とすさまじい音をたてるが、もちろん達幸は構わない。戸棚から取り出した予備のブランケットをありったけ抱え、明良の元にすっ飛んで戻ってきた。

「明良は身体弱いんだから、具合が悪い時はあったかくしてなくちゃ駄目」

「いや、ただ驚いただけで、別に寒いわけじゃ」

「そうだ、何かあったかいものも飲むといいよね」

明良が止めるのも聞かず、達幸はルームサービスを注文し、待っている間にブランケットを明良の肩にかけていく。

着ているシャツまで脱いで羽織らせようとするのは何とかやめさせたが、ブランケットを三枚も重ねられては暑い上に重たい。たまらずはねのけようとしても、目敏く気付いた達幸に首元まで引き上げられてしまう。

「おい、達幸…」

「あ、ルームサービスが届いたみたい。俺、受け取ってくる」

達幸はいそいそと入り口に向かい、いい加減にしろよと胸倉を掴みかけた明良の手は虚しく空を切った。すぐさま湯気をたてるカップを持って戻り、ふうふうと何度も息を吹きかけてから適温になったそれを明良の口元まで運ぶ。カップを持たせることすら、明良の身体に障ると思っているようだ。

もう抵抗するのも馬鹿馬鹿しく、明良は素直に口を開いた。丁寧に淹れられたコーヒーの芳しい香りと味を堪能するうちに、少しずつ落ち着きを取り戻す。

伊勢谷を庇ったのは、別に達幸を助けたわけじゃない。他人に復讐を完結させられたくなかったからだ。今、達幸をけしかけないのはまだ体調が悪いから。そうに決まっている。断じて諦めたわけじゃない。

明良は達幸が憎いのだ。妬ましくてしようがないのだ。それ以外の感情なんて、どこにも無い。あってはならない。

純粋な心配と労りに満ちた瞳を見ていられず、明良は達幸を手招きした。首を傾げながらベッドの縁に腰かけた達幸の頭を、膝の上に乗せる。

「あっ、あっ、明良？　どうしたの？」

「…もう、黙れ」

唇を手で覆ってやれば、達幸はぴたりと口を噤んだ。吹き付ける暴風雨を除き、互いの息遣いしか聞こえない閉じた空間は、幼い頃を思い出させる。

タツと達幸と明良だけで籠もったピアノ室は、互いを傷付けるものは何も無い幸福な世界だった。満ち足りた時がいつまでも続くのだと無邪気に信じていたあの頃から、何て遠くに来てしまったのだろう。

達幸がごそごそと動いて長身を丸め、明良の膝に頭を擦り付けてくる。胸にこみ上げる熱いものを押し隠し、明良は達幸の髪を撫でた。


予期せぬ嵐は翌日の午後には去り、昨日の分の撮影は夜半から開始される。それまでただ待つのは時間の無駄なので、同じ港のシーンを撮影することになった。

ほとんど光のシーンだが、最後の一カットだけレイが登場する。その一カットのために達幸はロケバスの中で出番を待ち続けていた。

「明良、大丈夫？　頭、痛くない？」

心配そうに明良を覗き込む達幸は床に膝をつき、明良はベッド代わりのリクライニングシートに横たわっている。

昨日の今日だ。松尾には大事を取ってホテルで休むよう勧められたが、達幸が明良も一緒だと頑として譲らなかったのである。

明良の体調も心配だが、目の届かない場所に置いて行くのはもっと心配、というのが達幸の言い分だ。昨日の伊勢谷のように誰かが明良に絡むのを、怖れているらしい。

一度だけ見かけた伊勢谷は明らかに精彩を欠いており、仲の良い俳優たちも気遣っていた。松尾の話では、達幸と顔を合わせるや否や、そそくさと逃げ出したという。

自業自得だ。同情する気にもなれないけれど、少しだけ可哀想でもある。

達幸の本気の怒りに、わずかな間だけとはいえ晒されたのだ。頭に焼き付いて離れず、達幸と対峙するたび恐怖がよみがえるだろう。光はレイとの絡みが最も多いのに、そんな調子ではとても最高の演技は望めまい。

「…今はもう、痛くない」

「本当に？　湿布そろそろ貼り替えた方がいいんじゃない？　ちゃんと予備のを持ってきてあるから、いつでも言ってね。あ、喉渇いてない？　明良の好きなグレープフルーツのジュースがあるよ。それともご飯食べる？　ここ、簡単な料理くらいなら出来るから、明良の好きなもの作るよ。明良、細いんだからいっぱい食べて太らなきゃ」

きらきらと期待に満ちて輝く目に見上げられ、明良はうっと詰まった。喉も渇いていないし腹も減っていないが、何も要らないなんてとても言えない。

「……ジュースと、あと、サラダでも食べようかな」

「ジュースとサラダだね。わかった！」

簡易キッチンに走り、いそいそと野菜を切り始める達幸の尻に、ぶんぶんと振られる尻尾の幻影が見える。

昨日から達幸は少し変わった。犬だと自称する通り明良に盲目的に尽くしまくるのは同じだが、そこに蜂《はち》蜜《みつ》のような甘ったるさが加わった。

意外にも器用に包丁を扱う達幸の後ろ姿を眺めながら、己の唇にそっと触れる。

恋人だけにしか捧げてはいけないというそこを、明良は昨日、自分から奪ったのだ。頑なに犬だから駄目と拒む達幸が腹立たしくて、許せなかったから。

……違う、僕は達幸が妬ましい。憎くてたまらないんだ。そのはずだ。

何も考えてはいけない。何かに気付いてしまったら最後、目的を遂げられなくなってしまう。こんな所まで付いて来たのは達幸と親交を深めるためではない。自分の心を確かめるためなのに。

悶々とする明良に、目敏い達幸がささっと駆けつける。

「明良、どうしたの？　やっぱり気分悪い？」

「何でもない、大丈夫だ。それよりジュースとサラダはまだか？」

「すぐ…！　すぐ出来るから、もうちょっとだけ待ってて…！」

達幸はキッチンに走り、すぐさまボウルとグラスを手に取って返す。

彩り良く盛られたサラダには脂分を飛ばしてかりかりになったベーコンやクルトンが載せられ、食欲をそそられる。マンションではもっぱら明良が料理を担当しており、忙しい達幸は一度も料理の腕を披露したことが無かっただけに驚きだ。

「お前、料理なんて出来たのか」

「簡単なのだけ。明良に食べて欲しくて勉強したんだ。クランクアップしたら色々作るね」

「……」

「明良は何もしなくていいんだ。ずっとずっと、俺の傍に居てくれれば…俺を明良の犬にしてくれれば…」

達幸はこの撮影が終わってもずっと明良と暮らすつもりでいる。けれど明良は達幸と一緒の未来なんて想像も出来ない。達幸と共に居るのはあくまで復讐のため。それが終われば明良は、達幸の元から去るしかないのだから。

元通り一人きりになれば、こんな感傷からも解放される。…その時が待ち遠しい。

「カット！」

バスの外で、久世の苛立たしげな声がびりびりと空気を揺らす。港に面した窓を覗くと、禿げ上がった頭から湯気が出そうな勢いで久世が伊勢谷を怒鳴り付けていた。

「何度言ったらわかるんだ！　そこは光のトラウマを印象付ける重要なシーンなんだ。それじゃあただのお調子者の馬鹿だろうが！」

「す…、すみません…！」

伊勢谷はすっかり萎縮してしまっており、何度同じシーンを繰り返してもとうてい久世の望むレベルには達しない。失敗すれば再び久世に激しく叱責され、さらに萎縮して失敗する悪循環に陥ってしまっている。

いつしか付き合わされる共演者たちにも苛立ちが滲み始め、伊勢谷の演技はますますぎこちなくなっていく。人前で叱責され、駄目出しをされ続け、伊勢谷のプライドはずたずたに引き裂かれてしまっただろう。

それでもこのシーンは昼間のシーンなので、日暮れまでに撮影を終えなければならない。スケジュールはどんどん押していき、スタッフの間にも焦りと緊張が流れ始める。

「久世監督って、厳しい人だったんだな…」

完璧主義でベテランにも容赦しないと聞いてはいたけれど、達幸に接する久世は強面だが気のいい中年男といった風情で、そんな様子は微塵も無かった。達幸がどれだけ規格外であるかのいい証拠だろう。

「ただ声がでかいだけのオヤジだよ」

並んで眺めていた達幸が呟く。本気でそう思っているのだから始末が悪い。伊勢谷が聞いたら、怒りと嫉妬で悶絶すること間違い無しだ。

「お前、それ絶対監督と伊勢谷さんには言うなよ。にしても…この分じゃお前の待機時間は延びる一方だな」

「構わない。明良と一緒の時間が増えるもの」

にこりと笑って、達幸は窓に身を乗り出していた明良をお姫様のように抱え上げた。じたばたと暴れるのを苦にもせず、明良の視線が窓辺にくるよう腕の高さを調整する。

「あんな姿勢じゃ身体に負担がかかっちゃう。こうした方が見やすいでしょ？」

「ば…、…馬鹿、お前、出番待ちのくせに、どこか痛めたらどうするんだよ」

「これくらいどうってことないよ。むしろ、明良にくっついてるとリラックス出来て、安心する…」

項に鼻先を埋めてふんふんと匂いを嗅ぎまくる達幸は、言葉の通りただ安らぎを求めているだけのようだ。何故かくすぐったさと共に甘酸っぱい気持ちが湧いてきて、明良は窓の外に視線を逸らした。

「…ああ、もう、やめだやめだ！」

ちょうどそこに、久世の怒声が響き渡った。久世はぐしゃぐしゃに丸められた脚本を叩き付け、助監督や撮影監督の制止も聞かず肩を怒らせて去っていく。

「し…、しばらく休憩です！　休憩に入って下さい！」

助監督が取り繕うように叫び、久世を追いかけた。撮影監督たちがそれに続き、監督の関係者が誰も居なくなると、凍り付いていた現場はざわざわとざわめきだす。

「監督の気持ちもわからなくはないけど、ちょっとやりすぎじゃない？」

「元々モデルの伊勢谷に演技力なんて期待する方が間違いなんだよ。しかも相手役はあの青沼だろ？　差がありすぎるよ」

「俺、昨日のカメリハ見てたけど、青沼はすげーよ。もう鳥肌立つっつーの？　伊勢谷がどんなに頑張ったって太刀打ち出来ないよ」

「監督も青沼を基準にしてるから、伊勢谷への要求もハイレベルになるんだよな。ある意味伊勢谷は被害者と言えなくもないっつうか…」

車内の明良にも聞こえたくらいだ。同情めいた揶揄は伊勢谷の耳にもはっきりと届いただろう。昨日の傲《ごう》慢《まん》な態度が嘘のように萎れて、屈辱に震えている。

「明良…、明良…」

明良ですらわずかに憐憫《れんびん》を覚えたというのに、共演者であるはずの達幸は同情するどころか、未だに明良の匂いを嗅いで悦に入っている。ここまで伝わってくる現場の緊張は、全く感じていないようだ。

テーブルに置かれた達幸のスマホが鳴る。無視しようとするので耳元に突き付けてせっついてやると、達幸は渋々電話に出た。相手は松尾のようだ。

「…うん、わかった。じゃあ、また後で」

わずかな遣り取りで通話は終了し、達幸は明良をリクライニングシートにそっと座らせる。

「松尾さん、何だって？」

「監督の頭が冷えて、伊勢谷が落ち着くまでしばらくは休憩だって。それでも駄目だったら俺のシーンだけ先に撮って、伊勢谷は後回しってことになるかも」

「そうか…厳しいな…」

ただでさえ予期せぬ嵐のせいでスケジュールが押し

ているのだ。港の撮影許可が出ているのはあと四日。その間に必要なシーンを全て撮ってしまわなければならない。関係者の焦りは募る一方だろう。

しかし、一番焦っていいはずの主役は嬉しそうに明良の足元に縋り付き、能天気な提案をしてくるのだ。

「明良、時間が出来たから海見に行こうよ」

「……お前、こんな時に何言ってる…？」

「俺がすることなんて何も無いもの。俺、明良と海が見たい。…ね、行こ？」

ぎゅっと手を握り締められ、明良は迷いに迷ったものの、結局はあのきらきらの目に屈服した。

駄目だ駄目だ、さっきからあの目にやられっ放しだ。こんなんじゃ駄目だ。

気を引き締める明良と指を絡めるように手を繋ぎ、達幸はいそいそとバスを降りる。

二人が通り過ぎるたび、スタッフたちは一瞬作業の手を止め、ぎょっと目を見開く。妙な噂が立ったらどうすると心配になるのは明良だけだ。達幸は鼻唄でも歌い出しそうなほど軽い足取りで、明良の手を引いて行く。

幸いにも、変更に次ぐ変更で忙殺されているスタッフたちが物好きにも追いかけてくることは無く、ほっとした。

「おい…、どこまで行くんだ？　あんまり遠くまで行ったら撮影再開までに戻ってこられなくなるぞ」

「もうすぐだよ。あとはここを上るだけだから」

ロケ隊が使用しているのとは港を挟んで正反対にある駐車場の奥は、明良の身長の三倍はありそうな高さのコンクリートの壁だ。よく注意しなければわからないほど細い階段が設置されており、達幸に促されるまま上りきったところでいきなり視界が開け、強烈な潮の匂いがした。

「わ……！」

白い砂浜と青い海がどこまでも広がっている。人っ子一人居ない砂浜には潮騒だけが満ち、少し離れた港の騒々しさが嘘のようだった。

昨日伊勢谷と遭遇してしまった波止場の夕陽も美しかったが、砂浜に寄せては引く波はさらに素晴らしい。

「ここ、遊泳禁止エリアになってるからめったに人が来ないんだ。昨日スタッフが教えてくれて、明良に絶対見せたかった」

「僕に…どうして?」

「明良、海が好きだから」

笑う達幸に、小さな子どもの姿が重なった。公明に連れられて行った水族館の結婚式。披露宴を抜け出して、二人でこうして海を眺めていた。あの時の海はこんなに綺麗ではなかったけれど。

「俺の目のこと、海みたいだって…キレイだって言ってくれて、だから俺も海が好きになったんだよ」

「達幸…」

「でも、明良のことはもっと好き。もっともっともっと、大好き」

ゆっくりと近付いてくる、信じられないくらいに整った顔立ち。熱烈なファンを持つ俳優の青沼幸ではなく、明良だけに見せる青沼達幸の切なげな表情。

恐る恐る、ただ重ねられるだけの唇を、明良は拒まなかった。逞しい腰に腕を回せば、勇気を得たように口付けが深くなっていく。

うっかり歯がぶつかり合ってしまいそうな拙さが、不思議と心をくすぐった。キスは恋人とだけだと断言する男だ。こんなに下手くそなら、今まで練習する機会はほとんど無かったと思っていいだろう。明良が初めてだという可能性もじゅうぶんにありうる。

絡まり合う舌が甘く痺れ、右腕の傷が疼いた。明良の人生をねじ曲げた傷痕は、達幸が明良のためにその身をなげうった証でもある。

「んっ、ふ…は、ぁ…んぅ」

鼻にかかった嬌声《きょうせい》が零れるたびに激しくなる口付けは、拙い分、容赦無く明良を蹂躙する。項をしっかり固定され、頭一つ分の身長差から貪られるのだから、口付けられるというよりは喰われているようだ。身体中から力が抜けていく。

――いっそ、この心ごと喰らわせてしまいたい。

熱に浮かされて過った衝動を、達幸に縋ってやり過ごす。

「明良…」

解放されたとたん、腰が抜けた明良を受け止め、達幸はコンクリートに腰を下ろした。膝の上に向かい合わせで明良を座らせ、右腕に頬を擦り寄せる。

「…すき、あきら…明良だけが、好き」

「達幸、僕は…」

「好き、好き、大好き。俺の明良。俺だけの…、あーちゃん…」

波のように繰り返される告白が、心の奥底にあるものを揺さぶる。

これ以上聞かされたら口を突いて出てしまいそうで、明良は素早く達幸の唇を盗んだ。達幸がきょとんとしているうちに膝の上から退こうとするが、浮かびかけた腰を長い腕に引き寄せられ、股間をくっつけ合うように抱き締められてしまう。

布地越しにも硬いものを感じ、明良は広い背中を叩いた。明良に関しては羞恥心は皆無でところ構わず盛る達幸だ。こんなところでもその気になれば押し倒されかねない。

「達幸っ」

「…大丈夫。これ以上は何もしない。ただ、こうしてるだけだから」

達幸は明良の肩口に顔を埋め、言葉通りじっとしている。

「でもお前、その…つらくないのか？」

そんな状態で自分で処理もせずにいるのは、さぞかしつらかろう。明良も男だから心配になってしまう。

「平気。いつものことだもの」

「……は？　いつも？」

「明良と一緒に居ると、俺、いつもこんなんだよ。匂いを嗅ぐだけでガチガチになっちゃう。でも、そのたびに抱いたりしたら、明良が壊れちゃうから我慢してるの」

あれでか。あれでも我慢していたのか。

衝撃の事実にがくりとなるものの、昨夜と同じ愛しさがこみ上げ、明良はくすくすと笑った。

「馬鹿だな、お前は」

どん底に突き落とそうとしている人間にそこまで入れ込むなんて、本当に馬鹿としか言いようがない。自分だけに向けられた欲望を心地良く感じてしまう明良も、立派な同類だけれど。

「…明良、笑ってる。嬉しい…俺、明良が笑ってくれるなら、何でもする。どれだけだって、我慢してみせる」

だから誉めて誉めてと頬を擦り寄せる犬の頭を撫でてやれば、前言をころりと忘れて唇を貪ってくる。

撮影再開の時刻ぎりぎりまで、二人は抱き合い、深い口付けに溺れていた。

明良と達幸がバスに戻ってほど無く、渋い表情の松尾が現れた。

「伊勢谷くんが居なくなりました」

二人して抜け出していたことを咎められると思いきや、松尾は今日のメインのはずの伊勢谷が姿を消したせいで奔走しており、ここに戻る暇すら無かったという。

「居なくなったって…まさか…」

久世にあれほど叱責され、大勢の前で恥をかかされたのだ。悲観のあまり失踪してしまったのかという明良の懸念を、松尾は言下に否定した。

「まさか。あれがそんなに可愛いタマなわけないでしょう。臍《へそ》を曲げてどこかに遊びに行ったんですよ。アクトも大体の行き先は把握しているはずです。でなければあんなに落ち着いて構えているはずがありませんから」

「そんな無責任なことが許されるんですか？」

「普通なら降板させられてもおかしくありませんが、アクトは今回のプロデューサーと繋がりが深いんです。せいぜい厳重注意くらいですね。伊勢谷くんもそれを承知の上ですから、明日には戻ってきますよ。息抜きがてら久世さんや幸を困らせてやればいいくらいに思ってるんでしょうね」

伊勢谷は確か明良より一つ上だったはずだが、あまりに短絡的だ。今までもそんな調子でやってきたのなら、落ち目だというのは本人の性格に因《よ》るところも大きいのだろう。

「撮影監督と話し合った結果、夜から光の絡まないシーンだけ撮ってしまうことになりました。これから準備に入るので私も幸もすぐに出てしまいますが、鳴谷さんはいかがなさいますか？」

「先にホテルに戻っていてもいいですか？　少し疲れてしまって…」

「そうですね、ゆっくり休まれた方がいいでしょう。タクシーを呼びますからそちらでお帰り下さい。ああ、くれぐれもお渡ししたスマホはお持ちになって下さいね」

「はい、わかりました」

「明良…行っちゃうの？」

達幸がまたあの目で行かないでと訴えるが、ここは我慢だ。

「お前はちゃんと仕事をしろ。…それで、早く帰って来い」

「…うん！　俺頑張る！」

現金にもぱあっと顔を輝かせ、達幸は弾む足取りでバスを飛び出す。苦笑して追いかける松尾が『調教師になれますね』と呟いたのは、聞かなかったことにした。

松尾に教えられたタクシー乗り場は、土産物売り場が集まる施設の奥だ。観光客で賑わう施設を近道代わりに通り抜ける途中、トイレで用を足す。

「鳴谷明良さん？」

手を洗っているところに声をかけられ、振り向こうとした瞬間、口元を布で覆われた。染み込まされたきつい匂いを吸い込むや否や、くらりと眩暈がして、急激に意識が遠のいていく。

「おい、こいつでいいのか？」

「ああ、間違い無い。さっさと行くぞ」

馴染みの無い男たちの声が聞こえ、両脇を支えられて引きずられていく。

何とか意識を保とうと頭を振るが、目敏く気付いた男に再び布の匂いを嗅がされ、明良は意識を失った。


『明良、好き』

能天気に告白する男を、やめろと思いきり殴ってやりたかった。

『明良が好き、大好き。明良が居てくれれば、他に何も要らない』

達幸が嬉しそうに笑うから、明良は自分で自分がわからなくなるのだ。

傍に居るのも、抱かせるのも、全ては明良と同じどん底に突き落としてやるためだ。

達幸はいつだって無防備に背中を晒し、崖っぷちに佇んでいる。明良が押してやれば簡単に、抵抗もせず谷底に落ちていくだろう。

なのに、どうしても思い切れないどころか、気付けば助けてしまっている。あの素晴らしい演技をもっともっと見ていたいと願っている。いつでも辞めて構わないと豪語する本人より、明良の方がよほど『青沼幸』に執着してしまっている。

「まだ起きないのか？」

妙にくぐもった声と同時に、右腕を乱暴に蹴り上げられた。ちょうど古傷の真上に当たったせいで激痛が走り、混濁していた意識が一気に現実に引き戻される。

「うあ……っ！」

「おっ、お姫様はお目覚めですよー。皆さん、拍手拍手ー」

ぱちぱちぱち、と手を打ち鳴らすのは、明良をぐるりと取り囲む三人の男たちだ。明良は彼らの真ん中に転がされ、ガムテープで後ろ手に拘束されている。

男たちは格闘技でもやっているのか、皆筋骨隆々としている。青と黄色と赤、色違いの目出し帽を被っているせいで素顔は不明だが、唯一露出した目は三人とも隠しきれない興奮と愉悦に歪んでいた。

明良は周囲を見回し、懸命に頭を回転させた。

薄汚れてあちこち雨染みが出来たコンクリートの床。ゴミが散乱し、窓ガラスは割れ、壁は所々骨組の鉄筋が露出している。ここはおそらく建築途中で建設会社が倒産し、そのまま放置されたオフィスビルか何かだ。

明良を囲んでいるのは十中八九、トイレで明良を拉《ら》致《ち》した男たちだろう。明良の名前を知っていたことといい、人目に付かない場所といい、計画的な犯行だ。ただのリストラされたサラリーマンを誘拐する物好きはそうそう居ない。だとすれば、彼らの本当の目的は明良以外にありそうだ。

蝶番《ちょうがい》が外れかけた奥の扉が軋みながら開き、長身の男が入ってきた。目出し帽の男たちが頭を下げて場を譲る中、悠然と現れた人物に明良は息を呑む。

「よお、乱暴にして悪かったな」

デジタルビデオカメラを片手に明良を見下ろしているのは、撮影現場から消えたはずの伊勢谷だった。

「伊勢谷さん…、どうしてこんな…」

「お前、鳴谷明良っていうんだってな。いや…『あーちゃん』だっけ」

「…僕なんかをどれだけ痛め付けたって、た…青沼さんはどうにもなりませんよ」

「しらばっくれるんじゃねぇよ。…見たんだよ、俺は。お前たちが抱き合ってキスしてるところを」

「……っ！」

馬鹿な、海辺には誰も居なかった。…いや、違う、あの階段だ。明良たちが上ったあの細い階段なら、身を潜めながら上部を盗み見ることが可能だ。

まさかあんなところに伊勢谷が隠れていたなんて…！

「怪しいとは思ってたんだよなあ。たかがあれだけのことで殺しそうな勢いで怒りやがるんだから、ただの付き人じゃないって。そしたら案の定だろ？　まさかあの青沼がホモだったとはな」

伊勢谷は青い目出し帽の男に顎をしゃくってみせた。男は頷き、黄色い目出し帽の男に明良を背後からがっちり拘束させ、サバイバルナイフを上から下に一閃《いっせん》する。

「ひ……！」

殺されるかもしれない恐怖で縮こまり、ぎゅっと目を瞑《つむ》るが、胸の辺りにぴりっとした痛みを感じるだけだ。

恐る恐る目を開ければ、シャツとズボンと下着の前だけが真っ二つに切り裂かれていた。胸の小さな切り傷を除けば、他に傷は無い。

「はーい、ご開帳でーす！」

青い目出し帽の男がサバイバルナイフをしまいながら自慢顔で胸を張り、残りの二人が大いに受けてぱんぱんと手を叩く。

「バッカ、傷付けてんじゃん。腕なまったんじゃねぇの？」

「カワイソー、あーちゃんてば震えちゃってるじゃん。よちよち可哀想でちゅねー、今すぐ俺らが泣かせてあげますからねー」

切り裂かれた下着から覗く明良の恐怖に縮こまった性器を、赤い目出し帽の男が下品な笑みを浮かべて揶揄する。

「うわ、鬼畜っ！」

目出し帽の男たちはどっと笑い合い、明良の残った衣服をそれぞれがナイフを使って剝ぎ取っていった。明良に恐怖を与えるため、そして自分たちが楽しむためだけにわざわざさっきのパフォーマンスをしたのだ。

類は友を呼ぶというが、最低の男の集団である。

「こいつ本当に男？　肌とか女より白いし、すべすべじゃん」

露わになった素肌を、男たちがいやらしい手付きで触れていく。抵抗しようにも、さっきの薬がまだ残っているのか、身体がろくに言うことを聞いてくれない。

ありったけの力を込めてもがいているうちに、肘の辺りでわだかまっていた袖がずり落ち、醜い事故の傷痕が晒される。

「げっ、キモ！」

興奮が一転、青い目出し帽の男が嫌悪も露わに叫び、つられて傷を目にした二人もげっと唸って顔を歪める。

恋人も、母親ですら、初めてこの傷を見た時には同じような反応をしたのだ。気持ち悪がられるのには慣れていたはずなのに、今、胸が抉られるように痛むのは何故だ。

『俺…、舐めて治しても、いい…？』

ああ…、そうか。

達幸がずっと労って、まるで宝物か何かのように口付け、愛おしんでくれたから、忘れていたのだ。この傷が醜く、蔑まれるものだということを。

「伊勢谷さーん、本当にこいつヤんなきゃ駄目っすかあ？　男でもツラがキレイならまあいいかって引き受けましたけど、これじゃあやる気も半減ですよ」

「馬鹿、そんなの隠せばいいだけだろ」

伊勢谷はカメラを操作したまま、明良に使ったとおぼしきガムテープを男の手元に蹴り転がした。

「あーなるほど、さすが伊勢谷さん、頭いー」

「い、痛っ、止めっ」

「はいはーい、あーちゃんはちょっとお口にチャックしましょうねー」

傷痕に直接ぐるぐるときつくガムテープを巻かれ、痛みで悲鳴を上げる明良の口に男が猿ぐつわを嚙ませた。激痛と息苦しさで涙が零れる。

「ああ…やっぱりお前、そういう顔がイイわ。虐めて泣かせたくなる」

「う…、ふ…ん、…」

「お前がマワされて喘ぎまくってるとこ、ちゃんと撮って青沼に送り付けてやるよ。そしたらあいつ、どうなるかな？」

伊勢谷は少し離れた位置からカメラを構え、そこでじっくりと明良が輪姦される様を撮影するつもりのようだ。自分は決して姿を晒さず、達幸に精神的な打撃を与えようというのだろう。

どこまでも卑劣な男。こんな男に、達幸の邪魔なんて絶対にさせたくない。

怒りを込めてきつく睨み付ければ、迫力に呑まれた伊勢谷は小さく悲鳴を上げ、髪を振り乱して男たちに命じる。

「い…いいぞ、思いっきりやれ！　生意気な態度なんて取れないくらいに犯しまくれ！」

男たちはおおっと歓声を上げ、明良に襲いかかってくる。万事休す。もはや、明良には何も出来ない。

すさまじい破壊音が響き、千切れた蝶番ごと奥の扉が吹き飛んだのはその時だった。

「うがぁっ!?」

伊勢谷の悲鳴が聞こえ、明良を蹂躙する男たちの手もぴたりと止まった。

残忍な愉悦を滲ませていた男たちが、小刻みに震えながら一点を見詰めている。逸らしたくて仕方が無いのに、視線が勝手に引き寄せられてしまうというかのように。

明良は男たちの視線を追いかけ、呼吸が止まりそうになった。

——死神。

とっさにそんな言葉が浮かんだのは、伊勢谷を蹴り倒し、ゆっくりと歩いてくる達幸がレイの衣装とメイクを装着したままだったせいもあるのかもしれない。レイは卓越した拳銃とナイフの使い手であり、故国では狙った獲物は必ず仕留める死神と呼ばれていたのだ。

目出し帽の男たちにそんな情報は無いだろう。彼らは達幸が破滅をもたらす存在だと本能的に感じ取り、怖れおののいている。

男たちの震えは、達幸が猿ぐつわを嚙まされた明良を見付けた瞬間、さらに大きくなった。黒のカラーコンタクトを入れているにもかかわらず、静かな激昂が青い焰のように燃え上がって達幸の目を染め、彼らを射貫いたからだ。

どこまでも静かで、だからこそ恐ろしい、死神の怒り。もしもここに久世が居合わせたなら、興奮してカメラを回させていたかもしれない。映画のタイトルを体現したかのような姿を目の当たりにしたら、そうせずにはいられないだろう。

「く…、来るな、止まれ！　あーちゃんがどうなってもいいのか⁉」

怖気付いてしまった己を無理やり奮い立たせ、黄色い目出し帽の男が明良の喉元にサバイバルナイフを押し当てる。今にも逃げ出しそうだった残りの二人も明良という人質の存在を思い出し、若干余裕を取り戻したようだった。明良を捕らえている限り、達幸は彼らの言いなりになるはずなのだ。

「あーちゃん、だと…？」

立場逆転どころか、墓穴を掘ってしまったことに彼らが気付いたのは、達幸が初めて口を開いたこの時だっただろう。地獄の底からどよむような重く低い声音に、明良ですら全身が粟立《あわだ》った。止めろと叫びたいのに、喉が強張って声を出せない。

「あーちゃんを、あーちゃんって呼んでいいのは、俺だけなのに…」

「う、ひぃ⁉」

慣れた手付きで達幸が男たちに向けたのは、白銀の拳銃だった。

明良にも見覚えのあるそれは、レイが愛用する得物――撮影用の小道具だ。本物に似せて精巧に造られてはいるが、当然偽物である。

「だ、騙されるな、それは偽物だ！　弾なんか出ない！」

伊勢谷が床に転がったまま叫ぶが、男たちの耳には届かない。いや、聞こえていても信じられないのだ。近付いただけで皮膚が切れてしまいそうな殺気を纏う男の得物が偽物だなんて、ありえないではないか。

額に照準を合わされ、引き金を引かれた瞬間、明良にナイフを押し当てていた男は失禁しながら気絶した。

彼が全く血を流していないことは一目瞭然《いちもくりょうぜん》のはずだが、残る二人は意味を成さない悲鳴を上げて脱兎のごとく逃げ出す。達幸が見逃すはずがなく、俊足で一気に間合いを詰め、背後から躍りかかった。

そこから先は、一方的な暴力による私刑だった。

逃げ出そうとしていた二人は拳銃のグリップで殴打され、立っていられなくなったところに容赦無い蹴りを喰らいつんのめった。達幸はひいひいと喚く男たちの目出し帽を剝ぎ取り、髪を引っ摑んで仰向かせ、馬乗りになってグリップを握り締めた拳を何度も何度も打ち込んだ。

肉がひしゃげ、潰れ、歯が砕ける音に交じって悲鳴が聞こえなくなると、達幸は立ち上がった。

ようやく満足したのかと思ったのは、大きな間違いだった。達幸は血で汚れた拳銃をぶら提げ、這いずって逃げようとしていた伊勢谷の進路を塞いだのだ。

「ひっ、ひいいい、く、来るな、ぐるなああああああ」

涙と鼻水でぐちゃぐちゃに歪んだ顔を引きつらせ、みっともなく泣き喚く伊勢谷に、かつての人気モデルの面影は欠片も無い。

対照的に凍り付いた達幸の顔には、伊勢谷への怒りも軽蔑も、何も浮かんではいなかった。あるのはただ、純粋な殺意だけだ。

罰を。

誰よりも何よりも大切な、守るべきものを穢した者に相応しい制裁を。

「こ、殺すな、殺さないで…お、お願いだから撃たないでぐれええええ」

明良ですら竦み上がるほどの青い焰のような殺意を纏った死神を間近にして、伊勢谷の恐怖は頂点に達したのだろう。床に額を擦り付け、偽物だと断言したのと同じ口で命乞いを始める。

「お、お、俺が、悪かった…から、謝るから、許してくれえ…っ」

土下座した拍子に手からすっぽ抜けたカメラが、無慈悲な死神の目に留まる。伊勢谷が何をするつもりだったのか、小さなカメラが無言で告発していた。

ガキン、と鈍い金属音をたてて撃鉄が起き上がる。手慣れたシングルアクションは、平和を享受する国で生まれ育った青年のものではない。硝煙弾雨《しょうえんだんう》を潜り抜けてきた死神のものだ。

「あ、ああっあ、うわあああああ！　ああああああああ！」

獣のように四つん這いで這いずり、少しでも恐怖を軽減させようと背中を向けた伊勢谷には、引き金を引く小さな音しか聞こえなかったはずだ。撮影用に改造されたモデルガンは、編集の段階で音声を合成するために発砲音を出す機能が除去されている。

「ひ、ガァ…っ」

にもかかわらず、伊勢谷は本物の銃弾を受けたかのように仰け反り、ばったりと倒れて動かなくなった。

伊勢谷は彼の脳の中で、死神に殺されたのだ。そこに横たわるのは現実には生きた人間であっても、実際には血まみれの無惨な死骸であった。

しかし達幸は――死神は死体に慈悲をかけはしなかった。

殺したばかりの男を足蹴にして仰向かせ、彼の一番の自慢であり拠り所でもあった甘く整った顔に容赦の無い蹴りを入れる。一度だけでなく何度も何度も、肉塊ですらこの世に存在することが許せないと言わんばかりに。

たちまちのうちに血なまぐさい匂いが漂い、ぐっと吐き気がこみ上げてきた。

伊勢谷が演じる光は殺すことしか知らなかったレイに人の温もりを教える役だ。そしてレイは光のトラウマになっていた事件の真相を解明し、最後には光を救うために自ら命を散らす。かけがえのない友情を築く青年たちを演じるはずだった二人がこんなことになるとは、何て皮肉だろう。

「もういい…、充分だ……」

明良は渾身の力で腕の拘束を引きちぎり、口のガムテープをはがすと、掠れた声を絞り出した。

たっぷりと嗅がされた薬の影響は未だに強く残り、残酷な光景を目の当たりにしてしまった衝撃も手伝って、頭がわんわんと割れるように痛む。きつく縛められた腕はもはや感覚も無く、医師に診察してもらわなければならないだろう。

早く意識を手放して楽になれと、身体は訴える。しかし、今気絶するわけにはいかなかった。達幸を止められるのは明良だけしか居ない。

明良が止めなければ、達幸は今度こそ伊勢谷を殺してしまう。

そんなことになったら、達幸は…青沼幸は……！

「もういいから、止めてくれ…！　達幸…！」

悲痛な叫びは死神の心にも届いたのか、達幸は馬乗りになって伊勢谷の顔面を乱打していた拳を止め、おもむろに明良を振り返る。

明良を捉えた目からゆっくりと死神の気配が去っていき、安堵した明良が涙を零した瞬間、はっと見開かれて完全に達幸に戻る。

「あー…、ちゃん…」

「達幸…、こっちへ…」

「あーちゃん…、あーちゃんあーちゃんあーちゃんあーちゃん！」

自ら半殺しにした男には一瞥もくれず、達幸は明良の元に駆け寄り、荒々しく明良を抱き締めた。がちがちに強張っていた全身から恐怖と痛みが嘘のように去り、代わりに安堵と愛しさが広がっていく。明良のためならどんな犠牲も厭わない。愚かで馬鹿で、…可愛い、明良の犬。愛しい達幸。

堰を切って溢れるこの感情を、もう認めるしかない。明良にとって特別なのは達幸だけだった。昔も……そして、今も。

「この…、馬鹿、犬…」

遠のく意識の中、こちらに近付いてくるパトカーのサイレンが聞こえた。


その後、駆け付けた警察により伊勢谷とその仲間三人は逮捕されたが、重傷を負っていたため留置場の前に病院に搬送された。

達幸は意識を回復した明良が証言したおかげで正当防衛が認められ、お咎め無しとなった。

伊勢谷たちは犯行を否定したが、皮肉にも一部始終を撮影した伊勢谷のカメラが動かぬ証拠となってしまった。カメラは達幸が伊勢谷を最初に蹴り飛ばした時に電源が切れてしまっており、達幸の暴行が一切映っていなかったのは僥倖《ぎょうこう》としかいいようが無かった。

松尾は明良が運ばれた病院を訪れ、達幸があの場に現れるまでの経緯をいくぶんやつれた面持ちで教えてくれた。

「鳴谷さんと別れて久世さんのところに行こうとしたら、幸がやっぱり鳴谷さんを見送ると言い出して、タクシー乗り場に向かったんですよ」

ところがタクシー乗り場に明良の姿は無く、手配していたタクシーの運転手も明良はまだ来ていないと言う。

念のためあたりを見て回ると、土産物売り場の店員が大柄な男二人に支えられて引きずられていく明良らしい男性を目撃していた。この辺りでは観光客を当て込んだ居酒屋が昼間から営業しており、千鳥足の酔っ払いは珍しくないため、不審にも思わなかったそうだ。

「すぐに伊勢谷くんが思い浮かびましたよ。彼が質の悪い連中とつるんでいるのは、有名な話ですからね」

松尾は慌てなかった。松尾が明良に持たせていたスマホにはGPSアプリが仕込まれており、明良が連れて行かれた先はすぐに判明したからだ。万が一明良が再び達幸を惑わそうとした時のための備えが、思わぬところで役立った。

達幸は警察に通報しようとする松尾の制止を振り切り、スタッフのバイクで明良が拉致された廃ビルに乗り込んだ。そこから先は明良が目撃した通りだが、松尾は明良とは別の苦労を強いられていた。

伊勢谷の狙いは明良を痛め付け、達幸に精神的な打撃を与えることだと推測出来た。その現場に踏み込んだ達幸がどんな行動を取るかは、火を見るより明らかだった。警察が駆け付けるタイミングが早ければ、達幸の方が傷害の現行犯で逮捕されかねない。しかし遅ければ伊勢谷は殺されてしまうかもしれない。

松尾は達幸の正当防衛が何とか認められ、伊勢谷が死なずに済むぎりぎりのタイミングを計らなければならなかった。結果的には大成功だったわけだが、その間の松尾は薄氷を踏む思いだっただろう。

無罪放免とはいえ、あれだけの事件だ。達幸は警察で事情聴取を受けることになり、当然ながら映画の撮影は中断を余儀なくされた。

伊勢谷が所属するアクトは事件の揉み消しに走ったが、このご時世に隠しきれるものではなかった。伊勢谷が青沼幸の付き人を拉致し、暴行を加えようとした事件はあっという間に流出し、世間の知るところとなった。プロデューサーはまだ何の意見も表明していないが、場合によっては映画の企画そのものが中止されるかもしれないと囁かれている。

診断の結果、明良には特に異状は無く、しばらくは右腕を酷使しないよう注意を受けただけだった。事情聴取も被害者とあって一度で終わり、一人だけ東京のマンションに戻ったのである。

達幸は明良に一日遅れて帰宅したが、明良は書斎に閉じ籠もったまま、一度も顔を合わせていなかった。

カリ、カリ、カリ…。

明良が思考の海に沈む間にも、扉を引っ掻く音が絶え間無く聞こえてくる。何とか扉を開けてもらおうと、達幸が帰宅してからずっと引っ掻いているのだ。

何度も扉を開けそうになったが、ぐっと堪えた。…達幸の顔を見てしまったら、せっかく芽生えかけた決意が鈍ってしまいそうだったから。

三日も経てば、SNSでは様々な意見や情報が飛び交っていた。ほとんどが伊勢谷を糾弾するものであり、達幸は危険を顧《かえり》みずに付き人を助けたヒーローとして賞賛されていた。

伊勢谷を含めて四人を向こうに回し、人質まで取られていたのだ。不利すぎる条件をものともせず見事付き人を助け出したのだから、伊勢谷たちを病院送りにしたとしても、話だけを聞けば賞賛するのは当然だろう。

しかし、現実を目の当たりにした明良はそうはいかなかった。今でも頭にくっきり焼き付いて離れない。暗殺者のレイが乗り移ったかのような、達幸の暗い静かな死神の目。何の躊躇《ちゅうちょ》も無く引き金を引いた指。

たとえあの時、所持していたのが本物の拳銃だったとしても、達幸は迷わず引き金を引いただろう。そうなれば、いくら伊勢谷に非があったとしても達幸は罪を免れられない。俳優生命は絶たれ、一般人としても再起は難しくなる。

明良の番犬、狂犬と呼ばれて誇らしげにしていた高校生の頃から、達幸はまるで変わっていない。否、もっと酷くなった。

もしもまた同じようなことがあれば、達幸は迷わずその手を汚すだろう。

明良はそれが恐ろしくてたまらなかった。

自分よりも優れた達幸に犬のように尽くされる優越感など、もはや皆無だった。そして、明良と同じ絶望を味わわせてやりたいという歪んだ欲求も、全ては伊勢谷から救い出されたあの瞬間に消えてしまった。

——本当は、明良が一番よくわかっているのだ。

明良と達幸を決定的に分かつことになったあの事故で、非があるのは居眠り運転をしていた運転手だ。公明が達幸を担当したのも、達幸の方がより重傷で、公明でなければ助けられなかったからというだけだ。

明良と達幸の立場が逆なら、公明は明良を担当しただろう。誰に対しても公平な父を誇りに思っていたはずなのに、絶望に打ちひしがれていた明良にはそんな当然のことすら信じられなかった。

明良はただ己を憐れみ、やり場の無い怒りの捌け口を求めていただけ。達幸の成功は本人の努力と才覚で得たものなのに、見ないふりをして僻んでいただけなのだ。

むしろ明良は、達幸にずっと助けられてきたではないか。

事故の時も、火事で住む場所を失った時も、濡れ衣を着せられ職を失った時も、達幸が居なければ明良は悲惨な末路をたどったはずだ。

達幸への歪んだ劣等感を取り去ってしまえば、自分がこれまでどんなに理不尽な仕打ちをしてきたのかを思い知らされる。

自覚したばかりの想いを告げたら、達幸は歓喜し、ますます明良にのめり込むだろう。明良が望まなくとも、明良を守るためなら己が傷付くのも顧みないだろう。今回の件だって、一歩間違えれば達幸は伊勢谷のように破滅の道をたどっていたかもしれないのだ。

しかし、二人がこのまま一緒に居たら、どこまでも沈んでいくだけだ。

明良は構わない。理不尽な嫉妬にかられて酷い仕打ちをしてきたのだから、その報いを受けるのは当然だ。けれど達幸は駄目だ。性根の腐りきった伊勢谷たちすら呑まれた、あの神がかった姿は演技と呼ぶのがためらわれるほど真に迫っていた。順調に経験を積んでいけば、きっと達幸はこの国を代表する俳優になれる。本人がそれを望まなくても。

達幸まで道連れにするわけにはいかない。達幸だけは、達幸が一番輝ける場所で光を浴びていて欲しい。さんざん足を引っ張ってきた明良がそんなことを望むのは、おこがましいにもほどがあるとわかってはいるけれど。

「……？」

ずっと聞こえていた乾いた引っ掻き音が、鈍く何かをぶつけて引きずるような音に変化した。何かあったのかと心配になり、薄く開けたとたん、扉は外側からすさまじい力で引っ張られた。

「うわっ…！」

ノブを握ったまま、反動で廊下に引っ張り出された明良に一回り大きな身体がのしかかるようにしがみつく。受け止めきれずに床に転がりそうになったが、達幸は素早く体勢を入れ換え、横たわる達幸の上に明良が乗る格好になった。

血の匂いが鼻をついた。きつく抱き締められながら視線を動かせば、フローリングに小さな赤い染みがいくつも散らばっている。

それが血痕だと気付き、明良は達幸の分厚い胸板をどんどんと叩いた。拘束が緩んだ隙に馬乗りになり、達幸の腕を目の前に引き寄せる。

「な…んで、こんな…」

達幸の両手は左右とも人差し指と中指、そして薬指の爪が割れていた。割れた爪が剝がれ、無防備な皮膚からじわじわと血が染み出ている。


見ている方が激痛を想像して寒気がするのに、当の達幸は陶然《とうぜん》と微笑んでいる。

「タツがドアを引っ掻いたら、明良、開けてあげてたでしょう？　だから俺にも開けてくれるって思ったんだ…」

「ばっ…、馬鹿…っ！　爪が割れるまで引っ掻く奴が居るか！　は、早く病院に…いや、救急車を…っ」

スマホを取りに行こうと立ち上がれば、達幸が血まみれの手でがしっと明良の足元に縋り付いた。

「明良…、ごめんなさい」

「達幸、放せ」

「ごめんなさい、ごめんなさい、ごめんなさい…俺、また明良を危ない目に遭わせた。ごめんなさい、役立たずな犬でごめんなさい」

「そうじゃない、達幸。お前は僕を…」

助けてくれたじゃないか。そう続けようとしたはずが、嗚咽《おえつ》がこみ上げて言葉にならなかった。

潤んだ青い目でひたすら明良の慈悲を乞う、憐れで可愛い犬。

ああ——やはり、駄目なのだ。

明良は、達幸と一緒に居てはいけない。

「明良、泣いてる…ごめんなさい、怖かったよね、ごめんなさい…俺が役立たずで駄目な犬だったせいで、ごめんなさい」

「…たつ、ゆき…っ」

「ごめんなさい、ごめんなさい、ごめんなさい…許して、明良…」

「もういい…もういいから…」

きょとんと首を傾げる達幸の傍に膝をつき、もつれた髪を撫でる。青い目に映る明良は自分でもこんな顔が出来るのかと驚くほど優しげな笑みを浮かべており、達幸はおずおずと明良の肩に腕を回す。

「明良…許してくれるの…？」

「許すも何も、最初から怒ってなんかいない。ただ…怖かっただけだ」

明良の言葉を額面通りに受け取り、しょげ返る達幸の胸に顔を埋める。

怖かったのは、伊勢谷たちに嬲《なぶ》られそうになったことではない。達幸が俳優生命を失うかもしれなかったことだ。


しかし、どれだけ言葉を尽くそうと達幸は理解出来まい。明良のためなら俳優としてのキャリアなど、いつ捨てても構わないと本気で思っているのだから。

だから明良は硬直する達幸にそっと囁きかけた。

「お前が、責任持って忘れさせろ。怖かった記憶も、触られて気持ち悪かった記憶も…お前の手で、全部」

「…あーちゃん…っ」

ごくん、と喉を上下させた達幸がやにわに明良を抱き上げる。早く医師に診せなければならないのは重々承知していたが、これが最後だ。

最後にもう一度だけ、この男の熱を感じたかった。


優しくするねと言うそばから達幸は廊下で明良を下ろし、スウェットのズボンを下着ごと脱がした。赤く染まった指先は激痛を訴えているはずだが、達幸の脳はそれを痛みではなくひりつくような快感だと受け取っているようだ。いつもより荒い呼吸と咆哮《ほうこう》する海のような瞳がその証拠である。

その海に飛び込んで早く溺れてしまいたいのに、達幸は明良を四つん這いにさせ、尻たぶを大きく割り開く。ハアハアと荒い鼻息がかかり、何をされているのか悟った瞬間羞恥で顔が真っ赤になった。

「ば…、馬鹿、止めろ…っ」

いくら達幸の太いものを何度も受け容れているといっても、鼻を埋められた挙句匂いを嗅ぎまくられるなんて耐えられない。腰をねじって抵抗するが、達幸はがっちりと腿を抱え込んで放してくれない。

「駄目…これだけは譲れない。だってまだ、俺、はっきり覚えてる…あいつら、よくも俺のあーちゃんに…っ」

「あっ、たつ、ゆきっ」

「あーちゃんの肌を見て、触って、嗅いで、舐めて、吸って、しゃぶって、ぐちゃぐちゃにしていいの、俺だけ、なのに…っ」

伊勢谷たちに最後までされていないとわかっているだろうに、達幸はその目と舌と鼻で確認しなければ気が済まないのだ。明良が胎内に達幸以外を銜え込んでも、種を中に植え付けられてもいないということを。

「やっ…あっ、はっ…た、達幸…っ」

尻のあわいを何度も鼻先が往復するくすぐったさを堪え、明良は肘をつき、やりやすいよう尻を突き出してやる。

好きにすればいい。この身体に達幸以外の男が入り込む隙など無いと証明してやる。

ゴクンと息を呑み、舌なめずりをするいやらしい音に全身がカッと熱くなる。愉悦と快感が嗅ぎまくられる羞恥を呑み込んでいく。

「あーちゃん…、よかった、俺以外の雄の匂いはしない…」

達幸は安堵の溜息を吐くや、羞恥に悶える明良の尻肉を鷲掴みにし、次は舌で味わいにかかる。

「ひっ…やぁ！　あ、ああっ、あ…」

舌全体をべったり這わせて何度も舐められるだけでも蕾が疼いてたまらないのに、達幸は舌先を胎内に突き入れ、敏感な内壁をこそいでくる。雄の律動を連想させる動きに、明良の性器は触れられもしないうちから勃ち上がり、切なげに涙を零す。

腕から力が抜け、上半身が床に伏せてしまっても、達幸はお構い無しだ。がっちりと明良の尻を抱え込み、胎内を文字通り味わう。

「…あーちゃんの、味しか、しない…」

さんざん舐めて貪った挙句、やや残念そうに呟く。それのどこがいけないのかと振り返り、明良は固まった。達幸が扱く必要も無いほど猛《たけ》った雄を取り出し、濡らされた蕾にあてがっていたからだ。

「は…、やあああああぁ…っ」

一気に貫かれ、衝撃に背中がしなった。胎内から食い破られてしまいそうな圧迫感はすぐに去り、馴染んだ雄を迎えた内壁は歓喜にざわめいた。

「何度も、ここを俺でいっぱいにしたのに…あれだけたくさん中で出したのに…」

「や、あああっ、あっ」

「ねえ、あとどれだけ注げばいいの？　誰でもすぐわかるくらい、俺の匂いをまき散らしてくれるようになるの？」

無邪気な問いかけに反して容赦無く突き上げられ、ぶつかり合う肌がぱんぱんと音をたてる。

「は…っ、あっあっ、あ…んっ」

慣らされたとはいえ、猛り狂う雄を数日ぶりに受け容れるのはきつい。けれどその大きさと圧倒的な質量がたとえようのない歓喜をもたらす。

交わる時はいつでも、達幸はまず明良と繋がりたがる。愛撫《あいぶ》や睦言《むつごと》は二の次だ。明良の中に入れてもらう時が一番幸せだと言い、行為の始まりから終わりまでずっと胎内に居座っている。きっと今回もそうなるだろう。

それがいい。ずっとずっと、明良の中に居て欲しい。出て行かないで、明良を満たし続けて欲しい。達幸が望む通り、明良が達幸の匂いを纏うようになるまで、達幸という存在を焼き付けて欲しい。

……そうすれば、二度とこの男に逢えない孤独も悲しみも、少しは和らぐかもしれないから。

願いが通じたのか、達幸は繋がったまま明良を仰向けにし、腕を達幸の首に回させた。右腕の傷に口付けながら明良が落ち着くのを待ち、両の尻たぶを支えて立ち上がる。

「ひゃっ…あ！」

結合が深まり、いつもよりずっと奥まで達幸が入ってくる。明良はとっさに両脚を達幸の腰に絡め、ぎゅうっと首筋に縋り付くが、ろくに力が入らない。ずり落ちそうになる明良を、逞しい腕と胎内の雄が支えてくれる。

「大丈夫」

達幸は明良の耳朶を食みしゃぶり、いやらしい水音を聞かせながら囁きかける。聞かされただけで女なら孕んでしまいそうな、優しく甘い声。

「大丈夫だよ、あーちゃんは何もしなくていいから…全部、俺がしてあげる」

「あっ…あ、だ、めだ、歩くな…ぁ」

「あーちゃんはただこうして、俺のこと、ずっと銜えててくれればいいから…」

達幸は繋がったまま明良を抱え上げ、歩き出した。一歩進むたびに振動でより深く雄が食い込む。

どうしようもない淫乱《いんらん》に成り下がってしまったのかもしれない。はしたないと恥じるどころか、少しでも早く精液をぶちまけられたくて、ぎゅうぎゅうと雄を締め付けてしまうなんて。胎内が達幸の種でいっぱいに満たされる瞬間を妄想するだけで、互いの腹の間に挟まれた性器を硬く勃たせてしまうなんて。

「や、ぁあ、あああああ…！」

「あーちゃん、あーちゃん……っ！」

寝室のベッドにたどり着いたとたん、二人は同時に精液を噴き上げた。達幸は明良の胎内に、明良はぴったり重なった肌の間に。

獣のような息遣いが、閉ざされた空間に満ちる。一つに融け合う嵐のような快感に浸る間も与えず、達幸は繋がったまま膝立ちになり、明良の腹にべっとりと付着した精液を拭い取った。視線は明良に固定したまま、己の血ごと見せ付けるように舐め取る。恍惚の表情には、一片の苦痛も滲んでいない。

「美味しい…」

「……っ」

「あーちゃんの中に俺が混じってるみたい。すごく、興奮する…」

達したばかりの雄はすぐに硬度を取り戻し、律動を再開する。一滴も零さず受精しろとばかりに、胎内に残ったままの精液を奥へ奥へと押し込める。

「俺を孕んでよ、あーちゃん」

「たつ、ゆき…」

「あーちゃんの一部になれば、俺はあーちゃんのものでしょう？　…ずっと一緒に居られるでしょう？」

「ひゃっ…ん！」

無防備に晒された乳首にむしゃぶりつかれる。突き上げられる角度が変わり、びくっと跳ね上がった太股をそのまま担ぎ上げられた。

「絶対、放さないから…あーちゃん、俺はあーちゃんの、ものだから…」

「あ…、た、つゆき、達幸…っ！」

「もう、俳優なんて辞める…ずっと二人で引き籠もろう。怖かったことも、俺がずっと傍に居て、忘れさせてあげるから…っ」

達幸が夢見る二人だけの世界は、どんなに優しく、幸福に満ちているのだろう。達幸を裏切り続けた愚かな明良には、決してたどり着けない楽園だ。

後から後から零れる涙を、熱い舌が舐め取る。髪を掻きむしってねだれば、情欲に染まった瞳が迫り、熱い唇に塞がれる。広い背中にしがみつき、あられもない嬌声を上げながら爪をたてる。

これが最後だと思うと、達幸に触れる一瞬一瞬が愛しかった。


あちこちぎしぎしと痛む身体に鞭打ち、ベッドから出ても、達幸は目覚めなかった。

無理も無い。伊勢谷の事件で正当防衛が認められたとはいえ、警察からは長時間の事情聴取を受け、松尾や久世たちからはこってりと絞られただろう。疲労を押して帰宅した上に酷い怪我をして、治療もせずに何時間も激しいセックスを続ければ、いかに達幸でも身体が悲鳴を上げる。

行為の後に応急処置はしたが、掌で触れた達幸の頬は熱く、呼吸も荒い。

明良は手早くシャワーを使い、身支度を整えると、音をたてないよう注意しつつ書斎のクロゼットから小ぶりの旅行鞄を取り出した。中には当座の着替えと再発行してもらった通帳やカードなど、最低限必要なものが詰められている。

帰宅してすぐ荷造りしておいたのだ。クロゼットにしまっておいたのは正解だった。もしこんなものを見咎められたら、達幸のことだ。明良を監禁でもしかねなかっただろう。

昏々と眠る達幸を撫でようとして思い止まる。…そんな資格はもう無い。

「…達幸、今まで本当にすまなかった」

眠っている時にしか言えない明良を、許して欲しい。こんなに弱くて卑屈で何の取り柄も無い明良のために、達幸が…青沼幸が消えるなんて、あってはならない。

「ありがとう…さようなら」

旅行鞄一つだけを手に、明良はマンションを出た。瀟洒《しょうしゃ》な建物が完全に見えなくなってから、松尾に電話をかける。

『鳴谷さん？』

「松尾さん、申し訳ありませんが今すぐ達幸の所に行ってやって下さい。酷い怪我をしているんです」

『怪我？　何があったんですか、まさか…』

「大丈夫、事件じゃありません」

本当なら詳しく説明しなければならないところだが、いつ明良の不在に気付いた達幸が追いかけてくるかわからない。ちらちらとマンションの方角を気にしながら、明良は必要なことだけを伝えていく。

「今まで迷惑ばかりかけてしまい申し訳ありませんでした。…僕は達幸の元を離れます。むしのいい話ですが、後は松尾さんにお任せします」

『鳴谷さん、待って下さい』

「達幸を…青沼幸を、よろしくお願いします」

松尾が慌てて何か言い募ろうとするのを無視して通話を切り、電源も落とす。近くに橋を見付け、その下を流れる川にスマホを落とした。

これで達幸たちとの繋がりは完全に絶たれた。火事で家が焼けてしまったのも、勤め先を首になったのも今となっては幸いした。社会との繋がりの無い人間を捜すのは難しい。

久しぶりに会社や元恋人を思い出しても、全く心が揺れない。そんなこともあったなと思うだけだ。明良の頭も心も、もうそれ以上に圧倒的な存在感を放つ男に占領されてしまっていたから。

…こうするのが最善だったのだ。明良が消えてしばらくは荒れるかもしれないが、達幸には俳優という天職がある。多くのファンが達幸に熱狂し、これからさらに多くの人々が魅了されていく。達幸の活躍を、松尾は骨身を惜しまずに支えてくれるだろう。

そうすればきっと、達幸は己の価値に気付く。明良のためにたやすく放り捨ててしまうなど許されない宝を持っているのだと、明良への執着はただの刷り込みだったのだと悟るだろう。

そして明良の存在は達幸の中から消えるのだ。明良に縋り付いてみっともなく泣き喚くことも、溺れてしまいそうなほど深い海のような目に明良を映すことも、醜い傷痕を愛しげに愛撫することも無い。…永遠に。

「…ッ…」

疼いた右腕から落ちそうになった鞄を持ち換えて、明良は足早に駅へ向かった。


「まさかお前が訪ねてくれるとは思わなかったよ」

六年近く音信不通だった息子が突然現れても、公明は快く自宅に招き入れてくれた。

離婚してから移り住んだマンションの住所は明良にも知らされていたが、訪ねるのは初めてだ。高給を取る外科医らしく恵まれた立地の広い部屋である。

達幸のマンションを出たはいいが、明良は現在失職中で手持ちの金も少ない。どうしようかと悩み、自然に父が思い浮かんだのには明良自身驚いた。あれほど頼りたくないと思っていたのに、達幸のおかげで公明に対するこだわりもだいぶ和らいでいたらしい。

とはいえ、何年もの間年賀状の遣り取りすら無かった相手だ。実の父でも何を話していいかわからず、笑顔で迎え入れられたことへの照れくささもあって、どうでもいい話題を振ってしまう。

「突然来ておいて何だけど、こんな時間から父さんが家に居るなんて思わなかったよ。何度か出直すつもりだったのに」

「ああ、一昨年救命から外科に異動したおかげで休みも取れるようになったんだ。お前が今日来てくれてラッキーだったな」

「え？　異動って、何かあったの？」

「特に何がというわけではないが、この歳になると救命は体力的にきつくてね」

コーヒーを出してくれながら微笑む父は、端整な面立ちこそ変わっていないが、六年前よりも明らかに老いた。父も歳を取るのだ。当たり前なのに愕然とした。明良にとって数多の患者に慕われる公明は、全能の神にも等しい存在だったから。

「それで、今日はどうしたんだ？　お前がわざわざ私を訪ねるくらいだ、何かあったんだろう？」

父に問われ、明良は達幸との関係は伏せて、火事に遭ってからの経緯を話した。

家も職も失って困っていたところに達幸と偶然再会し、身を寄せていた。しかしいつまでも芸能人である達幸の世話になっていては迷惑がかかるばかりだから、父を頼ろうと思ったのだ、と。

真摯《しんし》な表情で聞いていた公明は、深い溜め息を吐いた。

「全く…そんなことがあったのなら、どうして私を真っ先に頼ってくれなかったんだ」

「父さん」

「いや…違うな。私のせいだ。お世辞にも良い父親ではなかった私より、お前が達幸を頼るのは当たり前のことだ」

うつむいてしまった公明はいっぺんに老け込み、とても小さく見えた。

今なら話してくれるかもしれない。淡い期待を抱き、明良は公明の向かい側に腰を下ろす。

「父さん…ずっと聞きたかったんだけど、父さんは達幸の母親をまだ愛していた？　だから達幸を引き取ったの？」

「何…？　お前、どうしてそんなことを知って…」

「法事の時、伯母さんたちが話してるのを聞いたんだ」

噂話の内容をかいつまんで説明すると、公明は眉間《みけん》に深い皺《しわ》を寄せた。

「姉さんたちは、全く無責任な…。確かに、私が薫《かおる》と…達幸の母親と交際していたのは事実だ。だが、美弥子と出会う何年も前に終わった話だったんだよ」

「じゃあ、どうして」

「…それは…」

気まずそうに顔を逸らす公明に、明良はテーブルに身を乗り出して懇願する。

「父さん、頼む。達幸と再会して、短い間だけど一緒に暮らして…僕は全然あいつのことを知らなかったたって今さらながらに気付いたんだ。あいつは僕を……助けてくれたのに…」

「明良…」

しばらく逡巡《しゅんじゅん》した後、公明はようやく口を開いた。

「そうだな、お前だけは知っておくべきかもしれない。私が達幸を引き取ったのは、あの子が誰からも拒まれた子どもだったからだよ」

「拒まれた？　達幸に身寄りは居ないんじゃなかったの？」

「薫は天涯孤独だったが、達幸の父親とその両親、つまり父方の祖父母は健在だよ」

「ええ!?」

達幸の母親、薫は公明と別れて数年後に地方の資産家と結婚し、達幸を産んだ。恋愛結婚で、夫婦仲は良かったらしい。

しかし達幸が生まれ、その目が青かったことから夫婦に亀裂が入った。薫は不貞の疑惑を晴らそうとDNA鑑定まで行い、達幸は紛れも無く夫婦の実の子だと証明された。薫自身も知らなかったことだが、薫の曾祖母がロシア人だったため、その血が達幸の代で強く出てしまったらしい。

だが日本人には稀有な色の目の子どもを達幸の父親は決して我が子と認めようとせず、夫婦仲は修復されないまま離婚に至った。薫はその後一人で達幸を育てたが、無理がたたって病死してしまう。

父親は葬儀にこそ参列したが、達幸を引き取るのは頑なに拒んだ。彼はすでに新しい家庭を築いており、先妻との間の忌まわしい子どもなど今さら受け容れる気は無かったのだ。彼の両親、つまり達幸の祖父母も達幸を孫とは認めておらず、親族で達幸を押し付け合っていた。

公明がかつての恋人の葬儀に参列した時、達幸は罵り合う大人たちの中、ぽつんと佇んでいたのだという。

結局、実の父親が存命である以上公的施設には受け容れられないということで、父親は渋々達幸を引き取った。しかし、衣食住こそ保障されたものの、達幸は父の新しい家庭で徹底的に無視され、居ないものとして扱われていたらしい。家の恥だからと学校に通わせることはおろか、ろくに外にも出されず、半ば軟禁状態だったという。

明良と同じ歳の子どもが母親の葬儀で泣きも喚きもせずぼんやり座っていた姿が忘れられずにいた公明は、人づてに達幸の境遇を聞き、引き取ろうと決意した。いくら肉親であってもそんな男に育てられるよりは、赤の他人の方がよほどましだと思ったのだ。達幸が忙しくてなかなか構ってやれない息子の良い兄弟分になってくれるかもしれない、という下心もあった。

「突然現れて、引き取りたいと申し出た私に、達幸の父親は喜んで息子を差し出したよ。これで疫病神を厄介払い出来ると言ってね」

「疫病神…」

かつて美弥子が達幸に頻繁に叩き付けていた言葉を、達幸は母親が死ぬまでは母親に、父親に引き取られてからは父親とその周囲の人間に、日常的にぶつけられていたのだ。

「達幸の父親はそれから今まで一度も連絡を寄越していない。…達幸は生まれて一度も愛情を注がれたことの無い子どもだったんだよ。だから、お前たちが仲良くなってくれたのは本当に嬉しかった」

公明も妻が息子に過剰な期待をかけているのには気付いていた。明良が心安らげる存在は愛犬のタツだけだが、明良より確実に先に死んでしまう。

明良の家族になってくれた達幸に、公明は感謝した。本当なら自分が果たすべき役割を代わりに果たしてくれているのだと、ありがたく思っていた。だから、不《ふ》憫《びん》さも手伝って達幸を気にかけたのだ。

「お前は思い出したくもないかもしれないが…あの事故の時のことだ。お前たち以外にも、患者さんは何人も搬送されていた。中には達幸と同じく、重体の患者さんもいらっしゃった。だが私は迷わず達幸を執刀した。達幸がお前の命を救ってくれた恩人だったからだ」

「父さん…」

「大切な息子の恩人を、死なせるわけにはいかなかった。私は自分の意志で患者を選んだんだ。医師としては失格だ。…そのせいで、お前にはつらい思いをさせることになってしまったな…」

「…父さん…、僕は…ずっと、父さんが僕より達幸が可愛いんだと…僕よりもずっと優秀な達幸の方がいいんだと思ってた…」

二十歳を過ぎた大人とは思えない子どもじみた発言

にも、公明は呆れたりはしなかった。しゃくり上げる明良の頭を、ぎこちない手付きで撫でる。

「馬鹿なことを。お前は誰よりも可愛い私の息子だ。お前よりも大切な存在などありはしない。血の繋がった親子なら、そんな当たり前のことは言葉にしなくてもわかってもらえると思っていた…だが、ろくに家に帰りもしない父親の考えることなんて、言葉にでもしなければわかるはずがなかったんだな…」

「父さん…ごめんなさい…」

「謝るのは私の方だ。事故の前も後も、お前ともっとよく話しておくべきだった。本当にすまなかった…」

頭を下げる公明に、明良は首を振った。未来に絶望し、達幸と公明への憎悪に凝り固まっていたあの頃、どんなに言葉を尽くされたところで、明良は信じられなかっただろう。

胸に深く突き刺さっていた棘が抜け落ち、傷痕から素直な想いが溢れ出す。

——何て、愚かだったんだろう。

くだらないコンプレックスと子どもじみた妬みに縛られて、達幸自身のことを全然見てはいなかった。

無償の愛情を注ぐべき肉親から疫病神と呼ばれ、無視され続けたことによって、達幸は空っぽの器になったのだ。

『俺の目のこと、海みたいだって…キレイだって言ってくれて、だから俺も海が好きになったんだよ』

『でも、明良のことはもっと好き。もっともっともっと、大好き』

きっと、明良が初めてだったのだろう。疫病神と呼ばれる原因となったあの目を肯定したのは。

だから達幸は明良に依存し、犬になりたいとまで入れ込むようになった。幼い頃に刷り込まれた呪縛は、それほどに強烈だったのだ。

「馬鹿だ、お前は…本当に、馬鹿だ…」

「明良？」

「思ったままを言っただけだ。ただそれだけのことで、お前は、僕なんかを…」

何気無い言葉が響いてしまうほど、達幸の心の傷は深かったのか。縛られていたのは明良だけではなく、達幸も同じだったのか。

右腕がずきずきと疼く。

この腕に後遺症が残ると告げられた時、明良はどこかで喜んでいたのだ。ピアノは弾けなくなっても、もうこれで医師にならずに済む。自分には明らかに不向きな勉強を続けなくて済むと。あの事故は多くのものを奪うと同時に、解放をもたらしてくれたのだ。

達幸、達幸、達幸。

こんな僕のことなんてさっさと忘れてしまえ。理不尽な怒りと嫉妬で足を引っ張った挙句、離れた今でさえお前のことが気になって気になって仕方が無い僕なんて。

「何があったのかは聞かないが…達幸がお前を嫌うなんて万が一にも無いから、安心しなさい」

はっと顔を上げれば、公明は慈愛深く微笑んでいる。患者に見せるのとはまた違う、明良が大好きな父親の顔だ。

「お前は突然姿を消したと思っているだろうが、六年前、達幸は私にだけ行き先を告げていったんだよ。当時はまだ未成年で、事務所と契約するにも保護者の同意が必要だったからね」

公明は名刺入れから一枚の名刺を取り出して見せた。

明良も持っている、松尾のものだ。

「達幸の行き先を知っていたのに、どうして黙っていたの？」

「達幸に固く口止めされてしまったからね。絶対に、あーちゃんに相応しい犬になってあーちゃんを迎えに行くから、それまでは黙っていて欲しいって」

「へ…」

ぽかんと口を開ける明良を、公明は面白そうに笑う。

「ああ…、『あーちゃんをキズモノにした責任は絶対に取りますむしろ取らせて下さい必ず幸せにしますから』とも言っていたかな」

「あ…、あいつは…」

「そんなことを言うくらいだ、達幸がお前を嫌うはずがないだろう？　もし喧嘩をしたのなら…」

「いいんだ、父さん」

明良の存在は達幸にとって障害にしかならない。もう二度と、達幸に関わってはいけないのだ。

…どんなに、この胸と右腕の傷が疼いても。

「僕はもう、達幸に頼っちゃいけない…いい加減、一人で歩き出さなきゃならないんだ」

「そうか…」

公明はそれ以上追及しようとはせず、ぱっと明るい表情に切り替える。

「よし、面倒なことは明日以降にして、今夜は寿司でも取ろう。もらいものの良い酒があるんだ。お前、少しは飲めるんだろう？」

「うん、ちょっとだけどね」

「ああ、その前にまずは昼飯だな。待ってろ、適当に何か作って…」

「あ、台所の場所を教えてくれれば僕が作るから、父さんはそこで待っててよ」

外食が基本で、料理などめったにしない外科医の手料理なんて恐ろしすぎる。公明も本当に料理をする気は無く、何かしていれば明良の気も紛れると思ったのだろう。明良の提案に嬉しそうに頷き、台所に案内してくれる。

父親の気遣いをありがたく感じながら、明良は慣れない台所で昼食の準備に取りかかった。


公明が新しい就職先が決まるまで好きなだけ居るといいと言ってくれたので、明良はありがたく甘えることにした。

初日に腹を割って話してしまったおかげか、父親との同居は予想していたような気まずさは無く、快適なものだった。

公明は第一線こそ退いたが、外科医として未だに忙しい日々を送っている。明良が家事をこなしてくれるおかげで、むしろ一人の時よりもずっと楽になったと笑っていた。

公明は明良の会社での顚末《てんまつ》を聞き、珍しく怒りを露わにした。友人の弁護士に依頼して解雇を撤回させると言ってくれたが、明良は冤罪が晴れるだけで充分だった。あんな会社に復職するのも、元恋人たちと顔を合わせるのも御免だ。

弁護士が会社と交渉した結果、明良は懲戒解雇ではなく、自主退職したという形を取ることになった。あちらも明良に非が無いことは重々承知しているが、まさか本当に弁護士を雇うとは思ってもいなかったのだろう。あちこちつつかれてはたまらないと考えたらしく、明良の言い分はほぼそのまま通った。前職が退職扱いになったおかげで、新しい就職先を探すのもずいぶん楽になる。

家事をこなしながら就職先を探し、時折帰ってくる父親と和やかに食卓を囲む。

松尾から連絡があったのは、そんな穏やかな生活にも慣れ、公明の元に身を寄せて半月が経った頃だった。

公明から借りたタブレットで求人情報を検索していると、リビングの電話が鳴った。公明は院内ＰＨＳとスマホを活用しているから、家の電話にかけてくる人間はほとんど居ないが、かかってきた電話は取るように言われている。

「はい、鳴谷です」

受話器の向こうで、相手は安堵の溜め息を漏らしたようだった。

『鳴谷さん…やはりこちらにいらしたんですね。良かった…』

「ま…、松尾さん？　どうして…」

ここの番号を知る者は、公明の友人以外は病院関係者しか居ないはずだ。明良の時のように探偵を使っても、病院が稼ぎ頭である外科医の個人情報を漏らすとは考えづらい。

『鳴谷さんのお父様が連絡を下さったんです。鳴谷さんと達幸が仲違いをしたままなのは悲しいから、達幸と会わせてやってくれないかとおっしゃって』

そういえば、公明は松尾の名刺を持っていたのだ。家の電話に出るように言っていたのも、松尾から連絡があるかもしれないと思っていたからだろう。

『地獄で仏でしたよ。何せ今、幸がとんでもないことになっているので…』

「達幸が？」

何があったのかと尋ねそうになり、明良はぎゅっと唇を噛んだ。ほんの少しずつでも達幸を忘れようとしているのに、聞いてしまえば思い出してしまう。血まみれで明良を狂おしく求めてきた、あの姿を。

『幸が死んでもいいんですか？』

明良の心を見透かしたような詰問が放たれ、背筋が粟立った。取り落としそうになった受話器を、きつく握り締める。

「死ぬ…？　達幸が…どうして…」

『お願いします、鳴谷さん。どうか私と一緒に来て下さい。幸は貴方が消えてからおかしくなってしまった。このまま放っておけば死んでしまうでしょう』

はいと言いかけ、明良は唇を嚙んだ。今さらどの面下げて姿を現せるというのだ。明良には達幸を心配する権利も無い。心に想うことすら許されない。それが愚かな自分に科した罰だから。

だが、松尾は達幸に関しては嘘を吐かない。死んでしまうというのも決して比喩ではないだろう。これを無視してしまったら、きっと一生後悔する。

逢ったりはしない。…ただ、一目だけでいいから。

「…行きます。どこで待ち合わせればいいですか？」

歓喜した松尾は最寄りの駅を指定し、自ら車を運転して現れた。電車ではなく車にしたのは逃げられるのを怖れたからだろうかと思ったが、運転席から松尾が顔を覗かせた瞬間、謎は解けた。

「松尾さん…ですか…？」

松尾の端整な顔には引っ搔かれたような傷が何本も走り、頰は殴られたと思しき痣がくっきりと浮き上がっている。面識のある明良ですら、ぱっと見ただけでは本人なのか判断出来ない有り様だった。こんな状態では、とても公共の交通機関など使えまい。

「鳴谷さん、来て下さってありがとうございます。どうぞお乗り下さい」

促され、車に乗り込む。突然姿を消したことを詫びる間も無く、松尾はアクセルを踏み込みながら切り出した。

「この顔は幸にやられたんです。…単刀直入に申し上げます。幸は今、鳴谷さんの知る幸ではありません」

「ど…、どういうことですか？」

「…実際にご覧頂かなければ、おわかりにはならないでしょう。まずは幸のマンションに向かいます。とにかく、心の準備はなさっておいて下さい」

それから松尾は一切無駄口を叩かず、十分も経たないうちに懐かしいマンションに到着した。

松尾と挨拶を交わすコンシェルジュが驚いていないところを見ると、松尾がこんな状態なのは今に始まったことではないのだろう。緊張でがちがちになってい

た身体が、さらに強張る。一体、達幸に何が起きてい
るのか。

「心の準備は良いですね？」

明良が頷くのを確認し、松尾は玄関のキーを解除する。土足のまま上がるよう言われ、首を傾げつつも従った。

数日ぶりに足を踏み入れた部屋は、昼間だというのに薄暗い。どの窓もブラインドを締め切ってあるのだ。足元には物が散乱しているらしく、歩くたびにぶつかってしまう。危なっかしくてしようが無いのに、松尾は灯りを点《つ》けるなと注意する。

「わざと暗くしてあるんです。明るくしたらすぐに気付かれて、襲いかかられますから」

まるで猛獣の檻に忍び込んでいるかのように松尾の足取りは慎重で、声もかろうじて聞こえる程度まで潜められていた。

奥のリビングだけはブラインドが上げられており、明るい陽差しが広い室内を照らし出している。家具という家具は引っくり返された挙句あちこち破壊され、壁紙は剝がれ、床には家具やガラスの破片が散乱し、嵐の直撃を受けたかのようだ。

そして、無惨な部屋の真ん中に達幸が膝を抱えて座っていた。

「…ちゃん…あー…、ちゃん…」

ぶつぶつと何かを呟いている達幸は、背中を向けているせいでまだこちらには気付いていない。

「あの日から、幸は貴方を半狂乱になって捜して捜して、捜し回って…止めようとする者は誰であろうと容赦無く拳で排除しました。警察沙汰になりかけたことは両手の数では足りません。放っておいたら本当に犯罪者になりかねないと判断した社長が、ここに軟禁したんです」

リビングから一定の距離を保ち、松尾が説明する。玄関や窓にも特殊な鍵が追加され、内側からは開けられなくなっているのだそうだ。そこまでしなければならないほど、達幸はおかしくなってしまっているのか。

明良を置いて松尾がリビングに入ると、気配を察知した達幸がゆらりと顔を上げ、今の今まで座っていたのが嘘のような敏捷《びんしょう》さで松尾に飛びかかった。

「く…っ」

松尾も予想して身構えていたはずだが、避けることも受け止めることも出来ず、床に押し倒される。

「あーちゃんを、返せ…っ！」

ガッガッと松尾の頬を殴り付けながら、達幸は痛々しい悲鳴を迸《ほとばし》らせる。

「返せ、俺のあーちゃんを…お前が隠したんだろう、じゃなきゃ居なくなるわけがない…俺はあーちゃんの犬なのに、俺を置いてあーちゃんが居なくなるはずないのにっ」

「達幸……！」

今の達幸は、明良にさえ何をするかわからない。少し様子を窺うように言われていたが、松尾の忠告は頭から吹き飛んでいた。

「…あー…ちゃん…？」

振り返った青い目に、驚愕と歓喜が満ちていく。明良が駆け寄るよりも早く、達幸は獣のように四肢で床を這い、明良の足元に縋り付いた。

「あーちゃん、あーちゃん、あーちゃん、あーちゃん」

達幸の頬はこけ、眼窩《がんか》は落ちくぼみ、濃いくまが浮かび、無精ひげがまばらに生えている。所々破けた服には血の染みがこびりついていた。丁寧に巻かれていたはずの包帯は解け、完治しきらない血まみれの指先が露出している。

痛ましくも物騒な姿だった。熱狂的な青沼幸のファンでも、本人だと気付かないかもしれない。エテルネの社長の判断はもっとも至極だった。こんな男が街中をうろついていたら、ものの数分で通報されてしまうだろう。

「ごめんなさい、ごめんなさいっ…俺が役立たずの犬だから怒ってるんでしょ？　だから居なくなっちゃったんでしょう？　ごめんなさい、ごめんなさいごめんなさい…っ」

ぎゅっと閉じた目から、堪えきれない涙が流れた。

一目見るだけだなんて、最初から無理だったのだ。見てしまえば抗えない。引き寄せられて離れられなくなる。身も世も無く泣きじゃくり、半狂乱になって明良を求めるこの男から。

再会するまでの六年間、表面上は穏やかに過ごしながら、心の奥底ではずっと自分の前から消えた達幸を恨んでいた。火事の現場に達幸が現れた時、よみがえったのは暗い記憶だけではなかった。またこの男に執着される歓喜を、明良は確かに嚙み締めていたのだ。

離れている方がお互いのためだなんて、とんだ綺麗事だ。

どうして離れていられる？　どうして突き放せる？　明良のすることなすことに一喜一憂し、傍に置いてもらえるなら犬になりたいと懇願する、愛しくて可愛いこの男を。

少年だった頃のように、歪んだ優越感に浸っているだけなのかもしれない。

明良と一緒に居れば、いずれまた伊勢谷の時のような事件が起きて、達幸が犯罪者になる日が来るかもしれない。

問題だらけの関係――でも、それが間違っているだなんて思えない。

達幸が可愛い。…達幸の、傍に居たい。かつてタツが生きていた頃のように。

「達幸…、達幸、離せ」

「嫌だっ、絶対離さない、離したらあーちゃん居なくなっちゃう…また、あいつらに盗られちゃう…っ」

「落ち着け。僕はどこにも行かない。…これじゃあ、お前を抱き締められないだろう？」

「え……」

ふくらはぎをがっちり摑んでいた腕が緩み、明良は呆然とする達幸の傍にしゃがみ込むと、涙と鼻水でぐちゃぐちゃに汚れた頰を両手で包み込んだ。

「何て顔をしてる。…せっかくのいい男が台無しじゃないか」

濡れた頰に頰を擦り寄せ、そのまま抱き締める。分厚い胸板が硬直したのはわずかな間だけで、わなわなと震える腕が明良を閉じ込める。

身体の力を抜き、逞しい胸にもたれかかりながら、明良は囁いた。

「達幸…僕はお前にとって弱みにしかならないかもしれない。お前のためを思うなら、離れているべきなのかもしれない…でも」

不安そうに、けれど決して放すまいと力を籠めてくる腕を撫でてやる。

「僕はお前と一緒に居たい。ずっとお前の傍に居たい。…居させて、くれるか？」

「あーちゃん……」

顔を埋めた胸が、忙しなく上下している。きつく抱き締められるというよりは捕縛されていて、見上げることすら叶わないけれど、青い目は驚嘆に大きく見開かれているだろう。

「いいの…？　俺、役立たずの犬だよ？　あーちゃんを守れなかった…怖い思いをさせた駄目な犬なのに…」

「いいよ」

「タツみたいに毛皮もふもふじゃないよ？　ぽわぽわの肉球も、ふさふさの尻尾も…あーちゃんの好きなもの、何にも持ってないんだよ？」

「…どうして、そこでいちいちタツと比べるんだ？」

確かにタツとは兄弟のように育った、明良にとっては特別な存在だ。この先、タツ以外の犬を飼うことは決して無いだろう。

だがタツはあくまで犬であり、達幸とは比べようが無いというのに。

「だって、あーちゃん、タツのこと大好きだったもの。顔中舐め回したり、トイレの中まで付いていったり、パジャマの中に頭突っ込んだりしても笑って許してあげてたもの。…俺がやったらすごく怒ったくせに」

「当たり前だろう、そんなこと…」

あまりにくだらないことを切々と訴えられ、真剣な場面だというのにがっくりと脱力してしまう。

「タツは犬で、お前は人間なんだから当然だろう。…それともお前、そんなに犬扱いされたいのか？」

「…うん！」

冗談のつもりの問いかけに、達幸はまっしぐらに飛び付いた。

「俺、あーちゃんの犬がいい。だって人間より犬の方があーちゃんに可愛がってもらえるもの。犬ならどれだけあーちゃんのこと舐めてもしゃぶってもくっついても許してもらえるもの」

「お…、お前…」

「ね、一緒に居てくれるって言ったよね？　それってつまり、俺をあーちゃんのものに…あーちゃんの犬にしてくれるってことでしょう？　そうでしょう？　そうだよね？」

セックスは良くてもキスは駄目と言い張ったことと

いい、達幸の思考回路は本当に支離滅裂だ。どういう頭をしているんだと突っ込みたくても、こんなに嬉しそうに、期待いっぱいに問いかけられて、否やを唱えられるはずがない。

…結局は、明良も達幸に弱いのだ。

こくりと頷いた瞬間、明良の身体は勢い良く浮き上がる。

「ははっ…やったあ…！」

喜色満面の達幸は高い高いの要領で明良を持ち上げ、くるくると回る。腕がどうにかならないかと心配したが、達幸は危なげ無く何度も回り、仕上げにぎゅっと明良を抱き締める。

「俺、あーちゃんの犬なんだ…嬉しい。嬉しい、嬉しい、嬉しいっ」

「達幸、ちょ、苦し…っ」

「好きなだけ舐めてもいいんだよね？　あーちゃんの行くとこ、どこにでも付いて行ってずっと一緒にくっついていても怒らないんだよね？」

はだけたシャツの隙間から頭を突っ込まれる。昔よくタツが同じことをしていたが、違うのは明確な意志を持った熱い舌先が明良の乳首を舐め回していくことだった。

「あーちゃん、どうしよ…俺、もう、ぱんぱんだよ…」

発情した雄の匂いを発散させながら明良の股間を己の股間に擦り付け、胎内で慰めてとねだることも、もちろんタツはしなかった。

「イっていい？　あーちゃんの熱くてきつきつのナカに、思いっきりぶちまけてもいい？」

「ぃ…い、あっ、んぅっ…」

「いいんだね？」

喋りながら食まれるせいで乳首からじんじんと熱が回り、うまく喋れない。決して承諾したわけではないのに、達幸は都合良く解釈して明良を担ぎ上げる。

寝室まで移動する間も惜しいのか、引っくり返っていたソファを足の力だけで元に戻し、その上に下ろされた。あっという間に服を脱いで覆いかぶさってくる達幸を、明良は必死で押し止める。

「ちょっと待て、落ち着け、達幸っ」

「だめ、もう待てない。何日離れてたと思ってるの？　俺、あーちゃんと繋がってないと死んじゃうよ。あーちゃんも、さっき思いっきりしていいって言ったじゃない」

「駄目でも、待て！　この馬鹿犬！　それにそんなことは言ってない！」

少し伸びた後ろ髪を力の限り引っ張ってやると、達幸は獣のように唸りながら明良の全身をまさぐる手を止めた。燃え滾《たぎ》る目が、お預けの時間は長くはもたないと告げている。

「松尾さん、松尾さんを助けないと…」

抱かれるのが嫌なのではなく、ただ松尾の身が心配だった。達幸に殴りかかられてそのまま放置されているのだ。

しかし、押し倒されたまま見回しても、どこにも松尾の姿は無い。

「帰ったみたいだけど」

「帰った？」

「さっき、あーちゃんを抱き上げてる間に出てったよ。ちゃんと歩けてたし、大丈夫…だと思う」

かなり怪しい言い分だが、松尾は達幸の対応には慣れている。外にはコンシェルジュも居るし、心配は無いだろう。

それにしても、松尾にはさんざん明良と達幸のせいで迷惑をかけてしまった。今度会ったら、丁寧に詫びなければなるまい。

そしてその後はお礼を言おう。松尾が居てくれなかったら、達幸はいくら才能があっても成功しなかったかもしれないし、明良も自分の気持ちには気付けなかっただろうから。

「あーちゃん…俺もう、限界…」

熱を孕んだ囁きが、明良を現実に引き戻す。脚を広げられ、ブチブチっと何かがちぎれる音が派手に響いたかと思うと、尻のあわいに熱い液体がぶちまけられた。

「え…、ええ…？」

自分の身に何が起きたのか明良が理解したのは、ぬかるんだ蕾に熱い先端があてがわれた時だった。達幸が明良のズボンと下着の股間を引きちぎり、露出した蕾に精液をぶっかけたのだ。夏物の薄い麻とはいえ、なんて馬鹿力だと驚嘆する間も明良には与えられない。

「あーちゃん…っ！」

「え、や、あ、あああああぁ……！」

大きく脚を開かされ、情け容赦無く一息に奥まで貫かれて、みしみしと全身が軋んだ。

ここしばらくご無沙汰だったのだ。ろくに慣らしもせず巨大なものを押し込まれれば激痛が走る。無理やり広げられた入り口は、もしかしたら裂けてしまったかもしれない。

なのに達幸は痛みにおののく明良をひしと抱き締め、より深く繋がろうと腰を揺らす。

「ああ、あーちゃん、あーちゃん…すごくきもちいい…」

「た、あ、たつ、ゆき、あ、ひ、ひぁ…ん」

「もっともっと、ぎゅってして…俺のこと、離さないで…もう、居なくならないで…」

潤んだ青い目が揺れ、懇願の言葉が紡がれるたびに痛みが少しずつ引いていく。代わりに訪れるのは愛しさで、明良は裸の背中にしがみついた。

「ば、か…何度も、言っただろう？　僕が、お前の傍に居たいんだ」

達幸が明良の胎内に居座りたがる理由が、やっとわかった。達幸は不安なのだ。繋ぎとめていなければ、明良はどこかへ行ってしまうと思い込んでいる。実際に二度も逃げた明良にも、責任はあるだろう。

だから明良は達幸の唇を舐め、驚いてうっすらと開いた隙間から舌を差し入れる。怯んで縮こまる達幸の舌をからめとり、あやすように吸い上げた。

何だか笑えてしまう。欲しがってがっつくのは達幸なのに、キスの主導権だけはいつでも明良が握っているのだ。明良の身体で味を知らない部分なんて無いくらいに舐め回しているくせに、犬だからと唇だけはためらう。

馬鹿な男だ。明良にとって、達幸は犬なんかじゃない。そもそも犬ならどんな目的があったって抱かせたりはしなかった。想えば明良は、達幸に激しく嫉妬しながらも惹かれていたのだろう。もしかしたら事故の前から今まで、ずっと。

「あ…、あー…、ちゃん…」

唾液の糸を引きながら離れ、濡れた唇に今度は軽く音をたてて口付けてやる。

「これって…、キスなんて、そんな、俺、俺、犬なのに…」

「犬じゃない、だろ。お前は、僕の、恋人だ」

「………！」

　胎内を埋め尽くすものが、さらに大きくなった。達幸は呆然と動きを止めているのに、ただ中に居られるだけで腹が迫り出すのではないかと心配になる。

「犬とこんなことをする趣味は、無い…何度でも、言ってやる。お前は、僕の、恋人だ…だから、どこにも、置いていったりは、しない…」

「ほん…と…？」

「ああ…、本当、だ。ほら…、これは、恋人とだけ、するんだ、ろう？」

　すさまじい圧迫感を堪え、唇を薄く開いてやる。達幸は一瞬ぎゅっときつくまぶたを閉じ、明良の唇にかぶりついた。

「んんぅ…っ！　ん、ん、ふ…っ」

　キスなんて可愛らしい言葉では表現出来ないほど、激しく口内を貪られる。からからになるまで唾液を吸い取られて、脳は確かに快感を覚えているのに、舌の感覚はどんどん麻痺《まひ》していく。

「ん、んんんん、ん、ぅ、ぅぅぅぅーっ」

　口付けられたまま——否、口と口で繋がったまま、下肢を突き上げられる。

　せめて息継ぎをさせて欲しいと訴えようとした手も大きな手に握り込まれ、がつがつと胎内を抉られた。

　逞しい腹筋に擦り上げられ、扱かれてもいない明良の性器は涙を流してそそり立っている。酸素が失われ、苦しくてたまらないのに、快感は苦しさに比例して高まっていく。

「んふぅぅぅ…、ん、んー…っ！」

「あーちゃん、あーちゃんあーちゃんあーちゃん…！」

　酸欠で頭が真っ白になりかけたのと同時に解放され、腹の中に大量の熱い液体が注ぎ込まれる。苦しさと紙一重の絶頂はすさまじく、密着した腹がぬるりと滑ってようやく自分も達したのだと気付いた。

　激しく咳き込み、呼吸を整える間も無く、再び突き上げが開始される。腹の中でとろみのある液体がぐぷりと音をたてた。

　こんなのはまだ序の口だ。この調子では、きっと腹の中で受け止めきれなくなるくらいに注がれてしまうだろう。

「大好き…、あーちゃん、好き、好き、大好き…」

…それでも、喜びに満ちた目で見詰めてくるこの男が愛しい。明良はどこにも行かないのだと安心させてやりたい。その青い海の中で、いつまでも溺れていたい。

「僕も、お前が好きだ…愛してる、達幸…」

たちまち漲る雄を胎内で懸命にあやしてやりながら、明良は再び唇を寄せ、達幸からのキスをねだった。


身体を支配していた快楽の熱が去り、ふっとまぶたを上げると、主寝室のベッドに横たわっていた。目の前には規則正しく上下する裸の胸がある。

見事な筋肉のついたそれに頬を擦り寄せれば、背中に回された腕にいっそう力が籠められた。

「達幸…起きていたのか？」

「だって、もったい無くて寝てなんかいられないよ。明良の恋人になれたのに」

喜びの滲む声で囁き、達幸は布団の中で脚を絡めてくる。きちんと下は穿《は》いているらしく、明良はほっとした。布一枚でも隔てるものがあれば、いきなり蕾に突き入れられることは無い。

思えば、セックスの後、こうして抱き合って眠るのは初めてなのだ。達幸は犬であることにこだわっていたから、昔のように明良の足元で丸まって眠っていた。

あの達幸と恋人同士になったのだと思うと、感慨深かった。恋人に裏切られ、家まで焼かれ、絶望に立ち尽くしていたあの日の自分が聞いたら卒倒するだろう。達幸の腕の中に包まれている今が、言葉に出来ないくらいに幸せなのだ、と。

達幸もまた幸せそうに明良の項に鼻先を埋めていたが、突然、弾かれたように身体を離した。熱を湛えた目にぎくりとしてしまう。

まさかこの男、まだやり足りないとでも言い出す気なのか。

あれほど何度も何度も明良の中に吐き出して、長時間揺さぶられ過ぎて尿意を我慢出来なくなった明良にトイレで繋がったまま用を足すよう強制したり、他にも色々やりたい放題にやりまくったりしたくせに…！

「明良、お願い…俺、明良の恋人だけど、犬でもいい？」

「……は？」

眉を寄せる明良の手を握り締め、達幸はさらに言い募る。

「だって、俺が明良の犬じゃなくなったら、他の雄が明良の犬になろうとするに決まってるもの。俺じゃない雄が明良に可愛がられるなんて、絶対、絶対許せないもの」

「お前……」

明良が長年のコンプレックスを捨てきれずにいたように、達幸の中にも明良がタツを可愛がる姿が焼き付いているのだろう。

犬になりたいだなんて普通なら拒むところだが、犬なら可愛がってもらえると思い込んだ達幸が切なくて、明良はついつい絆されてしまう。

「…わかったよ。お前は僕の恋人で、僕の犬だ。…それでいいのか？」

「うん！」

満面の笑顔で頷き、達幸はいそいそと下だけ穿いていたパジャマを脱ぎ去り、ぽいっと放り捨てる。明良が着せられているのはあのパジャマの上の部分だ。


どうりでぶかぶかなはずだと納得する間も与えられず、勢い良くパジャマの前が開かれ、達幸がご馳走を前にした獣のように白い素肌を舐め回し始める。

「なっ、どうしていきなりそうなるんだ！　さっきさんざんやっただろうが！」

「うん、だって俺、明良の恋人で犬でしょう？　さっきまでのは恋人の分。…犬の分はまだもらってないから…」

ね？　と、達幸は腹が立つほど可愛らしく小首を傾げた。

「俺のこと、いっぱい、可愛がって」


明良は父の家を出て、再び達幸と共に暮らし始めた。公明は、娘を嫁に出す父親はこんな気持ちなのかなと笑って送り出してくれた。達幸との関係は知らないはずだが、鈍いようで鋭い父のことだ。実はもうとっくにばれているのかもしれない。

二人で暮らすことが決まってすぐ、明良は達幸と共にエテルネの事務所を訪ね、松尾に謝罪した。達幸もさすがに自分がとんでもない迷惑をかけていたという覚えはあるようで、素直に頭を下げた。

幸いにも松尾は快く謝罪を受け容れ、嬉しい情報まででくれた。何と『青い焔』の撮影続行が決定したのだという。

伊勢谷の不祥事を受け、企画は結局白紙に戻されたのだが、不満に思ったスタッフが港で撮影された映像の一部を匿名《とくめい》で動画サイトに投稿したのである。

達幸演じるレイの動画は二百万回以上の再生数を叩き出し、ぜひ映画を完成させて欲しいという嘆願がプロデューサーだけでなく監督やスポンサーの各企業にまで殺到した。そこでプロデューサーは異例の前言撤回をし、撮影続行を表明したというわけだ。

伊勢谷が演じるはずだった光の役は、公開オーディションで新たに決めることになった。さらに話題を提供して集客を伸ばそうという商魂逞しい戦略だが、達幸に刺激されてなかなか個性的な役者が集まっているらしい。伊勢谷よりもはるかに期待出来るだろう。

撮影は新たな光役が決まり次第再開されるが、それまで何もせず遊んでいられるわけではない。監督を含めたスタッフは事前準備やスケジュールの組み直しに追われているし、俳優も仕事の調整のみならず新しい台本の読み込みをしなければならない。

中でも達幸の忙しさは群を抜いている。明良が居ない間怠けていた分もあるが、動画サイトを見た海外の映画関係者からひっきりなしにオファーが寄せられているのだ。中には明良でも知っている有名な監督からのものもあり、エテルネは嬉しい悲鳴を上げている。

普通の役者なら期待と不安で押し潰されそうになるところだが、どんなに周囲が騒ごうと達幸は変わらない。今日もまた、求職情報誌を読み耽る明良の膝の上に頭を乗せ、じっと明良を見上げている。

じいいいいいい、と音がしそうなほど強い視線にからめとられ、明良は内心苦笑する。読書の邪魔をしてはいけないという言い付けを忠実に守りつつも、構って欲しくて仕方が無いのだ。きっと求職情報誌なんて破り捨ててしまいたいだろう。明良には働いたりせず、ずっと自分の帰りを待っていてもらいたいと考えているのだから。

いくら可愛い恋人兼犬の願いでも、養われるだけの

立場は男として絶対に受け容れられない。

再就職活動を始めようとした明良に、松尾がエテルネに来ませんかと誘いをかけてきたのは昨日のことだ。達幸を成功させるには明良を片時も離さず傍に置き、手綱《たづな》を握らせておくべきだと思い知ったらしい。承諾した場合は松尾の下で経験を積み、いずれは後を引き継ぐことになるだろう。

松尾に返事の電話を入れたのはついさっき、達幸が帰宅する前だ。達幸には松尾から誘いがあったこと自体教えていない。我ながら意地が悪いとは思ったが、明良の挙動にいちいち反応する達幸はやはりとても可愛いのだ。

「あーちゃん…」

焦燥《しょうそう》の滲んだ呟きが漏れるのは、そろそろ我慢も限界に近付いている証だ。二人きりになればすぐにでも身体を繫げたがる男にしては、よく辛抱している方である。

眉尻を情け無く下げ、ぐりぐりと頭を膝に押し付けて俺を忘れないでと訴える子どものような男が、カメラが回った瞬間別人に成り代わる。

『青い焰』が公開されれば、さらに多くの人々が明良と同じ感動と興奮を味わい、達幸に魅了されていくだろう。その様をずっと近くで見守りたい。

——今度からは家でも職場でも一緒だと教えてやったら、どんな顔をするだろうか。

楽しい想像を頭に巡らせながら、明良は達幸の唇を優しく奪ってやった。

# 渇命

「あーちゃん、あーちゃん、あーちゃん、あーちゃん」

暖房の効いた車から降り立ったとたん、この世で一番大切な飼い主の名前が溢れ出た。真冬の凍て付く空気が肌を刺し、今年初めての雪がちらつき始めている。出来損ないの達幸《たつゆき》に立派な毛皮は無いけれど、寒さは微塵も気にならない。もうすぐ明良《あきら》のもとに帰れる、明良が自分を待っていてくれると思うだけで、身体はひとりでに熱くなっていく。

エントランスでコンシェルジュに呼び止められた時には、思わず邪魔をするなと吠《ほ》えたててしまいそうになったが、明良のための品々を取り寄せていたことを思い出し、人間のふりをして受け取った。危ない危ない。明良以外の生き物、それも雄なんてみんな噛み殺してしまいたいけれど、そんなことをしたら明良に叱られてしまう。

せっかく、明良の好きそうなものばかり取り寄せたのだ。叱られるよりも、一番いい犬だと誉めてもらいたい。頭を撫でてもらって、熱くて居心地の良い胎内でぎゅうっと抱き締めてもらって、濃厚な精液をたっぷりと孕んでもらいたい。

「いい犬、いい犬。俺は、あーちゃんの、一番いい犬」

軽やかな節回しをつけて口ずさむたび、身体の熱は高まっていく。自室にたどり着いた頃には、達幸の股間は厚い布地の上からでも明らかなほど膨らみきっていた。最新式の電子ロックが施された玄関のドアに、さらにいくつもの鍵をかけてから、纏っていた衣服を引きちぎりそうな勢いで脱ぎ去る。

犬は服など着ず、裸で過ごすものなのだ。当然、下着もつけない。

先走りでぐっしょりと濡れた下着を何の躊躇も無く脱いだら、解放された雄が飛び出し、早く早くと透明な液体をまき散らしながら訴えた。早く明良の中に帰りたい。離れ離れになっている間、溜まりに溜まった精液を受け止めて欲しい。達幸の肉体は毛の一本から血の一滴に至るまで、明良のものなのだから。

本能の欲求を抑え付け、クロゼットから取り出した首輪を装着する。滑らかな黒い革の首輪は、明良が誕生日プレゼントにと贈ってくれたものだ。生まれたままの裸身に、明良の愛情がたっぷりと詰まったこの首輪をつけて、正しい飼い犬の姿はやっと完成する。人間としての姿は、達幸にとってはただの擬態だ。

「あーちゃん…っ、あーちゃんっ」

あるべき姿に戻るや否や、達幸は明良の元へ矢のごとく走った。部屋を閉ざすいくつもの鍵に指紋や静脈パターンを認証させ、複雑なパスワードを入力するのにもうすっかり慣れて、ものの十秒もかからない。すぐにロック解除を示す電子音が響き、扉が開く。

「ただいま、ただいまただいまっ、あーちゃん…あーちゃん、ただいま」

犬らしく四つん這いになって窓際に置かれたベッドに駆け寄るが、明良は柔らかなマットレスに埋もれるようにして眠ったまま、まぶたをぴくりとも動かさなかった。サイドテーブルに用意しておいた軽食もまるで手付かずだ。きっと、達幸が後ろ髪を引かれる思いで出かけていってからずっと、眠り続けていたのだろう。

うふふふふ、と笑いがこみ上げてきて、達幸は明良が包まっている布団をそっと退けた。こちらに背を向けて眠る明良の白い尻たぶを割り開けば、期待した通り、ふっくらとほころんだ蕾からは出がけに注ぎ込んでおいた精液がとめどなく溢れ出る。

傍に居られない間もずっと、達幸の種を宿しておいてくれたのだ。口先では何を言おうと、達幸を一番可愛い飼い犬だと思っていてくれる証である。

募る愛しさと、白い液体まみれの蕾に欲望をそそられ、達幸は未だに目覚めない明良の細い脚を持ち上げた。そのまま背後から横向きに重なり、曝《さら》け出された蕾へ、さっきから限界を訴え続けている雄の切っ先をあてがう。

「…ぁ…っ、あっ、た、…つ、ゆ…あ、あああっ」

「あーちゃん、あーちゃん、あーちゃん」

さすがに目を覚ました明良の胎内に根元まで一息に入り込むなり、雄は大量の熱い精液をまき散らしながら爆発した。外で明良を思い出すたび自慰したくなるのを堪えていたから、すさまじい量だ。たっぷり詰まった愛情ごと、一滴残らず受け止めて欲しい。

きつく抱きすくめられて逃げることも出来ず、強制的に胎内を満たされる明良の細い身体が、内側から灼かれ孕まされる衝撃にぶるぶると震えた。それに合わせ、手首に嵌められた枷《かせ》からベッドヘッドに伸びる鎖がじゃらりと音をたてる。

「…は…ぁ、あーちゃん…大好き…あーちゃん…」

耳の後ろに鼻先を突っ込んで大好きな匂いを嗅ぎまくりながら、小刻みに腰を振って最後の一滴まで残らず胎内に送り込んだ。

誰も入ってこられない密室であっても、油断は禁物だ。明良はとても綺麗で優しくて美味しそうな匂いまで放っているから、まともな雄ならどんなに遠くからでも嗅ぎ付け、奪い取ろうとするだろう。こうして絶えず飼い犬たる自分の匂いをつけておかなければ、とても安心など出来ない。

今夜もまた昨日のように、朝まで胎内に居座って、明良にはもう達幸という立派な犬が居るのだと一目瞭然なくらいにお腹をいっぱいにしてあげなくては——。

「や…っ、あ、達幸…っ、も、だめ…たつ、ゆきっ…」

明良が自分の名前ばかりを呼んでくれるのが嬉しくて、激しく腰を打ち付けた。収まったままの雄はみるみるまに逞しさを取り戻し、明良の腹を圧迫していく。搾り尽くされた明良のそれが股間で項垂れたままなのとは対照的だ。

「…ね、あーちゃん、お口、開けて…?」

再び胎内で達してから、達幸は傍にあったペットボトルの水を呷《あお》り、明良に口移しで飲ませていった。よほど喉が渇いていたのか、ペットボトルはすぐに空になり、達幸を喜ばせる。

二人きりになったばかりの頃は、繋がったまま飲食をすることに強い抵抗を示していた明良だが、今はすっかり慣れてくれた。きっと、いつでも達幸と繋がっていなければ他の雄が襲ってきて危険だと、理解してくれたのだろう。明良は昔から頭が良かった。さすがは達幸自慢のご主人様だ。

「次は…、ご飯、食べよう。ちょっと待ってて…ね?」

達幸はまだ居座りたがる雄をほんのちょっとの我慢だからと宥め、一旦身体を離し、キッチンで手早く栄養たっぷりの雑炊を作った。具材は今日取り寄せたばかりの蟹《かに》を解したものである。

離れ離れの不安と身を切り刻まれるような寂しさを覚え、ようやく帰り着いたのだ。本当は一瞬だって離れたくないけれど、寒くなってきたせいか、明良は最近あまり食欲が無い。出来合いのものよりも、手作りの温かいものを食べてもらいたい。明良の身体は、もう明良一人だけのものではないのだから。

脇目も振らずに明良の元へ戻ると、ベッドヘッドにもたれかかって座り、同じ体勢のまま横臥していた明良を膝の上に乗せる。当然、調理の間も痛いほど勃っていた雄は、ほころびっぱなしの胎内へ収めるのだ。飼い犬の居場所は、いつだって飼い主のすぐ近くなのだから。

明良は繋がる衝撃に小さく呻きはしたものの、喜んで達幸を頬張ってくれた。きゅうきゅうと雄に絡み付く柔肉は言葉よりも雄弁に明良の愛情を物語っていて、達幸は嬉しさに笑み崩れながら細い身体を抱き締め、出来立ての雑炊を匙《さじ》で掬《すく》う。

「はい、あーちゃん。あーん」

応えは無かったが、うっすらと開かれた唇に、よく息を吹きかけて冷ました雑炊を入れてやると、明良はゆっくりと咀嚼《そしゃく》した。

喉が上下するのを確認する間、達幸も手早く食事を済ませる。こちらは固形栄養食品なので、ほんの数口で終了だ。すぐにまた雑炊を掬い、明良の口元へ運んでやる。自宅での達幸の時間は、ほぼ明良のために消費されていた。明良のために存在している自分が誇らしくてたまらない。

「あーちゃん…もういいの？」

土鍋の中身が半分ほどになると、明良はもう口を開けなくなってしまった。もっと食べて欲しかったが、無理に食べさせても仕方が無い。それに、そろそろ胎内に収めた雄が限界だ。

達幸は繋がったまま明良を這わせ、ゆるゆると腰を使い始めた。最初はゆっくりだった動きは、達幸の精液でぬめる胎内に恍惚とするうちに、肉と肉がぶつかり合う音が響くほど激しくなっていく。

――幸せだった。

「…あーちゃん、あーちゃん、あーちゃん、あーちゃん、あーちゃん、あーちゃん」

達幸を飼い犬兼恋人にしてくれた、大好きな明良。

綺麗で優しい明良。達幸だけの明良。

幼い頃に出逢ってからずっと、他の雄に奪われたらどうしようと不安に苛まれていたけれど、こうしていればもう何の心配も無い。明良を求めて近付いてくる雄が居たら、一匹残らず嚙み殺してやればいい。

「あーちゃん、好き、あーちゃん、好き、好き、好き、好き、好き、好き、好き」

唯一の存在と隙間も無いほど重なって、繫がって一つになって、誰にも奪われることは無い。生まれて初めての安堵が心を満たしてくれる。

――鎖の擦れ合う音が響く部屋で、達幸は今、紛れも無く幸せだった。


暖房の効いたオフィスでパソコンに向かい合っていると、まだ正午を過ぎたばかりだというのに眠たくなってくる。

鴫谷《しぎたに》明良は何度目かのあくびを嚙み殺し、凝った背筋を伸ばしてから席を立った。

フロアの隅の給湯スペースには、最新式のバリスタマシーンが設置されている。自分のために砂糖とミルクをたっぷり入れた紅茶を作り、少し迷ってから緑茶とコーヒーも用意した。そろそろ上司たちが戻ってくる頃合だと思ったのだ。

固定の業務などあって無いような芸能事務所では、社員はオフィスに腰を落ち着けていることの方が少ない。社長さえも自ら営業に回ってしまい、残っているのは明良と事務の女性社員くらいだが、彼女もついさっき外回りの応援に駆り出されてしまった。眠気を覚ますべく、飲み物を載せた盆を持ってゆっくり自分の席へ向かっていると、視界の隅を白いものがちらつく。

「…ああ、雪か」

窓際で思わず足を止め、トレイを置いて天空から舞い落ちる雪に見入る。

多分、初雪だ。これを皮切りに都心はますます冷え込み、野外ロケにも多大な影響が出るようになるだろう。

高層ビルの窓ガラスは嵌め殺しになっており、内側からは開けられない。だが、その気になればエレベーターで一階のエントランスに下り、外に出てじかに雪を見上げるのはすぐに実現可能だ。真っ昼間のオフィスビルに、明良の移動を妨げるものは存在しない。

ごく当たり前のことに違和感を覚えてしまうのは、一年前のことを思い出したからだ。

「…明良！」

そう、ちょうど一年前のこの時期にも雪が降っていた。格子の嵌められた二重ガラスの向こうで音も無く降り積もる雪を、明良は横たわったまま、飽かずに眺め続けていたものだ。毎日一滴残らず精を搾り取られ、腹が膨らむくらいに精液を注ぎ込まれた挙句鎖でベッドに拘束されていたのでは、いくら娯楽の道具がたっぷり用意されていようとそれくらいしか出来なかったから。

「明良、…明良っ！」

「うわ……っ！」

低く魅惑的な声が耳元で響いた瞬間、背後から伸びてきた腕に引き寄せられ、明良はようやく我に返った。明良よりもずっと逞しい腕に抱きすくめられるなり、耳朶の後ろに高い鼻先が埋められ、ふんふんと匂いを嗅ぎまくられる。

「どうしたの、明良。ずうっと呼んでたのに、ぼうっとして…まさか、誰かに虐められたの？」

耳朶がぐしょ濡れになるまでしゃぶり、耳の穴に舌先を突っ込んで味わってようやく満足したのか、青沼《あおぬま》達幸は一旦明良を解放した。

だが、すぐに前方に回り、明良の腋《わき》の下に腕を差し入れて軽々と抱き上げる。百九十センチを超える長身に加え、分厚い筋肉に覆われた身体の主にとってはたやすいことだ。

「ここの社員？　それともどっか外から来た雄？　教えて、明良。すぐ俺がぶちのめしてくるから。大丈夫、すぐ戻ってくるよ。俺は明良の一番いい犬だもの。明良の一番可愛い犬なんだもの」

正面から見詰めてくる顔は、野性的ながらも一度見たら忘れられないほど整っている。女なら…いや、同性であっても、至近距離からこんな熱い眼差しを注がれたら腰が砕けてしまうだろう。特に印象的なのは、深く澄んだ海のような青い両目だ。明良が少しでもよそに目を向ければ、他の雄にちょっかいを出されたに違いないと判断し、今みたいに嫉妬の炎をめらめらと燃やすのが困りものだが。

明良は溜息を吐き、達幸の逞しい肩にしがみついた。幼い子どもが抱っこされるような体勢は嫌すぎるが、他に誰も居ないことだしと甘受する。明良と離れ離れになっていた達幸は、そうでもしなければ存在すらしない『他の雄』に突撃をかましかねない。壁一枚隔てただけの隣のミーティングルームは、達幸にとっては地球の裏側と同然なのだ。

「…ずっとここに居たから、他の人になんて会ってない。少しは落ち着け、達幸。お前、まさかそんな顔で取材を受けてたんじゃないだろうな？」

今日、取材を申し込んできたのは強い影響力を持つ老舗の人気映画雑誌である。わざわざあちらから出向いてきてくれたのにこんな仏頂面を披露したのでは、記者の心証が悪くなるのは必至だ。

「大丈夫ですよ、鴫谷さん」

達幸の代わりに答えたのは、パーテーションの陰から現れた松尾《まつお》だった。今年二十五歳になった明良と達幸よりも十歳ほど年上で、達幸――俳優・青沼幸《こう》のマネージャーだ。松尾の下で達幸のマネージャー補佐を務める明良にとっては、直属の上司にあたる。

現在、達幸のマネージメントは松尾と明良で分担しており、松尾は仕事の交渉などの外部との遣り取りを、明良は主に達幸の傍に付き添う付き人的な業務を受け持っていた。

「幸は打ち合わせ通り…いえ、それ以上によくやってくれましたから。あちらの記者さんも幸の笑顔にすっかり見惚れて、予定よりも多くページを割いて下さるそうですよ」

「松尾さん…お疲れさまです。すみません、お任せしてしまって」

取材には明良が付き添う予定だったのだが、急ぎの連絡待ち事項があり、松尾に任せてしまったのだ。『どうして明良が一緒じゃないの』とふてくされ、オフィスから物音が聞こえるたびに『明良が他の雄に襲われてる！』と飛び出そうとする達幸を御しながら仕事をさせるのは、並大抵の苦労ではない。

「いえいえ、いいんですよ。先方からの連絡はありましたか？」

所属俳優にぎゅうぎゅうと抱き締められながら頭を

下げても、松尾は無礼を咎めるどころか、にこやかにねぎらってくれる。この程度、もうすっかり慣れっこなのだ。

「はい。ついさっきデータが送られてきたので、念のため確認を取ってから社長に送信しておきました。松尾さんの方にも送りましたから、後でチェックをお願いします」

「わかりました。社長にも連絡しておきます。ああ、先ほどのインタビューですが、今日中には文章に起こして下さるそうです」

「でしたら、ミスチェックのためにこちらでも起こした方がいいですね。データを頂けますか？　すぐにライターを手配しますから」

妙な体勢で松尾と仕事の話をする間にも、明良の横顔には、じいいいいいいっと音がしそうなほど強烈な視線が突き刺さっている。青い目を決して逸らそうとしない達幸が何を望んでいるのか、わからないはずがない。声にならない訴えが、密着した身体からひしひしと伝わってくるのだから。

「…よく頑張ったな、達幸」

話がひと段落すると、明良は腕を伸ばして達幸の頭を撫でた。

とたん、達幸は現金にもぱっと顔を輝かせ、だらしなく笑み崩れながら頭を明良の手に押し付ける。

「明良、明良、明良。うん、俺、頑張ったよ。明良がいなくて寂しかったけど、俺、一人で頑張ったんだよ」

一人ではなく松尾が付いていたのだが、達幸の視界には相変わらず明良しか認識されないらしい。いつものことと、松尾は失礼な言い分にも苦笑するだけだ。

「ね、俺、いい犬？　あーちゃんの…明良の、一番いい犬？」

青い目に期待と、そして同じだけの不安が滲んでいるのは、達幸も窓の外を舞う今年初めての雪を見たからだろうか。振り返れば、雪はさっきよりも勢いを増している。この分では積もるかもしれない。

一年前の、あの日のように。

――あーちゃんあーちゃんあーちゃんあーちゃん、俺だけのあーちゃん。

――外なんて駄目。俺以外の雄がいっぱい居るんだもの。あーちゃんはキレイで優しくていい匂いがするから、絶対に襲われちゃう。ずっと一緒じゃなきゃ。ずっとずっとずーっと、繋がってなきゃ。

脳裏によみがえる記憶を無理やり追い出し、明良は自分から達幸の頭を撫でた。遠い昔、兄弟同然に育った飼い犬のタツにしてやったように。タツの時とは違い、恋人としての愛情を込めて。

「俺の犬はお前だけだよ。…お前は僕の一番可愛い犬で…恋人だ」

「あ…、明良…、あーちゃん、あーちゃん…っ」

歓喜の涙を滲ませた達幸が、すさまじい勢いで明良の唇を貪ってくる。突然始まった荒々しい口付けに翻弄される明良を、松尾が心配そうに見詰めていた。

明良のこれまでの人生には、二つのどん底があった。

一つは高校三年生の夏。大学受験を目前にして居眠り運転のトラックにはねられ、利き腕に切断寸前の重傷を負った挙句、慢性的な痺れなどの後遺症が残ってしまった。尊敬する父と同じ外科医になるという道は断たれ、リハビリのために浪人を余儀なくされた。明良の未来は大きく狂わされてしまったのだ。

そしてもう一つは一年半前。大学卒業後、何とか小さな建設会社に就職し、同僚の恋人も出来て、そろそろ人並みの家庭を持とうかと考えていた頃だ。恋人から何の前触れも無く別れを切り出され、浮気相手の子を妊娠していることまで告げられて、呆然としたまま帰宅したら自宅アパートが炎に包まれていた。

しかし、本当のどん底はそこからだった。立ち尽くす明良の前に、不幸を嗅ぎ付けたかのように達幸が現れたのである。

達幸は同じ家で育った幼馴染みで、周囲からは『鳴谷の犬』と呼ばれるほど明良に懐いていたが、明良は達幸を可愛いと思うのと同じくらい妬ましく思っていた。父の愛情が実子の自分よりも優秀な達幸に注がれているのではないかと疑っていたためである。明良があの事故で死なずに済んだのは達幸が身を挺して庇ってくれたおかげなのだが、父が自分ではなく達幸の手術を担当したことから、亀裂は決定的なものになってしまった。

その後、達幸は忽然《こつぜん》と姿を消してしまったので、実に数年ぶりの再開だった。何故、何のために今さら現れたのか。いぶかしむ明良を、達幸は『明良の家に帰るだけ』と言って都内の高級マンションへと強引に連れ去った。

そして、驚愕の事実が次々と判明する。達幸は姿を消した後、芸能事務所エテルネに所属し、俳優として活動していたのだ。芸名は青沼幸。若手ながら今や絶大な人気を誇る実力派俳優だった。しかも、達幸が俳優になったのは、明良の犬になってずっと傍に居るために手っ取り早く稼ぎたかったからだという。このマンションも、明良のために達幸が用意したものだったのだ。

その後、会社を首になってもなお自分に頼ろうとしない明良に、達幸の忍耐は限界を超えてしまった。獣と化した達幸に犯し尽くされた明良は、復讐を決意する。達幸が明良の命令なら何でも聞くのを利用してさんざん振り回し、スケジュールに穴を空けさせて、俳優としての地位も名誉も奪って自分と同じどん底へ突き落とそうと企んだのだ。

しかし、松尾によって達幸が比喩ではなく本物の天才であることを知ると、明良の心は揺らいだ。これほどの天才を、明良の復讐心から消し去ってしまっていいのだろうか。自分が本当に望んでいるのは復讐なのだろうか。

悩んだ末に明良は達幸主演の映画『青《あお》い焔《ほむら》』のロケに同行し、嫌というほど思い知ることになった。目の当たりにした達幸の演技がどれほど神がかって素晴らしいか。…どれほど、達幸が明良の犬になることを望み、そのために尽くしているか。

かつて明良の愛犬だったシベリアンハスキーのタツのように、役に立つ良い犬になれば明良に可愛がってもらえる。達幸は本気でそう信じ込んでいた。その一途な愛情はとうとう明良の心の氷を溶かし、明良はようやく気付くことが出来た。自分はただ達幸を理不尽な嫉妬や怒りのはけ口にしていただけなのだと。同時に悟った。自分だけをなりふり構わず求める達幸が、愛しくてたまらないのだと。

様々な障害を乗り越えた二人はついに想いを通じ合わせた。達幸の恋人兼飼い主になった明良は松尾に誘われ、エテルネに達幸のマネージャー補佐として再就職することになった。これからはすぐ傍で達幸を見守り、その活躍を手助けすることが出来るのだ。

全ては丸く収まった。未来は明るく輝いている。

そう楽観的に考えていた自分を、明良はすぐに責めることになった。

――達幸が、明良を自宅に監禁したのだ。

芸能界は色好みの獣の巣窟《そうくつ》。誰も彼もが綺麗で優しい明良に目を付け、襲うに決まっている。明良を見て、その気にならない雄は頭がおかしいのだから。もちろん、明良の恋人であり一番いい飼い犬でもある達幸がケダモノたちを追い払い、噛み殺すけれど、万が一ということがある。狡賢《ずるがしこ》いケダモノが、明良に飼ってもらいたい一心で策を弄《ろう》し、達幸の不意を突くかもしれない。

ならば、明良はずっと外に出ず、家に閉じこもっていればいい。望むものは全部達幸が用意するから、明良が働く必要なんて無い。明良は達幸の大切な大切な飼い主なのだ。達幸という犬を侍《はべ》らせて、達幸が整えた最高の環境でゆったりと優雅に過ごすべきだ。

達幸の主張を、明良は笑って取り合わなかった。確かに、芸能界には同性愛者が多いと聞くが、明良よりも恵まれた容姿の男など掃いて捨てるほど居るのだ。達幸だってその一人である。わざわざ地味な裏方の明良を選ぶ物好きなんて、そうそう出るはずがない。心配しすぎにもほどがある。

だが、達幸は明良の反論を耳にするなり、手の付けられない野獣と化した。

『駄目…駄目っ、そんなの絶対に駄目。俺がちょっとでも離れたら、あーちゃんはケダモノにさらわれちゃう。めちゃくちゃのどろどろにされて、ケダモノの飼い主にさせられちゃう。あーちゃんが俺以外の雄と交尾するなんて…他の犬を飼うなんて、絶対、絶対に許さない……！』

駄目、駄目と泣き喚く達幸にめちゃくちゃに犯され、失神して、次に目覚めたらマンションの一番陽当たりの良い一室に手枷を嵌められて閉じ込められていた。

念願叶って明良の恋人兼飼い犬にしてもらって以来、達幸はずっと明良が達幸に絆され、養われてくれることを期待し、その準備もこっそりとしていたらしい。それが叶えられるどころか、明良が自分と同じ世界に飛び込むというので、箍が外れてしまったのだ。

『あーちゃん、あーちゃん、あーちゃん』

だが、手枷よりもドアを閉ざす数多の鍵よりも、明良を縛り付けたのは達幸自身だった。

後になって聞いたのだが、明良が突然姿を消したので、達幸を知り抜いている松尾はすぐに達幸の仕業だと勘付いたそうだ。当然、達幸に明良を解放するよう何度も警告したものの、達幸は聞き入れなかった。それどころか、もしも自分が居ない間にマンションに侵入し、明良を助け出そうものなら、その場で死ぬと宣言したのだ。

こと明良にかけて、達幸は絶対に嘘を吐かない。達幸の本気を確信した松尾は、自ら救出に向かうことも警察に通報することも出来ず、ただ達幸がこれ以上暴走しないよう注意深く見守るしかなかった。

皮肉にも、明良を閉じ込めた達幸はごく真面目に仕事をこなし、どんなハードスケジュールでも文句一つ言わなかったそうである。これまでの経緯から、仕事を疎かにすれば明良を奪われることを学び取っていたのだ。もちろん、命綱でもある達幸が帰れなければ明良の生命が危うくなると判断し、松尾が仕事をセーブすることも予想済みだったようだ。

明良を監禁していることを除けば、達幸は…青沼幸は、野性的な魅力と爽やかさが同居する理想的な俳優だった。しかし、その頭の中は明良とずっと離れずにいること、明良の一番いい飼い犬として愛されることだけに占められていた。

こんなことは止めろ、解放しろと諭したり暴れて抵抗したりする余裕があったのはせいぜい最初の一週間くらいだ。部屋に入ってくるなり、すでにぎんぎんに滾っている雄で否応無しに貫かれ、合体させられたまま何度も胎内に精液をぶちまけられ、朝まで解放されないのでは、昼間昏々と眠り続けたところで体力はろくに回復しない。

明良の好きな音楽、明良の好きな作家の本、明良の好きな食べ物。明良のために用意されたぜいたくな品々を楽しむどころか、監禁生活がひと月を過ぎた頃には、ベッドから起き上がる気力すら失くしていた。

一晩中明良を犯し続けた達幸は、松尾が迎えに来る時刻になってようやく身体を離すと、明良に下着を穿かせて無理やり射精させる。そして明良の精液がついたそれをすぐに脱がし、フリーザーバッグに入れて大切そうに鞄に忍ばせる。離れ離れになっている間の『お守り』なのだそうだ。明良を思い出して寂しく切なくなったらこっそり取り出し、匂いを嗅ぎまくって自分を慰めているのだという。そうして積もりに積もった性欲は、明良に達幸の匂いをぷんぷん放ってもらうという達幸としては崇高な目的のもと、後で明良に全てぶつけられることになるのでたまったものではない。

達幸の在宅中はほぼ常に胎内に居座られ、腹を精液で満たされ、数多のファンを魅了する低く甘い声で呪いのように愛を囁かれ続ける。

そんな生活が三か月以上も続き、季節も晩夏から初冬に移り変わっていった頃には、明良は自分の身体が自分のものなのか、それとも達幸のものなのかさえわからなくなっていた。腹に達幸が居ない時の方が不自然に感じられた。

気絶同然に眠り続けている間に達幸が帰宅し、充溢した雄が当然とばかりに入ってきて目が覚めると、むしろぼんやりとした不安が消えて心地良くさえあったのだ。達幸に引きずられて、明良も相当おかしくなっていたのだろう。

抱き締められながら眠っている間、身じろぎして結合が解けかけると、明良自ら尻を密着させて繋がり直すのが当たり前になっていた。そうすることに何の疑問も抱かなかった。そんな明良に達幸はますますのめり込み、明良がどんどん痩せ衰えていこうと構わず貪った。

ひたすら貪り、貪られる無茶苦茶な生活にとうとう終止符が打たれたのは、ちょうど一年前、初雪が舞った日だった。前日から体調を崩していた明良は、夜になって四十度近い高熱を出して倒れてしまったのだ。

『あ…っ、あーちゃん？　…あーちゃん、あーちゃんあーちゃんあーちゃん……っ』

指一本動かすことも叶わない明良を、達幸は最初執拗に揺さぶっていた。だが、応えが返らないと見るや、高熱ゆえの悪寒に震える明良を隙間も無いほどぴったりと重なり合って抱き締め、一緒に何枚もの毛布に包まる。

『あーちゃん…あーちゃん、死なないで…俺を、置いてかないで…俺の全部、あげる…全部、あーちゃんのものだから…っ』

当然ながらそれで熱が下がるはずもなく、悪化する一方の明良に取り縋り、達幸は鋭い犬歯で己の腕や指、終いには唇までをも嚙み切って擦り付けてきた。まるで、明良を侵す病魔を我が身に移し、生命力を分け与えようとするかのように。

朦朧《もうろう》とした意識に、むっとするほどの血の匂い。

あの時、明良は本気で死を覚悟したものだ。実際には、万策尽き果てた達幸がぎりぎりの瀬戸際で自分の欲望よりも明良の命を選択し、松尾に連絡して病院を手配してくれたおかげで何とか助かったのだが。駆け付けた松尾は、血まみれになった達幸がなおも明良にしがみついて離れようとしなかったため、社長を応援に呼んで二人がかりで引き剝がさなければならなかったそうだ。

医師の診断は、風邪のウイルスが肺まで回ったことによる肺炎だった。無理を強いられ続けた明良の身体が悲鳴を上げたのだ。

このままでは命に関わるかもしれないと診断された明良は、松尾の手配ですぐさま入院した。無限に続くかに思われた監禁生活は、そうしてあっけなく終わったのだ。

病院に運ばれた時、明良の体重は五キロ以上減っていた。監禁される生活に精神が慣れても、身体は付いて行けなかったのだろう。ただの風邪が肺炎にまで進展してしまったのも、極度の疲労で身体が衰弱しきっていたせいだ。

けれど、こんな目に遭ってもなお、明良は達幸を憎めなかった。絶対に離れない、明良の可愛い犬も愛しい恋人も達幸だけだと何度真摯に告げようと信じてくれず、明良を奪われる恐怖に怯えている達幸がただ憐れで、悲しかった。

明良は半月の療養の後に退院し、当初の予定よりも四か月近く遅れてエテルネに再就職を果たした。芸能界という今まで縁の無かった世界や仕事内容にも、正マネージャーの松尾が何くれとなくフォローしてくれたおかげですぐに慣れた。

達幸と共に在る限り波乱と無縁ではいられないのか、晴れてマネージャー補佐となってからも様々なことがあった。明良だけでなく、達幸も普通の生活では決してありえない多くの経験をした。それら全てを二人で乗り越えた。これほど濃密な一年はめったに無いだろう。

「…明良」

帰宅してソファでくつろいでいたら、拗《す》ねたような囁きと共に耳朶をかぷりと甘噛みされた。高い鼻先で耳の後ろをぐりぐりと擦られ、背後からいっそう強く抱き締められなくても、明良を胡坐《あぐら》をかいた上に乗せた男が何を考えているのかは手に取るようにわかる。

「家にいる時に、俺以外のこと考えちゃ、駄目。明良は俺の飼い主なんだから」

予想通りの台詞に、明良はくすくすと笑った。きっと今、達幸は唇を駄々っ子のごとく尖らせ、青い目を嫉妬に燃やしているのだろう。亡き愛犬のタツと同じふさふさの尻尾があれば、ぴんと立てて明良の脳内を占領する不埒者を威嚇しているに違いない。

こんな男が昼間は爽やかな笑顔を振りまいて記者を魅了し、当初より多くのページをもぎ取ったかと思うとおかしくなってくる。若い女性などではなく、初老のベテラン記者だったというのに。達幸はどんな役柄であろうとなりきって完璧に演じてみせるが、最大の『嵌り役』は青沼幸という俳優そのものなのかもしれない。

「お前のことを考えていたんだよ。今年もあと少しで終わりだけど、色々なことがあったなあって」

「明良……ごめん、なさい……」

とたんにしょんぼりとする達幸に、気にしていないと言う代わりにもたれかかった。不安に強張っていた逞しい腕がふわりと緩む。

奪われたくないあまりに暴走した末とはいえ、明良を死なせかけてしまったことを、達幸は深く悔いていた。

明良が病院で目覚めた後、最初に目にしたのは、憔《しょう》悴《すい》しきりながらも『あーちゃんを治せなかったら噛み殺す』と医師の胸倉を摑んでいる達幸だった。明良の意識が無い間、明良に近付こうとする者は医師でも看護師でも牙《きば》を剝《む》いて襲いかかろうとしたため、とうとう鎮静剤を服用させられてしまったそうだ。明良の覚醒と同時に達幸も目覚め、医師に摑みかかっていたところだったのである。

達幸は明良の回復を号泣して喜び、それから病室に泊まり込んで傍を離れようとしなくなってしまった。そんな達幸を何とかなだめすかし、迎えに来た松尾に引き渡すのが入院中の明良の仕事だった。初めてエテルネに出社し、社長と対面した時には、ご苦労だったなと真顔で労られたものだ。

「僕は大丈夫だよ。もう一年も経ったんだから、全部元通りだ。何の問題も無い。…お前だって、そうだろう？」

「…………うん」

わずかな期待を込めた問いかけに、達幸はかなりの間があってからようやくぎこちなく頷いた。元通りではなく、問題があることが丸わかりだ。希代の詐欺師だろうと怪盗だろうと演じきってしまうくせに、この男はどうして明良に対してだけは嘘がつけないのだろうか。溜め息が出てしまう。

一年前、達幸は明良に己の愚行を涙ながらに詫び、再び監禁しようとはしなかった。

だが、悔いているのは明良を監禁したことではなく、それによって明良を死なせかけてしまったことだ。二度目の監禁を断念したのは、明良の意志を尊重したのでも松尾の忠告を聞き入れたのでもなく、再び閉じ込めてしまえばまた同じ道をたどってしまうかもしれないと恐れたからだ。

達幸は、明良を達幸以外誰の目も届かない密室に閉じ込めることが悪いとは全く考えていない。一年が経ち、明良が仕事で様々な人間と——達幸いわく、明良狙いのケダモノと関わるようになった今では、むしろ正しいと思っているだろう。

今度は以前と同じ過ちは犯さない。以前以上に完璧な、居心地の良い檻を用意して、明良に収まってもらう。そのための資金ならもう充分に稼いだ。もっと必要なら、わざわざ外に出なくても稼ぐ手段はいくらでもある。ああ、閉じ込めたい閉じ込めたい閉じ込めたい閉じ込めたい——。

「明良…、ねえ、あーちゃん…」

　頭を満たす、達幸の声にならない声。それがただの明良の妄想ではない証拠は、達幸自身だ。恋慕と愛情と不安と焦燥が複雑に入り混じり、揺れ動く青い目が、欲情にかすれた囁きが、布越しに伝わってくる火傷しそうに熱い体温が……達幸の全てが、明良をこのまま閉じ込めてしまいたいと訴えているから。

「あ…っ、こら…っ」

　もういい歳なんだからちゃんと名前で呼べと何度言い聞かせても、興奮するとすぐに明良からあーちゃんに変わってしまう。

　まだ帰宅したばかりだというのに、堪え性の無い犬は飼い主を膝に乗せているだけでもう欲情してたまらなくなってしまったらしい。器用な手が明良のベルトをあっという間に抜き去り、ズボンのウエストとチャックをくつろげ、下着の中に入ってくる。

「ね、ね、いいでしょ？　俺、今日もすごく頑張ったもの。全部全部、あーちゃんのために頑張ったんだもの」

「…ん、ああ…、っ」

　硬い指先が迷わず蕾に入ってきて、明良は達幸の膝の上で仰け反った。達幸に支えられていなければ転がり落ちていたかもしれない。

　数えきれないほど達幸を受け容れてきたそこは、もはや達幸のためだけに存在するもう一つの性器だ。浅く指を銜えさせられただけで貫かれる快感がよみがえり、触れられてもいない前の性器が硬くなってしまう。

　成人男性としては情けない状態なのだろうが、抱かれるごとに達幸のために誂《あつら》えられていく身体を、達幸は世界で最高のご馳走とばかりに嬉しそうに貪るのだ。

「ね…、見せて、あーちゃん」

　胎内を掻き混ぜられ、ひっきりなしに零れてしまいそうになる喘ぎ声を噛み殺しているうちに、明良の下半身を守る衣服は全て脱がされていた。

　上半身はまだネクタイを締めたままという倒錯的な姿を恥じる余裕など無い。情欲の滲んだ声に促されるがまま、達幸の膝から下り、ソファの上で四つん這いになる。無防備な尻を、欲望に目をぎらつかせた獣に向けて。

「ああ…、あーちゃん、あーちゃん、あーちゃん」

「んっ…ぅ、ふ…っ」

間近にあったクッションに突っ伏していても、達幸が青い目をきらきらと輝かせているのがわかる。指で解された蕾にめり込んでくるのは、達幸の高い鼻先だ。帰宅すると、大好きな明良の尻を舐めまくって唾液だらけにしたい衝動を堪え、こうして鼻を突っ込んで胎内の匂いを嗅ぎまくるのが達幸の欠かせない習慣である。明良が達幸以外の雄に襲われていないか、達幸の匂いがついているか、確認するために。

「……あーちゃんの、匂いしかしない……」

さんざん嗅いでからようやく顔を離し、安堵と寂しさの混じった呟きを漏らすのもいつものことだ。明良が他の雄に襲われなかったのは嬉しいけれど、あれだけ精液を注いでいるのに達幸の匂いがつかないのは悲しい。飼い犬心は複雑なのだと、達幸は言う。敏感な蕾をたっぷりと唾液を纏わせた舌で舐め蕩かした後、ファンを魅了する整った顔を明良の尻の狭間にずっぽりと埋め、ほど良く解けた胎内を味わいながら。

「もっと、もっといっぱい注がなきゃ。あーちゃんは俺のって、他の奴らにわからせなくちゃ」

「あっ、やぁ…っ、たつ、ゆ、きぃ…っ」

「あーちゃんあーちゃんあーちゃん、好き好き、愛してる。俺だけのあーちゃん…俺以外の雄になんて、絶対、絶対絶対、渡さない…渡すくらいなら…」

思い詰めた囁きが、身体は熱いにもかかわらずひやりとしたものをもたらす。

明良は上半身をよじり、尻たぶを鷲掴みにしたまましつこく胎内を味わっている男を振り返った。

「…あー、ちゃん？」

飼い主の視線はいついかなる時でも逃さない達幸が顔を上げ、きょとりと首を傾げる。澄んだ青い目が自分を映していることに内心安堵し、明良は仰向けになると、羞恥を堪えて自ら脚を大きく開いた。

ほとんど触れられていないのに反り返った性器も、達幸の唾液をまぶされてぬめり、物欲しそうに口を開いた蕾も、きっと丸見えだ。達幸の喉が上下し、ごくん、と唾を飲み込む生々しい音がリビングに響く。

「…もう、舐めるのはいいから…早く、僕の中に、来い…っ」

「あーちゃんっ……！」

達幸は咆哮し、もどかしげにズボンの前だけをくつろげると、明良の両脚を抱え上げた。

ぴたりと入り口に押し当てられた雄は、明良を唾液まみれにする間に何度か射精したのか、白い粘液を纏わり付かせていた。にもかかわらず、まだまだ足りないとばかりに天を仰ぎ、太い茎に走る血管を脈打たせている。明良の中に収まらない限り、達幸は決して満足しない。

「あ、あああっ、ああー……っ！」

「あーちゃんっ、あーちゃん…っ！」

一気に根元まで突き入れられた瞬間、明良は絶頂に押しやられ、精を噴き上げていた。腹や胸に飛び散ったそれを達幸が当然のように舐め取り、胎内に収まった雄をますます滾らせる。

「あーちゃんあーちゃんあーちゃん、俺のあーちゃん…」

「ひ…っあ、あぁ、達幸、たつゆ、き…っ、愛して、る…」

「俺も…っ、俺も、あーちゃんが好き。あーちゃんを愛してる。あーちゃんだけしか要らない…っ」

「は…っ、ああっ、あん、あっ、やぁぁっ…！」

ずんずんと最初から容赦無く揺さぶられ、重たいはずのソファまでもが小さく振動している。

一度このまま中で出したら、繋がったまま寝室に移動して、広いベッドの上で存分に明良を味わうのだろう。飢えを満たしたら、明良を隅から隅まで綺麗に洗って、一つの布団に包まって眠るのだ。もちろん、背後から明良を抱き締め、綺麗にしたばかりの胎内に雄を収めて。

そうしてようやく、達幸は一日を終えることが出来る。明良と可能な限り繋がっていれば、奪われるかもしれない恐怖と焦燥を何とか堪えられる。

「あーちゃん、俺のあーちゃん…俺だけ、だよね？あーちゃんのおなかで、いいこいいこしてもらえるの、俺だけだよね？　他の雄なんて、絶対に飼ったりしないよね…？」

「ああ…っ、あっ、達幸、達幸だけ…僕の、犬は、お前だけだよ…っ」

こんな遣り取りを、今まで何度繰り返してきたことか。

明良は達幸しか欲しくないし、飼い犬になりたいなんて願いを聞き入れてやるのも達幸だけだ。仮に他の誰かに言い寄られたとしても、絶対になびいたりしない自信がある。

けれど、達幸は明良の返事を喜びこそすれ、決して心から信じはしないのだ。明良が外の世界に出て達幸以外の人間と関わる限り、いつか必ず誰かに目をつけられてさらわれると思い込み、不安に怯えている。安全な世界に…達幸と明良しか存在しない閉じた巣穴に閉じこもりたがっている。

「達幸、だけ…達幸だけ、だから…」

「うん…っ、あーちゃん、俺も…俺も、あーちゃん…あーちゃん…」

青い目から歓喜の涙を流しながら、達幸と一つに溶け合ってしまうことを願うかのように抱きすくめてくる。腹が突き破られてしまいそうなほど奥まで入り込まれ、悲鳴に似た嬌声が零れた。

達幸と繋がるたび、このまま抱き殺されてしまうかもしれないという一抹の恐怖が過る。

――一体、どうすればいいのだろう。

明良の退院後、新しくやり直すのだという決意のもと、達幸は家中の家具を新しいものに買い替えた。服や靴などの衣類も、明良のものを除いては全て入れ替えた。

だが、明良は知っている。たった一つだけ、明良が贈ったあの黒革の首輪だけは、達幸のクロゼットの奥に大切そうにしまい込まれていることを。時折それを取り出しては、うっとりと眺めていることを。

――どうすれば、達幸は信じてくれるのだろう。閉じ込めたりしなくても、明良は絶対に傍を離れはしないのだと。

様々な舞台で鮮烈な輝きを放つ達幸を、明良はずっと傍で見守っていたい。達幸と共に明るい陽差しの中を歩いていきたい。望むのは、ただそれだけなのに。

「お前だけを、愛してるから…」

だから信じろ、という言葉は、獣めいた荒々しい口付けに吸い取られる。

窓のカーテンは閉ざされているが、きっと外は勢いを増した雪が降っているのだろう。穢れを知らない新雪が何か不吉な予兆に思えて、逞しい背中にしがみつく腕に自然と力が入った。

幸いにも明良の予想は外れ、それからは何事も無いまま波乱尽くしの年は終わった。

新たな年に俳優・青沼幸を待ち受けるのは、今まで以上に多忙な日々である。前年のメインの仕事だった主演映画『青い焔』が大ヒットし、ロングランを続けているからだ。国内トップを記録した観客動員数、興行収入は、これからもまだまだ伸び続けるだろうと言われている。今、日本で最も話題性のある俳優の達幸には多方面からの依頼が殺到し、いずれも松尾ですら驚くほどの好条件だった。

エテルネの社長は、何をしても売れる時期だからといって、無理をさせてまで大切な稼ぎ頭を潰すような真似はしない。最も条件が良く、達幸のキャリアにも貢献してくれそうなものを山ほどの依頼から選りすぐった結果、残ったのはほんの数件のみだ。

仕事始めの日、明良は松尾から渡されたそれらのリストの中に思いがけない名前を発見した。

「え…、赤座考星《あかざこうせい》先生が、復帰？　お身体は大丈夫なんですか？」

赤座考星は書いた脚本を軒並みヒットさせる人気脚本家で、自らが主宰する劇団ステーロの演出家でもある。舞台だけでなくドラマや映画、ミュージカルなど様々な分野に脚本を提供し、端整な容姿からメディアへの露出も多く、天才の名をほしいままにしてきた。

だが二年前、赤座は四十歳という働き盛りにもかかわらず突然公の場から姿を消してしまう。理由は体調不良と発表されたが、詳しい病名などは一切公表されなかった。

その赤座が突然復帰し、大々的な舞台公演を打つことになっただけでも驚きなのに、達幸に主演を依頼したいというのだ。

「ええ。ご本人ともお目にかかりましたが、すっかり回復されていて、体力的には問題無いと思いました。拝読した台本も、二年のブランクがあるとは思えない出来です」

頷く松尾自身、かつては劇団に所属して舞台俳優を目指していたため、舞台芸術に関しても造詣《ぞうけい》が深い。

その松尾の判断なら間違いは無いだろう。

「赤座先生は劇団を主宰されているだけあって、役者の育成にも定評のある方です。ステーロから活躍の場を増やした若手も多いですからね。幸は舞台経験が無い。先生の復帰記念公演は、舞台デビューの場としては文句の付けようがありません」

二年もの間、沈黙を保ち続けてきた天才脚本家が電撃復帰するのだ。殺到した依頼の中には他にも舞台出演依頼がいくつかあり、主役やそれに準ずる役柄も多かったが、これほど注目度が高く条件も良いものは無いだろうと松尾は分析した。事実、耳の早いメディアは既に赤座の復帰を嗅ぎ付けており、インターネット上でも噂になっているそうだ。そこに達幸の舞台初主演が加わればさらなる話題を呼ぶと思ったからこそ、社長は数ある依頼の中から選んだのだろう。明良も同感である。

だが、達幸が天才脚本家から主役に指名されたというのに、松尾は何故か顎に手をやって考え込んでいる。

「…何か、気になることでもあるんですか？」

「いえ…赤座先生は『青い焔』の久世監督とはまた違ったタイプで、型に嵌まらない自由な演出を得意とする方です。幸にも良い経験になるでしょう。ですが、今回の復帰記念公演はステーロが主催です。今まで、ステーロ主催の舞台に外部の人間が主演したことは一度も無いんですよ。役者が自分の思った通りに動かないのを、赤座さんがひどく嫌っているからだと言われています。今回も、本来なら看板役者の樋口楓十《ひぐちふうと》が主役に指名されるはずだったでしょう」

樋口楓十は明良も知っている。容姿こそ達幸には劣るが、堅実かつ味のある演技に定評のある若手俳優だ。最近は話題のドラマや映画でも重要な役どころでよく見かける。勉強熱心なことで有名で、達幸とは対照的な努力型の秀才といえよう。

「慣例を破ってまで幸を指名したのは、それだけ幸の演技に惚れ込んで下さったからだと思います。お会いした時にも、幸の出演作品は全て目を通し、とても素晴らしかったと絶賛されていましたし…」

複雑そうな表情から松尾の言いたいことを感じ取り、明良も顔を曇らせた。

きっと、樋口も周囲の人々も、記念すべき復帰公演の主役はメンバーの樋口だと思っていたはずだ。そこへステーロとは何のゆかりも無い、舞台経験すら無い達幸が現れたら、決して歓迎はされないだろう。

「…下手をしたら、劇団内に要らぬ不和を招きかねませんね」

「ええ。それに…さっきも言った通り、赤座先生は役者の個性を活かすのではなく、自分の型に嵌めて動かすのを好まれます。久世監督とは対照的にね。そんな方が幸のようなタイプの役者を主役に据えるのは、少々腑《ふ》に落ちないのです」

「言われてみれば、確かに」

達幸が演劇の技術について学んだのは必要最低限で、それも松尾が無理やり詰め込ませたものだ。あのすさまじい演技は、演技というよりも本能のまま役柄になりきっているだけである。明良に誉めてもらいたい、明良の役に立つ犬になりたいという一心で。

確かに赤座の好むタイプの役者ではないし、いかに天才脚本家といえど達幸を型に嵌めるなど絶対に不可能だ。

「二年間のブランクを補うために、こだわりを捨ててでも話題性のある達幸を起用したいんでしょうか？」

「お会いした限り、幸に惚れ込んだというのは嘘ではないと思うんですが…」

松尾はまだ納得しかねるようだったが、すぐに冷静なマネージャーの表情を取り戻した。

「まあ、内心がどうあれ、幸を主役に起用して頂けるならありがたいことです。ステーロのメンバーたちも、仮にもプロなんですから、最終的には仕事と割り切るはずです。外部から客寄せ要員を招くことなど、この業界では珍しくもない。もっとも…彼らにどれだけ冷たい態度を取られようと、幸は気にもかけないでしょうけどね」

苦笑する松尾の視線は、明良の膝に…正確には、その上に頭を乗せてご満悦な達幸に注がれている。新年早々、年末に撮影したCM映像にミスが発見され、撮り直しを頼み込まれてこなしてきたばかりなのだ。前回同様、リテイク無しの一発ＯＫをもぎ取ったご褒美が欲しいと言われ、こうして来客用のソファに座って膝枕を提供しているのである。

フロアには明良たち以外の社員も居るが、稼ぎ頭の達幸が明良さえ居ればご機嫌なので誰も騒いだり咎めたりしない。来客の目に触れないよう、さりげなくパーテーションを追加してくれるほどの順応ぶりだ。さすがはあの社長の眼鏡に適った社員たちである。

「……ん？　何？」

視線を感じたのか、達幸はやっと顔を上げた。さっきからずっと明良の膝に鼻先をくっつけ、匂いを嗅ぎまくっては頭を撫でてもらってぐふぐふ笑っていたのだから、きっと赤座についての話など聞いてもいなかっただろう。いつものこととはいえ、躾のなっていない駄犬が人様に迷惑をかけてしまったようで、申し訳無くてたまらなくなる。

松尾は気にしなくていいんですよとばかりに頷いてみせてから、明良にくれたものと同じ資料を達幸の目前にかざしてやった。

「脚本家の赤座先生は知ってるな？　お前は先生の復帰記念公演で主役をやることになったんだ」

「……舞台？」

ぴくんと反応した達幸が松尾の手から資料を奪い取り、素早く目を通した。ほんの一分もせずに読み終えるなり、明良の膝から脊髄反射並みの速さで起き上がる。

「俺が、復帰記念公演の舞台の、主役⁉」

決して、主役に抜擢されたことを喜ぶ声ではない。むしろその逆だ。わなわなと震える達幸の手の中で、資料はぐしゃぐしゃと握り潰されていく。

「…駄目。舞台なんて絶対に駄目」

「お…、おい、達幸？」

「駄目駄目駄目、舞台は駄目。駄目だよ、明良」

使い物にならなくなった資料をぽいっと放り捨て、達幸は明良の手を握り締めた。目を血走らせ、何かとても恐ろしい怪物にでも遭遇してしまったかのように小刻みに震えている。

「幸、初めての舞台だから不安かもしれないが、そこはちゃんとフォローするから」

「舞台の仕事なんてやったら、あーちゃんがケダモノに目を付けられちゃう！」

見かねた松尾が声をかけるのと、達幸が叫ぶのはほぼ同時だった。この手の出来事には慣れているはずの社員たちも思わず仕事の手を止め、呆気に取られている。

「だって、舞台には、舞台稽古がある。ドラマとか、映画とかよりもいっぱいの雄がリアルタイムで集まる…そんなとこにキレイなあーちゃんが居たら、みんな絶対にケダモノになって襲うに決まってる！　あ、ああぁっ、あーちゃんが、ケダモノに…っ」

身悶える達幸の脳内では、きっと明良が達幸の言うところのケダモノたちに襲われ、達幸に助けを求めているのだろう。

これが達幸でなければ冗談もいい加減にしろと引っ叩くところだが、達幸は明良に関してはいつだって本気だ。

「舞台なんてやらない。俺はあーちゃんの犬だから、あーちゃんを守るんだ。ケダモノなんかには渡さない…っ」

「落ち着け、達幸！」

その目に一年前と同じ…最近も時折覗かせるようになった暗い光がちらついているのに気付き、明良は衝動的に達幸の唇を奪った。ただぶつけただけにも等しい口付けだが、達幸の意識を引き戻すには充分だ。

「…あ、きら？　今…」

「もう正式に引き受けた仕事なんだ。そんな理由で今さら断るわけにはいかないだろう」

「で…っ、でも、明良が、他の雄に…っ」

「僕は、お前が舞台でも輝くところを観てみたい」

優しく微笑んでやれば、達幸は明良の手を解放し、口付けを受けたばかりの唇を押さえた。カラーコンタクトで黒く染められた目は、今度は迷いに揺れている。

明良の願いを叶えることは、『一番いい飼い犬』として何よりも優先すべき事項なのだ。

「マネージャー補佐じゃなく、お前の飼い主兼恋人として、お前が舞台ではどんな素晴らしい演技をしてくれるのかがとても楽しみなんだ」

「明良…俺の演技、楽しみ…？」

「当たり前だろう？　僕はお前の一番のファンでもあるんだから」

「いちばん…俺、いちばん…」

達幸が飼い犬心を魅了するキーワードにぐらぐらと揺さぶられだしたところへ、明良は一気にたたみかけることにした。松尾も、他の社員たちも、今や固唾を呑んでことの成り行きを見守っている。

「達幸…僕の願いを、叶えてくれないのか？」

「……‥！」

電撃を受けたような――あるいは天啓を受けたような顔で達幸は硬直し、すぐにぶんぶんと大きく首を振った。遠い昔、今は亡き愛犬のタツが悪戯を咎められ、懸命に『ごめんなさい』をしていた時ととてもよく似ている。

「そ、そんなことない！　俺は、明良のお願いだったら何だって叶えてみせる！」

「じゃあ、赤座さんの復帰記念公演を引き受けてくれるか？」

「うん！　…………………あっ」

勢いで頷いた直後、はっと目を見開いた達幸だが、もう遅い。言質はしっかり取らせてもらった。

「そうか、ありがとう、達幸」

「あっ、あああっ、あ、明良っ…今の…」

「ああ、ちゃんと聞いていたよ。引き受けてくれるんだよな。僕も松尾さんと一緒に精一杯フォローさせてもらうから、一緒に頑張ろう」

にっこり笑って駄目押しをしてやれば、今のは嘘なとど達幸に言い出せるはずがない。最後の悪あがきのようにぶるぶると震えてから、がっくりと項垂れた。

「…………わかった。がんばる…」

達幸が地の底から響く呪いの言葉のように呟いた瞬間、社員たちがわっと歓声を上げた。松尾も安堵の息を吐き、明良の肩を優しく叩く。

「お見事でした。さすが、鴫谷さんですね」

「…はあ、ありがとうございます…」

こんなことで誉められてもあまり嬉しくないし、キスシーンを目撃されてしまった恥ずかしさが今になってじわじわ押し寄せてくるのだが、入社以来もっと恥ずかしい場面を晒してきたのだ。今さらであろう。

「…明良の、ためだからね」

その後、男性用トイレの個室に明良を素早く連れ込んだ達幸は、驚く明良の唇をさんざん貪ってから耳元で囁いた。抱き上げた明良の背中を個室の壁にもたれさせ、硬くなりつつある股間を布越しに明良の尻に擦り付けながら。仕事中は絶対に挿入禁止、とことあるごとに命令していなければ、今頃下肢だけ裸に剝かれ、下からがんがん突き上げられていたはずだ。

「…あ…っ、達幸…」

「俺が頑張るの、明良のためだからね。本当は、明良を他の雄に見せるの嫌だけど…すごくすごく嫌だけど、明良のお願いだから、頑張るんだからね」

シャツの上から執拗に乳首を弄くり回し、じわじわと侵食する快感に喘いだ喉を甘噛みし、耳朶をしゃぶる。

明良が欲しくて辛抱たまらなくなった達幸が、こうやって社内で明良に触れるのは珍しいことではない。いつもよりしつこいのは、舞台出演がよほど不本意だったのだろう。それでも明良のためだからと堪える姿が、こんな場面だというのにいじらしく思えてしまって、明良は達幸の頭を優しく撫でる。

「…わかってるよ、達幸。僕の願いを聞いてくれてありがとう。とても嬉しいよ。やっぱり、達幸は僕の一番可愛い犬だ」

「…明良…っ！」

マーキングよろしく項を吸い上げまくっていた達幸が、がばっと顔を上げた。

「今日…、今日、帰ったら、すぐに明良のナカに入っていい？　…本当は、今すぐ明良と繋がりたいけど、いい犬だから我慢する。だから…、明良のおっぱい吸いながら、朝まで明良のナカに居ていい…？」

切々と訴える達幸の青い目は、欲望にぎらつきこそすれ、さっきの暗い光はどこにも無い。

安堵した明良が頷くと、達幸は心の底から嬉しそうに笑った。


赤座考星の復帰、そして復帰記念公演の舞台に青沼幸が主演することは各方面のメディアで大々的に取り上げられ、大きな話題となった。

達幸の公式ブログには期待と激励のコメントが千件以上寄せられ、ファンレターやメールの数も格段に増えた。駆け出しの頃からのファンも居れば、『青い焔』で新たに加わったファンも多い。誰もが皆、達幸が初の舞台で新たな才能を開花させてくれることを待ち望んでいる。達幸に代わって手紙やメールなどの文面を確認しているだけでも、熱い期待がひしひしと伝わってきて恐ろしいほどだ。並の神経の主なら、期待に押し潰されてしまいかねない。

だが、当の達幸本人は世間の期待なぞどこ吹く風で、相変わらず明良を他の人間の目に晒すことだけを危惧し続けているのだ。達幸の中に、プレッシャーなどというものは存在しないのかもしれない。

「青沼幸です。主役のニコラス役を務めさせて頂きます。舞台経験はありませんが、全力で取り組んでいきたいと思っておりますので、よろしくお願いします」

今日もそうだ。野性的な魅力に満ちた笑みを浮かべ、軽く頭を下げる姿には一片の気負いも無い。顔合わせを兼ねた初めての読み合わせが行われる今日、稽古場のスタジオには共演者であるステーロのメンバーが勢揃いしているというのに。

達幸を囲むように席に着いた彼らは、案の定到着した時から非友好的な雰囲気を漂わせており、読み合わせが始まる前に挨拶をした時にも会話らしい会話は無かった。今も、達幸の笑顔に女性メンバーたちが一瞬頬を染めたくらいで、いかにも義理っぽい拍手がまばらに響いただけである。スタジオの隅で松尾と並んで立っているだけの明良でさえ、ぎすぎすした空気に居たたまれなくなる。


赤座の二年ぶりの新作舞台『マスカレード』は、中世ヨーロッパに似た架空世界において、人を喰う悪魔によって引き起こされる事件を描いた物語だ。達幸が演じるのは、主役の神父・ニコラスである。

悪魔祓《ばら》いの能力に長けたニコラスは、中央での栄達にはまるで興味を示さず、諸国を巡って悪魔を祓い、無償で人々を救うことから、清廉の徒、聖職者の鑑と讃えられていた。

だが、真実は少し異なる。ニコラスは確かに慈悲深い神父であったが、人々を救う以外にも目的があったのだ。母を無惨に殺した仇《かたき》の悪魔を捜し出し、その手で葬ることである。ニコラスが仇の悪魔を退散させてくれた司祭に弟子入りし、神父となったのも、母の仇を討つためだった。

師によれば、ニコラスの母を殺した悪魔は少年のようなほっそりとした体格で、不遜《ふそん》にも聖職者が儀式の際に用いる仮面を被っていたという。仇を求めさすらうニコラスの行く先々に仇の悪魔は時折現れ、仲間の悪魔と結託し、人々を傷付けては消えていく。

長い旅の果てに、ニコラスは残酷な真実を知る。仇の悪魔の正体は、ニコラス自身だったのだ。

ニコラスは人間と悪魔の間に生まれた禁忌の子であり、本来ならば殺される運命だったのだが、強い力を持つニコラスをただ殺してしまうのはもったいないと司祭は考えた。そしてニコラスの目の前で母を殺し、犯人は悪魔だと暗示をかけたのだ。ニコラスの復讐心を利用して悪魔を祓わせ、ニコラスの師としての名声を得て、高位の聖職者となるために。

ニコラスの前に現れていた仇の悪魔は、悪魔に囲まれて窮地に陥った際、悪魔の力を発揮した自分自身だったのである。聖職者の仮面を被っていたのは、母を殺す司祭の姿が記憶の奥底に眠っていたからだった。

高潔な聖職者、恩人だと信じていた師こそが仇であり、人々に害を為すだけの存在だと思っていた悪魔はニコラス自身であった。人々を助けるために存在するのだと信じていた教会は、師を始め、人々を利用して利益を貪りたい愚者の集団だった。誰もが真実を隠す仮面を被り、踊らされていただけなのだと悟り、ニコラスは人間と悪魔との狭間で激しく揺れ動いていくことになる。


全体的に暗い空気の漂うストーリーであり、万人受けする華やかさは無い。だがそこを決して重苦しく感じさせず、血なまぐさい争いを重ねながらも最後には希望の余韻を残す展開はさすが天才と呼ばれた脚本家の作品である。台本を読んだだけでも物語に引き込まれ、いずれは達幸がその世界の中心を演じるのだと思うと今からわくわくする。

だが、ニコラスは難しい役だ。悪魔と人間の間に生まれ、善悪と愛憎の狭間で葛藤する複雑かつ繊細な心理描写に加え、ニコラスと悪魔たちとの派手な戦闘シーンも見所の一つなので、激しい殺陣も必要とされる。

達幸ならばどんな場面であろうと関係無しにその才能を発揮するだろうと、明良は確信している。しかし、舞台経験の無い役者がいきなり演じるには厳しい役だと思うのも事実だ。ステーロのメンバーたちが突然現れた達幸を歓迎しないのは当然ではある。

最初から友好的なのは、上座に座る赤座考星その人くらいであろう。若々しく洗練された容姿の主で、赤座個人に女性ファンが多いというのも頷ける。血色も良く、病み衰えた様子はまるで無い。二年もの間療養していたというのが嘘のようだ。舞台演出は体力勝負だが、松尾が言った通り、この分なら激務にも耐えられるだろう。

「まずは青沼くん、依頼を引き受けてくれてありがとう」

主要キャストの自己紹介が終わり、赤座がまず達幸に声をかけた瞬間、ステーロのメンバーたちの表情がわずかに強張った。劇団の最高権力者である赤座の関心があからさまに達幸に向けられているのでは、面白くはあるまい。ただでさえぎくしゃくしていた空気がさらに荒れていくのとは裏腹に、赤座の声はどんどん熱を帯びていく。

「療養中はずっと君の仕事を追いかけていたんだよ。『天《てん》の花《はな》』も良かったが、『青い焔』…あれは本当に素晴らしかった！　衝撃で病も吹き飛んでしまったよ。どうしてメガホンを取っているのが私ではないのかと、久世監督が心底憎らしくなったくらいだ。君が演じるレイを観た時、今回の舞台の構想が一気に湧き上がってきて、一晩で脚本を書き上げてしまったんだ。だから、主役のニコラスはぜひ君にお願いしたくて…」

「…先生、先生！」

背後に影のごとく控えていたひょろりと背の高い大人しそうな青年が、赤座の肩を叩く。誰だろうと思ったら、松尾が『赤座さんのマネージャーで、山野井《やまのい》さんですよ』と耳打ちしてくれた。

「…あ、ああ。私としたことが、つい興奮して…申し訳無かった」

それでようやく赤座も場の空気の悪さに気付いたようだが、遅かった。赤座が急な呼び出しを受けて中座したとたん、末席に座る青年が苛立たしそうに吐き出したのだ。

「ちょっと映画で名前が売れたからって、いい気になって足引っ張るなよ。映画と舞台じゃ全然違うんだからな」

ぎょっとしたのは明良だけで、松尾は動じる様子も無い。この程度の悪態は予想済みだし、いちいち相手にしていてはきりがないということらしい。達幸も、ちゃんと聞こえてはいるのだろうが、相手が前を向いたままなのをいいことに無視している。

余裕の態度が癪《しゃく》に障《さわ》ったのか、青年は小さく舌を打った。

「…っ、大体、マネージャー二人も付いて来るってどんだけ過保護なんだよ。幼稚園か何かと勘違いしてんじゃねぇよ？　さすが、役者が役者なら、マネージャーも…ッ」

そこで達幸がやおら振り向いたとたん、青年の言葉が小さく息を呑み込む音と共に途切れた。睨んだわけでも、拳を振り上げたわけでもない。ただ、黒のカラーコンタクトレンズを入れた目に男を映しただけだ。にもかかわらず、テーブルに置かれた青年の手に鳥肌が立ち、かたかたと震えだす。

……まずい！

今は黒い双眸に、あの暗い光がほのかに点っている。明良を奪おうとする者、侮辱する者に達幸は決して容赦しない。誰であろうと、どんな時だろうとぶちのめす。最初の顔合わせで共演者に暴力を振るったりしたら、一体どうなるか——。

「そのくらいでやめとけ。言いすぎだ」

危機感を覚えた明良が止めに入るより早く、達幸の向かい側に座る男が口を開いた。ステーロの看板役者、樋口楓十だ。ニコラス役を務めると目されていたものの、達幸が現れたせいでニコラスの師であり真実の仇でもある司祭を演じることになった。

確かまだ三十代に入ったばかりのはずだが、普段から舞台を中心に活躍しているだけあって、他のメンバーたちとは明らかに存在感が違い、貫禄めいた雰囲気も備えている。達幸も虚を突かれたのか、爆発しかけていた怒りのオーラがぴたりと治まった。

「樋口さん…、でも…」

「気持ちはわかるけどな、いくら何でもマネージャーさんたちは関係無いだろうが。…ほら」

青年はなおもためらっていたが、再度促されて渋々明良たちに頭を下げた。

「……すみませんでした」

「気にしていませんよ」

全く気持ちのこもっていない謝罪を、松尾は大人の対応で受け容れる。その横で、明良は必至に達幸へ目配せをしていた。明良が直接傷付けられたわけではなく、相手も一応は謝罪したのだから報復は不要だと。

そもそも、松尾だけでなく明良までもがスタジオ内に付いて来たのは、達幸が『明良も一緒じゃなきゃ行かない』と往生際悪く駄々をこねたからなのである。わがままを聞き入れる条件として稽古中に何があっても取り乱さないことを挙げたら、達幸は渋々ながらも承諾したはずだ。

まさか忘れたわけではあるまいなと懸命に訴えた甲斐あって、達幸は何とか怒りの衝動を堪えたようだった。俳優の顔に戻り、居住まいを正す。射殺されそうな視線から解放された青年はほっと息をついたが、ことはまだ終わらなかった。

「あいつの言い方は悪かったが、内容については俺も同感だ」

まっすぐに達幸を見据える樋口の口調に、嫌味めいた響きは感じられない。松尾によれば、美形というよりり愛嬌のある顔立ちの樋口は、デビュー当時はなかなか芽が出なかった苦労人なのだそうだ。長い下積み期間の後、赤座の指導を受けるようになってから急激に才能を伸ばし、役柄にも恵まれるようになったので、劇団にも舞台にも人一倍思い入れがあるのだろう。

「別に、主役になれなかったからひがんでるんじゃない。どんな役だって、頂いた以上はベストを尽くすさ。ましてや、待ちに待った赤座先生の復帰記念公演なんだからな。…部外者に中途半端な演技をされたくないんだ」

きっと、これが他のメンバーたちの本音でもある。主宰者の赤座が若いので、メンバーたちも樋口を始め比較的若い役者が多い。樋口は実力だけでなく、精神面でもステーロを支えているようだ。

「初心者に多くは望まない。ただ、俺らの足は引っ張らないで欲しい。こんなことを言ったら、気を悪くするだろうが…」

「…いや。俺が初心者なのは事実だから、樋口さんや岸部《きしべ》さんが心配するのは当たり前だと思います」

「……えっ？　俺の名前…知ってる…？」

達幸の言葉に、驚きの声を上げたのはさっきの青年だ。自己紹介を済ませたのは主要キャストだけで、名も無き悪魔役の青年は当然その中には含まれない。もちろん、配役表には全てのキャストが記されているが、顔写真までは載っていない。

「共演させて頂く方々の名前を覚えておくくらい、当たり前ですよ」

達幸はにっこりと微笑んだ。明良には絶対に見せない、作り物の——だからこそ完璧な笑顔である。今、達幸が演じているのは、実力人格共に併せ持った俳優・青沼幸そのものなのだ。明良さえ絡まなければ、達幸はいくらでも爽やかな好青年のふりが出来る。

樋口は眉を寄せ、ちょっと考えてから、岸部と呼ばれた青年の隣に座る女性を指差した。やはり、主要キャストではないメンバーだ。

「じゃあ、あいつは？」

「上野加絵《うえのかえ》さんですね。ニコラスの恋人の友人役の」

「…正解だ。じゃあ、あっちは？」

「中島佳孝《なかじまよしたか》さんです。司祭の付き人役と刑吏《けいり》役の二役ですね」

正解を連発する達幸に樋口も意地になったのか、片端からキャストたちを指差していくが、達幸はやはり全てに正解した。自棄になった樋口が裏方のスタッフまで呼び寄せて尋ねるも、何とこれも全て正解。達幸はステーロの役者はおろか、スタッフの一人に至るまで、顔とフルネーム、果ては略歴までをも記憶していたのである。

初顔合わせが何とか無事に終わった後、明良と達幸は夕方にはマンションに帰宅していた。初の舞台主演ということで、他の仕事は極限まで減らしてあるのだ。いつもの帰宅時間は早くて夜の九時だから、食事はたいてい外で済ませてしまう。だが早く帰れた日くらいは、達幸の体調維持のためにも栄養バランスの取れた食事を用意してやりたい。立ち稽古が始まれば、今よりももっと体力を消耗するのだから。

着替えた後、明良は久しぶりにキッチンに立ち、調理にいそしんでいた。キッチンカウンターの上には、買い込んできた食材が山のように置かれている。

今日の献立は根菜類をたっぷりと入れた牛筋の煮込みに海藻と豆腐のサラダ、キノコとサーモンのホイル包み焼き、脂《あぶら》の乗ったアジの干物。それに炊きたてのご飯と味噌汁だ。一人暮らしの頃はあまり料理などしなかったが、体力勝負の俳優である達幸を支えていくと決意してから必死に覚えた。

「今日は本当にすごかったぞ、達幸。松尾さんも感心してた」

大根《だいこん》や人参《にんじん》の皮を剝いている間も昼間のことがよみがえり、口を動かさずにはいられない。

あれから赤座が戻ってきて、ようやく読み合わせが始まった。読み合わせとは、俳優たちが集まり台本の台詞を読んでいく、動作を伴わない稽古だ。ここで演出家が役者の演技やストーリーの解釈などについて意見を述べ、役者は台本についての理解を深め、次の立ち稽古へと繋げていく。

最初の頃のままだったら和やかとはとうていいえない稽古になっていただろうが、達幸が完璧な回答をしてのけた後、空気は少し変わった。完全に拒絶するものから、ちょっとは様子を見てみようか、というふうに和らいだのだ。

加えて、達幸がその一挙手一投足に注目され、何かへまをすればすぐさま嘲笑されるという状況でもまるで怯まず、完璧に台詞を読み上げてみせたのも良かったのだろう。帰り際、樋口が感心したように達幸を見送っていた。

「樋口さんは演技熱心だけど真面目でさっぱりした性格の人だって、松尾さんが言ってたよ。お前が初舞台にきちんと向き合って努力してるってことがわかれば、きっといい共演者になってくれる。他のメンバーだって、お前の演技を目の当たりにすれば…」

「……明良、駄目」

明良の足元に座り込んでいた達幸が、ぎゅっと明良のふくらはぎにしがみついてきた。明良が調理をする間、達幸の定位置はいつもそこだ。本当は背後からずっと張り付いていたいと熱望されたのだが、いつ欲望を暴走させた達幸に襲われるかわからないし、何より包丁を使っていて危険なので断固拒否した結果そうなった。

「達幸…？」

「他の雄の名前なんて、呼んじゃ駄目。襲いに来ちゃう」

　達幸でもあるまいに、名を呼んだだけで襲いに来る男が存在するわけがない、とか、そもそも樋口は達幸の住所すら知らないだろう、とか、そんなごく当たり前の反論をしても無駄だ。達幸は明良に欲情しない男なんてまともじゃないと信じ込んでいるのだから。

　ちなみに、社長と松尾は明良に欲情はしないけれどまともな男であるという評価を達幸から受けている、稀有な存在である。

「…そうだな。危ないところだったな」

　素直に頷けば、達幸はわかってもらえて嬉しいと笑い、明良の太腿に頬を擦り寄せる。見上げてくる青い目にあの暗い光が無いことに密かに安堵し、明良は達幸の頭をよしよしと撫でた。身体を繋げることを除けば、達幸が最も好む仕草だ。

　喜びを滲ませていた青い目が、ますます嬉しそうに細められる。仕事中の達幸がカラーコンタクトを着用するのは、複雑な出自を取り沙汰されたくないからではなく、明良が誉めてくれた目を明良以外の誰にも見せたくないからだ。

「それにしても、お前が共演者の情報まで事前にしっかり暗記しておくなんて…やっぱり、初舞台で初主演は緊張するのか？」

　共演者といえど、達幸が前もって情報を得ておくことなど今まで一度も無かった。そんなものは与えられた役柄になりきってしまえば必要無いのだそうだ。

　明良の問いに、達幸は太腿に鼻先を埋めたままぶるぶると首を振る。

「別に、緊張なんてしないよ。映画だって舞台だってドラマだって、その役になるってことに変わりは無いもの。…俺があいつらを覚えていったの、明良のためだよ」

「僕の……？」

「うん！　だってあいつら、みんなみんな、明良狙いの雄だもの。一番いい飼い犬の俺がちゃんと顔と名前を覚えておいて、明良の犬は俺だけだって、しっかりわからせておかなきゃならないんだもの」

　達幸はほっそりとした身体のラインをなぞりながら立ち上がり、予想外の発言にぽかんとする明良の項に鼻先を埋めた。熱い吐息が吹きかけられ、明良はくすぐったさに首を竦める。

「あ、こらっ、達幸っ…」

「明良、ねえ明良、俺、絶対に舞台を成功させるよ。そのためならどんなことだってする…だって明良が、俺の舞台を観たいって言ったから。だから、今日も岸部を嚙み殺すの、我慢したんだよ」

「達幸…っ、あ…っ」

鼻息も荒く匂いを嗅ぎまくられ、同時に背中をかぷかぷと嚙まれてしまえば、すぐに快感が湧き上がった。プライベートでは達幸と交わっていない時間の方が少ない明良の身体は、たやすく火が点いてしまう。硬くなった股間をごしごしと尻に擦り付けられ、早く胎内に入れてと訴えられれば尚更だ。

「ねえ、明良…いいでしょ？　ご飯は後で俺が作るよ。俺、今は明良が食べたい。明良のナカに入って、ナカでも外でも、俺のこと抱き締めて欲しい」

「…ぁ、駄目…っだ、ぐりぐりって、するな…っ」

「明日だって、明後日だって稽古は続くんだから…いつもよりたくさん明良と一つになって、たくさん俺の精液おなかで飲んでもらって、俺の匂い、つけておかなきゃ…奪われちゃう…俺以外の雄に、明良が……あーちゃんが……」

「…っ、達幸！」

はっとした明良は取り落としかけていた包丁を置き、渾身の力で達幸を振り解いた。青い目に暗い光がちらつきだすより早く、きょとんとしている達幸に向き直り、近くのダイニングテーブルを指差す。

「舞台は体力勝負なんだから、稽古と公演の間はちゃんとした食事をしなければ駄目だと言っただろう。僕の言うことが守れないなら、そこで座っていろ」

「そんなの、嫌っ…！　ごめんなさい、ごめんなさい明良、もう悪いことしないから、傍に居させて。一緒に居るのに、離れてるなんて嫌だ…っ」

少し眉を吊り上げての叱責の効果はてきめんで、達幸は『お座り』の命令を受けた亡きタツのように素早く床に座り、ふくらはぎにしがみついてきた。明良に拒絶されることだけは絶対に耐えられない、いつもの達幸だ。明良は密かに安堵の息を吐き、ふくらはぎの力を抜いて縋り付くのを許してやる。

「明良ぁ…」

「ほら、もう怒ってないから泣くな。あと少しで出来上がるから、そうしたら一緒にご飯にしような」

「ほん…、とう？　なら…、ご飯の時、あれ、してもいい？」

達幸が恐る恐るねだる『あれ』とは、達幸が明良を膝に乗せて、互いに食事を食べさせ合うことだ。外食ではもちろんやれないし、監禁されていた時のことを思い出してしまうので家でも拒んできたが、それであの暗い光を少しでも遠ざけられるのなら構わない。

「…いいぞ。ただし、膝に乗るだけだからな。ずっとお前のを中に入れっぱなしとかは駄目だから」

「えっ……!?」

「それから、風呂場でも繋がるのは禁止。守れないなら、一緒に入らないから。あと、繋がったまま寝るのも、僕が寝た後にこっそり挿入するのも禁止」

「えっ、ええっ、ええええええ!?」

どんどん増えていく禁止項目に、達幸の顔はこの世の終わりとばかりに歪んでいく。

いついかなる時も、明良に許される限り繋がり合い、隙間無く重なり合うのが達幸の生きる意味であることは明良とて承知している。だが、いかに達幸が常識の枠には収まりきらない天才だとしても、初の舞台稽古や公演は心身ともに疲労するはずだ。明良と繋がることが達幸の活力の源であっても、それで体力を使い果たしてしまっては本末転倒である。

…もっとも、普通の恋人同士は、たとえ男女のカップルであろうと常に繋がりっぱなしなんてありえない。明良もそれはわかっているのだが、達幸とずっと一緒に居ると、当たり前の常識が達幸という名の非常識に喰い尽くされてしまう。

「…その代わり…の、…乗ってやるから」

「えっ……？」

「だ…っ、だから、ちゃんと言い付けを守れたら、ベッドで僕からお前に乗ってやるって言ってるんだよ…っ！」

「明良……！」

恥ずかしさを紛らわせるためにそっぽを向いて叫ぶと、達幸は歓喜の声と共にますますきつくしがみついてくる。

「ね、ね、明良、早くご飯にしよ。そしたらすぐにお風呂入って、ベッドにいこ。早くしないと、俺、待ちきれなくておかしくなっちゃう」

振り返らなくてもわかる。達幸は今、青い目を期待と欲望に爛々と輝かせているのだろう。時間が短くなった分、より貪欲に貪られることになったのだとしても、あの暗い光を招くよりはずっといい。

今夜の行為についてはまだ考えないようにして、明良は調理に専念し始めた。達幸をふくらはぎに引っ付けたままでもさほど差し支えは無い。もう慣れたし、達幸は明良がシンクやコンロを使おうとすれば心得たように明良に付いて移動してくれるのだ。

正直うっとうしくはあるものの、時折ちらりと視線を流してやるだけで明良にしか見えない尻尾をぶんぶん振って喜ばれれば、まあいいかと思えるのだから不思議である。

三十分後、全てのおかずが完成すると、タイミング良く炊飯器が炊き上がりを告げた。予定通りに出来たことに満足し、明良は相変わらずふくらはぎにしがみついたままの達幸を軽く揺さぶる。

「ほら、夕飯だぞ。僕はおかずを持っていくから、お前はご飯をよそっておいてくれ」

「…うん！」

自分の出番を今か今かとそわそわして窺っていた達幸は喜び勇んで従い、おかずの器まで率先して運んでくれる。二人分の茶を淹れて持っていこうとした明良だが、盆を奪われて運ばれた挙句、すぐに戻ってきた達幸に抱き上げられてしまった。

「…こら、達幸」

「だって明良、料理して疲れたでしょ？」

ふざけているのでもからかっているのでもない。明良に対して、達幸はいつだって本気だ。明良は甘く柔らかいものだけで出来た繊細かつ淡雪のように儚《はかな》い生き物で、ほんの少し動き回っただけでも弱ってしまうのだと、本気で信じ込んでいる。小中高と、明良のクラスを受け持つ教師は代々『か弱い明良に苦行を強いる極悪非道な犯罪者』と達幸に認定され、ことあるごとに噛み付かれていた。

それなら夜の行為も少しは控えても良さそうなものだが、達幸にとって明良と繋がることは自分の匂いをつけて他の雄から守る行為でもあるので止められないらしい。

振動を与えないようゆっくりと運ばれ、ダイニングの椅子に腰かけた達幸の膝にそのまま前向きで乗せられる。テーブルには出来たての夕食が二人分と、箸が一膳。いつもの食事の風景だ。

「いただきます」

長年の習慣で明良が行儀良く手を合わせる間。達幸は明良の項に鼻先を埋め、しきりに匂いを嗅いでいた。尻に当たる股間がほんのりと熱いのに気付き、明良は少しも欲望を抑えられない男を肘でつつく。

「わかってるとは思うけど、するのはベッドに入ってからだからな」

「ワ、わわわかってるよ。俺、いい犬だもの」

…わかってない。多分、いや絶対にわかってない。稽古場ではあれだけ完璧な演技が出来るのに、どうして現実では明良をごまかすこと一つ叶わないのか。まあ、だからこそ達幸らしいともいえるのだが。

明良はごまかされてやることにして、腹の上に回されていた達幸の手を軽く叩いた。

「ほら、ご飯にしよう。いい犬なら、残さず食べないとな？」

「…うん！　明良」

やった、ごまかされてくれた！　と喜びも露わに達幸は頷き、箸を取った。

まずは明良の茶碗から炊きたての白米を掬い、明良の口元へ運ぶ。明良が咀嚼するのを確認してから自分の分を食べ、主食とおかずを程良い配分で食べさせていく。半分ほど食べ終えると今度は明良が箸を取り、食べさせる側に回るのだ。さもなくば、達幸は明良に食べさせることばかりに集中して、自分は後回しにしてしまうから。

「…どうだ？　まずくないか？」

今日初めて作った牛筋の煮込みが少ししょっぱすぎるような気がして問いかければ、達幸は髪がばさばさと揺れる勢いで首を振る。

「明良の作ってくれるご飯が、まずいわけないよ！　すごく美味しい！」

「…そ、そうか。良かった」

「うん…、美味しい。美味しい、美味しいっ」

達幸は箸を受け取るや、証明するかのように煮込みを豪快にかっ込み、蕩けんばかりの笑顔になった。世間のイメージと同じく爽やかな好青年を演じることが多い達幸だが、こんな表情を至近距離で拝めるのは明良くらいだろう。

「明良は、すごい。俺、明良にご飯作ってもらうたび最高に美味しいって思うのに、次はもっともっと美味しくなってるんだもの。今日のご飯も、前よりずっと美味しい。最高だよ、明良。こんなに美味しいご飯作ってくれて、ありがとう」

「…達幸…」

たいした手間をかけたわけでもない家庭料理なのに、名シェフが腕を振るった逸品のように絶賛されてしまい、面映くなる。紅く染まった頰に背後から愛おしげに口付けられ、包丁を握っていた手を労るように撫でられれば尚更だ。

「…僕こそ、ありがとう」

作り手としては、その笑顔と言葉こそが何よりのご馳走だ。一日の疲れさえも癒される気がする。

「明良…、その顔、駄目…そんなキレイに笑ったら、俺、…俺…」

我慢出来なくなっちゃうよ、と熱く囁く唇に、明良は振り返りざまに自分のそれを重ねた。ちゅ、と軽い口付けの音が響く。

「今は、これだけで我慢しろ。…後で、いっぱい食べさせてやるから」

食事と入浴を済ませた後、約束通り達幸にたっぷりと身を喰らわせてやってから、明良はそのまま眠りについた。

泥沼から這い上がるように意識を取り戻した時、ベッドサイドの時計は午前三時を示していた。普段、達幸に抱き潰された後は朝まで昏々と眠り続けるのに、珍しく途中で目を覚ましてしまったのは、抱き締めてくれる温もりが無かったせいだ。

いつの間にか清潔なシーツに交換されたベッドの中には明良だけしか居らず、代わりのように達幸のシャツを着せられていた。新しい下着も穿かされており、達幸の精液で溢れ返っていた胎内も綺麗になっている。

達幸はどこへ行ってしまったのだろうか。サイドテーブルに用意されていた水で喉を潤し、明良はそっと寝室を抜け出した。トイレやシャワーなら寝室にもあるから、わざわざ出て行く必要は無い。となると、思い付く場所はただ一つだ。

「……ちゃん、…あー……、ちゃん……」

予想した通り、達幸の姿はクロゼットの中にあった。開いた扉の陰に隠れてそっと窺えば、ぼんやりとした灯りの中、胡坐をかき、勃起した雄を右手で扱き立てる達幸が浮かび上がる。左手に握られているのは、明良が贈った黒革の首輪だ。

「ううう…っ、あーちゃん…足りないよ、あーちゃん…もっと、もっとあーちゃんが欲しいのに…俺はあーちゃんさえ居れば、他はどうなったって構わないのに…どうしてあーちゃんは、わかってくれないの…」

精液を纏った雄がたてるぐちゅぐちゅという生々しい水音に、啜り泣きが交ざり合う。達幸の視線が注がれているのは、今にも暴発せんばかりの自分自身ではなく、黒革の首輪の方だ。青い目にはあの暗い光が滲み、薄明かりの中で異様なほど爛々と光っている。終始和やかだった夕食の時とは別人のような有り様に、明良は戦慄する。

「舞台なんてやりたくない…、他の雄に見せたらあーちゃんが穢れちゃう…。毎日いっぱいしてるのに、あーちゃんはどうして俺のこと、妊娠してくれないのかな…せめてあーちゃんのおなかがいつもおっきくなってれば、みんなすぐにあーちゃんが俺の飼い主ってわかるのに…もう、いっそ…」

雄を扱く手がぴたりと止まり、嗚咽も治まった。不吉な沈黙が不安をかきたてる。まさか覗きがばれたのかと心配になったが、達幸は纏わり付く何かを振り払うかのようにぶるりと首を振った。

「…駄目、駄目。またあんなことしたら、駄目。あーちゃんは俺の舞台が観たいって…だから、頑張らなきゃ…タツよりも可愛い、一番いい犬なんだから、頑張らなきゃ…」

そこで明良はそっとその場を離れ、足音を忍ばせてベッドに戻った。あれ以上、切なげな泣き声を聞いていられなかったのだ。

——明良を再び監禁したいという達幸の欲望は、確実に大きくなっている。かつて達幸の独占欲を甘く見ていた明良が、マネージャー補佐に名乗りを上げた時と同じように。違うのは、達幸の中に欲望を押しとどめるものが存在することだ。

それもまた、明良に対する愛情…欲望が姿を変えたものに他ならない。何て皮肉なのだろう。

胸がちくちくと痛んで、身体は疲れているはずなのにいっこうに眠気が訪れない。落ち着かずにごろごろしていると、寝室のドアが開く気配がして、明良はとっさに背中を向けて寝たふりをした。

「明良……」

明良が変わらずそこに居ることに安堵したのか、ほっと息を漏らし、達幸がベッドに滑り込んでくる。背後から抱き寄せられた腕の中は、ほんのりと石鹸《せっけん》の匂いがした。シャワーを浴びてきたようだ。ほこほことした体温が気持ち良い。

「…俺、頑張るからね…。明良のためなら、俺、何だってする…明良が、喜んでくれるなら…だから、だから…」

耳元で囁いていた唇が、項に埋められる。

「俺を、捨てないで……」

ずきん、と胸がさっきまでとは比べ物にならないほど強く痛んで、明良は寝返りのふりをして達幸の方を向いた。最近では繋がったまま眠ることが多かったから、何だか新鮮な体勢だ。

「…好きだよ…たつ、ゆき…」

寝言を装って胸元で囁いた小さな告白は、ちゃんと達幸に届いたようだ。ぴたりとくっついた身体から伝わってくる心音が、さらに力強くなったから。

「俺も好き…好き、好きだよ、明良…大好き、明良、明良、明良……」

……なあ達幸、僕だって、お前に負けないくらいお前が好きだよ。お前よりも愛せる人なんて居ない。ずっと一緒に居てお前の活躍を見守りたいって思ってる。

……なあ、それだけじゃ駄目なのかな。僕がお前だけの世界に閉じこもらなければ、お前は安心してくれないのかな。僕の言葉を、どうすればお前は信じてくれるのかな。

溢れる想いを抱いたまま、馴染んだ温もりに包まれて、明良はいつの間にか眠りに落ちていた。

舞台『マスカレード』の稽古期間は約一か月だ。読み合わせから始まり、実際の演技などの動作を加えた立ち稽古、全てのシーンを通しで行う総稽古、衣装などもつけて実際の舞台で行う舞台稽古へ進み、全体リハーサルであるゲネプロへたどり着くのが大まかな流れである。

細かく言えば、読み合わせと立ち稽古の間には役者が台本を見ながら行う半立ち稽古があり、立ち稽古と総稽古の間にはうまくいっていないシーンだけを重点的に繰り返す『小返《こがえ》し』がある。演出家の希望があれば、重要シーンを抜き出して行う抜き稽古もやる。

達幸の場合は悪魔祓いの神父として人喰い悪魔たちと戦うシーンがあるため、アクションの基礎稽古も同時にこなさなければならない。今日は半立ち稽古の前に殺陣師を講師に呼び、スタジオでアクションの稽古を受けることになっていた。達幸と戦う悪魔役のメンバーたちも一緒だ。

その中には読み合わせの時に絡んできた岸部の姿もあり、本当に出来るのかと言わんばかりの疑わしげな眼差しを達幸に向けていた。樋口はすでに充分な経験があるため、半立ち稽古から加わる予定である。

殺陣はドラマや映画でも必要とされるので、達幸も経験はある。映画『青い焔』でも暗殺者として華麗なアクションシーンを演じて観客を魅了し、大ヒットに貢献した。

だが、カメラワークや編集技術でいくらでも演出可能な上、何度でも撮り直せる映画でのアクションと舞台上でのそれは似て非なるものだ。観客がどれだけ遠くの席に居ても視線を引き付けられるよう、映画よりも大きく派手な動作が求められる。

「じゃあ、まずは青沼くんから。殺陣は経験あるんだよね？　どれくらい動けるのか見たいから、ちょっと適当に動いてみてくれる？」

講師がすっと腰を落として身構える。ダンサーでもあるというだけあって、素人目にも美しく、隙の無い構えだ。

対する達幸も、手に嵌めたグローブの具合を確かめてからおもむろに構える。ニコラスは聖職者ゆえに剣などの刃物は使わず、聖句を唱えながら神の祝福を受けた槌鉾で悪魔を打ちのめすのだが、道具を用いてのアクションは難易度が高いため、まずは素手から始めるのだ。

「……はっ！」

まずは様子見、とばかりに繰り出された基本のまっすぐな打撃に対し、達幸は左肘の外側で受け止める仕草をする。

互いの身体は一切接触させず、いかに激しくぶつかり合っているように見せるかが殺陣の難しいところなのだが、少し離れた位置から見守る明良には充分達幸が講師の拳を軽やかに受け止めたように見えた。講師だけでなく、順番待ちをしているステーロのメンバーたちも「おっ」と言いたげな顔になる。

だんだん激しくなっていく攻撃を達幸は難無くさばき、防御に徹していたかと思えば、一転して攻勢に出た。躍動感のあるその動きは勇ましく、雄々しくありながらも一つ一つに華があった。達幸を快く思っていないはずのメンバーたちの視線すら、釘付けにしてしまうほどに。

スタジオの隅で、明良は胸を撫で下ろしていた。多忙な松尾は基本的にオフィスで事務をこなしつつ社長の補佐をするか、外を飛び回っているため、今日から達幸に付き添うのは明良一人なのだ。また顔合わせの時のような諍《いさか》いがあったらどうしようかと危惧していたのだが、この分ならどうやら杞憂に終わりそうである。

達幸がさんざん『絶対に明良を襲うに決まってる』と疑ってかかっていたステーロのメンバーたちも、達幸の動きを追うのに夢中になって、明良に注意を払う者など一人も居ない。これなら誰かが明良にちょっかいを出した瞬間、獣と化した達幸が暴れ狂うことも無さそうだ。

…いや、そうじゃない、と明良は小さく首を振って思い直した。

松尾が居ない時にどんなトラブルが起きても、きちんと一人で処理出来なければならないのだ。今の明良なら出来ると思ったからこそ松尾も任せてくれたのだから、その信頼に応えたい。そして、達幸を支えたい。

「…よし、ここまで！」

達幸の蹴りを受け流したところで講師は動きを止め、達幸の肩をぱんぱんと叩いた。

「すごいな、基礎は完璧じゃないか。これならすぐに道具を使った戦闘アクションもこなせるようになるだろう。もしかして、前に何かやってたのか？」

「子どもの頃から空手を少し。あとは、今回のお話を頂いた時からアクションスクールのレッスンを受けていました。何ぶん初心者ですから、せめて稽古が始まる前に出来るだけのことをしておきたくて」

達幸の殊勝な物言いに、講師はすっかり感心している。多忙を極める売れっ子が天狗《てんぐ》になるどころか謙虚かつ努力を惜しまないので、良い意味で期待を裏切られたのだろう。

それはステーロのメンバーたちも同様だったようだ。刺々しさが消え、雰囲気もずいぶん和らいでいる。女性メンバーの中には頬を紅潮させて隣のメンバーと囁き合い、うっとりと達幸に見惚れている者も少なくない。例外は苦虫を噛み潰したような顔の岸部くらいだ。

真実を知っている身としては複雑な気分だった。

確かに、達幸は嘘を言ってはいない。子どもの頃から空手を習っているのも、事前にアクションのレッスンを受けていたのも真実だ。

ただし、決して舞台に貢献したいからなどという殊勝な心がけからではない。あの男が何か行動を起こすきっかけは全て明良なのだ。

幼い頃に空手を習っていたのは『強くなってケダモノからあーちゃんを守るため』だったし、アクションのレッスンは『誰よりも一番上手くなって、明良に俺だけを観てもらいたいから』だ。本人の口から聞いたから間違いは無い。それがたまたま他人には運良く熱心に打ち込んでいるように思われるだけなのだ。

当人の意志には関係無く、やることなすこと好意的に受け取ってもらえる。これも一つの才能といえるのかもしれない。

今だって、達幸は講師の肩越しにちらちらと明良へ視線を投げかけている。ちゃんと出来ていたかどうか、明良が他の雄には目もくれず達幸だけを見詰めていたかどうか、誉めてくれるかどうか確かめたがっている。

明良にしか見えないふさふさの尻尾が期待にぶんぶんと振られているような気がして、明良は苦笑した。

この場の全ての人間を魅了したことも、共演者たちの心証が和らいだことも、達幸にとってはどうでも良いのだ。

大切なのは、いついかなる場合も明良の愛情と関心を独占することだけ。空っぽだった達幸という器は、明良だけで満たされている。

後でな、と唇の動きだけで応えてやると、達幸はカラーコンタクトを入れた双眸を歓喜に輝かせた。喉をわずかに震わせているのは、『俺、いい犬！　明良の一番いい犬！』と高らかに吠えたいのを堪えているのだろうが、何とかごまかせる範囲だろう。得意満面、鼻高々の顔は、講師に誉められたからだと周囲は微笑ましく思ってくれるはずだ。

稽古の後はレギュラー出演しているドラマの撮影に向かう予定なのだが、移動中は車内でずっと足元や膝に縋り付くのを許し、頭を撫で続けてやらなければならないだろう。再会したばかりの頃の達幸なら、こんなふうに誉められようものなら何をしていようと走り出し、明良の足元に縋り付いてご褒美を欲しがっていたところだ。あれだけで我慢出来たのだから、飼い主としては飼い犬の成長を誉めてやらねばなるまい。

「よし、じゃあ次は悪魔役たちの乱闘を…」

「…ちょっと待って下さい」

上機嫌の講師をさえぎったのは岸部だった。疎外感を覚えたのか、達幸を受け容れつつある仲間たちからじりじりと離れていったので、今は明良のすぐ近くで腕を組んでいる。講師にも劣らない鍛え上げられた身体を不穏な空気が包んでおり、明良は思わず身構えてしまう。

「どうした、岸部？」

「お願いがあるんですけど…一度、青沼さんと一対一でやらせてもらえませんか？　勉強熱心な青沼さんと組ませてもらえたら、俺にもいい勉強になると思うんですよ」

言葉遣いこそ以前と違い丁寧だが、挑発めいた口調に込められているのは敬意ではなく揶揄と侮蔑だ。達幸が評価されることが心底気に入らないらしい。

樋口や他のメンバーたちが達幸を歓迎しないのは、あくまで達幸に舞台経験が不足しており、赤座の復帰記念公演を台無しにしかねないからというのが顔合わせの際の印象だった。だから、達幸が真摯に向き合い、努力を惜しまないのがわかれば態度が和らいだのだ。だが岸部の場合は、まるで達幸個人に恨みがあるかのように思えてならない。

そこへ、他の悪魔役たちの会話が聞こえてくる。

「うわ…、岸部の奴、とうとうやりやがったよ」

「何で青沼なんかが、ってさんざんくだ巻いてたからなあ、あいつ。まあ、わからないでもないけど」

「でもなあ…いくら何でもこじつけすぎだろ、あれは」

彼らの話から察するに、岸部は今回の舞台で初めて名前のある役をもらえるはずだったのだが、蓋を開けてみれば名も無き悪魔その一だったのを達幸のせいだと恨みに思っているらしい。達幸が外部から入ってきたせいで主役のはずだった樋口が準主役へ落ちたように、他のキャストも一つずつ降格していった結果、役が付くかどうかの境目に居た岸部は名無しに落ちたというのが岸部の理屈のようだ。

はっきり言って、めちゃくちゃである。本当に実力があるのなら、赤座とて他の役を用意しただろう。岸部もそれはどこかで悟っているだろうに、看板役者の樋口や仲間たちも達幸を歓迎していないので、自分は間違っていないと思い込んでしまったのかもしれない。

そのあたりの経緯は知らなくても、講師も剣呑《けんのん》な空気を感じ取ったのだろう。渋い表情で首を振る。

「ただでさえ押してるのに、お前の勉強なんかのために時間を無駄に出来るか。ほら、さっさと他の悪魔たちと位置について…」

「いいじゃない。やってみようよ」

突如として明るい声が割って入り、全員の視線がスタジオの入り口に集中した。

華やかなオレンジのジャケットを粋に着こなした赤座が、遊び甲斐のありそうな玩具を発見した子どものような顔で笑っている。強烈な存在感は、背後にひっそりと控える山野井をかき消してしまいそうだ。途中で一緒になったのか、山野井の隣には樋口の姿もあった。

「赤座先生、どうしてここへ？　今日は半立ち稽古から合流されるんじゃなかったんですか？」

「うん、そのつもりだったんだけどね」

困惑する講師にひらひらと手を振り、赤座は優雅な足取りで達幸に歩み寄った。

　その後を山野井が足音もたてずに付き従う。樋口はその場で腕組みをして軽く壁にもたれかかった。事態を静観するつもりのようだ。

「青沼くんのアクションが気になって、実はちょっと前から覗いてたんだよ。今後の演出の参考にするためにも、私としてはぜひ岸部くんのお願いを聞いてあげたいんだけど…駄目かな？」

「い、いえ…そんなことは…」

「じゃあ、決まりだね。大丈夫、予定に差し支えない程度でいいから」

「…ちょっ…！」

　あれよあれよという間に岸部の願いが叶えられることになってしまい、明良はぎょっとした。

　岸部は達幸に理不尽な恨みを抱いているのだ。立ち回りに乗じて何をしでかすかわからない。赤座だって場の空気の悪さに気付かないはずはないだろうに、どうしてわざわざ火に油を注ぐような真似をするのか。

「明良…っ？」

　岸部の挑発には無関心だった達幸が、明良が上げた小さな声を耳ざとく聞き付け、弾かれたように振り返る。それがますます岸部の神経を逆撫でしてしまったらしい。

「ふーん、さすが売れっ子のマネージャーさんは過保護ですね。俺なんかと組んだら、大切な青沼くんが何かされるんじゃないかって思ってるんですかあ？　心外だなあ」

「……」

「赤座先生の決めたことに口出しなんて、いくら主役の青沼くんのマネージャーさんだからってしちゃいけないと思いますよおー。…俺の邪魔すんじゃねえ、マネージャーごときが」

　最後は明良だけに聞こえるよう、どすの利いた声を潜め、岸部は赤座たちの元へ進み出ていった。わざと明良の近くを通り、頑強な肩で明良にぶつかってから。

「…達幸！」

　とっさに呼びかけたのは、目撃してしまったからだ。岸部が明良に話しかけている時から警戒を滲ませていた達幸の双眸が、明確な殺意の炎に燃え上がるのを。

　達幸にとって明良以外の男は二種類しか存在しない。

明良に襲いかかり害をなすケダモノか、それ以外かだ。前者は発見し次第嚙み殺すのが飼い犬の流儀。そしてたった今、前者だと認定された岸部が無防備にも達幸に接近している。

駄目だ、止めろと叫びかけ、明良ははっと我に返った。挙動不審なマネージャーに周囲の視線がぐさぐさと突き刺さっている。こんなところで、いつものように達幸をなだめてさらなる注目を集めるわけにはいかない。今の達幸は明良の飼い犬ではなく、俳優の青沼幸なのだ。マネージャーの明良がイメージダウンを招くなど、言語道断である。

……何ともない。ただぶつかられただけだ。僕は大丈夫。どこも怪我なんてしてない。

今にも暴れ出しそうな逞しい身体を抱き締める代わりに、明良は懸命に心の中で念じながら達幸に首を振ってみせた。あまりに夢中になっていたせいで、赤座が興味深そうに自分を眺めていることにも気付かない。

……だから、お前が怒る必要なんて無いんだ。落ち着いてくれ…頼むから…！

何よりも優先すべき明良の願いと、飼い犬の義務であり権利でもあるケダモノへの制裁。

達幸が深く息を吐き出して拳を握り締めた瞬間、自分の願いが選ばれたのだとわかり、明良の全身からどっと力が抜けていった。正直、堪えてくれるとは思わなかった。

「…お騒がせして申し訳ありませんでした」

「いやいや、こちらこそいきなり変なお願いをしてマネージャーさんを混乱させちゃってすみません。どうにもこうにも、気になったものはすぐに確かめないと気が済まない質で」

明良の謝罪を鷹揚《おうよう》に受け容れると、赤座は達幸たちが動き回っても邪魔にならないあたりまで下がった。

「じゃあ、岸部くんと青沼くん。私がいいと言うまで適当に動いてくれるかな。でも、ただ立ち回るだけじゃつまらないから…そうだ、役を入れ替えてみようか」

「入れ替え、ですか？」

困惑する岸部に笑いかけ、赤座はぱっと両腕を広げてみせた。職業柄なのか、赤座の仕草は一つ一つが派手で目を引く。岸部のせいで一触即発だった空気は、今や完全に払拭されていた。

「そうそう、そうだ、それがいい。岸部くんがニコラスとして、青沼くんが悪魔として立ち回るんだよ。面白そうだろう？」

　唐突な提案に、ステーロのメンバーたちが湧いた。講師ですら驚いていないところを見ると、赤座がその場の思い付きで行動するのはいつものことなのだろう。

「…俺が、主役を…ニコラスをやっていいんですか？」

「うん。もちろん、今回だけだけどね。やってくれる？」

「は、はい！　ありがとうございます！」

　岸部は破顔し、がばりと頭を下げた。これまでとはまるで別人である。

　松尾によれば、赤座のキャスティングは流動的で、主要キャスト以外は稽古中の出来次第でより良いと判断した役者に変更することがよくあるのだそうだ。それが大当たりして公演の成功に繋がるところが、赤座が天才と呼ばれる所以《ゆえん》なのだろう。

　思いがけないチャンスだ。この場限りとはいえ、赤座自らの趣向で主役を演じ、それが赤座の眼鏡に適えば、主役は無理でも他の役につけるかもしれない。岸部はきっとそう期待したのだろう。

　さんざん悪態をついておきながら何とも身勝手なものだと呆れつつも、明良はほっとしていた。この分なら、岸部は達幸には妙な真似などすまい。赤座の前でお気に入りの達幸に何かすれば、役をもらうどころか怒りを買いかねないからだ。自分の魅力をアピールすることに専念するはずである。

「青沼くんも、協力してくれるかな？　主役以外の動きを学んでおくのも、後々役に立つと思うよ」

「…俺は、悪魔役として立ち回ればいいんですね？」

「うん、そう。悪魔はニコラスに祓われる立場だから、最終的には岸部くんにやられてもらうけど、それまでは自由に動いていいよ」

「わかりました。精いっぱいやらせて頂きます」

　達幸は軽く一礼し、赤座に指示された位置についた。さっきまでの怒りは微塵も窺わせない冷静な態度だ。達幸から二人分ほど離れた岸部には、山野井からニコラスが振るう槌鉾代わりの角棒が渡される。

「…いくぞ！」

　先に仕掛けたのは岸部の方だった。仮初めであっても主役を演じられることに昂揚《こうよう》しているようだ。

手にした角棒は大人が両手を広げたくらいの長さがある。振り回しながら立ち回るのはかなり難しそうだが、達幸に打ちかかる様は素人目にも滑らかで熟練しており、裾の長い神父の祭服を纏っていればさぞ映えるだろうと思われた。母の仇を追い、悪魔と戦い続けるニコラスは歴戦の勇士でもあるのだ。

「…えっ？」

角棒での打撃を、達幸は当然軽やかに受け流すか避けるものだと、明良を含めた誰もが思っていただろう。だが予想は大きく外れた。達幸は両手をだらりと垂らした無防備な体勢のまま、自ら打撃に身を晒したのだ。

「うわ…っ！」

驚いた岸部がとっさに身を引こうとするも勢いは消しきれず、ゴッ、と鈍い音が響く。ざわめきが起こり、講師が慌てて割って入ろうとするのを、赤座がすっと手を差し出して制止した。

「もうしばらくやらせてみようよ」

「先生、ですが」

止めた方がいいのでは、と弱々しく提案する山野井に、赤座はまたあの子どものような笑みを浮かべた。

「だって、面白そうじゃないか。…それに、青沼くんも止める気なんて全然無さそうだ」

赤座の言う通り、達幸は打たれた肩などまるで気にかけず、長い腕で岸部の両肩を捕らえた。

今までの無防備さが嘘のような素早い動きに、明良だけでなく誰もが悟っただろう。達幸はただ緩慢に打たれたのではない。自らを囮《おとり》にして、岸部を…否、獲物たる神父を自分の間合いにおびき寄せたのだと。そのために負傷しようと構いはしない。何故なら、今の達幸は獲物をいたぶり、喰らうために存在する悪魔なのだから。

「…っ、あ…」

達幸の手は岸部を実際に縛《いまし》めているわけではない。簡単に抜け出せるはずだ。

にもかかわらず、岸部はせっかくの武器を振るいもせず握り締めたまま、棒立ちになってしまっている。岸部が真実ニコラスであるのなら、ひとたび母の仇たる悪魔と対峙したならば、勇ましく戦って無に還してやらなければならないのに。これではニコラスでも神父でもなく、ただの無力な犠牲者だ。

達幸の唇がゆっくりと弧を描く。笑ったのだとすぐに理解出来なかったのは、それが笑みと呼ぶにはあまりに禍々《まがまが》しかったせいだ。

達幸はひくひくと小刻みに震える岸部の首に、傾けた顔を近付けていく。あくまで殺陣なのだから、唇からわずかに覗く白い歯が岸部の喉笛を食い破ることなど決して無いはずなのに。喉笛から噴き出た血があたりを真っ赤に染めるなどありえないと、岸部もよくよくわかっているはずなのに。

「……うあああああっ！」

岸部は悲鳴を迸らせながら後方に跳び退り、そのまま尻餅をついた。とてもアクションとは呼べない無様な動きだ。けれど、岸部ががたがたと震えていても、嘲笑する者など一人も居ない。誰もが皆、達幸の形を借りた悪魔に竦み上がっていたのだから。あの樋口ですら絶句し、青褪《あおざ》めてしまっている。

放り出された角棒が勢いで遠くまで吹っ飛び、スタジオの壁にぶつかってようやく止まると、ぱんぱんと拍手の音が鳴り響いた。興奮の面持ちで手を叩いているのは、当然赤座だ。それでようやく固唾を呑んで見守っていた明良たちの緊張も解ける。いつの間にかきつく握り締めていた拳を開けば、汗でじっとりと湿っていた。

「…素晴らしい！　本物の悪魔が出現したみたいだったよ。悪魔たちにも武器を使わせるつもりだったけど、素手のまま、ゾンビっぽく動かした方が不気味で見栄えがするかな。いやいっそ、ニコラスにも拳で肉弾戦をやらせるとか…」

唇に指を押し当て、そのままぶつぶつと呟きだした赤座の傍で、山野井が一生懸命にメモを取っている。赤座の漏らした内容を逐一書き留めているようだ。思い付きで自由に行動することが多い赤座が脚本家としてやっていけるのは、山野井が陰でこうして支えているおかげなのかもしれない。

「…っ、納得いかねぇ…っ！」

ようやく震えが治まるなり、岸部が荒々しく床を叩いた。

「さっきのは殺陣なんかじゃないだろ⁉　わざと叩かれに来るとか、俺のく、…っ首を食い破ろうとするとか、ありえないだろ！　なあ！」

何を言われようと達幸は反応すらしないし、同意を求められたメンバーたちも困ったように顔を見合わせるだけだ。

苛立ちを煽られた岸部がさらに何か言い募ろうとする前に、樋口が沈黙を破る。

「…止めろ、岸部。負け惜しみは見苦しいぞ」

「負け惜しみだと⁉」

「お前がニコラスとして、青沼が悪魔として立ち回る。赤座先生が付けた条件はそれだけだったはずだ。青沼は見事に達成してみせたが、お前はどうだ？」

樋口が顎を無造作にしゃくってみせた先には、角棒が転がっている。

ニコラスなら何があろうと決して手放さなかったであろう武器を、岸部は恐怖に負け、自ら放棄してしまった。何よりも明確な敗北の証拠を示されては岸部も受け容れるしかなく、がくりと項垂れる。

樋口はぽん、と達幸の肩を叩いた。

「…前に言ったこと、取り消すよ。すまなかった。お前は中途半端なんかじゃないし、この分なら足を引っ張るどころかもっと面白い舞台にしてくれそうだ。…だろう？」

樋口の問いかけに、メンバーたちは皆しきりに頷き、友好的な態度で次々と達幸に声をかけてきた。一時はどうなることかと危ぶんだが、良い方向へ転がってくれたようだ。

顔合わせの時からは想像も出来ない光景が嬉しい。いくら達幸が明良以外の人間をまるで意に介さなくても、周囲が友好的である方がいいに決まっているのだ。少し離れたところでは、ようやく現実へ戻ってきたらしい赤座も満足そうに頷いている。

さっきまでとは打って変わった和気あいあいとした空気——それだけに、何故か唇をきつく引き結んでいる山野井が明良には少し気になった。


その後の半立ち稽古で、ニコラスはもちろん、他のキャストの台詞からト書きまで完璧に覚えていた達幸にメンバーたちは驚かされていた。

ついつい忘れそうになるが、達幸はこれでも高校生の頃は全国模試で一桁の順位を労せずに維持し、最高ランクの医学部も合格間違い無しと太鼓判を押されていた知能の持ち主なのだ。いつもは明良の下着の数や色、及び再会を果たしてから今まで二年近くのローテーションなど、無駄なことにしか発揮されてこなかった驚異的な記憶力をもってすれば、台本を丸ごと暗記するくらいたやすいことであろう。

明良に近付く雄を一匹残らず把握し、隙あらば威嚇するため、という真の目的を知るよしもない樋口はますます達幸の評価を高めたようだ。纏め役が達幸を受け容れたので、殺陣の稽古に参加していなかったメンバーたちも態度を改め、半立ち稽古は順調に進んだ。ただ一人、不満を露わにする岸部に対しても、達幸はごく普通に接していた。

「…あいつ、嚙み殺してやろうと思ったのに」

だから、達幸が移動の車に乗り込んで明良の足元に擦り寄るなりそんなことを言い出した時には驚いたのだ。人目が消えれば迷わず飼い犬として行動する達幸のため、送迎用の車は後部座席が特に広いものが選ばれ、運転席との間には間仕切りが設けられて話し声は一切届かないようになっている。ハンドルを握るのは松尾か、達幸が何をしでかそうと動じない胆《きも》の据わった社員だ。

「…達幸？」

「だってあいつ、絶対に明良を狙ってた。だから顔合わせの時も文句つけて明良の気を引こうとしてたんだよ。でも明良が俺のことしか見ないから、飼い主になって欲しくてあんなことしたんだ」

だから赤座の提案で組んだ時に嚙み殺してやろうと思ったのに、と、当然のように告げられ、明良はぞっとした。岸部はある意味正しかったのだ。達幸は殺陣を演じていたのでも悪魔になりきっていたのでもなく、本気で岸部を嚙み殺そうとしていただけだったのだから。岸部がなりふり構わず逃げなかったら、今頃は、もしかしたら……。

「達幸、それは違う。岸部さんはお前を恨んで、嫉妬していたんだ」

青褪めた明良はステーロのメンバーたちが話していた内容を教えてやるが、達幸の態度は軟化するどころか、ますます頑なになるだけだった。達幸のためにぴたりとくっつけて揃えてやった両のふくらはぎにしがみつく力が、締め上げるかのごとく強くなる。

「あいつ…きっとそれで俺より自分の方が明良の飼い犬に相応しいって思って、俺から明良を奪おうとしたんだ。そうに決まってる…」

「落ち着け達幸、そんなこと、あるわけが」

「だってみんなあーちゃんの犬になりたいに決まってるんだもの！」

達幸は勢いをつけてがばりと伸び上がり、そのまま呆然とする明良の腰にしがみついてきた。明良の腹に埋められた顔が嗚咽にふるふると揺れるたび、シャツ越しに濡れた感触が広がっていく。

「岸部だけじゃない…、樋口だって、赤座だって山野井だって、あーちゃんの周りに集まってくる奴はみんなみんなみんなあーちゃんに飼って欲しいんだよ。あーちゃんはキレイで優しいから、あいつらの下心に気付いてないだけなんだ。だって、だってだって…」

「あ……っ、達幸、やめっ…」

一秒たりとも離れていたくないと言うかのように達幸の唇がずるずると明良の腹を這い、はむ、とチャックの金具を噛んだかと思えば、一気に下ろされた。現れた下着に達幸が青い目を輝かせているのは、薄い布地を突き抜けて性器をくすぐる荒い鼻息や、どんどん高まっていく体温からも明らかだ。

高い鼻先が何の迷いも無く下着の中心に埋められ、ぐりぐりと性器を抉りながらふんすかと明良の匂いを嗅ぎまくる。そうしていなければ呼吸が出来ずに死んでしまうと言わんばかりに。

「こんなにいい匂いがして、やわらかくって気持ち良いのに…」

「や…ぁ…っ、達幸、達幸、駄目だ…」

「そんな甘くて優しい声を聞いたら、もっと呼んで欲しくてたまらなくなっちゃうのに…」

「……んっ、あっ」

「俺以外の雄犬はみんなケダモノだよ。あーちゃんの気持ちなんか無視して、首輪を嵌めてもらうことしか考えてないんだよ。あんな奴ら、あーちゃんの一番いい犬になんてなれるわけがない…俺はケダモノを退治しようとしただけなのに、どうしてわかってくれないの…？」

鼻息はどんどん荒くなり、体温も高くなる一方なのに、欲望の滲んだ声音は低く、不穏な響きを帯びていく。

脳裏にあの暗い光を宿した青い目が過り、明良は反射的に身を屈めて嗚咽する達幸の頭を抱え込んだ。布越しに鼻先でさんざん性器を擦られ、身の内を蝕《むしば》み始めた熱など、どこかへ飛んでいってしまっている。

「…でも、お前は我慢してくれただろう？」

「…あーちゃんっ…」

「岸部さんが僕に絡んできた時、僕がお願いしたら噛み付きたいのを堪えてくれただろう？　お前は僕の一番可愛くて、いい犬だから。たとえ他の人たちがみんなケダモノだとしても、お前が居れば退治なんかしなくても大丈夫だよ。だって、お前が守ってくれるんだから」

「う…うっ、そうだけど、でも、でもでも…っ」

まだぐすぐすと泣きながらしつこくケダモノ退治の重要性を訴えていた達幸だが、明良が根気強く黒髪を撫でてやっているうちに嗚咽は治まっていった。

車がドラマのロケ地まであと五分ほどで到着する頃になって、達幸はそろそろと明良を見上げる。あの暗い光ではなく、飼い主の愛情を求めるいじらしさを青い目に浮かべて。

「ほんとに…俺のこと、一番可愛い？　タツよりも…？」

結局はそれなのか、と明良は思わず吹き出してしまった。明良に近付く男には軒並みケダモノ判定をする達幸が最も対抗心を抱くのは、本物の獣であるタツなのだ。まだ十代だった頃、明良の寵愛を独占していた亡き愛犬に対する嫉妬は、どれだけ時が経とうと決して消えないものらしい。

「馬鹿だな、達幸。忘れていないか？　お前は僕の犬だけど、恋人でもあるんだぞ」

撫ですぎてぺたんこになってしまった髪を軽く引っ張ってやると、達幸はしがみついたままぶんぶんと首を振る。

「忘れてない…忘れるわけ、ない」

「なら、わかるだろう。一番可愛く思っていなければ、恋人になんて出来ないって」

それ以前に、れっきとしたシベリアンハスキーのタツを人間の達幸と同じ次元で考えること自体おかしいのだが、達幸自身がタツと張り合っているのだから仕方が無い。

「…そう…、だよ、ね。俺は明良の恋人でもあるんだから…一番、可愛いんだよね…？」

「そうだよ、達幸。僕はお前が一番可愛い。お前じゃなきゃ、こんな図体の大きい男を可愛いなんて思わない」

「明良…、もっと。もっと言って」

達幸はもぞもぞとシートに乗り上がり、明良を前向きに跨《また》いだ。鍛え上げられた身体が覆いかぶさってきて、項には高い鼻先が当然のごとく埋められた。遠い昔、構ってもらった嬉しさのあまり興奮しきったタツに同じようなことをされたのを思い出す。

「もっと、俺が可愛いって、言って。俺の他には誰も要らないって。そうすれば、俺…我慢、するから」

「…可愛いよ、達幸。お前は可愛い」

タツとは比べ物にならないほど広く逞しい背中を撫でながら囁いてやれば、達幸は大きな身体を丸めるようにして明良を包み込む。まるで愛しいつがいに他の誰も近付けまいと必死に周囲を威嚇する傷付いた獣のようだ。もう二十代も半ばに差しかかったいい歳の男なのに、明良よりもずっと立派な体格の主なのに、抱き締めて守ってやりたくなってしまう。

明良だって、愛しい恋人に苦しんでなど欲しくない。いつも満ち足りた笑顔でいて欲しい。けれど、達幸が心から安らぐためには、この世界では駄目なのだ。多くの人間がひしめく、光に満ち溢れた外の世界では。

達幸が望む、明良と二人きりの閉ざされた世界。明良さえそこに閉じこもれば、達幸の苦しみは今すぐにでも消え去る。達幸はいつだって笑っていられる。一年前のあの頃のように。

明良が一言、お前の好きにしていいと告げたなら、達幸は喜び勇んで再び明良をあの居心地の良い檻に閉じ込めるだろう。今度こそ明良の体調を損ねないよう、細心の注意を払ってかしずくだろう。そのために達幸が医療や栄養学、法律に至るまで様々な分野の文献を読み漁り、知識を身につけていっていることを明良は知っている。

今のように激しく揺れつつも、ぎりぎりのところで踏みとどまっているのは、明良がまだこの世界に居たいと望むからだ。天性の才能を発揮し、輝く達幸を観たいと願うからだ。

…けれどそれは、明良のわがままなのだろうか。

達幸はこれほど傷付いてまで明良のために耐えているのに、明良は達幸に一体何をしてやれているだろう。マネージャー業務には慣れてきたが、松尾の敏腕ぶりには遠く及ばない。エテルネ一の売れっ子である達幸に付いているのも、明良の能力が評価されたからではなく、達幸の希望だからだ。

明良が本当に達幸の恋人だというのなら、達幸が明良にしてくれているのと同じくらい、明良も達幸に尽くすべきなのではないだろうか。

じゃらり、と懐かしい鎖の音が脳裏によみがえる。こっちへおいで、と誘うかのように。

「お前以外の誰も要らない。僕にはお前だけだ。可愛い、可愛い僕の達幸…」

その誘惑を振り払いたくて、明良は車が目的地に到着するまでの間、ずっと達幸が望むまま愛の言葉を囁き続けていた。


「おはよう、青沼くん。マネージャーさんも」

「おはよう。今日もよろしくな」

稽古日程も半ばに差しかかり、本格的な立ち稽古に突入する頃には共演者たちもすっかり達幸を受け容れ、にこやかに挨拶をくれるようになっていた。明良がスタジオの隅に居ても、最初のように『何だこいつは』と言わんばかりにじろじろ見られることは無くなり、ずいぶんと居心地が良くなったものだと思う。

「おお、来たか、青沼。ちょうど良かった」

スタッフらしい女性と話し込んでいた樋口が振り向き、手招きしてきた。

ステーロのメンバーの中で、最も達幸と仲良くなったのは樋口だろう。一度打ち解けてしまえば、樋口は竹を割ったようにさっぱりとした気性の主で、他のメンバー同様達幸にもあれこれと気配りをしてくれている。

「おはようございます、樋口さん。どうしたんですか？」

「稽古始まる前に、ちょっとこっちに付き合ってやってくれないか？　先生から衣装の直しを指示されたんで、もう一度イメージをしっかり摑みたいそうなんだ」

ぺこりと申し訳無さそうに頭を下げる女性は、衣装担当のスタッフで堀江《ほりえ》と名乗った。衣装の採寸はすでに済み、制作にかかっていたのだが、昨日になっていきなり赤座がデザイン変更を申し出てきたのだそうだ。

「…確か、衣装は来週の舞台稽古までに完成させなくてはならないんですよね？　今からデザインを変更したら、間に合わないんじゃあ…」

「でも、やれと言われたらやらないわけにはいきませんからねえ」

首を傾げる達幸に、堀江は力無く笑った。そのまなじりには、メイクでも隠し切れない深いくまが刻まれている。

「それに、大きな変更があったのはニコラスだけですから。赤座先生はニコラスに立ち回りを増やすから、もっと動きやすくて、アクション栄えがする衣装をとご希望なんです。だから、仮縫い中に青沼さんにちょっと付き合って頂いて、動いている時の感じを見せて頂きたいと思ったんですけど…駄目でしょうか…？」

「構いませんよ。お役に立てるなら、喜んで」

「…ありがとうございます！　助かります！」

堀江は善は急げとばかりに達幸を手近な空き部屋に案内しようとして、ふと立ち止まった。

「あ、すみません。マネージャーさんは他にお仕事ありますよね？　何なら控え室でお待ち頂いて…」

「明良は、ずっと俺と一緒ですから。…ね？」

達幸は俳優としてのにこやかな、だが有無を言わせない口調で割り込み、明良の手首をぐっと摑んで同意を求めてくる。堀江と樋口のきょとんとした視線が突き刺さり、明良は居たたまれなくてならない。振り解いてしまいたいのは山々だが、そんなことをすればますます不審に思われてしまう。

「…申し訳ありません。ご迷惑でなければ、同行してもよろしいでしょうか」

「ああ、いえ、全然。では、ご一緒にどうぞ」

幸いにも堀江は細かいことは追及しないでくれたが、樋口がまだじろじろと背後から穴が空くほど見詰めているのを感じる。きっと、担当アーティスト離れ出来ない駄目マネージャーだと呆れられているのだろう。もしくは達幸がマネージャー無しでは何も出来ないお子様だと思われているのか。

どちらにしても最悪だが、こいつは僕が他の雄に襲われないよう、外では一時たりとも一人きりにしたくないだけなんです、と真実を話すよりはずっといい。

空き部屋に入ると、達幸はさっそくジャケットを脱がされ、仮縫い中の衣装を着せられていく。

ニコラスの衣装の初期デザインは達幸も見せてもらったが、神父が着るキャソックを元にしたものだ。キャソックは上半身は身体のラインに添い、腰から下は緩やかに広がって足首まで覆うようになっている立ち襟の祭服である。足首まで丈のあるマオカラースーツによく似ているが、様々な飾りを加えてアレンジしてあり、長身で体格のいい達幸が着たらさぞ着映えがするだろうと思ったものだ。

赤座がやり直させているという新しい衣装は、上半身は前よりも身体にぴったりフィットして達幸の鍛えられた胸板や腹筋が際立つ反面、下半身部分の布地の量が増やされ、より重厚感を増していた。

ただ、そのままでは立ち回りの際に纏わり付いて邪魔になってしまうため、両サイドに深いスリットが入っている。スリットを縁取る刺繍《ししゅう》の銀糸と首から下げるロザリオの銀が、黒一色の衣装を引き立てるアクセントになっていた。

以前のものより若々しく行動的で、華やかでありながら禁欲的だ。まだ仮縫いの段階で、シャツとジーンズの上から羽織っているだけでも、明良でさえうっとりとしてしまうほど達幸には似合っている。堀江が手を動かすのも忘れて見惚れるのも無理は無い。

「岸部との立ち回りで思い付いたらしいぜ、あれ」

密かに感嘆する明良に、樋口が話しかけてきた。ここに用は無いはずなのに、何故かあのまま付いて来たのだ。

「ニコラスは悪魔の血を引いてるんだろ？　だから神父の時の衣装もダークな感じにしたんだけど、青沼がやった悪魔を見て、逆にもっと華やかに聖職者っぽくした方が悪魔になった時の落差が大きくて印象的だって思ったらしい」

「そうなんですか。確かに、そんな気がしますね」

相槌《あいづち》を打ちつつも、明良はちらちらと達幸を窺っていた。達幸から『どうして俺以外の雄と口きいてるの』

という不穏なオーラが漂っているからだ。

スタッフと話していようと、こちらに背中を向けていようと、同じ空間に居る限り、達幸が明良に近付いてくる人間を嗅ぎ付けないはずがない。しかも樋口は秀でた外見を有する若手俳優で、達幸の警戒要素を満載している。

堀江が居るからまだ警戒されるだけで済んでいるが、このまま話し込んだりすればわんわんと吠えたてかねない。

「マネージャーさん…あ、名前何ていうんだっけ？」

スマホのスケジュールアプリを用も無いのにいじくり、これ以上話しかけないで欲しいと暗に訴えるが、樋口にはまるで通じない。無視するわけにもいかず、明良は渋々頭を下げる。

「…鳴谷と申します。青沼がいつもお世話になっております」

「鳴谷さんか。さっき、青沼に下の名前で呼ばれてたよな。殺陣の時、鳴谷さんも青沼のこと名前で呼んでたし…達幸って、あれ本名だろ？　もしかして、プライベートでも付き合い長いの？」

「よく覚えていらっしゃいますね。…はい、一応幼馴染みのようなものといいますか…」

嘘ではない。恋人同士、飼い主と犬、という関係をはしょっただけだ。

「なるほど、公私にわたって青沼を支えてるってことか。ずっと傍に置きたいと思うほど、青沼にも頼られてるんだな」

「…そうですね。はい、そんなところです」

物は言いようだなと思った時、こちらに背中を向けていた達幸が、堀江の指示で前を向かされた。『まだその雄と話してるの…？』とカラーコンタクトを嵌めた双眸が雄弁に問いかけてきて、明良は内心悲鳴を上げる。

樋口とて売れっ子で多忙なはずなのだから、明良など放ってさっさとどこかへ行ってくれないだろうか。明良が必死にそう願っているにもかかわらず、樋口はおもむろに切り出す。

「あの…さ。ちょっと、折り入って聞きたいことがあるんだけど…」

「聞きたいこと？　…青沼じゃなくて、僕にですか？」

「ああ。鳴谷さんじゃなくちゃ駄目なんだ。実は…」

真剣な面持ちで話し出そうとしていた樋口は、ふと廊下側の窓に視線を泳がせたかと思えば、くわっと目を見開いた。乱闘アクションさながらの素早い動きで窓を開け、長い脚で外へ飛び出していく。

「樋口さん⁉」

「ごめん、話はまた改めて！」

何かあったのかと明良も廊下に身を乗り出すが、別段変わった様子は無い。樋口がすさまじい速さで駆けていく先には、ひょろりと背の高い後ろ姿があるだけである。山野井だ。赤座と一緒でないなんて珍しい。

樋口は山野井を捕まえて何か必死に話しかけているが、遠くてその内容までは聞こえない。稽古スケジュールの確認でもしているのだろうか。それにしては山野井が今にも逃げたそうにそわそわしているのが気にかかる。

「びっくりしたあ…樋口さん、どうしちゃったんですか？」

室内から問いかけられて振り返ると、堀江が散らばってしまった裁縫道具を拾い集めていた。驚いてぶちまけてしまったらしい。明良も慌てて駆け寄り、拾うのを手伝う。達幸は衣装の調整中なのでそのまま待機だ。

同じ室内に居て、なおかつ堀江が華奢な女性だからか、さっきまでの不穏なオーラは治まっている。明良とて男なのだから、本来なら女性こそ警戒すべきではないかと思うのだが、達幸が危険視するのはあくまで明良を犯して精液を注ぐことの出来る『雄』らしい。

「山野井さんを見付けて、追いかけていかれたみたいですね」

「ああ、樋口さんと山野井さん、仲良いですからね」

「…え？　あの二人が？」

快活で社交的な俳優の樋口と、常に赤座の陰に隠れている山野井。意外すぎる取り合わせに驚くと、堀江も針箱の中を確認しながらくすくすと笑う。

「意外ですよねえ。でも、よく二人で話してるとこ見ますよ。みんなで打ち上げに行った時も、気が付いたらあの二人が並んで喋ってますし。……と、よし、これで全部。手伝って頂いてありがとうございます」

「いえ、これくらい大したことでは。そろそろ稽古が始まりますが、まだかかりそうですか？」

「あ、もう大丈夫です。ご協力ありがとうございます。青沼さんのおかげでばっちりイメージ摑めましたから、仕上がりを楽しみにしていて下さいね」

笑顔の堀江と別れてスタジオへ向かおうとしたら、達幸に腕を摑まれ、控え室へ連れ込まれた。期待の表れか、赤座は達幸に専用の控え室を用意してくれたので、他のメンバーたちの姿は無い。

「明良、明良…」

ドアが閉まるなり壁に押し付けられ、切羽詰まった顔の達幸に唇を貪られるのは予想済みだった。

仕事中、誰とも喋らないなど不可能なのだから、明良が達幸以外の男と会話していてもいちいち目くじらを立てるな。威嚇するな。いい犬は『待て』が出来るものだ。

何度もそう言い聞かせた甲斐あって他人の目がある時には何とか自制するようになった達幸だが、忍耐力が続くのはほんのわずかな間だ。ましてや達幸がやたらと警戒していた樋口と会話してしまったのだから、忍耐力はゼロを通り越してマイナスに突入しているかもしれない。いつも以上に執拗な舌の動きがそう教えてくれる。

「…っんぅ、ん、…っ」

「…あき、ら…」

深い口付けからようやく解放されるなりくずおれてしまいそうになるが、達幸が難無く支えてくれる。そのまま熱い腕の中に閉じ込められ、耳朶に肉厚な舌が這わされた。最初は大人しく耳朶を舐め回していた舌は、辛抱たまらず耳の穴へと入り込み、先端でほじくって穴の中を唾液まみれにしていく。まるで、樋口の声を聞いて穢れたから清め、達幸の匂いをつけておくのだと言わんばかりに。

「うっ…あ、こら、達幸…っ」

「明良…、ねえ、明良。俺、すごく頑張って我慢したから…ね？」

明良が身をよじって逃れようとするのをたやすくねじ伏せ、達幸は明良の手を取り、自分の頭頂部へと導いた。撫でて欲しいのだ。

明良がよくタツの頭を撫でながら可愛がってやっていたせいか、達幸は明良に撫でてもらうのをことのほか好む。明良の飼い犬の特権だと思っているらしく、達幸以外の生き物を撫でようとすると泣き叫んで怒るので、明良は達幸の前ではおいそれと野良猫を撫でることも出来ない。

「…た、つゆ、き…」

ベッドで交わる前、達幸は明良の穴という穴を舐め回すから、もはや耳の穴でさえ立派な性感帯にされてしまっている。明良はじわじわとこみ上げる快感を必死で堪え、達幸の頭に置かれた手を上下させた。力が入らないせいでうまく動かせず、綺麗にセットされた髪をぐちゃぐちゃにしてしまうが、達幸はそんなささいなことはまるで気にしない。ぐふ、うふ、と嬉しそうな笑い声が鼓膜を直接揺らす。

「明良、明良、明良」

ようやく達幸の舌が離れていった時、舐められほじくり回された右耳はびしょ濡れにされていた。まだ仕事中なのにと叱ったところで、達幸は理解すまい。本当はどっちの耳にもしっかり匂いをつけておきたいのを我慢したのに、どうして怒るの？　と問い返されるだけだ。

経験上、よくよくわかっているだけに、明良は無駄なことはせず、無言で達幸の胸にもたれかかる。

「何だ…？　達幸…」

「ねえ、明良。俺がいない時に樋口が何か聞きに来ても、相手にしないよね？」

堀江に愛想良く応対していたくせに、明良と樋口の会話はしっかり聞き取っていたらしい。相変わらず、明良に関しては人並み外れた能力を発揮する男だ。

「…ああ、もちろんだ。危ないからな」

明良は素直に頷いた。稽古が始まってからただでさえ達幸は不安定なのに、達幸が居ないところで樋口と話したりすれば、どうなるかわかったものではない。今だって、達幸は真夜中にクロゼットに忍び込んでは自慰に耽っているのだ。あーちゃんが欲しい、あーちゃんを妊娠させたい、あーちゃん以外の雄なんてみんな噛み殺したい、どうしてあーちゃんはわかってくれないの、と明良が贈った首輪に問いかけながら。

可能な限り達幸の心を刺激しない。これ以上、あの暗い光を強くしないために、明良が出来るのはそれだけだ。

高い鼻先が埋められた耳の穴に、誇らしげな吐息が吹きかけられた。

「うん、そうだよ明良。俺以外の雄はみんな、みんな明良狙いのケダモノなんだ。でも俺が居れば、絶対に明良を守るから。何があっても、明良だけは守ってみせるから」

「達幸…」

達幸は決して約束を違えない。何を犠牲にしても…俳優としての名声はもちろん、自分の命さえも顧みずに明良を守り抜くだろう。

恋人にこんなことを囁かれたら嬉しいはずなのに、明良の心に過るのはどんよりとした不安だけだった。


その三日後、明良は久しぶりにオフィスで松尾と遭遇した。最近の明良はずっと達幸に付ききりで、松尾は外回りや事務に専念していたため、メールや電話での遣り取りはあっても実際に顔を合わせる機会が無かったのだ。

「鴫谷さん…ちょっと、いいですか？」

松尾は明良の顔を見るなり眉を顰め、挨拶もそこそこにフロアの奥に設けられた休憩スペースに明良を誘った。

昨日から予定が少し詰まりぎみだったので、達幸には稽古に出発するまでの間別室で仮眠を取らせている。明良も一緒に寝て欲しいとさんざんねだられたのだが、一社員が昼間からオフィスで堂々と眠るわけにはいかないし、何かあっても同じフロアに居るのだからすぐに駆け付けられるだろうと半ば無理やり説得したのだ。オフィスに居られる時間は限られているから、溜まった業務を少しでも片付けておく必要があった。

「松尾さん…どうしたんですか？」

「それは私の台詞です。鴫谷さん、顔色が悪いですよ。少し痩せたようだし…幸がまた、何か無茶をさせているのではありませんか？」

さすが、あの達幸をデビュー前から支えてきただけあって鋭い。明良は内心舌を巻く。

「樋口さんが僕にもちょくちょく声をかけて下さるので、それが気に入らないらしくて…。でも、大丈夫です。今のところ稽古中に取り乱したりはしていませんし、僕の言うことも何だかんだでちゃんと守ってますから」

一年前の監禁事件の顚末まで把握している松尾に取り繕ったところで無駄だろうが、真実をつまびらかに説明するわけにもいかない。達幸がより周到に準備を整え、明良を再び閉じ込めたがっているなどと伝えたところでいたずらに心配させるだけだ。監禁の事実を知りながら明良が衰弱しきるまで助け出せなかったことを、松尾は未だに深く悔やんでいるのだから。

「…本当ですか？　無理をしているのではありませんか？」

「本当です。松尾さんが心配なさるようなことは、何もありません」

「…ならば、良いのですが…」

松尾は全く納得していない様子だったが、追及しても困らせるだけだと思ったのだろう。自動販売機で砂糖とミルクをたっぷり追加したココアを買い、明良に渡してくれる。

「私に出来ることがあれば、いつでもおっしゃって下さい。なんなら、幸の暴走をふん縛ってでも止めてみせますよ。それ以外のことだって、何でも」

松尾には珍しいおどけた口調に、明良は小さく吹き出す。

「…っ、あ、ありがとうございます。今のところそんな機会は無いと思うので…そうですね、今お願いしたいのは、いい加減僕に敬語を使わないで欲しいことくらいですね。松尾さんは僕の上司でしかも年上なのに、おかしいですよ」

「おかしくはありませんよ。こと幸の躾に関して、私は鳴谷さんには遠く及びませんから。あの幸を思い通りに動かし、才能を発揮させる鳴谷さんを、私は尊敬し…心から感謝しているんです」

「松尾さん…」

「一年前、貴方が幸を訴えない、幸の傍から離れないとおっしゃった時…私は心底ほっとしたんです。ああ、これで幸の俳優生命は繫がった、とね。今だってそうです。貴方をどれだけ困らせたとしても、それで幸が才能を余すところ無く発揮出来るのなら構わないと思っています。私は自分に出来なかったことを幸に実現させたがっている、利己的な人間ですから」

露悪的な口調を冷たく感じないのは、松尾の切れ長の瞳が揺れているからかもしれない。本当に利己的な人間だったら、どうでも良い人間をこんなふうに気遣ったりしないだろう。幼馴染みでもあるという社長が、役者の道を断念した松尾が別の形で演劇の世界に関わっていられるよう、このエテルネを設立したというのもわかる気がする。

「ですが、幸の件を抜きにしても、今の貴方が私にとって大切な部下であることも事実です。鳴谷さんが来て下さったおかげで、私の負担もずいぶん軽くなりましたからね。だから、貴方もまた失いたくない。ずっと幸の活躍を傍で支えていて欲しい。私がそう願っていることを、決して忘れないで下さいね」

「……はい。ありがとうございます」

複雑な想いと真実を隠しているやましさを抱えたまま、明良は頭を下げた。明良とて松尾という理想的な上司のもと、達幸をずっと支えていきたいのに、どうして現実はどんどん理想とかけ離れていってしまうのだろうか。

その後、しばらく仕事の打ち合わせをしていたら、あっという間に移動する時間になってしまった。松尾と別れ、達幸を叩き起こしてからスタジオへ向かう。

「おはよう、鳴谷さん。……と、青沼」

入り口で待ち構える樋口が、最近の明良の新たなる悩みの種だ。堀江に協力したあの日以来、ことあるごとに明良に関わってくるようになったのである。

よほど明良に聞きたいことがあるのだろうが、あれだけ達幸が拒絶反応を起こしている最中に付き合うわけにはいかず、明良は逃げ回っていた。にもかかわらず、いっこうに話しかけるのを止めてくれないのだ。

「おはようございます、樋口さん」

移動中から警戒モードだった達幸がすかさず前に進み出て、明良を樋口から隠した。

見るな、減る、穢れる。

声にならない威嚇が長身から放出され、俳優としての笑顔にも近寄りがたい凄みを与えるが、樋口はまるで怯まない。

「そんなに警戒するなよ。ただ挨拶しただけだろ」

「明良はとても病弱なので、俺以外と話したりしたら倒れます」

「いや…そんな病弱なら、マネージャーなんて無理だろ？」

「俺の仕事をしてるだけなら大丈夫なんです。だから樋口さんは駄目です」

達幸はいたって本気なのだが、樋口や周囲のメンバーたちには冗談にしか聞こえないのか、「青沼さん、けっこう天然入ってるよね」とおかしそうに笑っている。

こんな遣り取りのおかげで、達幸は幼馴染みでもあるマネージャーを守ろうとする健気な俳優、明良は人気俳優にそこまで慕われる優秀なマネージャーとしてますます周囲と馴染みつつあるのだから皮肉なものである。周囲と打ち解けた方が達幸にとっては良いに違いないが、明良は周囲が気さくに接してくれればくれるほど達幸を刺激してしまうのだから。

「明良…絶対、絶対樋口なんかと話したりしないよね？」

案の定、達幸は稽古が始まる前に控え室へ明良を連れ込み、消毒と称して顔じゅうを舐め回してから真剣な眼差しで念を押してきた。

今や、樋口はすっかりケダモノ認定を受けてしまっている。明良が毎日しつこく言い聞かせていなければ、本気で噛み付きかねない。

「…ああ。お前が居ないところでは、絶対に話したりはしないから。お前は稽古に専念しろ。今日からいよいよクライマックスシーンの立ち稽古に入るんだろ？」

『マスカレード』の山場は二つある。一つはニコラスがずっと師たる司祭に騙されていたと知って慟哭《どうこく》し、身の内に眠る悪魔の力を暴走させ、司祭を殺害して教会から追っ手を放たれる中盤のシーン。そしてもう一つは、全てを知った上でニコラスを受け容れ、愛してくれた心清らかな乙女クレアを喰らう終盤のシーンだ。

ニコラスは逃亡生活の最中にクレアと出逢い、初めて安らぎを得るのだが、彼女は教会の追っ手からニコラスを庇って死んでしまう。罪人の悪魔を助けたクレアの遺骸は、神に背いた異端者として死んでもなお辱めを受け続ける。それくらいならいっそ我が身と一つに、と決意したニコラスは愛しい女の骸《むくろ》を喰らい、本物の悪魔に成り果てるのだ。

今日から始まるのは中盤の樋口演じる司祭との対決シーンである。メインは達幸と樋口なのだから、樋口には明良にちょっかいを出すゆとりなどあるまい。達幸とてそれはわかっているはずなのに、明良をなかなか解放しようとしない。いつもしつこいが、今日はよけいに酷い。

「…稽古なんてどうでもいい。そんなのやらなくたって、俺はニコラスになれるもの。他の奴らだけでやってればいい…」

「そんなわけにはいかないだろう。…大体、昨日だって一昨日だってちゃんと稽古に出てたじゃないか。どうして今日に限って…」

「だって、何か嫌な予感がする。明良を離しちゃいけない感じがするんだもの。だから稽古なんて行かない。ずっと明良の傍に居る」

いくら赤座が達幸を買ってくれているからといって、嫌な予感がするので休みます、などということが許されるはずがない。

明良は溜め息をつき、肩口に埋められた達幸の頭をよしよしと撫でた。

「…達幸。なら、僕は今日、稽古場には行かないでここに居る。内側から鍵をかけて、お前が戻るまで外に出ないよ。そうすれば、樋口さんとは遭遇せずに済むだろう?」

「でも、窓が…」

「ここは五階だぞ。ベランダも無いのに、どうやって外から侵入するんだよ」

わざわざ開けた窓から身を乗り出し、外壁から伝ってこられるような縁や配管などが無いことまでチェックすると、達幸もようやく納得したようだ。もう一度明良をきつく抱き締め、何度も名残惜しそうに頬をすり寄せて別れを惜しむ。

「じゃあ、行ってくるからね、明良。本当は行きたくないけど、明良のために頑張るからね。すぐに戻るから、ここで待っててね」

「わかった、わかったから早く行け。赤座さんたちを待たせるな」

「うう……。行って、きます……」

達幸が重たい足取りで部屋を出ると、明良は約束通り内側から鍵をかけた。すると、すぐにドアノブが外側からがしがしと揺らされる。明良がちゃんと鍵をかけるかどうか確認するため、達幸が待ち構えていたらしい。

「早く行け！」

「ごっ、ごめんなさいぃっ！」

今度こそ走り去る音と共に達幸の気配も遠ざかっていった。明良は軽い苛立ちを溜め息と共に吐き出し、手近な椅子にどさりと腰を下ろす。

「本当に、もう…あいつは…」

俳優が仕事をしている間じゅう、付き人も兼ねたマネージャーが控え室に閉じこもっているなんて、同行してきた意味が無い。樋口たちにも不審に思われるだろう。ならばいっそ明良がオフィスに残ればいいのではないかと思うが、達幸はそれも嫌なのだ。何かあればすぐ駆け付けられる場所に居なければ、明良を奪われると信じて疑わない。

いくら明良が必要以上に達幸以外の男と関わらないよう気を付けても、達幸の焦燥は少しも和らがない。それどころか、ますます酷くなっていく。このままでは……。

——あーちゃん、あーちゃん。ずっと一つになってようね。そしたら寂しくないよね。

「…っ、駄目だ、駄目だ…っ」

よみがえりかけた鎖の音と青い目に宿った暗い光を、明良はぶんぶんと頭を振って追い出した。

松尾にも大丈夫だと宣言したばかりではないか。弱気になったら負けだ。達幸がどれだけ不安を覚えようと支えてやれるくらい、気を強く持たなければ。明良は達幸の飼い主であり、恋人なのだから。

明良はノートパソコンを起動し、会社からの連絡事項をチェックしていった。

現在のメインの仕事は舞台『マスカレード』だが、人気俳優の達幸にはもちろんその他にも抱えている仕事があり、それらをこなす間にも次々と新たな依頼が殺到している。

社長と松尾によってふるいにかけられた依頼は達幸の体調や精神状態を最も把握する明良に回され、明良の意見を元に最終決定が下されるというシステムだ。一社員、しかも入社したばかりの明良の意見が反映されるなんて普通はありえないことだが、肝心の達幸が明良の意向にしか従わないのだから仕方ない。

今は判断材料となる資料などはほとんど松尾たちが用意してくれるが、いつかは明良一人だけで揃えられるようになりたい。達幸がどんな仕事をやることになっても、的確なサポートと助言を与えられるようになりたい。

松尾はあまり急がなくていいと言うが、達幸は明良が実務経験を積む何倍もの速さで成長していくのだ。努力を惜しんでいたらいつまで経っても追い付けない。達幸と並んで、光の当たる世界を歩く。ただそれだけの望みが、何て遠いことか。

松尾から送られてきた資料に夢中で目を通していると、ドアが小さくノックされた。

「鳴谷さん、いらっしゃいますか？　ちょっと伺いたいことがあるんですが」

「あ、はい！」

あの声は、確か何度か話したことのある事務方のスタッフの女性だ。さすがにドア越しでは失礼だろう。女性と少し話すくらいなら、後でばれたところで達幸もそう怒るまい。

「え……？」

だが、ドアを押し開けた瞬間、ノブにかけた手を引っ張られ、あれっと思う間も無く外へ引きずり出される。腕を捕らえている人物を仰ぎ見て、明良は驚愕の声を上げた。

「ひ、樋口さん⁉」

「ごめんな、鳴谷さん。ちょっと付き合ってもらうだけだから」

腕を引っ張る力は存外に強く、とても振り解けない。そのまま歩き出されると、明良もつられて歩いてしまう。控え室の前では、事務スタッフの女性が申し訳無さそうに両手を合わせていた。どうやら、彼女は樋口の協力者らしい。

「あの子を怒らないでやってくれよ。俺がしつこく頼み込んだんで、根負けして協力してくれただけなんだから」

「樋口さん、何のつもりですか？　今は稽古中のはずでしょう」

「トイレに行くって言って抜け出してきた。こうでもしなきゃ、青沼抜きで話すことなんか出来ないからな」

樋口は非常階段の踊り場に出るとようやく足を止め、明良も解放した。フロア内に戻るには非常口のドアを通らなければならないが、そのドアには樋口が寄りかかっている。身の危険を感じ、自分の二の腕を掴む明良に、樋口は苦笑した。

「何も取って食おうってわけじゃないから安心してくれよ。ちょっと聞きたいことがあるだけなのに、青沼の奴、ガード厳しすぎだろ。まあ、鴫谷さんは美人だから、心配するのもわかるけど」

「…では、いったい何の話があるんですか？　僕はただのマネージャーです。樋口さんのお役に立てるとは思えませんが」

「前も言っただろ。鴫谷さんにしか聞けないんだよ。……あの、さ。鴫谷さん…いや、マネージャーにとって担当アーティストってどういう存在？」

「……は、い？」

予想だにしなかった問いかけである。からかわれているのかと思ったが、樋口は真剣な面持ちで明良の返答を待っている。真実を言わない限り帰してはもらえないと直感し、明良は考えながら口を開いた。

「それは…人によっても違うと思いますし、僕もまだ青沼以外を担当したことはありませんが…少なくとも僕にとっての青沼は、初恋の人のような存在、でしょうか」

「…初恋…？」

「お恥ずかしい話ですが、僕はほんの二年くらい前まで、映画やドラマの類いにはまるで興味の無い人間だったんですよ。でも、ひょんなことから青沼と再会して、青沼の演技を見せられた時…初めて映画で泣きました。この世には天才が存在するんだと思い知らされました」

「…なるほど。だから初恋、か」

「縁あって青沼のマネージャーになった時、決めたんです。傍に居られる限り、僕の全力で青沼を支えるのだと。それが僕の喜びでもあります。…もっとも、今の僕では全力を尽くしたところで青沼を支えるにはとうてい足りませんから、まだまだ努力しなければならないんですが…」

いや、努力しても達幸という規格外の天才に追い付けるかどうか。明良のためならいつだって捨てても構わないと言いながら、達幸はいざ舞台に上がれば観客の心を鷲掴みにして放さない。

あの岸部だとて、決して努力を惜しんではいなかっただろう。なのに、明良に可愛がられることが最優先で努力という面では格段に劣る達幸に圧倒されてしまった。達幸が生きるのは、努力が報われるとは限らない残酷な世界なのだ。

樋口は、こつん、と鋼鉄製のドアに後頭部をもたれさせた。

「…青沼が鳴谷さんを大切にする理由、わかったよ」

「え……?」

「自分のために努力して成長しようとしてくれるマネージャーなんて、そうそう居るもんじゃないからな。おまけにこんな美人だし。…鳴谷さんは、青沼のためならどんなことでもするんだろう?」

一瞬、達幸との本当の関係がばれたのではないかと危惧したが、樋口の口調には何の含みも無い。

「そう…ですね。青沼のためになるのなら、僕に出来ることは何でもするつもりです」

「そうか……。俳優に惚れ込んだマネージャーってのは、そういうものなのか……」

樋口は感慨深そうに呟き、姿勢を正した。真剣な表情は、ここから先こそが本題だと物語っている。

「いきなり拉致った挙げ句、根掘り葉掘り聞いて悪かった。どうしても意見を聞いてみたかったんだ。鳴谷さんの…いや、担当俳優に信頼されてるマネージャーさんの」

「…どういうことですか?」

「鳴谷さん、俺と赤座先生のマネージャーやってる山野井がダチなの知ってるか?」

「はい、堀江さんから伺いました。とても仲が良いと」

「腐れ縁ってやつだよ。大学の演劇同好会で一緒になって、卒業後は一旦離れたけど、結局は同じ劇団に落ち着いたんだから」

では山野井も俳優志望だったのかと驚いたのだが、そうではなく、山野井は脚本家を目指していたのだという。大学在学中から様々な賞に応募していたものの結果は芳しくなく、夢を諦めかけていたところを、たまたまある賞の審査員に加わっていた赤座に見出されて拾われたのだ。それ以来、山野井は赤座に師事し、マネージャー業務をこなす傍ら今でも脚本を書き続けているらしい。

「俺もよくあいつの脚本読ませてもらうけど、贔屓目《ひいきめ》抜きでいいものを書くと思うよ。華やかなのにどっかエグくて毒があるっていうか…今回の『マスカレード』みたいなイメージかな。いつか絶対、先生の陰を飛び出して有名になるだろうと思ってたんだが…最近、どうも様子がおかしいんだ」

「おかしい…ですか？」

「あいつ、暇さえありゃあ脚本書いてたのに、最近はまるで手を付けやしないし、俺がどうしたって聞いても答えない。終いにはこそこそ逃げ回る」

樋口は苛立たしげに鋼鉄製のドアを蹴り付ける。明良はぴんときて尋ねた。

「もしかして、この間いきなり飛び出していかれたのは…？」

「ああ、あいつが一人で歩いてんのを見付けたから捕まえてやろうと思ったんだ。結局逃げられちまったけどな。あの野郎…昔っから逃げ足だけは速いんだから…」

悪態をついていても、樋口からは山野井に対する好意と心配とが滲み出ている。タイプの違い過ぎる二人だが、本当に仲が良いのだろう。樋口がステーロに肩入れするのは、主宰者の赤座が親友の師だからという理由もあるのかもしれない。

「脚本一筋で女の一人すら居ないあいつがおかしくなる原因なんて、赤座先生絡み以外ありえない。あいつは拾ってくれた先生を神様みたいに崇《あが》めて、慕ってるからな。でも、まさか先生本人に何かあったんですかなんて聞けないだろ」

「…それで、同じマネージャーという立場の僕に意見を聞きたかったんですか」

ようやく腑に落ちて呟くと、樋口も頷いた。

「そうだ。脚本家と俳優って違いはあっても、あいつ同様、鳴谷さんは青沼に尽くしてる。青沼も鳴谷さんを片時も離さないくらいに信頼してるだろ。あいつも同じだと思ったんだ。…でも、そうじゃなかったな。鳴谷さんとあいつは違う」

「…違う？」

「鳴谷さんは青沼に惚れ込んで尽くしてるけど、あくまで寄り添ってる。青沼のためなら何でもするって言ったけど、青沼が間違った方向へ行こうとしたら止めるだろう？」

「…はい」

明良しか求めないあの獣を、本当に止められるかどうかは別にしても、力の及ぶ限り踏ん張るだろう。今、まさにそうしているように。

「でも、あいつは先生を崇拝しちまってる。だから、先生が何をしようと従うんだ。先生はあの通り自由な人だから、好きなようにやってトラブることも少なくない。その尻拭いをいつもやらされる羽目になってるのに、愚痴一つ零さない」

「確かに…そういう方なら、何かあったとしても他人には絶対に話さず、抱え込んでしまうでしょうね」

「…ったく、あいつは！　俺は他人じゃないだろうによ、どうして…」

樋口は苛立たしげ髪を掻きむしり、再びドアに背を預ける。その直後だった。ドアが内側から勢い良く開き、樋口を突き飛ばしたのは。

「うわっ…！」

非常階段の手すりにぶつかったのか、ごん、と鈍く大きな音が響く。

だが、明良に樋口を心配する余裕など無かった。開いたドアの内側のノブに、見覚えのありすぎる筋肉質な手がかけられていたからだ。

ただそれだけで全身が粟立つ。逃げろ、と本能が警告する。

けれど、逃げられるはずがない。逃がしてもらえるはずがない。二人きりで過ごしている時でさえ、あの手は明良を捕らえて放さないのだから。

「あーちゃん……みつけた……」

「ヒ……っ！」

稽古着代わりのTシャツとジーンズ姿の達幸がドアを押し開けながら完全に姿を現した瞬間、全身の力が抜ける。荒々しく叩き付けられたドアが、よろめきながら立ち上がろうとしていた樋口にぶつかった。

「痛っ…」

樋口の短い悲鳴に、達幸が弾かれたように振り向いた。気付いてしまったのだ。噛み殺すべきケダモノが、すぐそこに居ることに。

うっすらと開いた口から白い歯が覗く。

明良は全身を襲う寒気を堪え、達幸にしがみついた。

「駄目だ、達幸！」

「…あーちゃん…」

「僕は何もされてない。ただ話していただけだから…絶対に、手出しはするな！」

つかの間、達幸の双眸が嵐のごとく荒れ狂った。自分の居ないところで明良と二人きりで過ごしていたケダモノを嚙み殺したい。明良の命令に従いたい。背反する二つの欲求がせめぎ合っている。

「達幸！　頼むから……！」

「……う、ううう……！」

かろうじて明良の飼い犬としての矜持が勝ったらしい。苦しそうな呻きが聞こえたと同時に、逞しい肩に担ぎ上げられた。

ぐらぐらと不安定な体勢で振り返れば、樋口が呆気に取られた顔でこちらを見上げている。大丈夫、心配しないでと言いかけて、明良は口を噤んだ。今、明良が声をかけたりすれば、せっかく逸れかけた達幸の注意が再び樋口に向けられてしまう。


達幸は明良を担いだまま非常口を通り抜けると、すぐ近くにあった男子トイレに入った。スタジオではまだ稽古が続いているようで、人影は無く、個室も全部空いている。

「…っあ、あー、ああああっ、あーちゃん、あーちゃん、あーちゃんっ」

一番奥の個室に慌ただしく入って鍵をかけ、明良を下ろすなり、達幸は嚙み付くような勢いで明良の唇にかぶりついてきた。

口付け、などと呼ぶのもおこがましい。口内に入り込み、恐怖に縮こまる明良の舌を引きずり出しては搦め捕り、絞り上げ、口内のあらゆる場所を探る舌の動きは嫉妬に狂った飼い犬のそれだった。唯一無二の飼い主に他の雄の匂いが付いていないか確かめている。

——どうして部屋から出たりしたの。

——どうしてあんな雄と一緒に居たの。

——どうして俺以外の雄と仲良く話したりしてたの。どうして、どうして、どうして、どうして。

生き物のようにうごめく舌に貪られるたび、擦り合わされた粘膜から声にならない達幸の叫びが伝わってくる気がした。ぎゅっときつく瞑ったまぶたに、無意識に力がこもる。今、まかり間違ってまぶたを開けてしまったりしたら、あの暗い光が宿った双眸に間近で射貫かれてしまいそうで。

「…は、あ、はぁ、…っ、たつ、ゆき…ど、して、ここに…稽古、は…」

「樋口がトイレに出てったきり戻ってこないから、あーちゃんが危ないって思って…」

ようやく解放され、ずるずるとしゃがみ込んでしまいそうになった明良を、達幸は蓋の閉じた便座に座らせる。

ひざまずいた達幸に視線を合わされそうになり、反射的に身を捩ると、膝に重みがかかった。見なくてもわかる。きっと、達幸が顎を明良の膝に埋めながらしがみついてきたのだ。下半身にどれだけ力を入れても少しも動かせない。

「あーちゃん…ねえ、あーちゃん、こっち向いて。どうして見てくれないの？　俺のこと、キライになったの…？」

違う。ただ怖いだけだ。

だって達幸は今、絶対にあの目をしている。目を合わせてしまったら、あの暗い光に囚われ、身動きが取れなくなる。

控え室から出たのは明良の本意ではなく、無理やり連れ出されたのだと説明したところで無駄だ。決して外には出ないと約束した明良が、控え室から消えていた。そして、自分以外の雄と二人きりで話していた。今の達幸にとって重要な事実は、それだけなのだから。

「あーちゃん…あーちゃん、あーちゃん…」

「…あっ、あぁっ！」

股間に強い刺激が走り、腰が跳ね上がった拍子に便座がごつんと間抜けな音をたてる。握り込まれたのかと思ったが、そうではなかった。恐る恐る視線を動かした先、股間に埋められているのは達幸の顔だ。大きく口を開き、常人よりも鋭く尖った犬歯を剝き出しにして、服越しに明良の股間に喰らい付こうとしている。

犬歯が食い込んだ部分の布地はすでにほつれかけていて、明良はぞっとした。今の達幸は獣だ。器用に動く五本の指があることなど綺麗さっぱり頭から消え失せ、ただ明良を求める本能だけで動いている。

このままでは、達幸はズボンの布地を食い破り、お目当ての明良の性器にむしゃぶりつくだろう。着替えなど当然持参していないし、下肢をがっちり抱え込まれてしまっては、達幸を突き飛ばして逃げることも不可能だ。今の達幸には、説得の言葉さえも届かない。

「……っ」

背に腹は代えられない。明良は自らベルトを抜き去り、ウエストのボタンも外した。ズボンをびりびりに破かれて人前に出られなくなるよりはずっとましだ、と己に言い聞かせながら、腰を少し浮かせてズボンをかかとまで落とす。

難しくはなかった。明良が何をしようとしているのか、機敏に察した達幸が身を離し、じっと明良の行動を待っていたからだ。

「はぁ、はあ、はあ、は……っ、あーちゃ、ん、あーちゃん、あーちゃん」

恐々と視線だけを向ければ、達幸の膝に置かれた拳はがくがくと震え、うっすらと開かれた唇からはだらだらと涎《よだれ》が垂れている。視線をそこからさらに上げる勇気は、どうしても湧いてこなかった。狭い個室には、獲物が捧げられる瞬間を待ちわびる獣の荒い息だけが充満していく。

腹を空かせた猛獣と同じ檻に閉じ込められた気分だった。一刻も早く自分の肉をちぎって与えてやらないと、身体ごとむしゃむしゃ喰らわれてしまう、絶望的な状況だ。

「あ…っああ、あああ、あ、あーちゃんあーちゃんあーちゃんんんっ……!」

達幸の忍耐力が持ったのは、明良が残された下着に手をかけるまでだった。ほんのかすかに漏れ出た匂いに惹き付けられたかのように、下着と腰のわずかな隙間に顔を突っ込み、ぐりぐりと動かして強引に下着をずり下げていく。当然、明良の縮こまった性器にかぶりついたまま。

「やっ…ああ、た、つゆき、ああ、……っん!」

萎えていたそれも、肉茎を扱きたてられながら吸われて射精をねだられれば、あっという間に熱を帯びてしまう。

強烈な快感がこみ上げてきて、溢れかけた嬌声を、明良は己の手を噛んで堪えた。ここはいつ誰が入ってきてもおかしくないスタジオ内のトイレなのだ。もしも共演者の誰かに聞かれでもしたら、とんでもないことになってしまう。

「ん…っう、おい、しい。おいしい、おいしいよあーちゃん、あーちゃん」

けれど、達幸にはばれたらまずいなどという意識は皆無のようだ。うわ言のように呟くたび、ぬっちゅ、ぐっちゅ、と唾液と明良の先走りが交じり合った液体が濡れた音をたてる。

今誰かが入ってきたら、閉ざされた個室で何が行われているか、すぐに悟られてしまうだろう。皮肉にもその音が、股間から——達幸から顔を背け続けている明良に、達幸がどれだけ興奮して一心不乱に性器を貪っているのかを教えてくれる。

「…っん、ん…っ、う、んんー……っ！」

爪先をびくんびくんと跳ねさせながら呆気なく放ってしまった精液は、達幸が口内で泡立つくらいまでじっくり味わってから、名残惜しそうに一滴残らず飲み込んだ。…肉茎をしゃぶったままの口内の動きと、ごっくんという嚥下《えんげ》の音から、そう判断せざるを得なかった。

「は…っ、はあ、はぁ…」

力の抜けた手がだらりと垂れるや、荒い息が唇から零れる。

稽古の真っ最中になんてことをしてしまったのだろう。主役の達幸が戻らないのでは、稽古は進められないはずだ。あんな別れ方をしてしまったのだから、樋口もきっと明良たちを探している。達幸の常軌を逸した怒りは不審に思われたはずで、もしかしたら二人の仲を勘繰られてしまったかもしれない。達幸のマネージャーとして、ありえないミスを犯してしまった。

自己嫌悪に浸る一方で、明良は密かに安堵も覚えていた。

ここまですれば、さすがに達幸の興奮も少しは冷めただろう。落ち着いたところで説得すれば、不満そうにしつつもいつものように稽古に戻ってくれるはずだ。その分、帰宅した後は我慢したご褒美と称してより濃密な交わりを求められるだろうが、まずは仕事に穴を空けさせないことが重要である。

「あーちゃん…」

だが、執拗に肉茎を頬や舌で扱き、最後の一滴まで搾り取った達幸がおもむろに顔を上げた瞬間、明良はすぐに己の甘さを思い知ることになった。ずっと合わせることを拒んでいた双眸に宿る暗い光は、鎮まるどころかますます強くなっていたのだ。

もしもカラーコンタクトレンズという障壁が無ければ、ぎらついた光のあまりの輝きに圧倒され、息さえも出来なくなっていたかもしれない。

「ひ、…っ、達幸…っ」

「ああ…、あーちゃん、やっと俺のこと見てくれた。あーちゃん、あーちゃん、やっぱり俺のこと、キライなんかじゃないんだね。良かった、あーちゃん。俺も好き、好き好き、大好きだよ、あーちゃん」

達幸の目元は幸せそうに波打ち、目尻は下がり、口角は上がっている。笑顔。その表情を、普通はそう表現する。

なのに何故、あの暗い光が宿っているだけで、逃げたくてたまらなくなるのか。そんなこと、絶対に不可能だとわかっているはずなのに。

「あ……っ！」

「あーちゃん、あーちゃん。駄目だよ。まだ駄目」

案の定、足に力を込めただけで、明良の行動を察した達幸が項垂れた性器をやんわりと握り込んできた。達したばかりで敏感なそれをやわやわと刺激されれば、腰はあっさりと砕け、無防備な姿を晒してしまう。

「…っ、達幸、待て…、お前、まだ稽古が…っ」

「うん、わかってる。ちゃんと戻るよ。俺はあーちゃんの、一番いい犬なんだもの。あーちゃんが悲しむようなことはしないよ」

ぐふ、ぐふふ、と笑いながら、達幸はジーンズのファスナーをゆっくりと下ろした。誇らしげに胸を張り、取り出した雄はすでに扱く必要も無いほど反り返り、存在を主張している。

数えきれないほど受け容れてきて、自分の一部と錯覚するくらいに馴染んだはずのそれを見せ付けられ、背筋が震え上がった。今日はまだ一度も触れられていない蕾が、無意識にきゅんと窄まる。期待ではなく、嫌な予感ゆえに。

……まさか。今はまだ仕事中だ。仕事中には絶対に駄目だと何度も命令して、達幸も従ってきたはずなのに。

　何度そう否定しつつも、ああ、これからアレで犯されるのだと明良は悟っていた。何故なら、達幸が明良の前で滾った雄を取り出して、明良の胎内に収めずに済んだ例など皆無なのだから。達幸にとって、股間の雄は明良と一つになり、明良に自分の種をたっぷりと注ぎ込むために存在するモノなのだから。

「達幸…っ、お前…仕事中に入れるのは駄目だって、あれほど…っ」

「だって、あーちゃんが危ないんだもの。…あーちゃん、何度も言ったよね。俺以外の雄はみんなみんなケダモノだって。…だから、あーちゃんは俺の飼い主だって、ひと嗅ぎでわかるようにしておかなくちゃ」

「わ……っ！」

　両腋の下に差し込まれた腕で持ち上げられたかと思えば、背中を個室の壁に押し付けられた。大きく開かせた脚を自分の両肩で担ぎ上げ、達幸は今にも暴発しそうな雄を無防備な蕾にあてがう。

　先走りでぬるぬるとぬめる先端を何度も入り口に擦り付けているのは、不安定な体勢で狙いが定まらないせいではなく、まだ硬いままの蕾が雄を受け容れやすくするためのようだ。

　理性を失っていても、達幸は明良を傷付けない配慮だけは忘れない。…この状況では、とうてい救いにならないとしても。

「ね、あーちゃん。もう、わかったでしょ？　キレイで優しくていい匂いのするあーちゃんを、みんなみんな、欲しくてたまらないんだよ。俺がちょっとでも目を離したら、すぐに奪ってこうとする悪い奴らばっかりなんだよ。樋口だって、俺が駆け付けるのがもう少し遅かったら、あーちゃんに首輪を嵌めてもらおうとしてたに決まってるもの。そ…、そしたらきっと、無理やりあいつの飼い主にされちゃってた……！」

「達幸っ、落ち着け、達幸…っ」

「いやだいやだいやだいやだいやだ、あーちゃんが俺以外の犬の飼い主になるなんて絶対にいやだ…っ！」

　入り口をぶるぶると震えながら行き来していた先端が、とうとう中にめり込んだ。逞しい胸板を押し返そうとした手は虚しく空を切り、解されてもいない胎内は精力漲る怒張にひと息に奥まで征服されてしまう。

「たつゆ…、あ、あっ、あー…っ！」

達幸の股間が尻に勢い良く打ち付けられ、ぱんっ、と高い音が鳴る。

いつもなら達幸が指や舌でぐちょぐちょになるまで解してようやく挿入されるから、ぬめりの無い胎内を無理やり拡げられ、ねじ込まれるのはめったに無い奇妙な感覚だった。ただでさえ太く長大な雄が、よりいっそう大きく感じられる。表面に浮き出た血管が胎内でどくどくと脈打ち、明良の鼓動と重なる。

明良は上半身のスーツをしっかりと着込んだままで、達幸に至ってはジーンズの前をくつろげただけなのに、ベッドの上で裸になって絡み合う時と同じくらいの一体感があった。このままどろどろに溶け合って、鳴谷明良という人格さえも消えてしまいそうな。

「う…、ああ…っ」

「…あ、あ…あーちゃん、あーちゃん…」

担ぎ上げた脚ごと明良を抱き締め、一つになった感触を陶然と味わっていた達幸が、明良の呻きに触発されたように腰を使い始めた。快感を分かち合うためではなく、一刻も早く、より奥へと精液を注ぎ込み、確実に受胎させるための本能に即した荒々しい動きだ。

にもかかわらず、明良の感じる部分ばかりを的確に突いてくるのだからたちが悪い。鍛え上げられた硬い腹筋に擦られて反応しかけていた性器が、一気に熱を帯びていく。

振り落とされそうで怖くなり、思わず目の前の首筋にしがみついたら、胎内の雄がますます猛り狂った。決して肉付きの良くない腹が、逞しすぎる雄に押し広げられていく感覚は、何度味わっても慣れない。

「ごめんね、ごめんねあーちゃん、駄目な犬でごめんね。俺がちゃんと俺の匂いをつけておかなかったから、樋口なんかの飼い主にされちゃうところだったよね」

「は…っ、あ、ん、ああ、あ、あ……っ」

「でも、もう大丈夫だよ…すぐに、俺のをいっぱい孕ませてあげるから。俺の匂いしか、しなくなるくらい、に…っ！」

「う！　あ、あーっ…！」

どこまで大きくなるのかと心配になるほどいきり勃った怒張が、根元まで突き立てられた瞬間、狙い澄ましたかのように最も奥で弾ける。これほど奥を精液で濡らせるのだと、誇らしげにびくんびくんと震え、敏感な内壁を抉りながら。

「あ…、ああ…、あっ…」

孕まされている。達幸という雄を内側から刻み込まれている。

奥の奥で大量の精液を受け止めさせられるのなんていつものことなのに、今日はやけに強くそう感じた。自分もまた性器からわずかばかりの精液を噴き上げていたのだが、男本来の快感であるはずの射精すら、腹を満たされる圧倒的な感触の前ではささいなものだ。

前戯も何も無く、トイレの個室といういつもとは違いすぎる場所で、ただ繋がるために下肢だけを裸に剝かれたせいだろうか。それとも、担ぎ上げられた両脚をさらに高く上げられ、中出しされた精液を明良自身ではどんなに頑張っても掻き出せないほど奥まで送り込まれた挙げ句、しっかり染み込ませなければとばかりに尻たぶを揉みまくられているのがいけないのだろうか。

ぬるぅっ、ぐちゅ、ぐぷん…っ。

聞くに堪えない淫らな水音は、静かなトイレの中ではよけいに大きく響き、明良の羞恥を煽り立てた。いつ誰が来るとも知れないトイレで、真っ昼間、仕事の最中に達幸と最後までしてしまったというだけでも、羞恥と自己嫌悪でどうにかなってしまいそうなのに。

「あーちゃん…俺の、俺だけのあーちゃん…」

「…っああ！　だ…っめ、達幸、もう、なか、いっぱい…っ」

尻たぶごと揉み込まれ、みるまに熱と硬さを取り戻した雄が、再び胎内を圧迫し始める。そのまま当然のように突き上げが再開され、とっさに達幸のシャツを摑んで抗議すれば、達幸はにっこり笑って明良を揺すりたてた。

「まだ、駄目」

「……っ」

カラーコンタクトの奥では、あの暗い光が熾火《おきび》のごとくくすぶっていて、繋がった部分から快感にも似た寒気が背筋を這い上がる。どうやったらあの光を消せるのだろう。明良には見当すらつかない。

「まだ、俺の匂いがついてない。このままじゃ、また樋口に狙われちゃう…」

「あ、あ、達幸、そんな…っ、おく…っ」

「うん、もっともっと奥に、いっぱい孕ませてあげるからね。安心して、あーちゃん。もう絶対、誰にも近付かせたりしないから…あーちゃんは、俺だけの飼い主なんだから…」

「や……、あ、……ぁ……！」

喉から絞り出した悲鳴が声になったのかどうか、それすらもわからない。

明良がはっきりと感じられるのは、胎内を溶かし尽くそうとする雄のすさまじい熱と質量だけだった。


明良が達幸に連れられて稽古場のスタジオにたどり着くと、達幸が登場しないシーンの抜き稽古が行われていた。時計を確認してみれば、トイレに連れ込まれていたのは四十分ほどだったようだ。

「青沼くん、もうお腹は大丈夫なのかい？　何なら医者を呼ぼうか？」

気遣わしげに声をかけてくる赤座の傍には山野井が居り、さらにその向こうでは樋口が申し訳無さそうに拝む仕草をしている。どうやら、気を利かせて適当に不在の理由を言い繕ってくれたらしい。

「…いえ、もうすっかり良くなりましたから大丈夫です。稽古を中断させてしまい、申し訳ありませんでした」

達幸も樋口の意図は察したようで、俳優の顔でそつ無く頭を下げている。明良の汗や精液で汚れたTシャツは予備のものに着替えてあるから、礼儀正しく振る舞うあの男がついさっきまでトイレでマネージャーを犯しまくっていたなどと誰も思うまい。樋口以外のメンバーたちも、皆心配そうに達幸を労ってくれる。

「ただ、また具合が悪くなったらいけないので、マネージャーには引き続き付き添っていて欲しいんですが…」

「ああ、もちろん構わないよ。山野井くん、マネージャーさんをお連れして」

達幸の要請を赤座はあっさりと受け容れてくれた。赤座に礼を言い、達幸から離れようとしたら、誰にも見えない角度で指先をきゅっと握られ、耳元で囁かれる。

「……絶対、出さないでね？」

「っ……」

思わず握られた指先を叩き付けるように振り解きそうになるのを、明良は懸命に堪えた。少しでもよけいな行動を取れば、必死で押しとどめているものが溢れてきてしまいそうだったのだ。

「どうぞ、こちらにおかけ下さい」

「…ありがとうございます」

山野井に勧められ、稽古場の片隅に置かれたパイプ椅子に腰を下ろしたとたん、じゅぷん…と粘り気のある水音が胎内から聞こえて、明良は慌てて尻を引き締めた。そっと探ってみても尻のあたりは湿っておらず、周囲の人々から怪しまれた気配も無い。

赤座を始め、ステーロの面々はようやく戻ってきた主役との打ち合わせにかかりきりで、ただのマネージャーに注意を払う者など居ないのが唯一の救いである。

樋口だけはちらちらと心配そうにこちらを窺ってくるが、さすがに話しかけてくるだけの余裕は無いようだ。もっとも、あれからどうしたのだと問われたところで、真実など答えようが無いのだが。

……そう、トイレに連れ込まれてさんざん犯された挙げ句、胎内に注がれた大量の精液を外に出すことも許されないままここまで連れてこられただなんて、松尾にだって言えるわけがない。

あれから達幸は三度も立て続けに達し、もうこれ以上入らないのを挿入しっぱなしの雄で確認して、ようやく明良を解放した。汚れた下半身を綺麗に拭き清められ、当然中に溜まった精液も掻き出してもらえると思ったのに、あろうことかそのまま下着とズボンを穿かされたのだ。

目を剝く明良に、達幸はまだ硬さを保ったままの股間を押し付け、たっぷりと精液を孕まされた明良の腹をさすりながら鼻息も荒く囁いた。亡き愛犬タツと同じ立派な尻尾があったなら、誇らしげにぴんっと立っていただろう。

『明良は俺の飼い主だって、あいつらに見せ付けてやらなくちゃならないもの。…ね、行こう？　明良。もう二度と、絶対に樋口なんかに渡したりしないから』

追い立てるようにして引きずっていく達幸の手を、明良は拒めなかった。そんなことをすれば、明良を貪り食ったことで何とか治まったあの暗い光が、またぶり返してしまいそうで恐ろしかったのだ。

限界ぎりぎりまで注ぎ込まれた達幸の精液は、少しでも緊張を緩めれば蕾からどっと溢れ出て、冬用の厚手の布地であってもすぐにぐしょ濡れにしてしまうだろう。

明良が衆人環視の中でズボンの尻を粗相でもしたかのように精液で汚すという醜態を晒しても、達幸は決して恥じるまい。むしろ、誇らしげに胸を張るはずだ。明良にあれだけ大量の種をつけたのはこの自分なのだと、高らかに宣言するだろう。明良が最も恐れるパターンがそれだ。

達幸の脳内には、恥や世間体という言葉は存在せず、当然ながら俳優生命などまるで意に介さない。誰にも脅かされず、明良とずっと一つになっていられればいいのだ。

だから、達幸は俳優・青沼幸である自分自身を守る行動を一切取らない。ゆえに、明良が達幸の分まで守ってやらなければならないのだ。たとえ、他ならぬ達幸自身がそれを欠片も望んでいないのだとしても。

明良が誰にも言えない戦いを始めたのと同時に、立ち稽古も再開されていた。

「よし。青沼くんも戻ったことだし、シーン六に戻るぞ。司祭とニコラス、位置について」

赤座の指示で樋口と達幸が稽古場の中央に進み出た。ニコラスの師たる司祭を演じる樋口は達幸演じるニコラスから数歩離れた位置で、達幸には背を向けている。シーン六といえば、確かニコラスが母親殺害の黒幕が師であったと知り、口論の末に悪魔の力を暴走させて殺してしまう場面だったはずだ。

「よろしければ、どうぞ」

控え室に置いてきてしまった台本の内容を思い返していると、隣に佇んでいた山野井がそっと台本を手渡してくれた。開かれたままのページには大量の書き込みがあり、どうやら山野井の私物のようだ。

「お借りしても良いんですか？　山野井さん、台本が無いとお困りになるのでは…」

「大丈夫です。台本の内容なら、台詞からト書きまで全部頭に入っていますから」

「…すごいですね」

赤座は細部まで書き込むタイプで、『マスカレード』の台本はかなり分厚い上、ト書きなどの量も普通ののよりはるかに多い。達幸のように人間離れした知能の主でもない限り、全て暗記するのは困難だろう。樋口が贔屓目抜きでも良い脚本を書くと言っていたのは偽りではなく、地味な外見とは裏腹に、山野井は相当優れた能力の持ち主らしい。

目を瞠《みは》る明良に、山野井は苦笑する。

「青沼さんこそすごいですよ。台本をお渡ししたのは直前になってからでしょう？　それで読み合わせの段階から全て完璧にこなして、周囲を窺う余裕すらあるんですから…赤座も絶賛していました。青沼さんに引き受けて頂けて本当に良かったと」

「いえ、そんな。…こちらこそ、青沼に良い機会を与えて頂いて感謝しております」

「いや、お礼を申し上げるのはこちらの方です。お忙しいでしょうに、数ある依頼の中からうちを選んで頂いて」

「いやいや、こちらこそ…」

いつしか互いに礼を言い合う展開になってしまい、明良と山野井は目を見合わせ、同時に小さく吹き出した。

「…では、お互いに良かったということで」

「そうしておきましょうか。…ああ、そろそろですね」

山野井は立てた人差し指をそっと唇に当てた。準備の整った達幸と樋口が、今まさに演技に入ろうとするところだ。

山野井の横顔は真剣そのもので、尊敬する師の舞台を何としてでも成功させようという気概が伝わってくる。さっきも達幸に依頼を引き受けてもらえたのを我がことのように喜んでいたし、樋口が言った通り、赤座を本当に慕っているのだろう。

それだけに、赤座絡みで悩みを抱えているらしいというのが気になる。そう言えば、達幸が岸部相手に実力を示して皆から受け容れられた時、山野井だけが何故か複雑そうな表情をしていた。

『…師よ、答えて頂きたい』

思考に沈みそうになった明良を、苦渋に満ちたニコラスの問いかけが引き戻した。

『あの悪魔が言ったことは、真実なのですか？　…母を殺したのは、本当に貴方なのですか？』

『違う…と言ったところで、お前はもう騙されてはくれないのだろうな』

背を向けていた樋口…司祭が、ゆっくりと振り向いた。

『残念だ、ニコラス。お前は本当に良い子だった。このまま騙されていれば、つらい思いをせずに済んだものを』

『では…、母を殺したのは、やはり貴方だったのですか。…何故です。何故そんな惨いことを…我が母に、何の罪があったというのですか！』

樋口に集中しかけていた視線は、堪えかねたように叫ぶニコラスにすぐに引き戻された。積もりに積もってきた感情が爆発する寸前の不穏な空気が、ニコラスを包んでいる。

いったいこれから何が起きようとしているのか。台本には結末までしっかり記されてあるのに、まるで何も知らない観客のようにはらはらしてしまう。

『お前の母の罪…か。それはお前自身だよ、ニコラス。お前の存在ゆえに、お前の母は死の運命をたどったのだ』

『…っ、貴方はそれでも、聖職者なのですか！　母は、母は望んで私を孕んだわけではなかったのに…』

『望む望まざるにかかわらず、悪魔の子を孕んだこと自体が罪なのだ。堕胎が嫌なら自死すれば良いものを、あろうことか情に負けて産み育てるなど神に対する背信。私がお前を神父として育ててやったのは、母親の罪を少しでも清めてやるためでもあったのだぞ』

『貴方という人は…！』

ニコラスは腰のあたりに手をさまよわせ、ぐっと拳を握り込んだ。

嵐のように荒れ狂う感情の狭間でもがくその姿は、ニコラスをもはや利用不可能と悟り、切り捨てようと画策する司祭などよりもはるかに人間らしく見える。

『これ以上議論しても無駄というもの。さあ、今こそ母の罪をその命であがなってもらおうか。…皆の者、出あえ！』

司祭の合図と共に、ステーロのメンバーが演じる聖職者たちがどっと押し寄せ、ニコラスを取り囲んだ。真実を知ってしまったニコラスを、司祭は迅速に処分すべく準備を整えていたのだ。

『う…っ、あああっ…』

司祭と配下の聖職者たちがいっせいに聖句を唱え始めると、ニコラスは胸元を押さえ、苦しげに眉を寄せた。踏ん張っていた脚も聖句の音量が上がるにつれよろけ、とうとう膝をついてしまう。

『何と、ニコラスは真実、悪魔の子であったのか…！』

『司祭様のお言葉は正しかったのだ。おのれ、よくも今まで我らを欺《あざむ》いてくれたな』

『悪魔の子、ニコラスを祓うのだ！』

目にするのも汚らわしいとばかりに逸らされる聖職者たちの視線が、容赦無く紡がれる聖句の渦よりもなおニコラスを苦しめる。

観ているこちらの方が胸の痛くなる光景だった。ニコラスはまだ人の心を失ってなどいない。ニコラスを追い詰め、人から遠ざけようとしているのはお前たちじゃないかと、司祭たちを罵ってやりたくなる。

『あ…、あああ、あ、ヴ、あ、あああっ』

ニコラスの呻き声に、次第に人とは違う何かの音声が交ざってゆく。ニコラスの中で、人間と悪魔が戦っている。

自分は悪魔祓いの神父だと主張する人間のニコラスに、ならば何故仲間たちに攻撃されているのかと悪魔のニコラスが反論する。そして、そそのかす。このままでは殺されてしまう。いいのか？　本当の仇を討たずして、むざむざ死んでいいのか？　お前にはこいつらを皆殺しにする力があるのに――と。

『怯むな！　敵は弱っている。このまま止めを刺すのだ！』

怯んだ聖職者たちを司祭が叱咤した直後、ニコラスは絶叫した。

『あ…、は、あ…、あああアアアアアアアーッ！』

断末魔の悲鳴とは、きっとこういうものを指すのだろう。育ての親と慕い、こんな状況になってもなお憎みきれずにいた司祭が自分を敵と呼んだ瞬間、ニコラスはとうとう人間の自分に別れを告げたのだ。

だから、これは産声でもある。信じていた人たちの裏切りによって望まざる本性を暴きたてられてしまった、ニコラスという悲しい悪魔の。

『あ…あ、はー っ、はあ、ハアー…っ…』

力無く手をついていたニコラスが、やおら上体を反らしながら顔を上げる。その背中に無いはずの漆黒の翼が羊水を滴らせながら羽ばたくのが見えたのは、きっと明良だけではないだろう。司祭たちはもちろん、稽古に加わっていないメンバーたちや、山野井までもがはっと息を呑んだのだから。

ふと、痛いくらいの視線を感じて振り返れば、赤座が何故か食い入るように明良を見詰めている。子どもが大好きな玩具を発見したような眼差しは、少し恐ろしくなってしまうほどだ。

……どくんっ。

他の雄を気にかけるのは許さないとばかりにひときわ強く心臓が高鳴り、明良はすぐに赤座のことなど考えられなくなった。

カラーコンタクトで黒く染まったニコラスの双眸は、まっすぐに司祭を射貫いている。悪魔として最初に屠《ほふ》る獲物として。誰もがそう思っただろう。

けれど、明良は理解していた。

ニコラスが…否、達幸が見詰めているのはこの自分だ。何故なら、カラーコンタクトの向こう側で、あの暗い光が確かにくすぶっているのだから。あの目を、達幸が明良以外の人間に向けることなど決して無いのだから。

ああ、と小さく呻きそうになってしまうのを、明良は必死で堪えた。

あそこに居るのはニコラスではなく、達幸なのだ。強烈な存在感で他者を圧倒し、自分こそが明良の飼い犬だと高らかに宣言する。そのためだけに、今、神がかった演技を見せ付けているのだ。本当ならば樋口だけでなく、明良を犯すことの出来る他の全員を嚙み殺してやりたいのに、明良が駄目だと言うから、こういう形で威嚇しているのだ。

達幸のすさまじい演技に圧倒され、忘れかけていた胎内の精液がにわかに存在を主張し始める。身じろぎするたびにちゃぷんと音をたてるそれがどんどん強くなっていく鼓動と重なって、まるで本当に達幸を妊娠させられてしまったようだった。

腹の中に達幸が居る。明良が他の雄にさらわれないよう、首輪を嵌めさせられないよう、飼い主にされないよう、内側から逐一監視している。一年前の、あの頃のように。

「青沼くん……！」

感極まった赤座がだっと駆け出し、達幸の手を握り締めて初めて、明良はシーン六が終わったことに気付いた。

ニコラスと同化していた達幸に引きずられたのだろう。まだ現実へ戻ってこられず、夢の中をさまよっているような樋口たちをよそに、赤座は握り締めた達幸の両手をそのままぶんぶんと上下させる。

「素晴らしい、素晴らしいよ！　君は悪魔だ！　…あぁ、君に出逢えて本当に良かった……！」

矢継ぎ早に紡がれる賛辞を、達幸は俳優の顔で平然と受け止める。

だが、まだあの暗い光がくすぶる双眸はしっかりと明良を捉えていて、明良は無意識に腹を押さえた。マンションに帰りたくない。クロゼットにしまわれた首輪が突き付けられるかもしれないと思うと、恐ろしくてたまらない。

小さく震える明良の横から山野井がそっと離れ、稽古場を出ていったが、どうしたのかといぶかしむ余裕すら明良には残っていなかった。

明良にたっぷりと精を注いで神がかった演技を見せ付けたあの日以降、達幸を取り囲む環境はまた大きく変化した。

「青沼さん、おはようございます」

「今日もよろしくお願いします」

それぞれお喋りに興じていたステーロのメンバーたちは、達幸がスタジオ入りするなりはっとしたように姿勢を正し、頭を下げていく。

順調に打ち解けつつあった彼らだが、あの演技で達幸の凡人には決して到達出来ない才能にすっかり心服してしまったらしい。礼儀正しいその態度は、仲間ではなく、明らかに格上の人間に対するそれだ。へりくだられても驕《おご》らず、丁寧に挨拶を返していく達幸からは、大物の風格すら漂っている。

「青沼、おはよう。…あの、ちょっと時間をもらいたいんだが…」

「すみません、樋口さん。台本の確認をしたいので失

「達幸…そんなに急がなくても…」

「だって、また樋口が話しかけてきたもの。まだ懲りずにあーちゃんを狙ってるに決まってるよ。それに、あいつだっている…早く俺の匂いつけなきゃ、あーちゃんがさらわれちゃう。ね？　だから早く早く」

樋口がしきりに話しかけてくるのは、きっと明良を騙して連れ出したことを詫びたいからだ。もう一人、樋口以上に今達幸から警戒されまくっている『あいつ』にせよ、明良を達幸が心配するような意味で気にしているわけではあるまい。

だが、いくら言葉を尽くしても無駄なことは、明良もすでにわかっていた。あの日以降、達幸の双眸から消えなくなった暗い光が、今も爛々と輝いているのだから。

「…わかった、よ」

先走りのしたたる先端でズボンを穿いたままの尻を突かれそうになり、明良はズボンを下着ごと足首まで一気にずり下ろすと、上体を倒してテーブルに手をついた。

神がかった演技に対する称賛なのか、控え室にはあ礼します」

唯一変わらない樋口が今日も昨日と同じ問いかけをしながら追い縋ってきても、達幸はやはり昨日と同じく取り付く島も無い。読み合わせが始まったばかりの頃にこんな態度を取っていたら、看板役者に対してなんて不遜なと非難を浴びせられていただろう。

だが今、達幸を咎める者は誰も居ない。ただ一人、明良だけが達幸に気付かれないようこっそり目礼して非礼を詫びるだけだ。

「あーちゃん、ね、あーちゃん」

部外者の新参者でありながらステーロのメンバーたちの敬意を集めるようになった男は、控え室に入って内鍵をかけるなり、ズボンのチャックを勢い良く下ろした。

何のためらいも無く下着から取り出された雄はすでに熱く猛り狂っており、達幸が手で支えなくても自力で反り返って天を仰いでいる。きっと、送迎の車に乗り込んだ時から硬くしていたのだろう。厚手のモッズコートを羽織っていなかったら、興奮に膨らみきった股間が共演者たちに晒されていたに違いない。

の日から日替わりで豪奢な花が飾られるようになっており、欲望とは無縁の花の美しさがいっそう羞恥を煽る。上半身の衣服に乱れは無く、達幸にプレゼントされた高価な革靴も履いたままなのに、尻から脚だけが剝き出しにされて達幸の目前に突き出させられているのだ。

「あーちゃん……」

うっとりと囁いた達幸が、尻たぶを掻き分け、蕾に先端をあてがう。ほんの少し腰を進めるだけで、熱い怒張は苦も無く明良の中にずるずると入り込んできた。自宅マンションを出る前、控え室に着いたらすぐ犯せるよう、達幸が舐め回してじっくり解しておいたおかげだ。

「あっ…、ああ、ぁあ…！」

解されている間から熱を持ち始めていた身体は、股間の性器を握り込まれると、一気に燃え上がった。

達幸によってすでに後ろで達する快感を覚え込まされた明良だ。尻をがんがん突き上げられながら、性器まで弄られれば、すぐに快感でわけがわからなくなってしまう。

「あーちゃん、あーちゃん、あーちゃん…っ！」

「や…っぁ、あ、あー…っ…」

後ろからがくがくと揺さぶられる振動がようやく止まったと思ったら、奥の奥で達幸の熱が弾けた。ぴちゃぴちゃ、と背後で犬がミルクを舐めるような音がする。中で出されると同時に放っていた明良の精液を、掌で残らず受け止めた達幸が夢中で舐め取っているのだ。入れっぱなしの雄の太い茎でぬかるんだ胎内をかき混ぜ、こねくり回して、熟れた内壁に精液を擦り付けながら。

「ん…、んっ、ふ…っ、達幸、…っもう、いいだろう。今日は…あまり、時間が…っ」

波のように次々と打ち寄せてくる快感を堪えて訴えれば、ことり、と背後で首を傾げる気配がした。同時に唾液で濡れた手に尻を鷲摑みにされ、いやらしく揉み込まれると、胎内の雄が再び熱を孕む。

「だって、まだ一回分だけだよ？　これだけじゃ、まだあーちゃんのいい匂いは消せないよ。せめてあと一回、もっと奥に孕んでくれなきゃ」

「ひぁっ、あ、だめ、なんか、も…だめっ」

「大丈夫、だよ。後で俺がちゃあんとナカをキレイにして、また新しいのいっぱい孕ませてあげるから…」

だから安心して孕んで、俺の匂いをつけてね。

囁いた達幸は明良の尻に自分の股間を愛おしげに擦り付け、力強い律動を再開する。

こうなったらもう誰も達幸を止められない。明良の中に放つまで、達幸は絶対に離れない。

「やぁぁあ、あん、あ、…はぁっんっ」

なすすべもなく揺さぶられる明良の脳裏に、胎内に精液を孕まされたまま、立ち稽古に連れていかれたあの日がよみがえる。

——あの日。達幸は赤座から食事に誘われたのも即座に断り、自宅に帰るとすぐ明良を裸に剝いた。

その頃にはもう本来受け容れる場所ではない器官に大量の精液をとどめておくのが難しくなっていて、達幸は青褪めて震える明良に目の前で精液をひり出すよう、ふくらはぎに縋り付きながら懇願したのだ。

せめてトイレに行かせてくれ、と泣き付くことは出来なかった。少しでも達幸の望みをさまたげてしまったら、クロゼットから首輪がいそいそと取り出されると確信出来てしまったから。再び監禁されるよりは、恥辱にまみれた願いを聞き届けた方がはるかにましだった。

明良が羞恥を堪えて四つん這いになり、尻に力を入れて胎内から大量の精液をひり出す様を、達幸は明良の腹を撫でさすりながらうっとりと見守っていた。これだけの種を植え付けて、飼い主を他の不埒な雄どもから守れた飼い犬としての喜び。そして、愛する人に自分の精を孕んでもらえた恋人としての悦《よろこ》びに浸っているのだと、すぐにわかった。まるで出産でもしているみたいだと思ったのは、決して自棄になったからではない。

やっとのことで全てを出し終え、風呂場で綺麗に洗い清められている間、明良は懸命に説明した。樋口が騙し討ちのような格好で明良を連れ出したのは、親友の山野井のことで真剣に悩んだ末の行動だ。明良のマネージャーとしての意見を参考にしたかっただけである。山野井は山野井で、赤座関連で何か悩みを抱えているようだから、明良に注意を払う余裕など無い。

けれど、言葉を尽くした説明は、達幸にはまるで届かなかった。あーちゃんは心もキレイだから他の雄どもの汚い欲望なんてわからないんだよ、と言い張って聞かなかった。

　明良が最初に命じた通り、繋がったまま眠るという暴挙にこそ出なかったが、翌日明良がこっそりクロゼットを調べると、あの黒革の首輪が消えていた。

　達幸が捨てたりするはずがないから、きっとどこかに隠し持っているのだ。怖くて調べることはとても出来ないが、何かあったらすぐ取り出し、明良に嵌めてもらえる手近な場所に。そして、達幸がそれを取り出すのはきっと、明良を二人だけの世界に再び閉じ込めることを決めた時だ。

「あーちゃん、あーちゃんっ、いくよ…俺のこと、いっぱい孕んで…」

「や…っあ、あ、あん、達幸、たつ、ゆきぃ……っ！」

　どくんっ！　と再び熱が弾けた瞬間、達幸は尻たぶをきつく閉じ合わせ、柔らかな肉ごと胎内の雄を扱き立てた。ただでさえみっちりと銜え込まされていた怒張のすさまじい存在感を、いっそう思い知らされてしまう。

　尻たぶを揉み込まれながら、ずるずると名残惜しげに雄を引き抜かれるに至っては、感じすぎて脱力し、テーブルに上体を突っ伏してしまった。にもかかわらず性器はわずかに透明な液体を吐き出しただけで、このままでは中に出されなければ達せなくなりそうだ。いや、すでにもうそうなっているのかもしれないが。

「あーちゃん、あーちゃん…お尻、きゅってして…？」

「……ん、…っ」

　促されるがまま、爪先立ちになって尻だけを高く掲げ、達幸の形にふっくらと開いていた蕾を窄める。垂れ流れかけていた精液が胎内に戻り、すでに収まっていた二回分の熱情と合流してちゃぷりと明良にしか聞こえない音をたてた。

「は…、あ…っ」

　何度やらされても慣れない感覚に肩を震わせていると、ひざまずいた達幸が明良の靴下をずり下げ、かかとからふくらはぎ、太股の裏側へと舌を這わせていった。明良がぞくぞくと身震いするのにも構わず、窄めた蕾の周囲をより丹念に舐め回してから、足首のあたりでわだかまっていた下着をずり下げる。

明良が愛用している無地のボクサーブリーフではなく、股間にぴったりと張り付くVラインのビキニだ。こっちの方が明良には似合うし、お腹に俺のを入れときやすいでしょ、と達幸が購入してきたものである。尻に食い込む部分がどうしても中出しされた精液で汚れてしまうのだが、達幸はそれを宝物だと言って帰宅するとぐしょ濡れにするまで舐め回している。

「明良…明良、キレイ…」

達幸はひざまずいたまま素早く身だしなみを整えると、明良にズボンを穿かせ、ベルトまできっちり締めさせてから、両の太腿をぎゅうっと抱き締めて頬ずりをしてきた。

恍惚の眼差しは、明良だけに注がれている。恵まれた長身をスタイリストがコーディネイトした服に包んだ達幸こそ、称賛に値するだろうに。もしも誰かがこの光景を目撃したなら、滑稽《こっけい》だと笑うだろう。

「明良はいつだってキレイだけど、俺のを孕んでくれた明良はもっともっとキレイ…」

「達幸…」

「ね、明良。俺、頑張るからね。頑張って、絶対にいい舞台にしてみせるから…だから、明良も俺のことだけ観てて。他の雄に、首輪なんか嵌めてやらないで。明良の犬は、俺だけなんだから…」

こんなことをされてもなお突き放せないのは、拒絶した瞬間、二人だけの世界に閉じ込められてしまうのがわかりきっているせい——だけではない。達幸が達幸なりに内なる衝動と闘っているのが痛いほど伝わってくるからだ。

以前危惧した時とは比べ物にならないくらい、明良を監禁したいという達幸の欲望は強くなっているだろう。クロゼットから消えた首輪と、とうとう消えなくなったあの暗い光が何よりの証だ。

再会したばかりの頃の達幸なら…公衆の面前だろうとお構いなしに泣き喚いて明良に縋り、一緒に居てくれなくちゃ嫌だと駄々をこねていた達幸なら、きっとこんな状況になれば即座に明良を監禁していたはずだ。事実、一度そうしたように。

けれど今、達幸は他の雄に奪っていかれる前に監禁してしまいたいという欲望と懸命に闘い、かろうじて勝利を収め続けている。ひと思いに閉じ込めたいのを我慢して、仕事中には胎内に精液を孕ませておけば大丈夫だと己に言い聞かせ、何とか踏みとどまっている。

明良にしてみればこれだって度を越した暴挙だが、達幸は相当な忍耐を強いられているはずだ。閉じ込めてしまいさえすれば、達幸の懸念は全て解決するのだから。

「達幸…、僕は、お前が可愛いよ」

明良は胎内の精液がこぼれないよう注意しながらそっと腰を屈め、頬を擦り寄せ続けている達幸の黒髪を撫でた。はっとしたように見上げてくる双眸にはあの暗い光が隠しようもなく滲んでいるのに、達幸が愛しくてたまらなくなる。

——愚かだという自覚はある。本当に飼い主だというのなら、恋人であるのなら、ここは心を鬼にしてしっかりしろと叩いてやるべきなのだ。松尾に相談すれば適切な助言をもらえるだろうし、ことと次第によってはかくまってもらえるだろう。

けれど、そんなことをしたら今度こそ狂ってしまう。明良のために耐えがたい苦痛を耐え、ぎりぎりのところで踏みとどまっている可愛い飼い犬は。

「明良…明良、本当…？」

「本当だよ。お前は可愛い…僕の犬はお前だけだ」

「明良…、明良っ！」

歓喜した達幸が勢い良く立ち上がり、ぎゅうぎゅうと抱き締めてくる。予想した通り、唇にかぶりついてこようとしたので、明良はその前に素早く掌を差し込んだ。

「続きは帰ってからだ。……ほら、今夜はお前の好きなもの、何でも作ってやるから」

「…何でも…？　じゃあ、シチューがいい」

告げられたリクエストに、明良は笑ってしまった。シチューは別に達幸の好物というわけではない。具の下ごしらえをする間ずっと明良の足元に引っ付いていられて、煮込む間は明良にじゃれついていられて、なおかつ食べさせ合いやすいメニューなのだ。

「わかった、シチューだな。いっぱい作るよ」

「うん！　明良、明良明良、俺、頑張る…っ」

口付けの代わりに明良の掌を舐め回し、達幸はようやく着替えて稽古場へ赴く。当然、明良も一緒だ。あの日以来、達幸は明良をスタジオ内で決して一人にしない。稽古場では出番の無い間はずっと明良の傍から離れないし、トイレに行くのも一緒だ。それを甘えだと謗《そし》る者など、もはや一人も存在しなかった。

稽古場にはすでに達幸以外のメンバーが揃っており、赤座と山野井の姿もある。主役とはいえ、外部の人間が一番後に稽古場入りすれば刺々しい空気になりそうなものだが、達幸に向けられるのは憧憬と敬慕の入り混じった眼差しだけだ。それだけの才能と実力を、達幸はここ数日で発揮してみせていた。ただの付き人を兼ねたマネージャーに過ぎない明良に当然のように椅子が用意されているのも、その影響だ。

「よし、じゃあ始めようか。まずはシーン八から。青沼くん、五十嵐《いがらし》さん、出て」

赤座の指示で達幸とステーロの女性メンバー、五十嵐が進み出た。

『……君は……？』

『良かった、気が付いたのね。貴方、酷い熱でずっとうなされていたのよ。このまま目覚めないんじゃないかと思ったわ。私はクレア。貴方は？』

クレアに優しくさすられ、ふっ…と、ニコラスが目を細める。窓から差し込む一筋の陽光と、ニコラスが助かって心底ほっとしているクレアの笑顔が、追われる身には眩しすぎたのだ。その脳裏にはずっと自分を裏切っていた師と、掌を返したように自分を殺そうとしたかつての仲間たちの姿がぐるぐると渦巻いているのだろう。

ほんのわずかな表情の変化一つで、長い台詞や派手なアクションよりも雄弁にニコラスの気持ちが伝わってくる。五十嵐が胸の前で手を組み合わせ、クレアそのものの切なげな表情をしているのは、決して演技ではあるまい。

出番待ちのメンバーたちまでもが、クレアになってしまったかのように達幸に見入っている。赤座や山野井、そしてあの樋口でさえ例外ではない。

達幸が自分の出番中は明良から安心して目を離しておける理由がこれだった。自分が神がかった演技をして皆の注意を引き付ければ、樋口を含め、誰も明良には手出し出来ないと踏んでいるのだ。それがまたさらに達幸の演技を研ぎ澄まし、皆の憧憬を集めていくのだから皮肉なものである。

俺のことだけ考えててね、忘れないでね、とばかりに疼く腹を、明良は軽く抱き締めた。我ながらどうかと思うのだが、達幸の精液を孕んだまま稽古場まで連れ出されるのにも慣れつつある。こうして座らせてもらっていれば、稽古が終わるまでなら何とか平静を保てるようになった。

――達幸……。

心の中でそっと呼べば、応えるようにまた腹が疼く。まるで達幸を妊娠させられたみたいだ。達幸は最近、ベッドで明良を攻め立てる間じゅう『あーちゃん、あーちゃん、俺のこと妊娠して、あーちゃん』と懇願してくるが、荒唐《こうとう》無稽《むけい》なはずの願いがいつか実現してしまいそうで恐ろしくなる。

『助けてくれたことには感謝するが…私の名など、知らぬ方が良い。心優しき乙女よ。罪人の名を知れば、お前の無垢な心が穢れよう』

『…どうして？　貴方みたいに澄んだ、悲しい目をした罪人など居るはずがないわ。私は貴方の名を知りたい…そして、貴方を呼んでみたい…』

巻き込みたくないというニコラスの意志は察しているだろうに、クレアは引かない。もし明良がクレアだったとしても、そうせずにはいられないだろう。

純真無垢な心ゆえではない。ニコラスが傷を負ったのは身体だけではなく、心もだとわかるから。その傷口を、傍で癒してやりたいと願ってしまうから。

『ニコラス…。貴方にぴったりの、素敵な名前ね』

今この瞬間、彼女は恋に落ちたのだ。やがて彼女自身を破滅の運命へと導く恋に。

明良はクレアに自分を重ねずにはいられなかった。明らかにまともではないニコラスとの恋が幸せな結末をたどるはずがないと、クレアも薄々察していたはずだ。なのに止められない。離れられない。ニコラスというどうしようもなく神秘的で魅力的な男から。明良が達幸から逃げられないのと同じように。

「どうぞ、鴫谷くん」

ふいに鼻先をかぐわしい紅茶の香りがかすめ、明良はびくんと身体を揺らした。その拍子に胎内から精液がこぼれそうになり、慌てて尻を引き締める。

「おっと…。ごめんね、驚かせてしまったかな？」

隣の椅子にかけ、湯気のたつ紙コップを差し出しているのは赤座である。失態だ。達幸の演技に惹き付けられていて、こんなに近付かれても気が付かなかった。

「…あ、ありがとうございます、赤座先生」

「いやいや。熱いから火傷しないようにね。紅茶は好きだった？」

礼を言って受け取りながらこっそり観察するが、幸いにも怪しまれた様子は無く、赤座はにこにこと笑っている。まだシーン八の稽古が続いており、皆が達幸たちに夢中になっている中、明良に構っているのは赤座くらいだ。いつもは赤座の傍から離れない山野井も、最近では稽古が始まるとずっと達幸の演技にかぶりつき状態である。

「はい。僕は根っからの紅茶党なもので…。このお茶も、とても美味しいです」

「それは良かった。私はコーヒーが苦手でね、山野井くんがいつも私好みの茶葉を持ち歩いてくれているんだよ。さすがにティーセットまでは無理だけど」

振る舞われた紅茶は、ダージリンをベースに赤座がわざわざ自分好みにブレンドさせた特製の茶葉を使ったものだそうだ。言われてみれば確かにマシーンで作る紅茶とは違って薫り高く、自然でほのかな甘さは高級さを感じさせるが、明良はとてもじっくり味わってなどいられない。

胎内がまた、きゅんと疼くのだ。相変わらずの熱演を続け、恋する乙女と化したクレアを魅了し続けているはずのニコラス…達幸は、当然ながらこちらを向いてはいない。だがきっと、飼い犬特有の鋭い感覚で、明良に他の雄が接近したことをしっかり察知したはずだ。

「青沼くんは素晴らしいね。毎日、これ以上は無いというほどすさまじい演技を見せ付けてくれるのに、翌日には簡単にそれを上回ってみせる。明日の青沼くんは今日よりはるかに輝いているんだろうね」

「…そうですね」

明良は無礼を承知で前を向いたまま、これ以上会話を続けたくないと暗に態度で示すのだが、その程度で赤座が引くはずもないことはわかりきっていた。ここ数日、いつもそうだったからだ。

「確か鳴谷くんは青沼くんの幼馴染みで、その縁からマネージャーになったんだったね。青沼くんは子役経験とか無いけど、小さい頃からやっぱり今みたいになる片鱗はあった？」

案の定、赤座はすげない反応にもまるでめげずに質問を紡いでくる。

脚本家であり、演出家でもある赤座をまさか無視するわけにもいかず、明良も仕方なく相槌を打った。

「いえ、青沼は空手以外にはべつだん習い事もしていませんでしたから…芸能事務所にはスカウトされまくっていましたけど、全く関心は無いようでしたし」

「ふんふん。まさか俳優になるなんて、鴫谷くんも思わなかったわけだ。でも、スカウトなら鴫谷くんもされたんじゃない？　今も美人だけど、十代の頃なんてすごい美少年だっただろうから」

「……っ！」

頬をなぞろうとしてきた手を反射的に弾くと、ぱしん、と思ったよりも大きな音が鳴ってしまい、明良はたじろいだ。

びっくりしてこちらを振り返るメンバーたちは、赤座が何でもないと手を振ってみせれば、再び達幸たちの演技に戻っていく。

達幸は何事も無かったかのように演技を続けているが、さっきよりも強く疼きだした胎内が達幸の苛立ちを如実に表している。達幸が最近樋口以上に敵視しており、さっきもさんざん警戒していた『あいつ』とは赤座のことだ。嫌悪感が強すぎて、名前を口にするのも、それを明良に聞かせるのも嫌らしい。

「…も、申し訳ありませんでした。驚いてしまって…」

「いやいや、私の方こそ。美しいもの、魅力的なものと出逢うとすぐに触れたくなってしまう性分なもので、つい…山野井くんにもさんざん注意されているんだけど、なかなか治らなくてね。反省しないと」

もしも稽古の真っ最中でなければ今頃達幸に嚙み付かれているとも知らず、赤座はおどけた仕草で肩をすくめている。本当に反省するつもりがあるのなら、今すぐ離れて欲しいのだが、赤座が腰を上げる気配は微塵も無い。

必要最低限の言葉で答えつつも、疑問に思わずにはいられなかった。どうして赤座はいきなり明良に興味を示したのだろうか。

赤座が夢中になっていたのは達幸のはずで、明良は名前すら覚えられていなかった。それがここ数日突然名前で呼ばれだしたかと思えば、こうして達幸の離れた隙を突いてしきりに話しかけられ、さりげなく触れてこようとさえするのだ。達幸は『明良がキレイだから欲しくなったに決まってる』と訴えるが、だったら最初からそういう態度だったはずだ。

　思い当たるふしは一つしか無い。初めて達幸を孕まされて稽古場に引き出されたあの日だ。神がかった演技に誰もが引き込まれる中、何故か赤座だけは明良を怖いくらい熱心に見詰めていた。あの日から赤座は達幸だけでなく明良にも並々ならぬ興味を示すようになったのだ。

　まさか、明良の恥ずかしすぎる秘密がばれてしまったのかと不安になるが、達幸が犬と化すのは控え室の中だけだ。窓はブラインドで隠されているし、内鍵も常にかけられているから、覗くのも不可能である。

　ならば何故明良にここまで構うのかという疑問がいっそう強まるのだが、赤座の社交的な態度からは今のところ何の意図も汲《く》み取れなかった。

「明良、明良、明良…！」

　稽古が終わると、達幸は挨拶も早々に明良を赤座から引き剝がし、控え室へ引きずり込んだ。全身がみしみしと軋むほどきつく抱き締められれば、汗を吸ったシャツからいつもより強い達幸の匂いがする。

「あいつ、また明良に話しかけてた！　どうしてあんな奴の相手なんかするの？　あいつは明良狙いのケダモノに決まってるのに！」

「…仕方ないだろう。赤座先生は依頼主で、舞台を統括する演出家でもあるんだぞ。いくらお前が主役で、惚れ込まれているからといっても、機嫌を損ねるわけには…」

「そんなの、どうでもいい！　…明良より大切なものなんて、無いんだから！」

「達、幸…っ」

　テーブルに荒々しく押し倒された瞬間、飾られていた花が抗議するように花瓶ごとぐらぐらと揺れた。幸い倒れはしなかったが、安全な場所へ遠ざける間も与えられず、覆いかぶさってきた達幸に唇を貪られる。

「…っん、んう、ふ…っ、こら、達幸っ！」

解放されるや否や、明良は思い切り達幸の背中を殴り付けた。

実際はほとんど力が入っていなかったのだが、明良を怒らせてしまったことは伝わったのだろう。達幸はびくっと震えて身を離し、飼い主の機嫌を損ねてしまった飼い犬のようにひざまずいたが、それでもぼそぼそと訴えるのは忘れない。

「……主役なんて、辞めちゃいたい…」

「…達幸っ！」

「舞台なんか引き受けたから、あーちゃんがあんな奴に狙われちゃうんだ…主役なんて、俺以外の誰かがやればいい…」

樋口やステーロのメンバーたちが耳にすれば愕然とするに違いない台詞は、紛れも無く達幸の本音だ。達幸はずっと、舞台などやりたくはなかった。俳優という職業を続けているのだって、明良が望むから。全ては明良のためなのだ。

「馬鹿なことを言うな…もしも誰かに聞かれたら…」

「聞かれたっていい。…ううん、みんなみんな、聞けばいいんだ。俺は主役なんてやりたくない。飼い主のあーちゃんの命令だからやってるだけ。…そうだ、いっそ今から…」

「待て、達幸！」

しょんぼりした表情から一転、意気揚々と立ち上がって控え室を出て行こうとした達幸を、明良は羽交い絞めにして止めた。ちょっと飲み物でも買ってこようかというさりげなさを装っているが、達幸は明良との関係を包み隠さず赤座たちにぶちまけてくるつもりに決まっている。

「あーちゃん…？」

ほら、この呼び方と微妙に外された目線が何よりの証拠だ。明良に怒られそうなことをする時、一応は後ろめたさがあるのか、達幸は決して明良と目を合わせられないのだ。

当然、何とか達幸の気を逸らしたい明良はそこに付け込む。

「…今日は、シチューが食べたいんだろ？　でも、あいにく材料が家に無いから、帰りに買い物して行こうと思ってたんだ。お前も」

「俺も手伝う！」

　手伝ってくれるか？　とねだるよりも早く、達幸が素早い挙手と共に申し出た。買い物は達幸が大好きなイベントなのだ。終始明良に張り付いて話していられて、他の人間は割り込んでくる余地が無く、荷物を持ったりして感謝してもらえるからである。

　明良が善は急げとばかりに事務所へ連絡を入れ、帰りの車を断ると、代わりにタクシーを呼んで自宅近くのスーパーに向かった。さすがに精液を孕んだまま買い物するのはごめんなので、トイレに寄って始末させてもらってある。稽古中と異なり、自分が常に傍に付いていられるということで、達幸も渋々納得してくれた。

「明良、はいこれ」

　達幸が食品売り場に入ってすぐのところに積まれていたパンを取り、明良が押すカートの中に入れる。二人で買い物に来ると、常に明良がカート担当で、達幸は明良に命じられるまま商品を取ってくる係だ。

「これ、明良好きだよね？」

「…よく覚えてたな」

　明良は驚きに目を瞠る。このスーパーは輸入食品や有機野菜などを扱う高級チェーン店で、他には無いオリジナルブランドのパンやスイーツも置かれている。達幸が持ってきたのもその一つだ。母が明良のためによく買ってきてくれたのだが、もう八年以上も昔のことである。

「そんなの、当たり前だよ。明良のことだもの」

「…達幸…」

「俺、明良の好きなものは全部ぜーんぶ覚えてるよ。…だって、明良の好きなものをいっぱい用意すれば、明良はそれだけ喜んでくれるでしょ？」

　愛しさの詰まった声が気恥ずかしくて、つい顔を背ける。声だけでこれなのだから、もしも達幸がファン対策でサングラスをしていなかったら、蕩けそうな眼差しに腰が砕けてしまいそうになっていたかもしれない。

　身体の奥まで暴かれるのにはもうすっかり慣れて、羞恥など感じることも無くなってきたというのに、どうして服を着て外に居るだけでこんなに恥ずかしいのだろう。普通は逆ではないだろうか。

「あっ、あれは明良が好きなお菓子…アーモンドじゃなくて胡桃《くるみ》入りの方。そっちは明良が好きなミネラルウォーターで、向こうにあるのは明良が好きなスモークサーモンで…」

悶々とする明良をよそに、達幸は飼い犬レーダーを遺憾無く発揮し、素早く売り場に走っては商品を取ってくる。肝心のシチューの材料は一つも含まれていない。達幸にとって買い物とは、あくまで明良の好きなものを揃えることに意義があるのだ。

サングラス着用中とはいえ、あれだけ堂々と動き回っていたら青沼幸だとばれそうなものだが、今のところ他の買い物客が騒ぎ出す気配は無い。

達幸いわく、堂々としている方がかえってばれないものだそうだ。こそこそしているから怪しまれ、不倫デート中のタレントが週刊誌にすっぱ抜かれたりする羽目になる。

それは明良も同感だが、達幸の場合は違う気がする。爽やかな好青年で売っている青沼幸が、でれでれと脂下《やに》がりつつ、まだ明るいうちからスーパーの店内を奔《さ》走しているなんて誰も思わないだけだ。

「ねえ明良、どっちがいい？」

飲料売り場から戻ってきた達幸の両手には、それぞれ違う紅茶メーカーの茶葉の缶が乗せられている。どちらも明良がよく飲むので、決めかねたらしい。

「そうだな…こっちかな」

「こっちだね。じゃあ…」

「こら、ちょっと待て」

選ばれなかった方を返し、すぐさま別の売り場へ走ろうとした達幸の首根っこを摑んで止める。

「そっちは鮮魚売り場だろう。シチューの材料を買いに来たのに、関係の無い売り場ばっかり回ってどうする」

「だ…、だって、あっちに明良の好きな鯛《たい》の刺身がありそうな予感が…」

「だから、今日はシチューなんだよ。刺身なんて…」

必要無い、と言いかけ、明良ははっとした。さっきから達幸がいっこうに必要な材料を揃えようとしないのは、買い物を少しでも長く満喫したいからかもしれない。最近は稽古で忙しく、食料もコンシェルジュに手配してもらっていたから、二人きりで仕事の絡まない外出をすること自体久しぶりなのだ。達幸がどんどん明良を閉じ込めたくてたまらなくなるのも、こういった時間がなかなか取れないせいもあるのかもしれない。

「…喉が渇いたな。何だか小腹も空いてきたし、夕食まで持たなそうだ」

「…明良？」

「確か、ここの二階にカフェが入ってたはずだから寄っていきたいな。家に帰るのは少し遅くなりそうだけど…いいか？」

明良の唐突な発言に戸惑っていた達幸が、たちまち顔を輝かせる。

「うん！　もちろん！」

それからの達幸は素早かった。寄り道もせずシチューの材料を揃え、会計を済ませると、明良を二階へとエスコートする。達幸があれもこれもそれもと買い込んだせいで膨れ上がった買い物袋は、当然本人が引き受けた。片手では相当重たいだろうによろけもせず、もう片方の手で明良の手をしっかりと握り締めている。

「デート、デート。明良とデート」

「ちょ、達幸…っ」

「ね、明良。これってデートだよね？　一緒におでかけして、一緒にお買い物して、一緒にお茶飲むんだもの。デートだよね？」

恥ずかしすぎる鼻唄が聞こえてきてぎょっとするが、くるりと振り向いた達幸があまりに嬉しそうで、明良は咎めることも出来ずに頷いてしまう。

「…そう、だな。デート…だな」

「だよね！　うふ、ふふふ。明良とデート。デートできるのは、いい犬の俺だけ。えへへへへへ」

結果、鼻唄はますます恥ずかしい歌詞になり、周囲から時折生温かい視線を送られることになる。青沼幸だとばれていないのが唯一の救いだが、きっとゲイの甘々カップルだと認定されてしまっただろう。しばらくはこの店には来られなくなりそうだ。

けれど、これで達幸の心が少しでも安らぎ、赤座のことを忘れてくれれば羞恥に耐えた甲斐はある。二階のカフェで過ごしたのはほんの一時間足らずだったが、達幸は最近あまり見せることの無かった幸せそうな笑顔をしていた。帰宅してからも料理をする明良の足元にまとわりついて、飼い犬の幸福を噛み締めていた。

だから、気付かなかったのだ。深夜、失神するように眠った後、あの黒革の首輪をそっと握らされていたことに。達幸があの暗い光を湛えた目で、精液まみれになった明良をじっと見詰めていたことに。

「ね、あーちゃん。お願いだから…、言って。舞台なんか、…俳優なんか、辞めていいって…あーちゃんのこと閉じ込めていいって、言って。だって俺、あーちゃんのお願いじゃないと、辞められない…やめられないんだよぅ…っ」

懇願も嗚咽も明良には届かないまま、ただ達幸の中に積もっていくだけだった。


公演初日が五日後に迫ると、衣装をつけて通しで行う舞台稽古も終わり、とうとう最終リハーサルであるゲネプロに突入した。

場所は都内でも有数のターミナル駅から徒歩五分という最高の立地にある大劇場で、収容可能観客数は何と二千人。スタジオの稽古場とは比べ物にならないほど広い舞台は同じ大きさのもう一つの舞台を備えており、スライドさせることで舞台そのものを入れ替える舞台転換を可能とする。

照明施設や音響施設なども国内最高水準の機材が揃っており、使用するには最低でも二年は待たされるという話だ。待機期間無しで使用申請が通ったのは、ひとえに赤座の人脈と実績のおかげであった。

「青沼さん、入られました！」

「メイクと衣装、お願いします！」

舞台の真下に位置する楽屋に入るなり、達幸は殺気立ったメイクアップアーティストや衣装スタッフに囲まれた。今日は出演者全員が本番用の衣装とメイクで臨むので、時間との闘いだ。

「あ、マネージャーさん。おはようございます」

「おはようございます。今日はよろしくお願いします」

ばたばたと忙しそうに立ち働いている堀江に頭を下げ、明良は邪魔にならないよう隅に寄った。達幸は一瞬とても嫌そうな顔をしたが、本番さながらの勢いのスタッフたちの前ではさすがに駄々をこねられない。

「……ふう」

楽屋の隅っこにあったパイプ椅子に腰かけると、ひとりでに長い息が漏れた。本来は二人用の楽屋だが、やはり赤座の配慮なのか、ここをあてがわれているのは達幸だけだ。

てんてこまいのスタッフたちは誰も明良になど構わないからありがたい。もし一言、男性スタッフが声でもかけてこようものなら、達幸に『明良に首輪を嵌めてもらいたがっているケダモノ』認定されて後々その危険性をえんえんと身体を使って説かれることになる。

今日のゲネプロが終われば、明日は完全休養日で、明後日は赤座の自宅で催される慰労パーティーだ。それさえ無事に済めば、ようやく舞台初演日である。明良にとっても、達幸にとっても、ここまで本当に長い道のりだった。思い返すと、手が自然に臍の下のあたりをさまよいだす。

今日はスタッフたちで楽屋が溢れ返っているので、達幸も胎内に孕ませるのはさすがに諦めた。だが、スタジオでの稽古の間、明良はずっと胎内を達幸の精液に占領され、稽古が終われば達幸の目の前で尻を突き出してひり出させられる日々を過ごしてきたのだ。久しぶりに何もされずにいると、それが正常な状態のはずなのに、腹が妙にすかすかした感じがするから不思議だ。

ここ最近、達幸が舞台も俳優も辞めて明良と二人で閉じこもりたいと言い出すことは無かった。達幸の願いを聞き入れ、胎内に挿入したまま眠らせてやったからだろうか。はたまた、在宅中は二人とも生まれたままの姿で過ごして、料理中だろうと用足しの間だろうと達幸が催したらその場でまぐわうことを許してやったのが良かったのだろうか。

いずれにせよ、今のところ達幸は順調に稽古をこなしている。相変わらず明良に何かと構ってくる赤座にも、後で明良が可愛がってやりさえすれば、俳優としての顔を崩さずに接することが出来ている。

けれど、青い目に宿るあの暗い光は治まるどころか日に日に強くなっているのだ。

光は強まれば強まるほど、無言の責め苦となって明良に現実を突き付ける。達幸にはもう、一年前の後悔など微塵も残されていない。明良が身を挺して止めているからぎりぎりのところで踏ん張っているだけで、あと少し何かきっかけがあればすぐさま二人だけの世界に入り込んでしまうだろうと。

結局、明良がどれだけ尽力しようと、達幸の目には幸せに満ち溢れた二人だけの世界しか映ってはいない。根本的な解決にはならないのだ。

無事に公演を終えれば落ち着いてくれるのではないかと淡い期待をしていたが、おそらくもう無理だろう。たまたまこの舞台がきっかけになっただけで、どの依頼を選んでいても、達幸は明良が不特定多数の人間に囲まれる環境に我慢が出来なくなっていたのかもしれない。芸能界は人間関係が命の世界であり、俳優の人間関係を良好に保つのもマネージャーの重要な任務なのだから。

俯いていた顔を上げれば、スタッフたちに囲まれながらこちらをじっと見詰めている達幸と視線が合った。

「あ……」

思わず呆けてしまったのは、達幸が若く可愛らしい女性スタッフたちになど目もくれず、いついかなる時も明良しか眼中に無いのだという明々白々の事実に今さらながら感嘆したからではない。目を離していたほんの数分間で、達幸がニコラスへと変貌を遂げていたからだ。

鍛え上げられた長身を包むのは、赤座の指示のもと、堀江が仕立て直したキャソックに似た神父の衣装だ。いつか見せてもらった時と同じく、上半身は身体のラインに沿って雄々しさと頼もしさを演出する反面、たっぷりと布地を使った下半身ときっちり閉ざされた立て襟は禁欲的で、ともすれば神父にあるまじき男の色香がむんむんと滲んでしまうのをぎりぎりのところで防いでいた。

下半身の両サイドに入ったスリットには銀糸の刺繍が施され、さらにその裏側には細い鎖が縫い付けてあって、激しく立ち回ってもたっぷりとした布地が舞い踊りすぎないよう配慮されている。

胸元を飾るのは、唯一の装飾品である銀のロザリオだ。宝石の類いはいっさい使われていないシンプルなデザインだが、赤座がアメリカのジュエリーブランドに特注しただけあって、神秘的な存在感と鋭い輝きを放っている。まるで、何としても母の仇を討ち、悪魔をこの世から滅ぼそうと使命感に燃えるニコラスの執念を象徴しているようだ。

半人半魔という十字架を背負った悲劇の神父、ニコラスがそこに居る。人食い悪魔に脅かされる善良な人々が彼に出逢ったなら、その頼もしい姿を神か天使が降臨したかのように伏し拝み、滂沱《ぼうだ》の涙を流して救いを乞うだろう。司祭がニコラスを利用しようと企んだのは、半人半魔の力に期待しただけではなく、ニコラスが将来人を惹き付けてやまないカリスマ性を備えると看破したからかもしれない。

「…明良？　どうしたの？」

いぶかしげに問われ、明良は一瞬、どうしてニコラスが自分に声をかけたりするのだろうと首を傾げ、ようやく我に返った。

「ごめん、何でもないんだ。ただ、その…あまりに衣装が似合いすぎて、驚いた」

「明良……本当？」

誉められればぱあっと明るく輝く顔はニコラスではなく達幸のもので、明良は内心ほっとした。『青い焔』のロケに同行した時も思ったが、達幸はどんな役でもまるで自分のために用意されたかのようになりきってしまうので、こうして衣装をつけると舞台の世界へ旅立ったまま戻ってこなくなってしまうのではないかと馬鹿げた不安にかられてしまうのだ。

「同感です。まさかここまで完璧に着こなして下さるなんて…女を捨てて頑張った甲斐がありました！」

以前よりもさらに濃いくまが現れた堀江が会心の笑みを浮かべれば、他のスタッフたちも次々に同調する。

「そうですよ。このデザインが映える日本人なんて、なかなか居ませんもの」

「ウエスト部分かなりライン作っちゃったから、手足が長くて引き締まってないと絶対服に着られちゃってる感じになりますよね」

「下手したら変なコスプレっぽくなっちゃいそうなのに、違和感ゼロですもんね」

ニコラスは各地を旅して回っているという設定なので、寒さをしのぐためのクロークも用意されており、場面に応じて今の服装の上から羽織る。

クロークとは袖無しの外套のようなもので、マントによく似ているが、マントよりは布地をたっぷり使ってあるので全身を包み込める。実際に達幸が羽織って

みると、身体のラインが隠れた分溢れる色香は抑えられ、聖職者らしい清廉潔白な空気を醸し出していた。

今日はこれからカメラマンがこの姿を撮影し、『マスカレード』の公式ウェブサイトにもアップされるそうだが、達幸のファンたちはますます開演が待ち遠しくなることだろう。写真を使ったグッズ類も、かなりの売り上げが期待出来そうだ。

そこへ控えめなノックの音がして、ドアノブががちゃがちゃと外側から動いた。開けるのにずいぶん難儀しているようだ。明良はさっと立ち上がり、ドアを開けてやる。

「…どうしたんですか、その花」

ドアの向こう側に佇む山野井は、大輪の薔薇《ばら》や百合《ゆり》を惜しみ無く用いた巨大なフラワーアレンジメントを抱えていた。重量もかなりありそうで、これではドア一つ開けるのも苦労するはずだ。達幸のファンからだろうかと思ったが、達幸宛ての荷物や郵便物は安全確認のため全て一旦エテルネに集められることになっている。

「あ…、鳴谷さん。わざわざ申し訳ありません」

明良が乱雑に散らばっていた道具類をよけてスペースを作ってやると、山野井は何度も礼を言いながらフラワーアレンジメントを下ろした。匂いの強い花ばかり使っているせいで、楽屋にはたちまち花の香りが広がっていく。

ひと抱えはありそうな豪奢な花々の登場に、女性陣がわっと歓声を上げた。

「すごーい！　山野井さん、それって青沼さんのファンの方からですか？」

「いえ…赤座先生からです。青沼さんの心が少しでも安らげばとおっしゃって…」

「ああ…やっぱり、スタジオの控え室にいつも飾られていたお花も、赤座先生が用意して下さっていたんですか？」

ぴんときた明良が尋ねると、山野井はわずかな間の後に頷いた。

「…はい。先生はいつも、役者のことを第一に考えていらっしゃいますので…」

「でも、稽古の段階からわざわざお花を贈るなんて、樋口さんにもしたことないですよね。さすが青沼さん、期待されてるんですねえ。これってカサブランカ？　すごく大きい…」

感心した堀江が何気なく大輪の白百合に触れようとした瞬間、山野井が一喝《いっかつ》した。

「触るなっ！」

いつもとはかけ離れた厳しい形相に、怒鳴られた堀江はもちろん、明良や達幸までもがあぜんとする。いったい何が起こったのかと皆が凝視していると、山野井ははっとして表情を和らげた。

「…す、すみません。百合は一度花粉がついてしまうとなかなか落ちないと聞いたので、つい…」

「あっ、そうか！　私こそごめんなさい。うっかり衣装に花粉なんてつけちゃったら、泣くに泣けないところでした」

基本的に黒一色のニコラスの衣装に、百合の黄色い花粉はかなり目立つだろう。客席からはわからないかもしれないが、ポスターやグッズ用のアップの写真にはしっかり写ってしまう。堀江が青ざめて手を引っ込めるのも当然だった。

だが、明良は妙に引っかかるものを感じていた。さっき控え室の花も赤座が用意していたのかと尋ねた時の微妙な間といい、堀江をいきなり叱りつけたことといい、どうにも穏やかな山野井らしくない。悩み事がまだ解決していないのだろうか。

樋口に聞けば何かわかるかもしれないが、明良が自分から厳重警戒対象に近付こうものなら、今の達幸は間違い無く暴発する。今だって、あの暗い光のくすぶる双眸が山野井を監視し続けているというのに。

「明良、明良っ…」

予想通り、堀江たちスタッフと山野井が去って二人きりになると、達幸は待ってましたとばかりに明良の足元に縋り付いてきた。ひざまずいて足元に縋るのは達幸が幼い頃から好む仕草だが、最近では特に多くなっている。まるで、身も心も人間ではなく獣へ変貌しつつある証拠のように。

「明良、大丈夫だった？　汚されてない？」

呼称がまだ『あーちゃん』ではなく『明良』のうちは、とみに脆《もろ》くなっている達幸の理性がまだかろうじて維持されている。明良は密かに安心し、セットされた髪型を崩さないようそっと黒髪を撫でた。

「何もされてない、話しただけだよ。お前もそこで見てただろ」

「明良はキレイだから、あいつのマネージャーなんかと話したら汚れちゃうよ。…こんなものがあったら、せっかくの明良のいい匂いが台無しになっちゃう」

あいつとはもちろん赤座のことだ。忌々しげに言い放ち、立ち上がった達幸はテーブルごと山野井が持ってきたフラワーアレンジメントを隅っこへ押しやった。ついでに空調を強めると、充満しつつあった花の香りはかなり薄らぐ。

「こら、床に座るな。衣装が汚れるだろう」

再び足元に擦り寄ろうとしたのを止めたら、達幸は名案とばかりにパイプ椅子に腰かけ、ぽんぽんと膝を叩いてみせた。明良は溜め息をつきつつも、達幸の願いを叶えてやる。

「明良、いい匂い…」

向かい合う格好で膝に乗ってやると、達幸はうっとりと目を細め、明良の項に鼻先を埋めてきた。邪魔な花を遠ざけ、明良本来の匂いが堪能出来るのでご満悦だ。

正面の壁に嵌め込まれた大きな鏡には、美丈夫《びじょうふ》の神父に抱き締められる自分という現実離れした光景が映し出されている。まるで『マスカレード』の世界に迷い込んでしまったかのようだ。

「さっき、似合うって言ってくれて嬉しかった…。ね、明良。俺、本当に似合ってる？」

「ああ。本物のニコラスが現れたのかと思ったくらいだよ。…クレアが全てを捧げるわけだな」

クレアがニコラスと出逢い、彼を追っ手から庇って死ぬまでは劇中の時間で半月足らずだ。わずかな時間で生涯ただ一度の恋に身を捧げ尽くしたのも、相手がこのニコラスならば無理は無いと納得させられてしまう。

「クレアにだって、本当に恋してるんじゃないかって錯覚しそうになるし…女性だけじゃなくて、男性メンバーまでクレアになったみたいに見惚れてたよ。お前は本当に…」

すごいよ、と続ける前に、達幸の整った面《おもて》が近付いてきた。重ねられた唇の隙間から当然とばかりに舌が入り込み、我が物顔で口内を蹂躙しようとするのを、明良は広い背中を叩いて止める。

「今は駄目だ。メイクが崩れたらどうする」

「だって、明良…一昨日も昨日も今日も、外で俺のを孕んでないんだよ。せめてこれくらいは俺の匂いつけとかないと、他の雄に狙われちゃうかもしれないでしょ？　ただでさえ、あいつがしつこいのに…あんな奴、どっか消えちゃえばいいのに」

「あか…、あの人は演出家なんだから、消えるわけにはいかないだろう」

　赤座と言いかけて直したのは、最近の達幸は明良が他の男の名前を口にしただけで嫉妬を剝き出しにするからだ。おかげで明良は、達幸の前では達幸以外の名前を呼べないという状況に陥ってしまっている。

「それに、今日はさすがに僕に構ってる暇なんて無いはずだよ。一昨日と昨日の舞台稽古でも、忙しくて僕には見向きもしてなかったじゃないか」

「でも、毎日あんな花なんか用意して、絶対明良のこと狙ってる」

「あれはお前にだって言ってたじゃないか。お前はあの人を気に入らなくても、あの人はお前のことをすごく評価してくれてると思うよ。僕と話してる時だって、話題の半分はお前のことだし」

「残り半分は明良のこと根掘り葉掘り聞きたがってる。趣味とか好きな色とか好きな曲とか休みの日は何してるのかとか、いっぱいいっぱい聞きたがってる…絶対、明良好みの首輪を用意して、嵌めてもらおうと思ってるに決まってる！」

「…達幸、お前…」

　明良は思わず感心してしまった。達幸が挙げたのは、確かに赤座に問われた覚えのある事柄ばかりだ。あれだけ役柄になりきり、舞台の世界に入り込んでしまっているのに、離れた位置での会話をよくぞ聞きとどめたものである。

「稽古中なのに、よく聞き取れたな…」

「そんなの、当たり前だよ。俺は明良の、一番いい犬だもの。いつだって、どんなことしてたって、明良のことしか考えてないんだもの」

　誇らしげに言い放ち、達幸はズボンの上から明良の尻たぶを揉み込んだ。

　それだけで甘く疼いた腰が跳ねてしまい、思わず目の前の逞しい胸板にしがみつくと、嬉しそうに笑った達幸が身体を擦り寄せてくる。構って欲しくて仕方が無い大型犬のように。

「ね、明良。ニコラスになった俺がクレアに恋するのは、当たり前なんだよ」

「え…？」

「だって、俺はいつだって恋人役は明良だと思ってやってるもの。だから、クレアも明良なんだよ。明良がどんな姿をしてたって、俺が好きにならないわけがないよ」

「…僕が、よぼよぼのじいさんでもか？」

「うん！　だって、どんな姿でも、明良がキレイで優しくていい匂いがするのに変わりはないもの。俺に首輪を嵌めてくれて、飼い主になってくれるのは明良だけだもの。そうでしょ？」

達幸は間違っている。今なら達幸の本性を知っても寄り添いたいと願う人間は必ず存在するはずだ。明良と二人きりの世界を飛び出せば、達幸には今とは比べ物にならないほど広く鮮やかな世界が待っている。

そうと承知の上で、明良は突き放せない。明良だけを求め、見詰めてくれるこのいじらしい犬を。

……一番責められるべきは、隙あらば監禁の許しを得ようとする達幸ではなく、きっとそこまで達幸を追い詰める明良なのだろう。明良は醜いエゴの塊だ。なのに、苦しむのはいつだって達幸だ。

不公平ではないか。達幸が苦しんだ分、今度は明良が苦しむべきではないのか。達幸の願いを聞き入れて、達幸を楽にしてやるべきではないのか。

どうやって？　そんなの決まっている。

きっと今、達幸はどこかにあの黒革の首輪を隠し持っているのだから、常に明良に差し出されている従順な首に嵌めてやればいい。それだけで、達幸は悟るはずだ。明良が二人だけの世界に閉じ籠もる許しをくれたのだと。

そこから先は、とても簡単。明良に隠れてこっそりと準備を万端に整えている達幸は、今度は松尾さえも足取りの摑めない場所へ明良を連れ込み、飼い犬として死ぬまで明良にかしずくだろう。

達幸によって創り上げられた平和な世界で、明良は達幸以外の誰とも会わないまま一生を終える。

さあ、早く。

「達幸…」

「なあに？　明良」

ただ一言、命じるのだ。首輪を持ってこいと。そうすれば終わる。達幸の不安も、明良の苦悩も、何もかも。

「…青沼さん、すみません、青沼さん！」

ドアが激しく叩かれたのは、内なる衝動のまま、明良が口を開こうとしたまさにその時だった。はっとして達幸の膝から退くと、応えも待たずに息せき切った山野井が飛び込んでくる。

「山野井さん？　どうしたんですか、そんなに慌てて」

「あ…、実は、さっきの花なんですが、間違って先生から指定されたものとは別のものを注文してしまっていたのに気付いて…」

「それでわざわざいらして下さったんですか？　そんなこと、気になさらなくても良かったのに」

「いえ、そういうわけにはいきません。また後ほど正しい花をお持ちしますので、申し訳ありませんがこちらは回収させて頂きますね」

俳優の顔をした達幸が止めるのも聞かず、山野井は奥に追いやられていたフラワーアレンジメントをさっさと回収して去っていく。

二人の遣り取りは、明良の耳にはほとんど入ってこなかった。滲んできた汗で掌がじっとりと湿っている。もしも山野井がやって来なかったら、明良は今頃、達幸が嬉々として差し出す首輪を嵌めてやっていた。

達幸は当然、舞台も何もかもあっさり放り出し、明良を抱えて二人だけの世界へ旅立っていただろう。達幸と共に最高の舞台を創り上げようとする共演者やスタッフたちの存在など、完全に忘れ去って。

「明良、明良っ…」

慌てた達幸に抱き締められて初めて、明良は自分ががたがたと震えていることに気付いた。

自分は何て恐ろしいことをしでかそうとしていたのか。閉じ込められること以外、どんな願いも受け容れているのは、達幸の才能を余すところなく発揮させたい、輝く世界を二人で歩み続けたいと願ったからではないか。

ほんの一瞬とはいえ、どうして自ら全てを台無しになどしようと考えたのか。魔が差したとしか思えない。

「大丈夫？　やっぱり、あいつのマネージャーなんかと同じ空気を吸っちゃ駄目だったんだよ。ね、もう帰ろ？　家でちゃんと休まないと、病気になっちゃうよ」

「……いや、いい。落ち着け、達幸。ちょっと立ちくらみがしただけだから、大丈夫だ」

　舞台衣装とメイクを纏ったまま、すぐにでも車を呼ぼうとする達幸を、明良は懸命になだめた。主役が抜けたりしたら、ゲネプロは成り立たない。

「でも、でも、明良はあんまり身体が強くないし…もし、病気になっちゃったら…」

「少し疲れてるだけだよ。お前のニコラスを観れば、疲れなんてすぐに吹き飛ぶ」

　達幸の脳内では、明良は達幸以外の人間と関わっただけですぐ身体を壊すほどか弱い存在になっている。だからこそ、誰の手も届かない場所へ閉じ込めたがるのだろう。そうすれば、明良は誰にも傷付けられず、穏やかに過ごせると信じて疑っていない。愚かで単純で、けれどなお愛しい、明良の犬。

「僕を癒せるのは、お前だけだよ。…最高の舞台を、観せてくれるんだろう？」

　伸ばした手で黒髪をそっと撫でてやれば、達幸はセットが崩れるのも構わず自分から頭を擦り付けて、もっともっととねだる。

「うん！　俺、明良のためだけに頑張るよ。だって俺は、明良の一番いい犬なんだもの。明良のお願いなら、どんなことだってやってみせるよ」

　だからお願い、捨てないで。ずっと傍に置いてとこいねがう双眸に宿るあの暗い光が、明良の胸を切なく疼かせた。


　達幸たち出演者の楽屋は舞台のちょうど真下、地下一階に位置している。

　一階へ上がったところで明良は達幸と一旦別れ、ロビーに立ち寄った。松尾からの着信に気付いたからだ。舞台関係者はすでに全員舞台ホールの方へ集結しているはずなので、すぐに戻るからと言い聞かせれば、達幸も渋々ながらも納得してくれた。相手が松尾だからというのもあるだろう。明良以外は眼中に無い達幸だが、やはり松尾はそれなりに特別な人間らしい。

「…ん？　あれは…」

電話をかけ直して用を済ませ、自動販売機の置かれたレストスペースを横切ろうとしたら、何やら覚えのある話し声が聞こえてきた。思わずその陰に隠れてそっと窺えば、山野井が珍しく表情を歪めている。対峙しているのは赤座だ。こちらに背を向けているが、あの派手なジャケットは間違えようがない。

「――どうしてあんなことをした？」

いつもの赤座からは想像もつかない威圧的な口調に、山野井は肩をびくっと揺らしながらも弱々しく反論する。

「…耐えられなくなったんです。ずっと稽古をこの目で観てきてわかりました。青沼さんは本物の天才です。あんなこと、もうこれ以上は…」

「ああ、私も同感だよ。青沼くんは天才だ。だからこそ意味がある。ずっと私の傍に居てくれた君なら、わかるはずだろう？」

「先生…ですが…」

「君は優しいから、悩むのも無理は無い。…でもね、山野井くん」

ふっと和らいだ声はまるで標的を丸め込もうとする詐欺師のようで、明良はぞくりとさせられた。

「これがうまくいけば、私もようやく以前の私に戻れる気がするんだ。その証拠に、もういくつも新作が書き上がっている。君にも見せただろう？」

「え…、ええ」

「完全に元通りになったら、君にも必ずお礼はしよう。だから、頼む。もう少しだけ付き合ってくれないか」

軽く頭を下げてまで懇願する師に、山野井は困惑し、やがて苦々しげな表情で頷いた。

「……わかりました。でも、約束して下さい。青沼さんの才能を潰すようなことは絶対にしないと」

「もちろんだとも！　ありがとう、ありがとう。さすがは私の山野井くんだ。心から感謝するよ。…おや、そろそろ時間だ。行かなくては」

腕時計を確認した赤座がこちらへ向かってこようとしたので、明良はこっそりとその場を離れ、速足で舞台ホールへと駆け込んだ。

達幸の願いで、明良にはいつでも特等席が用意されている。

大勢の人間が立ち働くざわめきと独特の緊張感の中、スタッフに案内してもらった最前列の席に腰を下ろすと、心臓がどきどきと脈打ち始めた。達幸が傍に居たら『明良が病気になった！』と騒ぎ出しそうな勢いだ。幸いにも達幸は出番を控えて舞台袖に引っ込んでいるようで、どこにも姿は無い。

さっきの会話が、ぐるぐると頭を回っていた。推察するに、どうも赤座は達幸に対して何か——決して良からぬ何かを企てており、山野井はそれを諌《いさ》めようとしたものの、結局は言いくるめられてしまったようだ。

赤座に二心があるのなら、達幸を主役に選んだのは惚れ込んだからではなく、何か他の目的があったからということになる。しきりに明良と接触を持とうとしたのは、その目的を遂げるため、達幸の情報を得たかったからではないだろうか。

けれど、目的とはいったい何だ？

達幸の神がかった演技に魅了され、興奮する赤座に不自然なところは無かったと思う。あれが演技なら、赤座こそ達幸並みの俳優になれるだろう。

不確定な要素が多すぎる。だが、山野井の口振りからして、赤座が達幸の才能を潰しかねない何かを目論んでいるのは確かだ。偶然にも知ってしまった以上、明良一人の胸に秘めておくわけにはいかない。後で松尾と社長に報告し、対策を練らなければならないだろう。

いや、もしかしたら今日のゲネプロで何か起きてしまうかもしれない。とりあえず、松尾に連絡だけでも入れておかなくては。ゲネプロ開始までまだわずかに時間があるから、すぐに戻れば問題無いはずだ。

スマホ片手に立ち上がろうとして、明良はぎょっとする。山野井を従えた赤座が、舞台袖の出入り口から姿を現したのだ。

「ああ、鳴谷くん」

しかも赤座は、硬直する明良に目敏く気付き、右隣の席に陣取ってしまう。山野井は左隣だ。これでは逃げられない。

「このところ忙しくて、ろくに挨拶も出来ずにすまなかったね。青沼くんは元気そうだけど、君は体調を崩したりしていないかい？」

「…おかげさまで、この通り元気です。本番直前は先生が一番お忙しいんですから、僕なんかのことはどうぞお構いなく」

「いや、そういうわけにはいかないよ。君は青沼くんにとってとても大切な存在のようだからね。主役の大切な存在なら、私にとっても同じだよ」

肘掛けに置いていた手をそっと撫でられそうになり、反射的に引っ込めたら、今度は脚を密着させられた。布越しに伝わるほのかな体温が気持ち悪くて、弾かれたように脚を反対側へと避ける。

「…な、何を…」

いくら赤座が芸術家肌で常識には囚われないとはいえ、男同士、しかもただの仕事相手にするような真似ではない。明良が女性なら立派なセクハラだ。達幸が傍に居たら、赤座の端整な顔は今頃ぼこぼこにされている。

だが、明良が思わず非難の眼差しを送ってしまっても、赤座は少しも悪びれない。

「ははは、そんな顔も鳴谷くんは綺麗だね。怒らせてしまったのならすまない。前も言ったと思うけど、美しいもの、魅力的なものと出逢うとすぐに触れたくなってしまう性分なんだよ。自分ではもうどうしようもなくてね」

「…僕は凡人です。綺麗で魅力的というなら、劇団の女性メンバーの皆さんの方がよほど相応しいと思いますが」

「姿かたちだけのことではないさ。気付かない？　君にはどういうわけか引き寄せられてしまう、不思議な雰囲気があるんだよ。だから青沼くんも、きっと…」

「……先生！」

当惑する明良をよそに、陶然と喋り続けていた赤座を山野井がさえぎった。舞台上で忙しく動き回っていたスタッフたちの姿はいつの間にか消え、第一幕のセットが組み終わっている。

「機材、照明共に準備整ったようです。そろそろ開始しませんと」

「ああ、そうだったな。それじゃあ鳴谷くん、楽しんでいって」

山野井を連れ、赤座が舞台と客席の狭間にあるオーケストラピットへと移動していくと、明良は力の抜けた身体をぐったりと背もたれに預けた。赤座に密着させられた脚に、びっしりと鳥肌が立っている。

ここ数日忙しくて挨拶をする暇さえ無かったから、興味を失くしてくれたのではないかと期待していたのだが、むしろ以前よりずっと馴れ馴れしくなっている。こうして明良を動揺させれば、達幸の情報をより引き出せるとでも思っているのだろうか。

すぐにでも松尾に相談したいが、間も無くゲネプロが始まってしまう。明良が席を外せば、達幸は演技中だろうと即座に察知し、明良を捜し回るだろう。

迷った末に、明良は素早くメールを打ち、相談したいことがあるので時間を取って欲しい旨を連絡しておいた。これで、松尾なら何か重大なことが起きたと察してくれるはずだ。

明良がスマホをしまうと同時に、客席の照明が落とされた。おどろおどろしい音楽が流れ、ほのかな灯りに照らされた舞台だけがぼんやりと浮かび上がる。

『…誰か！　誰か助けて！』

生まれたばかりの赤子を抱えた若い母親が、悪魔の群れに追われて死に物狂いで逃げ惑っている。森の中に逃げ込んだ母親だが、木の根に足を取られ、派手に転倒してしまった。その隙に悪魔たちは容赦無く襲いかかる。

『ああ……、神よ…』

もう逃げられないと悟った母親は、せめて子だけは守ろうと赤子を抱き締め、最期の祈りを捧げる。

『──去れ、祝福を受けざる者たちよ！』

その祈りを聞き届け、現れたのは神ではなく人間──ニコラスだった。

教会の壁画に描かれる御遣いのように、純白の翼を持っているわけではない。だが、その広い背に庇われた母親には、ニコラスが眩しく光り輝いて見えただろう。銀の槌鉾を携え、クロークの長い裾を風になびかせたニコラスは、翼など無くとも悪を挫《くじ》くために遣わされた神の戦士そのものだったから。

母子を庇いながらの戦闘でも、ニコラスが悪魔どもにひけを取ることなど無かった。群がる悪魔を槌鉾で打ちのめし、間に合わなければ長い脚で蹴り飛ばし、聖句を唱えて二度と復活出来ぬよう消滅させていく。

瞬く間に悪魔を滅したニコラスに、母親が駆け寄った。

『あ、ありがとうございました、神父様…！　私は近くの村に住む者ですが、隣村の母を訪ねた帰りに襲われまして…もう駄目かと思いましたが、神父様のおかげで助かりました』

『神に仕える者として、当然のことをしたまでだ。それより、怪我は無いか？』

『はい。転んだ時に擦り剝いてしまいましたけど、それ以外は。この子にも、怪我一つありません』

『そうか。…それは何よりだ』

ニコラスはふわりと笑い、大きな掌で赤子の頭を優しく撫でた。悪魔と対峙していた時とは対照的な慈愛溢れる表情に、夫も子も在るはずの母親は少女のように頰を赤らめる。

『先を急ぐ身ゆえ村まで送ってはやれないが、このあたりの悪魔どもは私が祓っておいた。しばらく危険は無いだろう。気を付けて帰るがいい』

『…お、お待ち下さい、神父様！』

さっさと立ち去ろうとしたニコラスを、驚愕した母親が引きとめた。

『どうした？』

『いえ…その、まだ、助けて頂いたお礼が…』

『悪魔を祓うは我らの務めゆえ、礼など必要無い。…それよりも、早く家に帰り、家族を安心させてやりなさい』

『ああ…っ、神父様…』

母親は感涙にむせび、赤子を抱いたままひざまずいた。

『…では、せめてお名前をお聞かせ下さい。この子が大きくなった時、命の恩人のことを教えてやりたいのです』

『……ニコラスだ。罪無き者たちよ、息災で暮らせ』

ニコラスが背を向けると同時に舞台は暗転し、『マスカレード』のメインテーマが大音量で響き渡った。賛美歌のようでありながら人間の悲鳴のようにも聞こえる、不思議な曲である。

「はあ……」

明良はいつの間にか詰めていた息を吐き出した。ずっと間近で稽古を見守ってきたが、やはりゲネプロは迫力が違う。

ニコラス…達幸の存在感といったらどうだろう。悪魔どもを蹴散らす時の雄々しさ、逞しさ、躍動感。一転して憐れな母子に寄せた慈悲は、大の大人でさえ思わず抱擁されたくなってしまうほどの包容力に満ちており、神々しくさえあった。

観客は間違い無くこの時点でニコラスに魅了され、これから先ニコラスと一緒になって笑い、泣き、怒り、悲しい結末に涙するはずだ。明良でさえ、赤座に対する不安も忘れ、拳を握り締めて見入ってしまっていたのだから。

プロローグのうちから観客を惹き付けてやまないあの男が、ほんのついさっきまで明良の脚に縋り付いていたことなど、誰も想像出来ないだろう。ニコラスを演じるあの類いまれな力量の俳優には、常に眩しいスポットライトを浴びて、舞台の真ん中に立つことこそ相応しい。

……僕はいったい、どうすればいいのだろう。

舞台上の物語が進むにつれ、明良の脳内もめまぐるしく変化していった。

達幸が本当の意味で苦悩から解放されるには、明良が二人だけの世界に閉じこもってやるしかない。けれど、明良だけならまだしも、達幸までもが閉じこもってしまうのは…二度とその演技を観衆に披露しなくなってしまうのは、他ならぬ明良自身が許せない。明良は達幸のマネージャーで、一番のファンなのだから。

明良と達幸の願いは、決して両立しない。わかってはいるけれど、どうしても探し求めずにはいられない。二人が二人とも笑顔で、光溢れる世界で共に過ごしていける道がどこかにあるのではないかと。

このままでは、いつか明良は達幸の苦しみを看過しきれず、首輪を嵌めてやってしまう。ついさっき、内なる衝動に負けてしまいそうになったように。

『クレア…クレア、返事をしてくれ…』

明良が自問自答するうちに、物語は後半の佳境に差しかかっていた。

『何故だ…。何故、君がこんな…』

心臓を銀の剣に貫かれ、ことされたクレアの骸を、ニコラスは呆然と抱き止める。隙だらけの今なら無抵抗のまま仕留められるはずなのに、追っ手たちは動かない。否、動けない。

ニコラスから発される、静かな怒りの波動に気圧されたから？　いいや、それだけではあるまい。離れた観客席にまでひしひしと伝わってくる。身を切るような悲しみのせいだ。ニコラスは泣き叫びもせず、ただそこに立ち尽くしているだけなのに、ニコラスを中心とする慟哭が舞台と観客席を巻き込み、包み込む。

——悲しい、哀しい、かなしい、カナシイ。

自分のために失われた命を惜しみ、悼むその感情は、人間しか持ちえないものだ。決して、人食い悪魔のものではない。武器を手にニコラスを取り囲む追っ手たちの方こそ、悪鬼悪魔の化身ではないのか。観客はもとより、追っ手たち自身でさえもそう感じているに違いない。

彼らのためらいから生じた隙を、ニコラスは…生に執着する悪魔の血は見逃さなかった。流れる不気味な音楽は、殺戮《さつりく》への序曲だ。

今度こそ悪魔の力を発現させたニコラスは追っ手たちを肉塊となるまで打ちのめし、クレアの骸を抱いて飛び去った。そして、とうとうニコラスが本当の悪魔に変貌する瞬間が訪れる。

『ああクレア…これで私たちは、ずっと一緒だ…』

睦言のごとく甘い、恍惚とした囁きは、ややもすればごりごり、にちゃにちゃという咀嚼音にかき消されてしまいそうになる。舞台上は照明が最低限まで絞られ、シルエットがぼんやりと浮かぶのみ。だからこそ、観客の脳裏には鮮やかに描き出される。死した最愛の恋人の肉を、骨を残らず喰らう悪魔の、最高に醜悪で悲しい光景が。

『クレア、クレア、クレア…私はきっと、君の待つ天の国には逝けないだろう。だが、君の命は常に私の内にある。永遠に離れはしない…クレア…愛している、クレア…』

愛の言葉を囁き続けるニコラスの中には、きっと信仰心など欠片も残されていない。神はもはや、憎悪の対象と成り果ててしまった。

『クレア…クレア、くれあ、ああ、あああああ……ああ！』

殺せ、殺せ、殺せ。全ての聖職者どもを殺せ。さもなくばこの憎しみが消えることは無い。クレアとて、仇を討てばきっと天の国で喜んでくれるはず。

そして、愛する人と一つになったニコラスは悪魔の翼で飛び立った。目指すは聖職者の総本山、聖都である。教会の権威の象徴たる大聖堂に集う聖職者どもを法王もろとも殺戮し、クレアの仇を討つつもりなのだ。

——だが、結局ニコラスが復讐を果たすことは無い。命を狙われていることに気付いた教会の首脳たちは、ニコラスを大聖堂に閉じ込め、大聖堂ごと爆殺するという残虐な手段に出たのだ。

崩壊する大聖堂から辛くも逃れたニコラスだが、幼い少女が瓦礫《がれき》の下敷きになりかけており、取り乱した母親からクレアと呼ばれているのに気付くと、とっさに悪魔の力を解放して救い出した。少女は助かったが、ここまでに大量の力を使っていたニコラスは力尽き、瓦礫に押し潰されてしまう。

いかな悪魔とて、もはや死は避けられない。けれどニコラスは満ち足りた、幸福そうな表情を浮かべていた。愛するクレアとは似ても似つかないはずの少女を助け、気付けたからに違いない。クレアは復讐など決して望んではおらず、ただニコラスを助けられた満足のうちに死んでいったのだと。

ニコラスは最後の力を振り絞り、廃墟と化したクレアの村へと自らを転移させた。そしてまだ血の匂いが漂う大地に満身創痍《まんしんそうい》の身体を投げ出し、死の眠りにつく。人間よりもずっと遅く朽《く》ち果てるだろうこの身体が、愛するクレアの墓標となることに無上の喜びを感じながら——。

物語が終わっても、誰一人動けなかった。息を吐き出すことさえためらわれる。少しでも身動きして、達幸が創り上げた世界から放り出されてしまいたくなくて。

「……青沼くん、君は何てことをしてくれたんだ…」

しばらくして、ようやく声を上げたのは赤座だった。言葉だけなら、達幸を責めているとも取れる内容だ。だがその表情は、紛れも無い歓喜に輝いている。全身が震えているのは、強すぎる喜悦のせいだ。

「完璧だ。君は私が思い描いていたよりも、はるか上を軽々と飛び越えていった。私の予想が裏切られるなんて初めてだよ…ははっ、はははははっ！」

赤座はまるで子どものように無邪気な仕草で手を叩く。

それを皮切りに、やっと現実に帰ってきた共演者やスタッフたちも手を打ち鳴らし、ホールは本番さながらの拍手の渦に包まれた。共演者たちは達幸に駆け寄り、背や肩をばんばんと叩きながら興奮の面持ちで話しかけていく。達幸の演技に引きずられ、いつも以上の実力を発揮出来たという喜びの表れだろう。樋口や、あの岸部でさえ例外ではない。

スタッフも役者も、皆が一様に喜んでいる。顔合わせの頃を思い返せば、胸が熱くなる光景だ。

けれど今、明良の頬を流れる涙は感動ゆえのものではなかった。

「ニコラス……」

舞台はもう終わったのに、胸を打つ悲しみは消えてくれない。生きていて欲しい、ただその一念で庇ったのに、どうして自ら命を散らすような真似をするのだ。いつか、生きていて良かったとほんの一瞬でも思ってくれれば、仇など討ってくれなくても自分はじゅうぶんに報われたものを。

「どうして…」

クレアと思考が一体化してしまっていることに、明良は何の疑問も抱いてはいなかった。だって、達幸は言ったではないか。クレアは明良なのだと。自分が演技で紡ぐ愛の言葉は、全て明良に向けたものなのだと。

どうして死んでしまったの。どうして仇なんて討とうとしたの。どうして、どうしてどうして？　嗚咽のせいでまともな言葉にならない声の代わりに、涙ばかりが後から後からこぼれていく。そして、そんな有り様の明良に、達幸が気付かないわけがない。

「明良っ……！」

表面上はにこやかに共演者たちと会話していた達幸は、血相を変えて叫ぶや否や舞台から飛び降り、まっしぐらに明良に駆け寄ってきた。

どよめいた周囲の視線が集まるのがわかる。こんなところを見られたら不審がられてしまう、と危ぶむくらいの理性はあった。だが、涙は止まるどころか、達幸が…ニコラスが間近に来たことでますます溢れ出てしまう。

「ど…、どうしたの明良、何があったの？　まさか、あいつに何かされて…っ」

「…ち、がうから…」

はっとした達幸が赤座を射殺さんばかりに睨み付け

ようとするのを、明良はとっさに引き止めた。達幸の俳優としての対面を慮《おもんぱか》ったわけではない。愛しい人の眼中に、他の人間を入れたくなかったのだ。

「早く…、二人、だけに…」

「……っ！」

縋るようにして懇願したとたん、達幸は明良を抱え上げ、ホール出口へ向かって大股で歩き出した。

「お、おい、青沼くん？」

「青沼…？　どこ行くんだ、おい！」

困惑しきった赤座や樋口の声にも、達幸は振り返らない。明良の願いを、忠実に叶えようとしているのだ。

それが嬉しくて神父の衣装を纏ったままの胸元に頬を擦り寄せれば、達幸の心臓は壊れそうなくらいに大きく脈打ち、何よりも雄弁に明良への愛を叫ぶ。

「…幸、その格好は…鴫谷さん、何かあったんですか？」

ざわつくホールを出たところで、松尾が待ち受けていた。明良からのメールを読み、わざわざここまで出向いてくれたようだ。忙しいのにありがたいと、いつもの明良なら心から感謝しただろう。だが今は、達幸の足を止めさせる厄介な障害物としか思えない。

「…あーちゃんが具合悪くなったから、帰る。早く二人だけになって、俺が看病してあげなきゃ」

代わりに答えたのは達幸だ。さすがの達幸も、松尾だけは無視出来なかったらしい。

「二人だけって、お前…まさかまた、あんなことをしでかすつもりじゃないだろうな」

「それは、無い。まだ、あーちゃんが許してくれないから」

「…本当か？」

「俺は一番いい犬だから、あーちゃんの願いは叶える」

「だからってお前、こんな…」

一年前を知っているだけに、松尾の口調は鋭くなる。だが、無言で見詰め返す達幸が絶対に引かないのを感じ取ったのか、やがて深い溜め息を吐いた。

「…わかった。現場のフォローはしておいてやる。その代わり、後で絶対に連絡を寄越せよ。それが条件だ」

達幸が無言で頷くと、松尾は明良に一瞥だけを寄越してからホールへ入っていった。松尾のことだから、いきなり主役が消えた理由も上手く言い繕ってくれるだろう。

安心よりも、これでやっと二人きりになれるという期待の方が大きく膨らんだ。


タクシーでマンションに帰り着くと、玄関のドアが閉まるのももどかしく、明良は達幸の首に抱きついて唇を奪った。

「あーちゃ…んっ」

欲しくなる前にいつも達幸が貪ってくるから、明良から求めることなどめったに無い。最初は面食らっていた達幸も、明良が不器用に舌を差し入れると、夢中で自分のそれを絡めてきた。

「ん…っ、う、ん、ふ…っ」

絡み合った肉厚な舌のむっちりとした感触を、明良はうっとりと味わう。骨が軋むほど強く抱きすくめられ、密着した身体から伝わる熱い体温が…生きている証が心地良くてたまらなかった。

けれど、これだけではまだ足りない。もっともっと、達幸が生きてここに存在するのだと思い知らせて欲しい。身体の表面だけではなく、内側からも達幸の熱で灼いて欲しい。達幸への愛以外何も残らなくなってしまうまで。

「…たつ、ゆき…」

「…あーちゃん…？」

分厚い胸板をとんとんと叩き、一旦口付けを中断させると、明良は履いたままだった革靴を脱いだ。ベルトを外し、ズボンと下着までも一気に脱ぎ去る。物足りなそうだった達幸の双眸が、反応しかけている性器を目の当たりにしたとたん、ぎらりと物騒に光った。

「あっ…ああ、あーちゃんあーちゃんあーちゃん…っ」

「…駄目、達幸。待て」

最高のご馳走に喰らい付こうとするのを止めると、達幸はひざまずいて明良の太腿にしがみつきながら、血走った目で訴える。

「何で!? 俺、食べたい…あーちゃんのこれ食べたい、食べたい食べたいようっ」

「そこは、後でいくらでも食べさせてやるから。…今は、こっち」

なだめるように黒髪を撫でてやってから、ゆっくりと背を向け、四つん這いになった。ほんの一瞬だけ、ここは玄関で、ドア一枚隔てた向こうは外だという危惧が過ったものの、獣めいた吐息が聞こえればそんなものはすぐに霧散してしまう。

明良は四つん這いのまま脚を広げ、自ら尻たぶを割って蕾を晒した。達幸を求め、蕾がひとりでにひくひくとうごめいているのがわかる。

早く銜え込みたい。指なんかで慣らしてくれなくていい。そんなものじゃ足りない。

達幸しかたどり着けない奥までひと息に貫かれたい。腹が膨らむくらいたくさん精液を注いで、孕ませて欲しい。

「っここ…、早く、入れて…お前と、繋がりたい…」

「う、うあ、あああ、あああ、あああああーちゃん……っ！」

達幸は咆哮し、すぐに明良の願いを叶えてくれた。もどかしげに雄を取り出すや、明良に覆いかぶさり、扱く必要も無いほど反り返った逞しいそれの先端を蕾に潜り込ませるなり、大量の精液をぶちまけたのだ。

「あ…、あ、ああー……っ！」

「あーちゃん…、あーちゃん…っ！」

胎内を満たされる待ち望んだ感覚に、尻を振りながらじっくりと浸る間も無く、ぐしょ濡れにされた胎内に雄が根元まで一気に入り込んできた。

押し出された精液が零れ出てしまうのが惜しくて、尻を上げようとしたら、その前に達幸が勃起しきった性器ごと抱え上げてくれる。おかげで結合はより深くなり、性器は達幸の手の中で感激の涙を零した。

「あーちゃんあーちゃんあーちゃん…っ、ね、わかる…？　今、俺と、繋がってるよ…」

「ああ…っ、わかる…。お前が、僕の、中に居る…っ」

「あーちゃん、…俺の、俺だけのあーちゃん…っ、好き、好き好き…っ」

容赦無く腰を突き上げながら、愛の言葉を何度もぶつけられると、幸せすぎて胎内で暴れ狂う熱だけしか感じられなくなってしまいそうだ。

巻き添えにしてしまうことを怖れ、ニコラスはクレアへの愛情を自覚しながらも、彼女が死ぬまで愛を告げることは無かった。当然、肌を重ねることも無いままだ。

それに比べれば、明良は何て幸せなのだろう。愛する男を身体いっぱいに受け容れ、一つになれるばかりか、思いのたけを腹いっぱいに注いでもらえるのだから。

「あーちゃん、あーちゃん…」

「あ…っ」

達幸は繋がったまま明良の身体を起こし、大きく開かせた太腿を支えた状態でゆっくりと歩き出した。一歩進むごとに下からずしんと突き上げられ、強すぎる快感が脳天まで突き抜ける。

「や…っ、ど、して…」

寝室のベッドにたどり着くと、嵌まり込んでいた雄がずるりと引き抜かれてしまい、大きすぎる喪失感に明良は涙を流した。達幸の形に開いている蕾を慌てて押さえるがすでに遅く、せっかく注いでもらった精液は明良の内腿をぐちょぐちょに汚してしまっている。

せめてとばかりに内腿をもじもじと擦り合わせ、粘つく感触とほのかに残る熱を味わっていたら、達幸が再び覆いかぶさってきた。しっとりとした素肌の感触に、服を脱ぐために離れたのだとようやく気付く。

「ごめんね、あーちゃん。寂しい思いをさせちゃって…」

「あっあ…あ、んん！」

仰向けで開かされた脚を担ぎ上げられ、まだ完全に閉じきれていない蕾にずぷぷと雄が入り込んできた。今度こそ絶対に放すまいと、逞しい腰に脚を絡め、背中にしがみつく。

「はなさ、ないで…達幸、僕を…絶対に、置いていかないで…っ」

「うん…、うん、あーちゃん…俺、絶対あーちゃんを一人になんかしないから…何があったって、ずっとずっと一緒、だから…っ」

大きな手が尻たぶを鷲掴みにし、柔らかな肉ごと胎内の雄を揉み込む。

内から外から胎内をかき混ぜられるその感触は、明良が最も弱いものだった。達したばかりの性器がたちまち熱を帯びる。絶頂へと連れていかれる。

「は…あっ、あ、あ、いく、いっちゃう…！」

「俺も…、いくよ…あーちゃんのナカ、いっぱい出すから…孕んで、俺を…」

「ああ…、いいよ、孕ませて…お前を、僕のお腹にちょうだい…っ」

「…あーちゃああああんっ…！」

どくんっ！　と脳に直接響いた脈動は、明良のものだったのか、それとも薄い腹が弾けてしまうのではないかと危機感を覚えるほど激しく弾けた達幸の雄のものだったのか。

区別がつかないまま、再び内臓ごと攪拌《かくはん》されるような突き上げが始まり、明良の意識は快感の奔流にたやすく飲み込まれる。

その後は達幸の求めに応じ、様々なことをした。

何度も達してもう何も出なくなった性器をしゃぶらせてやり、精液ではない液体も飲ませてやった。胡坐をかいた達幸と向かい合う格好で跨がり、乳首を赤子のように吸いたてられながら、頭を撫で続けてやった。当然、後孔はずっぷりと達幸を銜え込んだままだ。

何度胎内で射精されても満たされず、もっと欲しいとねだった。そのたびに達幸はうっとり微笑み、衰えを知らない精力で明良の願いを叶え続けてくれたのだ。

可愛い、いい犬。こんなにも愛しくて、明良を幸せにしてくれる犬なんて他には絶対に居ない。

いい子、いい子。達幸はいい子。明良の、一番可愛い犬。達幸が一番。他の雄なんて要らない。

喉が嗄《か》れるくらい睦言を紡ぎ続けて、どろどろになるまで絡み合った。快楽に蕩けきっていた意識は、間近で響いた水音にようやく引き戻される。

「…ぁ、…僕…、何で…」

明良は寝室内にあるバスルームで、たっぷりのお湯に浸かっていた。明良が好きな柑橘系《かんきつけい》のバスソルトの香りがほのかに漂っている。明良の身体を受け止めるのは硬い浴槽ではなく、筋肉に覆われた逞しい裸身だ。腹の中には、もはや自分自身と錯覚するほど馴染んだものが居座っている。

「目が覚めた？　あーちゃん」

沈んでしまわないよう明良を背中から抱き締め、項を甘嚙みしまくっていた達幸が耳朶を食んできた。びくん、と身体が揺れた拍子に胎内の雄をより奥まで銜え込んでしまい、明良は涙目で達幸を睨み付ける。

「お前…っ、何でこんな…」

「だって、あーちゃんが言ったんだよ？　俺と離れた

くない、放さないでって。何とか洗う間だけは待ってくれたけど、お風呂に浸かったらあーちゃんから俺に乗っかってきたんだよ。綺麗にしたばっかりのお尻を自分で開いて、俺のをあてがって…せっかくいっぱい孕めたのに、どうして出しちゃったのって、泣いて怒って…」

「も…っ、もういい、やめろ…頼むから、やめてくれ…!」

明良はゆでだこのように真っ赤になりながら頭を振り、懇願した。達幸の詳細すぎる説明で、記憶がぼんやりと浮かび上がってきてしまったのだ。

言われてみれば、確かにそんなことをしたような気がする。全て自分がしでかしたことだと思うと、羞恥で頭がおかしくなりそうだ。普段の明良なら、絶対にあんなことはしない。

「…ねえあーちゃん、今日、あいつに何かされたんでしょ。じゃなきゃ、あーちゃんがこんなふうになるわけないもの」

達幸もずっと疑問には思っていたらしく、結合部分をいやらしくなぞりながら問いかけてくる。精液のぬめりを借りなくてもたやすく太い雄を銜え込めるほど慣らされてしまったそこは、達幸の指先を感じただけで物欲しそうにきゅっと窄まった。

「…っん、何も…、されてない、って。あの人、ずっと、舞台の方に居た…お前だって、…ぁっ、見てた、だろう…っ」

「そうだけど…じゃあ、どうして…?」

「お前のせいだろ…、…っ! こら、いい加減にしろってば」

調子に乗った達幸が性器までいじり始めたので、明良は身体をひねってぺちんと頭を叩いてやった。こんな調子でやられ続けては、話にならない。

「悪戯するんだったら、今日はもう口を利かないぞ。…って、どうして笑うんだ、お前」

「だって、悪戯はしちゃ駄目だけど、あーちゃんのナカからは出てかなくていいってことでしょ。あーちゃん、本当に優しい…」

湿った髪に隠れたつむじや、無防備な肩口に口付けの雨が降り注ぐ。身体の内側を掻き混ぜられるのとはまるで別のふわふわとした快感がくすぐったくて、明良はされるがままに受け止めた。いつもは貪られながらそのまま意識を失ってしまうので、事後のこういう触れ合いは何だか新鮮だ。

「…それで、俺のせいって、どういうこと？　俺…、あーちゃんに何か、駄目なこと、しちゃった…？」

「いや、そうじゃないんだ。…僕自身、どうしてあんなふうになったのかよくわからないんだけど…きっと、クレアに同調したんだと思う」

「クレアに？」

驚く達幸に、明良は頷いた。今となっては、そうとしか考えられないのだ。

「楽屋で、お前にクレアは僕だって言われたせいかな…お前のニコラスを観ていたら、だんだんクレアに自分が重なっていって、最後の方では自分がクレアそのもののように思えて…ラストでニコラスが死んだ時、悲しくて胸が潰れそうになってしまったんだ」

「…だから、泣いてたの…？」

「あの時はとにかくニコラスが…お前が死んでしまったのが悲しくて悔しくて、やりきれなくて…死なせるために庇ったんじゃないのに、どうしてって思ってしまって…おかしい、よな。自分でもそう思…っ」

自嘲《じちょう》しかけた明良を、ゆるく巻き付いていた腕がひしと抱きすくめた。ひく…っ、と、背後で達幸がしゃくり上げる。

「おかしくなんて、ない…っ」

「達幸…？」

「あーちゃんはおかしくなんてない。さ…っ、最高の、飼い主だよ…だって、だって、お話の中でだって、俺が死んだら、悲しんでくれたんでしょ…？　俺、嬉しいよ…」

ぐすぐす、えぐえぐと嗚咽しながら、達幸は背後から明良に頬を擦り寄せた。

「俺、…俺…っ、あーちゃんの犬で、良かった…あーちゃんが、俺を犬に選んでくれて、本当に良かった…」

「達幸…僕もだよ。お前が居てくれなかったら、きっと僕は母さんに命じられるまま医師になって、つまらない人生を送っていたと思う。…お前が居ない人生なんて、もう考えられない」

「…あーちゃん…っ！」

興奮しきった達幸に挑みかかられ、拒むことなど出来ずにそのまま浴槽で二度抱かれてしまった。

当然ながら、なけなしの体力は底をつき、身体を拭くのもパジャマを着るのも何から何まで達幸の世話になってしまう。ゲネプロからずっと激しい運動を続けていた達幸の方がよほど疲れているはずなのに、明良のために甲斐甲斐しく動き回る達幸に疲労の影など微塵も無い。

「明良、明良、お粥が出来たよ、明良」

「…ああ、ありがとう」

動くのもおっくうだが、出汁の匂いを嗅いだらにわかに食欲が湧いてきた。考えれば昼間から何も食べていないのだ。だが、横たわっていたベッドから身を起こし、椀を受け取ろうとしたら、笑顔で拒まれてしまう。

「駄目、明良。明良は疲れてるんだもの。自分でご飯なんか食べたら、病気になっちゃう」

「お前なあ…いくら疲れてるったって、食事くらい」

「駄目ったら、駄目。…ね？　今日は全部、俺にさせて。明良、明良、お願い、明良」

達幸は飼い犬の特権とばかりに何度も何度も明良の名前を呼び、ベッドの上に正座して許しを待っている。明良にしか見えない尻尾を期待にぶんぶんと振りながら。

明良は溜め息をつき、ひな鳥のように達幸にひと匙ひと匙粥を口元まで運んでもらい、食事を終えた。予想よりもはるかに時間がかかってしまったのは、達幸が時折匙の代わりに自分の唇を重ねてきたせいだ。

その後も『ご飯食べて、汗かいたから』とほんの一時間ほど前に着せられたばかりのパジャマを着替えさせられたり、トイレの中まで付き添われたり、合間合間に舐め回されたりのご奉仕ざんまいで、スーツの上着からスマホを持ってこさせられたのは入浴を終えた三時間以上後だった。バッグなどの荷物は楽屋に置き去りにしてきてしまったが、これだけはポケットに入れておいて本当に良かったと思う。

『もしもし、鴫谷さん？』

「松尾さん…！」

真夜中にもかかわらず、松尾はワンコールで出てくれた。昼間の己の所業を思い出すと、相手には見えないとわかっていても、ぺこぺこと頭を下げずにはいられない。

「今日は本当に申し訳ありませんでした。僕のメールをご覧になったから、お忙しいのにわざわざ劇場までいらして下さったんですよね？　なのにあんなことになってしまって、何とお詫びすればいいいか…」

『いえいえ、いいんですよ。事情は幸から聞きましたから』

「…え？　達幸が、松尾さんに連絡したんですか？」

『はい、先ほど』

まさか、明良の世話を焼く合間にそんなことをしていたとは思いもしなかった。他の人間の名前を出すたび嫉妬されて邪魔されるのではたまらないので、達幸は寝室の外で待機させてある。後で誉めてやらなければなるまい。

『劇場でお二人に遭遇した時は、すわ一年前の再現かと思いましたが…幸が自分から私に連絡を寄越すくらいですから、今のところはまだ大丈夫そうですね。ほっとしました』

「ご心配をかけて、申し訳ありません…」

今のところは、と言い置くあたり、達幸という存在をよく理解している。ある意味、松尾は明良よりもずっと達幸の理解者と呼ぶに相応しいかもしれない。

『劇場の方も、フォローはしておきましたからご安心下さい。朝から調子の悪かった鴫谷さんが倒れそうになっていたので、幸が心配のあまり自分で病院に連れていった、ということにしてあります。幸が鴫谷さんを大切にしているのは周知の事実ですから、べつだん不審には思われなかったはずです。赤座先生も心配していらっしゃいました』

「…松尾さん。実は、赤座先生なんですが…ちょっと気になることがあったんです。メールをしたのは、それを相談したかったからで…」

明良がゲネプロ前に目撃した赤座と山野井の遣り取りを説明すると、松尾は唸った。

『それは…確かに何かありそうですね。自分の復活がかかった舞台で、主演俳優に不利になるようなことをするとは思いたくないですが…』

「赤座先生が達幸に惚れ込んでいるのは、嘘ではないと思います。…でも、達幸の才能を潰すようなことはしないで欲しいと山野井さんが言っていたのが、どうしても気になるんです。最近、僕にやたらと絡んでくるのも、もしかしたら達幸の情報を得るためかもしれません」

『その可能性はじゅうぶんにありそうですね。…わかりました。社長にも報告して、休養中も含めて赤座先生と山野井さんの行動に不審な点が無いか探ってみます。ただ、このことは幸には伏せておいた方が良いでしょうね』

下手に本人に知らせてしまえば、緊張とストレスで押し潰されてしまうかもしれない…などということは、明良のためだけに生きている達幸にはありえない。松尾が言うのは、赤座が何か企んでいると知ってしまえば、明良を奪うつもりなのだと思い込んだ達幸が舞台もろとも赤座を潰しにかかり、俳優生命をも危うくしかねないということだろう。

「承知しています。達幸には何も言いません。何かわかったら、お手数ですがメールで教えて頂けますか」

『…ああ、明日はオフでしたね。ならば、連絡は電話ではない方がいいですね』

数少ない完全オフの日には、達幸は朝から晩まで明良に引っ付いて離れない。身体を重ねている時以外でも、明良の一挙手一投足に注目して、隙あらば可愛がってもらおうと狙っているのだ。電話をもらっても受けられない可能性は高い。そんな二人の事情を熟知する松尾は、あっさり納得してくれる。

「色々と迷惑をかけてしまって、重ね重ね申し訳ありません。松尾さんにはいつも助けて頂いてばかりで…自分が情けないです」

『何をおっしゃるんです。前にも言ったでしょう？　貴方は私の大切な部下です。部下が一人前になるまで助けるのは、上司として当然の務め。貴方が気に病む必要など何もありません。…それに鳴谷さんは、私には…いえ、他の誰にも出来ないことをなさっているじゃないですか』

そう言われても、明良にはまるで見当がつかなかった。ただ達幸が再び二人だけの世界に閉じこもらないよう、あの暗い光を暴発させてしまわないよう、懸命に足掻いているだけの明良に、いったい何が出来ているというのか。

『愛情というのは、度を過ぎれば身を滅ぼす毒のようなものです。幸のそれは、もはや猛毒と言ってもいい。

それは鳴谷さんが一番良くおわかりでしょう？』

「…はい」

『普通の人間があんなものを注がれ続けたら、早々に受け止めきれなくなってどこかおかしくなってしまうはずです。けれど鳴谷さんは迷いながらも自分を保ち、幸をまともな世界に留めようとなさっている。そんな貴方を、私は尊敬していますよ』

「松尾さん…でも、僕は…」

楽になってしまいたい一心で達幸の願いを叶えてやろうとしかけたのは、ほんの半日ほど前の話だ。達幸をこちら側にとどめられているとは、とてもいえない。今日は何とか堪えたけれど、明日はどうなっているかわからない。

そんな明良の恐れと迷いを感じ取ったのか、松尾の声がいつもより柔らかくなる。

『自分の手元や足元だけを見ないで、もっと周りを見回して下さい。私が居ます。社長や他のエテルネの社員たちだって。決して、一人ではないんです。貴方も…そして、幸も』

「…松尾、さん…」

『貴方が思い込んでいるほど、世界は狭くはありません。意識するだけでいいんです。自分たち以外の存在を。そうすればわかるはずです。貴方の前には、細く険しく暗い道だけではなく、広く明るい道が何本も続いているのだと』

——松尾に礼を言って通話を切ってからしばらく、明良は考えていた。

松尾はきっと、何も言われずとも明良と達幸の状況を薄々察しているのだ。放置すれば一年前よりも酷い事態に陥るかもしれないのを承知の上で、強引に介入はせず見守るだけに徹している。だが、明良が求めればいつでも手を差し伸べる用意はあるのだと言いたいのだろう。

何もかもぶちまけて、助けを求めるべきなのだろうか。そうすれば、松尾の言う通り、達幸と共に堕ちる以外の道が見付かるのだろうか。

どうするのが二人にとって最良なのだろうか。

「…えっ、もうこんな時間…？」

ふと時計に目をやって、明良は驚いた。電話を終えてから三十分以上が経過していたのだ。部屋の外で待たせていた達幸は、いったいどうしてしまったのだろう。いつもの達幸なら明良が呼ばずとも五分もすれば痺れをきらしてドアをかりかりひっかき始めるのに、部屋全体がしんと静まり返っている。

ドアを開けてみるが、廊下に達幸の姿は無い。いつか達幸が自慰をしていたクロゼットにもだ。

捜し回った末に、明良が達幸を発見したのは、明良のために用意された書斎だった。小さいながらもベッドが置かれてあり、達幸はその上ではなくすぐ傍の床で…ちょうど横たわった明良の足が届くあたりで胎児のように丸くなって眠っている。明良の身体を拭いたタオル、着替えさせられたばかりのパジャマ、下着など、明良の匂いをわずかにでも纏うものありったけをかき集めて抱き締め、顔を埋めて。

明良を待つうちに眠気に襲われ、耐えられなくなったのだろう。いくら達幸でも、あれだけ激しく動き続けて疲れないわけがなかったのだ。その証拠に、明良がすぐ傍まで近寄っても目覚める気配も無い。

「…あ…ちゃん、あー………ちゃ、ん…」

明良の匂いに包まれているおかげか、きゅうくつそうな寝相にもかかわらず、達幸の寝顔はとても幸せそうだ。

いつも犯されながらそのまま失神してしまう明良が、達幸の寝相を拝む機会などめったに無い。長い睫毛《まつげ》に縁取られたまぶたがあの暗い光を覆い隠してくれるおかげであどけなくすらある寝顔が可愛くて、明良はそっと頬を撫でてやった。

「…おい、達幸。起きろ」

このまま寝かせてやりたいのは山々だが、こんなところで本格的に寝入ったら、暖房が入っていても風邪を引いてしまう。可哀想に思いつつも軽く揺さぶったら、達幸はぼんやりとまぶたを開いた。

「…あー、ちゃん」

「待たせてごめんな。もう用事は終わったから、ベッドで寝よう。ほら、立って…」

立ち上がらせようとした手を逆に引っ張られ、姿勢を崩した明良は達幸の上に倒れ込んでしまった。面食らう間も無く、ごそごそと胸の中へ抱き込まれる。

「達幸…っ、こら、何を…」

「あーちゃん、あーちゃん。駄目だよ、離れちゃ」

起きているのかと思ったが、とろんと蕩けた青い目はどこかぼんやりとして、達幸がまだ夢の中をさまよっていることを示していた。戸惑ううちに背中にはしっかり腕を回され、脚も絡められて、身動きが取れなくされてしまう。

「二人だけって、言ってくれたでしょ。首輪だって、嵌めてくれた。…もうあーちゃんには俺だけなんだから、ずっとずっと、一緒なんだよ」

「達幸、それは…」

もちろん、明良にそんなことをした覚えは無い。達幸の望みを叶えてやったのは、きっと夢の中の明良だ。今すぐ叩き起こしてやれば、達幸の夢の世界はもろくも消え去るだろう。

けれど、明良にはどうしても出来なかった。こんなにも幸せそうに、蕩けきった達幸の笑みを壊してしまうことなんて。ここしばらく、達幸は明良と共に在れば満足そうではあったが、そこにはいつもあの暗い光が付き纏っていたのだから。

「…ごめんな、達幸。もう、離れたりしないから」

明良は囁き、ベッドの毛布を剝ぎ取った。絡まり合う身体にかければ、寒さはぐんと和らぐ。これなら何とか風邪を引かずに済むだろう。

「ずっと一緒だから。…達幸は僕の、可愛い犬なんだから…」

達幸の首筋に、あの黒革の首輪は嵌まっていない。けれど、せめて夢の中だけでも楽にしてやりたくて、明良は眠りに落ちるまで達幸の項を撫で続けた。

オフの翌日は、赤座の自宅に『マスカレード』の関係者全員が集まることになっていた。開演を控え、前祝いも兼ねた慰労パーティーが催されるのだ。

主役の達幸は当然招待されているし、いくら嫌だと駄々をこねられても顔を出させないわけにはいかない。パーティーには赤座と交友のある芸能関係者や記者も数多く招かれているのだ。主役の不在が知れれば、痛くもない腹を探られる羽目になりかねない。

「ほら幸、着いたぞ。そろそろ、その仏頂面を何とかしろ」

送迎の車から降りてもまだむっつりしている達幸を、

松尾が小突いた。最初は明良一人が付き添うはずだったのだが、昨日の夜にメールが届き、急きょ予定を変更して松尾も同行してくれることになったのだ。

「…俺、行きたくないって何度も言ったのに…あいつのパーティーなんかより、明良とずっといちゃいちゃしてたかったのに…」

「ひと通り挨拶をすれば引き上げていいって言っただろ。開演まで他の予定は入れてないから、それさえ終わればあとは二日間フリーだよ。…ね、鴫谷さん？」

達幸を挟んだ向こう側から水を向けられ、明良も頷く。

「そうだぞ、達幸。ほんの二、三時間の我慢だから」

「終わったら、車の中でずっといい子いい子してくれる？　エレベーターの中で明良のナカに入って、そのまま寝室に行ってもいい？」

「…お前が、ちゃんといい子にしていられたらな」

「明良…！　なら、俺、頑張る。明良のために、いい子にする」

あまりにあまりな願いを赤面しつつも受け容れてやれば、達幸は現金にもころりと態度を一変させた。不機嫌丸出しの飼い犬から、万人を魅了する俳優の青沼幸へと。

いつもながら見事なその変貌ぶりに感嘆し、係員の誘導を受けながら、明良は松尾としっかり頷き合った。今日、明良と松尾は協力して達幸を守らなければならないのだ。

昨日届いたメールによれば、赤座の自宅療養中、山野井はほぼ住み込み状態で世話をしていたそうだ。しかし、赤座は暴力こそ振るわなかったものの、献身的に尽くす山野井を毎日のように罵倒し、酷い時にはプールに突き落としたこともあったらしい。通いの家政婦が山野井に同情しきっており、松尾の依頼を受けた探偵が聞き込みに訪れたら、自分から話してくれたのだ。赤座が病気などではなく、健康そのものだったことも。

健康であるにもかかわらず、どうして赤座は二年もの間引き籠もって弟子に当たり続けたのか？　そこまでは探偵も摑めなかったが、引き籠り続けた赤座を復活させたのが達幸なら、その執着のほどは明良の想像よりはるかに強いはずだ。

赤座は達幸に執着し、手に入れようとしているのではないか。密かに話し合った末、明良と松尾が出した結論はそれだった。山野井のあの言葉も、脚本家の権威をかさに無理やり関係を迫り、才能を潰さないでくれという意味なら納得だ。山野井は達幸が俳優という職業にまるで執着していないことを知らないのだから。

たくさんの客が招かれる中で何か仕掛けてくるとは考えづらいが、ここは赤座の領域だ。売れっ子の自宅だけあって、内装にも金をかけた広大な邸宅である。達幸一人を人知れず引きずり込むスペースなど、あらゆるところに存在するに違いない。

だから松尾も付き添うことになったのだ。明良一人なら他の来客の対応に追われ、どうしても達幸から目を離してしまう時間が出来てしまうが、松尾も居てくれればその危険はぐんと低くなる。

マネージャーが警戒して常に付き添い、早々に引き上げてしまえば、赤座もさすがに手出しは出来まい。あとは『マスカレード』の公演中ずっと目を光らせておけばいい。

「どうぞ、ごゆっくりお楽しみ下さい」

係員が開けてくれたドアをくぐれば、きらびやかな空間が広がっていた。おそらくリビングなのだろうが、ダンスホールくらいはありそうだ。全ての家具類が片付けられ、代わりに豪華な料理を載せたテーブルが並べられて、立食形式になっている。その隙間をドレスアップした人気モデルや女優が笑顔で行き交い、明良でも知っている有名人たちが料理に舌鼓《したつづみ》を打ちながら雑談していた。

内輪とは名ばかりの、豪勢なパーティーである。

そうそうたる顔ぶれに萎縮したのか、ステーロのメンバーたちは隅の方で固まってしまっていた。樋口だけは友人らしいモデルたちと話しているが、やはりどこか居心地が悪そうだ。

「ああ、青沼くん！　いらっしゃい！」

赤座が談笑していた相手と別れ、笑顔で歩み寄ってきた。白いジャケットのフラワーホールに紅い薔薇を挿して、いつもより華やかな印象である。グレーのスーツ姿で控える山野井など、存在をかき消されてしまいそうだ。

達幸はついさっきまで『あいつ消えればいいのに』

などと本気で言っていたのが嘘のように晴れやかな笑みを浮かべた。

「こんにちは。今日はお招きありがとうございます」

「いやいや、忙しいのに来てくれて嬉しいよ。鳴谷くんも、もう出歩いたりして大丈夫なのかな？」

「はい、おかげさまで。その節は大変なご迷惑をかけてしまい、申し訳ありませんでした」

明良が恐縮したふうを装って詫びれば、赤座は近くのウエイターを呼び止め、シャンパングラスを渡してくれる。

「体調が悪いんだったら仕方が無いよ。青沼くんはマネージャー思いだから、放っておけないのも当然だ。…ああ、松尾くん。君も来てくれたんだね」

「よけいなおまけまで付いて来てしまい、申し訳ありません。うちの鳴谷と青沼が揃ってご迷惑ばかりかけてしまいましたので、お詫びに参りました」

松尾が打ち合わせ通りの台詞を口にすれば、赤座は鷹揚に微笑む。

「迷惑なら私の方がかけているんだから、気にする必要は無いよ。青沼くんはどんなに無茶な要求でも期待以上に応えてくれるから、ついぎりぎりまであれこれ試行錯誤を重ねてしまうよ。青沼くんに主役をお願い出来て、本当に良かったと思っているんだ」

「ありがとうございます。そうおっしゃって頂けると、心が少し軽くなります」

赤座が絶賛しているので、招待客たちも興味津々で達幸に話しかける機会を窺っている。達幸と一緒に居るようになって他人の視線にも慣れてきた明良でさえ、たじろいでしまうほどだ。

特に若い女性の肉食獣めいた視線の熱さときたらすさまじい。平然と構えていられる達幸を尊敬してしまいそうになる。

「赤座先生。そろそろそちらの主役を紹介して頂けませんか？」

新進気鋭の若手として評判の映画評論家が声をかけてきたのを皮切りに、招待客たちが次々と押し寄せてくる。

達幸のファンだというモデルの集団に囲まれたり、ほろ酔いの評論家の高説を拝聴させられたりするうちに、明良は達幸を囲む人垣からすっかり締め出されてしまっていた。

　幸いにも場慣れした松尾はしっかり達幸の傍に付いているし、問題の赤座はとっておきのワインを出すとかで山野井と一緒にワインセラーへ出向いている。明日からの二連休のご褒美がよほど効いたのか、達幸も今のところは笑みを絶やさずそつの無い受け答えで、女性たちの頬を染めさせていた。この分なら、赤座が戻るまでの少しの間は息を抜いても大丈夫そうだ。

「……ふう」

　にわかに喉の渇きを覚え、明良は赤座が渡してくれたシャンパンを飲んだ。今まで口をつける余裕すら無かったのだ。よほど良いものなのだろう。口当たりが非常にまろやかで、癖も無く、気付けば飲み干していた。

「どうぞ、お客様」

　ウエイターがお代わりを勧めてくるのを断り、空のグラスを返した。喉はまだ渇いているのに、何故か頭がぼんやりして、何も飲めそうになかったのだ。

　久しぶりにアルコールを摂取したせいだろうか。だが、たかがシャンパン一杯で酔うほど弱くはなかったはずなのに。

「皆さん、お待たせしました！」

　そこへ赤座が戻り、両手に持ったワインボトルを高々と掲げてみせる。場がどよめいたところをみると、きっと素晴らしく高価なビンテージワインなのだろう。けれど、明良はエチケットをしげしげと眺めてなどいられなかった。強烈な眠気が襲ってきて、頭にどんどん靄《もや》がかかる。

　これはさすがにおかしい、と思った時には、脚がふらついていた。助けを求めようにも、松尾と達幸は未だに人垣の中だ。招待客やウエイターたちまで、すっかり高級ワインに目を奪われてしまっている。

「大丈夫ですか、鴫谷さん」

　ふらふらする明良の背中を、誰かがそっと支えてくれた。山野井だ。赤座の傍を離れて、どうしてこんなところに居るのだろう。

「気分が悪いんですね。こちらに休める場所がありますから、どうぞ」

　会場の隅には休憩用の椅子が並べられたエリアがある。きっとそこへ連れていってくれるのだろう。

　ちゃんと礼を言えたのかどうかもわからないまま、

山野井の手を取ったところで明良の意識は途切れた。

『ひぁっ、あ、だめ、なか、も…だめっ』

感じきった嬌声が聞こえて、明良は泥沼のような眠りから意識を浮上させた。誰かが間近で喘いでいる。妙に聞き覚えのあるそれが自分のものだと理解した瞬間、明良はがばりと跳ね起きた。くらくらする頭を押さえながらあたりを確認すれば、がらんとした空間には明良が座らされている椅子以外の家具は無く、いくつかの大きな段ボール箱が隅に積んであるだけだ。

低い天井の四隅にはスピーカーが設置されていた。奥の分厚いガラス窓で仕切られた向こうはミキサールームになっており、レコーディング用のコンソールが見えた。どこかのスタジオだろうか。

けれど何故、パーティーに参加していたはずの自分がこんなところに居るのか？　当然の疑問に浸る間すら、明良には与えられなかった。正面の壁に設置された巨大なスクリーンに、テーブルに手をついて背後から犯される自分がでかでかと映し出されていたからだ。

『大丈夫、だよ。後で俺がちゃあんとナカをキレイにして、また新しいのいっぱい孕ませてあげるから…』

『やあぁ、あ、あん、あ、…はぁっんっ』

アップで映し出される明良の背後には、胎内に深々と雄を嵌めた達幸の下肢が覗いており、映像はがたがたと小刻みに揺れていた。明良が手をついているテーブルは、稽古用スタジオの控え室にあったものだ。覚えのありすぎる達幸の言葉からして、控え室の内部が盗撮されていたに違いない。

「そんな…、いったい誰が…」

答えはすぐにもたらされた。ミキサールームに続くドアが開き、赤座が悠然と現れたのだ。

「おや、起きていたのか」

嬉しそうに笑いながら近付いてくる赤座にも当然スクリーンの映像は見えているだろうに、動じる様子は無い。これを盗撮したのは赤座なのだ。そして今日、会場内の視線を自分に釘付けにしたところで、山野井を使って明良をここに連れてこさせた。明良はそう結論付けざるを得なかった。

きっと、無造作に寄越したように見えたあのシャンパンには、前もって何か薬が仕込んであったのだろう。さもなくば、たった一杯で前後不覚になるはずがない。稽古スタジオだってステーロが所有しているのだから、赤座がその気になればいくらでも隠しカメラを仕掛けられるはずである。

「君は薬が効きづらい体質のようだね。残念だ…」

膝をついた赤座にくいっと顎を持ち上げられる。赤座の双眸に宿るのは粘ついた欲望で、背筋を悪寒が駆け抜けた。擦り寄せられそうになった頬をすんでのところでかわし、明良はきっと赤座を睨み付ける。

「やめて下さい！　こんなことをしたって、達幸は貴方のものにはなりません！」

明良と松尾の予想は的中していた。赤座は達幸を欲するあまり、控え室を盗撮したのだ。達幸と明良のセックスシーンという予想外のスキャンダルが撮れたので、これをネタに達幸を強請《ゆす》ろうというのだろう。明良にはそうとしか考えられなかった。

だが、赤座は明良の糾弾にきょとんとして、すぐにおかしくてたまらないとばかりに笑い出す。

「くくくっ…。き、君は本当に、自分には無頓着なんだね。もしかして、私が青沼くん欲しさにこんなことをしたと思ってる？」

「だから、盗撮までしたんでしょう？　達幸を脅して、自分のものにするために」

「だったらこんな回りくどい真似なんてしないで、直接青沼くんをさらってるよ」

スクリーンの中の明良は、とうとう手をつくことも出来なくなり、テーブルに突っ伏してぴくぴくと震えている。

「確かに、私は青沼くんが欲しい。でも、欲しいのは青沼くんだけじゃないんだ。…君もだよ、鳴谷くん」

「…僕、も⁉」

「青沼くんの演技は最初から素晴らしかった。完成されていた。これならきっと私を苦悩から解放してくれるだろうと歓喜したものだよ。…でも、あの日…君と一緒に戻ってきた後の青沼くんは、さらに進化を遂げていた。ついさっき私が完璧だと思った演技を、はるかに超えていた。すぐにわかったよ。青沼くんを進化させ、神がかった演技を呼び覚ましたのは君なんだと」

赤座の言う『あの日』は、きっと樋口に相談を受けた日のことだ。明良の胎内に精液を孕ませた達幸は、赤座に本物の悪魔と言わしめるほどのすさまじい演技を披露した。赤座はあれから突然明良に興味を示すようになったのだ。

「私は君が気になってたまらなくなって、控え室にカメラを仕掛けた。そうしたら……ああ！　初めて君たちの絡み合う姿を観た時の感動は、今でも忘れられないよ。青沼くんは獣のように君を求めて、君はその細く白い身体をくねらせて懸命に青沼くんの激情を受け止めていたね。君こそが青沼くんの才能の泉だ。私もその泉の清らかな水を飲みたい。青沼くんのように君を孕ませれば、私だって元の私に戻れるはずだ。そうだろう⁉」

赤座の口調はだんだん熱を帯びた激しいものになってゆき、しまいにはスクリーンの明良の裸身に鼻息も荒く擦り寄った。ズボンの股間が膨らんでいる。

「赤座先生…」

明良は全身が鳥肌立つのを感じた。控え室で達幸を受け容れたのは、一度や二度ではない。それをほとんどどこの男に盗み観られ、欲望の対象にされていたのだ。

羞恥と気持ち悪さで吐きそうになるが、それ以上に引っかかることがある。

「先生の苦悩とは何ですか？　元の先生に戻るというのは、いったいどういうことなのですか？」

「知りたいかね？」

赤座は名残惜しそうにスクリーンから離れ、ひざまずいて明良の膝に擦り寄ってきた。達幸の仕草を真似ているのだ、と気付いて蹴り飛ばしてやりたくなるが、何とか堪えて明るいブラウンに染められた髪を撫でてやる。

達幸に異常な執着を覚える赤座のこと、達幸と同じように扱ってやれば何か情報を引き出せるかもしれない。そうやって時間を稼いでいるうちに薬は抜けていくだろうし、助けが来る可能性もある。とにかく今は引き延ばすのだ。

「…知りたいです。とても」

「そうかそうか。知りたいのか、私のことを」

いちかばちかの企みは成功したようだ。赤座は倦怠《けんたい》感《かん》と同じだけの嫌悪感で動けない明良の膝に、達幸よろしく頬を擦り付ける。

「始まりは突然だった…。二年前、いつもなら何もせずとも湧いてくるはずのアイディアが、まるで浮かんでこなくなってしまったんだよ」

「アイディア…脚本の、ですか？」

赤座は芝居がかった仕草で頷き、説明し始めた。

二年前の赤座は超のつく売れっ子脚本家として何本もの依頼を抱えていた。構想を終えていた連続ドラマなどの脚本はどうにかやり遂げたものの、肝心の新作のアイディアが考えても考えても浮かんでこない。環境を変えてみたり、評判の高い舞台や映画を観てみたり、果てはパワースポット巡りや神頼みまでしてみたが、結果は同じだ。スランプなどという生易しいものではなく、本当に何も浮かばないのだ。まるで、才能そのものが枯渇《こかつ》してしまったように。

そうやって足掻く間にも依頼は殺到し続ける。赤座は周囲に自分の状態がばれるのを怖れ、病気を理由に自宅に引きこもった。ステーロの運営は、山野井に事情を説明した上で代行させた。赤座を崇拝する山野井は事情を知ってもなお献身的に尽くしてくれたが、いっこうによみがえる気配の無い才能に苛立ち、ことあるごとに当たり散らしてしまう。

そんな日々が二年目を迎えたある日、赤座は何気無く観た映画に久々に強い衝撃を受けた。達幸が主演した『青い焔』だ。

「青沼くんのレイと画面越しに目が合ったんだ。人を殺すことを何とも思わない、感情の無い暗殺者の目と。…雷に打たれたみたいに全身が痺れた。その瞬間、私は青沼くんの魅力にすっかり取りつかれてしまったんだ」

『青い焔』は元々の相手役だった俳優が降板し、その後も何かとトラブル続きで、普通ならとっくに撮影中止になっていたはずである。それが上映開始にまでこぎつけ、各方面で絶賛され、未だにロングランを続けている。

奇跡のような成功を呼び込んだのは達幸だ。赤座が見たところ、達幸は百年に一度出るか出ないかの天才である。観る者全てを物語の世界に力ずくで引き込むその圧倒的なパワーに触れることが出来れば、赤座の枯れかけた才能もよみがえるかもしれない。

一縷《いちる》の希望に賭け、赤座は自分の主宰する舞台に達幸を主役として起用することにした。それが『マスカレード』だ。

「…ちょっと、待って下さい」

疑問が生じ、明良は口を挟んだ。

「先生は新作が書けなくなっていたんですよね？　なら、『マスカレード』はいったいどうやって書き上げられたんですか？　……まさか」

話しているうちにある予想が閃き、はっとする。

親友の樋口にも相談出来ずに悩んでいたという山野井。彼は元々脚本家志望だ。樋口いわく、華やかなのにどこかえぐくて毒のある脚本…『マスカレード』のような作風らしい。

師の療養中も、山野井は夢に向かって努力し続けていただろう。師の調子が良い時には、書き上げた作品を批評してもらうこともあったかもしれない。

そして、ゲネプロ前に聞いた会話。赤座が『必ずお礼はしよう』と言っていたのが、もしもこの陰謀に加担してくれたことに対してだけではないとしたら――。

「……盗用、したんですか？　山野井さんの作品を……」

「盗用？　とんでもない。弟子の作品は師の作品も同然だろう？　確かに『マスカレード』は素晴らしい作品だったが、無名の新人をいきなり起用する劇団なんて皆無だよ。私の名前で発表するからこそ話題になったし、青沼くんも起用出来たんだ。私は闇に葬られる運命だった脚本を救ってやったんだよ。山野井くんだって納得してくれている」

悪びれるどころか誇らしげな赤座に、明良は嫌悪を通り越して呆気に取られてしまう。弟子の作品を盗用したと認めておきながら、堂々としていられる神経がわからない。才能と一緒に、常識や良識までもが枯渇してしまったとしか考えられなかった。

けれど、そんな師匠でも山野井は見捨てられなかったのだろう。敬愛する師が自分の作品を盗用したなんて、親友であると同時にステーロの看板役者でもある樋口には、口が裂けても言えなかったはずだ。

だから、『マスカレード』の稽古が始まってからずっと樋口を避け続けたのだ。稽古中、時折不審な行動を取っていたのは、本当は自分こそが生みの親なのにと思うとやりきれなかったからだろう。

精魂込めて書き上げた我が子にも等しい作品を盗まれたばかりか、盗んだ張本人を補佐し、こうして悪事の片棒まで担ぐ羽目になった山野井はどれほど悔しかったことか。師を止められなかった山野井の自業自得だといってしまえばそれまでだが、業界に強大な影響力を持つ赤座は神のような存在で、歯向かうなど出来なかったに違いない。山野井が納得したと思っているのは赤座だけだ。真実が公になれば、誰も赤座を支持すまい。

何とかしてここを脱出し、ことの真相を松尾に教えなければ。

室内にはミキサールームに続くものの他に、明良の右手にもう一つドアがある。きっとあれが出口だ。時間を稼いだおかげで身体もかなり自由になってきた。隙を突いて赤座を蹴り飛ばし、一目散にあそこを目指すのだ。

「ヒ…ッ」

実行に移しかけたその時、明良の考えを見透かしたように赤座が手を取り、ねっとりと舌を這わせてきた。反射的に引き抜こうとしても、赤座の力は異様に強く、逆に握り込まれてしまう。

「ここまで話したんだ。今さら逃がしたりはしないよ。大丈夫、そんなに急がなくても、青沼くんは山野井くんがすぐに連れてきてくれるさ。ここは私の家の地下スタジオだからね」

「…どういうこと、ですか」

「私は君たち二人が欲しいんだ。私にインスピレーションを与えてくれる青沼くんと、青沼くんに尽きない才能を与え続ける泉である鳴谷くん、二人ともがね。そうすればきっと私の才能は完全によみがえり、二度と尽きることは無い。そうに決まっている…！」

「…そんなわけがあるかっ！」

激しい怒りが全身を支配する。もはや、敬語など頭から消し飛んでいた。赤座はただの唾棄《だき》すべき犯罪者だ。

「お前みたいな最低野郎に、達幸を好きになんてさせるものか。人のものを盗まなくちゃ成立しないのなら、それは才能なんかじゃない。何をやったって、ゼロはゼロのままだ！」

「…この私に、そんな口をきくとは…。自分の立場がまだわかっていないようだね」

　赤座は明良の剣幕に怯みつつも、途切れること無く明良たちの睦み合いを映し続けるスクリーンをしゃくってみせた。達幸のものを受け容れて喘ぐ明良のスーツは、さっきと異なっている。いったい、何日分の映像が保存されているのか。

「これが公になったらどうなると思う？　ゲイスキャンダルは致命的だよ。少なくとも広告関係の仕事は全てなくなるだろうし、今来てる依頼も軒並みキャンセルだろうね」

「…………」

「君たち二人の間に、私を迎えてくれればいいんだ。青沼くんにとっても悪い話じゃない。私がバックに付けば、青沼くんはもっともっと大きくなれる。君だっておこぼれに与《あずか》れるだろう。男は初めてだけど、じゅうぶん気持ち良くさせてあげる自信はあるよ。二倍いい思いが出来るんだから、嬉しいだろう？」

　身勝手極まりない御託《ごたく》に反吐が出そうだ。ほぼ元通りに動くようになってきたこの腕で、自分が正しいと信じて疑わない犯罪者を殴り付けてやりたい。けれど、赤座の主張は事実なのだ。こんな映像が流出すれば、達幸の俳優生命はほぼ確実に断たれる。

　達幸は嘆くどころか、明良と二人きりになれると喜ぶだろう。当事者がそれでいいと言うのなら、阻止するのは明良のエゴだ。今、達幸が明良の頭の中を覗いたなら、怒り狂うに違いない。

　――それでも。

　明良は達幸を守りたい。俳優として、光り輝く世界を…一点の染みも無い世界を歩かせてやりたい。そのために、達幸が死ぬほど苦しんでいるのを承知で、今まで足掻き続けてきたのだ。

「…僕、一人だけでは駄目ですか」

「…うん？　どういうことかな？」

「達幸は多忙です。いくら体力があっても、相手が二人に増えれば持ちません」

「なるほどなるほど。担当俳優の体調まで慮っているのか。君はマネージャーの鑑だね。君の思い遣りに免じて、いいよ…と言ってあげたいところだけど、どうやら遅すぎたようだよ」

　赤座が勝ち誇って告げるや否や、ドッドッという大きな足音が聞こえ、右手のドアが荒々しく開かれた。

「…あーちゃん…っ！」

躍り込んできた達幸は、スタイリストにセットしてもらった髪をぐしゃぐしゃに乱し、息も切らしていた。額には玉のような汗が浮かんでいる。きっと、明良の姿が消えたのにいち早く気付き、捜し回っていたのだろう。

カラーコンタクト越しにあの暗い光を滲ませた双眸は、明良を…否、飼い犬でもないくせに明良の膝に縋っている赤座を捉えた瞬間、たちまち怒りの炎を燃え上がらせる。

「うあ…あ、あああああああっ！　離れろ！　俺のあーちゃんから、離れろおおおおおおおおっ！」

「ぐあ…っ！」

雄叫びと共に、達幸は赤座をすさまじい腕力で明良から引き剝がした。背中から床に叩き付けられた赤座に逃げる隙すら与えず、無防備な腹部を何度も何度も踏み付ける。

赤座の口から漏れる悲鳴はみるまに弱々しくなってゆき、危機感を覚えた明良はたまらず達幸の背中に飛び付いた。

「…駄目だ達幸、やめろ！」

「どうして止めるの⁉」

かかとで赤座の腹を執拗に抉りながら、達幸は勢い良く振り返った。未だに怒りの炎が治まらない双眸から、ぼろぼろと涙が零れる。

「だってこいつ、飼い犬でもないくせに膝枕してもらってたのに！　…それともあーちゃん、こいつに首輪嵌めてやったの？　…お、俺っていう犬がいるのに…っ」

「そうじゃない！　そのままじゃ、殺してしまいかねないからだ！」

それでもまだ憤懣《ふんまん》やるかたなさそうな達幸に、明良は囁いた。

「…理由も無く人を殺したら刑務所に入れられるぞ。お前、僕と何年も離れ離れになっていいのか？」

「……駄目、そんなの駄目っ」

飼い主と何年も離れ離れになってしまうのを想像したのか、達幸は汚物を踏んづけていたのを今さらながらに気付いたかのように、さっと赤座から足をどけた。

「……く、くくくく、くく……っ」

ようやく自由になった赤座は、痛む腹を抱えながらよろよろと立ち上がる。相当痛むだろうに、その顔はまだ勝者の余裕を失ってはいなかった。

「山野井くん、音量を上げてくれ。最大で頼む」

赤座はジャケットの襟を口元に引き寄せ、かすれる声で告げる。よくよく見れば、そこには小さなマイクが取り付けられていた。

『……了解しました』

四隅のスピーカーから山野井が応えを返した。いつの間にかミキサールームには山野井の姿があって、コンソールを慣れた手付きで操っている。きっと、達幸をここまで誘導した後、別の入り口から移動したのだろう。

『……っああ！　だ……っめ、達幸、もう、なか、いっぱい……っ』

突如として大きくなった明良の嬌声が部屋いっぱいに響き、まだ怒りを滾らせたままの達幸もさすがにスクリーンに注目する。

どくん、と心臓が脈打つひときわ大きな鼓動を、明良は掌越しに感じた。

「……あーちゃんと、俺？　どうして……」

「君たちが控え室で愛し合う姿を、私はずっと観ていたんだよ。賢い君なら、もう私の言いたいことはわかるだろう？　これをばらまかれたくなかったら、鳴谷くんと二人揃って私のものになりなさい。私がよみがえるためには、二人ともが必要なんだ」

……言ってしまった！

赤座が勝ち誇って宣言した瞬間、明良は思わずまぶたをきつく閉ざした。自分はともかく、明良のこんな姿を盗撮されていたと知って、達幸が狂わないわけがない。

スキャンダルなど恐れない者にとって、こんな映像は脅迫ネタになどならないということを、赤座だけが理解していない。きっと達幸は再び怒り狂って赤座をぶちのめす。

だが、いつまで経っても達幸が暴れ狂う気配は無い。恐る恐るまぶたを開けば、達幸はただ静かにスクリーンを見詰めていた。整った顔に、感情らしい感情は浮かんではいない。ただ、掌に伝わる鼓動だけがどんどん強くなっていく。

　あの光だ――明良は直感した。見なくてもわかる。達幸はきっと、あの暗い光を双眸に揺らめかせている。だから、赤座が何かに突き飛ばされたように後ずさったのだ。

「…わ、私に暴力を振るったって無駄だ。この部屋のドアは二つとも外から施錠してあって、鍵を持っているのは山野井くんだけだ。山野井くんは私の命令しか聞かない。たとえ私を殺したとしても、君たちはここに閉じ込められるだけなんだよ」

「……閉じ込め、られる……」

「そうだ。私を受け容れてくれるまで、私は何日だって君たちをここに閉じ込めるつもりだよ。食料や水はひと月分はそこの段ボール箱に入っているから何の心配も無い」

「…っ、本気か？」

　明良は思わず声を上げた。『マスカレード』の公演初日はもう三日後に迫っているのだ。一か月などといわず、三日もここに閉じ込められてしまえば、達幸は主役でありながら舞台をすっぽかす羽目になる。当然、達幸の評価は地に落ちるだろう。

　だが同時に、赤座は山野井の作品を盗んでまで創り上げた舞台を自ら台無しにしてしまうことになるのだ。

「自分の舞台がどうなってもいいのか？　せっかくここまでみんなでやり遂げて、ステーロのメンバーたちだって、さあこれからだって張り切っていたのに…」

「みんな、じゃない。やり遂げたのは私だよ。私が『マスカレード』を創り上げたんだ。ならば、生かすも殺すも私の自由。そんなものよりも、私の才能をよみがえらせることの方が大事に決まっているだろう！」

　赤座が堂々と言い放つと同時に、ミキサールームでドンッと鈍い音がした。見れば、山野井がコンソールに打ち付けた拳を震わせている。

「…山野井くん？　どうし…」

　襟元のスピーカーを引き寄せようとした赤座の手が、途中で止まった。何か、とても恐ろしいものを目撃してしまったかのように、その目がみるみる見開かれていく。

「うふ…、ふふ、うふふふ、ふふふふ、うふふうふふあはははうふふふふ」

間近で響いたソレは、確かに達幸の声だったのに――とてもとても嬉しそうな笑い声だったのに、明良には何故か獣の舌なめずりにしか聞こえなかった。

きっと赤座も同じだろう。達幸はだらりと両手を垂らしたままなのに、一歩、また一歩と後ずさっていくのだから。

「…青沼くん…？　まさか、おかしくなったんじゃないだろうな…？」

「ふふふふふ、うふふふふ、えへへ、あは…っ、おかしい？　そんなわけない。俺はとってもまともだよ。だって俺はあーちゃんの一番いい犬だもの。達幸は賢いねって、いつも誉められてるんだもの。ね？　そうだよね、あーちゃん」

「達幸…、お前…」

振り向いた達幸の双眸にはあの暗い光が今までをはるかにしのぐ強さで爛々と輝いていて、明良は絶望と共に悟った。

…赤座は、自らの身勝手な欲望を押し付けるつもりで、達幸の願いをそうと知らぬまま叶えてしまったのだ。明良と二人だけの世界に永遠に閉じ籠る、という願いを。

「閉じ込めたいなら閉じ込めればいい。あーちゃんと二人だけで閉じ籠もってられるなら、場所なんてどこだっていい」

「うっ…、嘘なんだろう？　私を油断させようとして…なあ、そうなんだろう⁉」

問いかけるというよりは、そうであって欲しいという懇願だった。

だが達幸はにっこりと笑い、背中にしがみついたままだった明良の手を外させた。その代わりというように、懐から大事そうに取り出したものを握らせる。いつの間にかクロゼットから消えていた、あの黒革の首輪だ。やはり、達幸が肌身離さず持っていた。あるいはこんな瞬間が訪れることを、鋭い犬の嗅覚で嗅ぎ取っていたのかもしれない。

「待っててね、あーちゃん。今、邪魔なゴミを片付けてくるからね。そしたら二人きりだから、いい子いい子して、首輪嵌めてね」

立ち尽くす明良の唇に「行ってきます」と触れるだけの口付けをして、達幸は軽やかに駆け出した。背中を壁にぶつけ、もうそれ以上逃げられない赤座に向かって。

『…、先生！』

　はっとした山野井がドアに取り付くが、焦ってなかなか鍵を開けられずにいるのか、がちゃがちゃと耳障りな音がするだけだ。彼がこちらに駆け込むよりも、達幸が赤座を…明良との二人きりの世界に邪魔な異物を片付ける方がきっと早い。すでに達幸は赤座を押し倒し、その首を嬉々として絞めているのだから。

「達幸！　…やめろ、達幸！」

　明良は悪夢のような光景に竦んでしまいそうになる自分を叱咤し、達幸の手にかじりついた。赤座の首に食い込む指を外そうと試みるが、渾身の力をこめてもびくともしない。

「一緒…一緒、もうすぐ一緒。あーちゃんと一緒。もう、二人だけ…」

「う…ぐ、…っ」

　苦しげに呻く赤座も、手に触れている明良でさえ、今の達幸には映っていない。達幸の頭には、偶然にも出来上がったこの状況を、一刻も早く明良と二人きりの完璧な楽園に仕立て上げることしか無いのだ。明良を他の雄に奪われず、死ぬまで共に在るにはそうするしかないと信じ込んでいる。

「達幸…駄目だ。そんなのは、駄目なんだ…」

　達幸がそこまで望むのなら、あんなに苦しませるくらいなら…自分も楽になれるのなら、あの暗い光に導かれるまま、願いを叶えてやりたいと思ったこともあった。

　けれど実際にその機会が訪れた今、明良の心は自分でも意外なほど強く反発している。

　…達幸と二人きりの世界が嫌なのではない。最期には、そうなったって構わない。

　けれど、生きているうちは――この命ある限りは、身勝手であっても達幸を生かしたい。光溢れる世界で生きていて欲しい。クレアが自らの身を犠牲にしてまでニコラスを生かしたいと望んだように。

　改めてそう強く願った瞬間、心を覆っていた霧が晴れて、光が差し込んだ。

　照らし出されたのは一本の道だ。松尾は正しかった。明良の前には確かに明るく広い道が…明良と達幸の願いを両立させられる道があったのだ。…松尾が示したかった道とは、きっと違うものだろうけれど。

「僕を…、僕を食べていいから！」

明良はありったけの想いを込めて叫んだ。

脳裏を駆け巡るのは、ゲネプロで引きずられ、同調までしてしまったクレアだ。もしかしたら、あの日からずっと明良のナカに息づいていたのかもしれない。いや、元々明良の一部だったのかもしれない。それくらい自然に、愛する人に喰われて愛を全うしたいと思えた。

ニコラスはクレアの骸を喰らい、永遠に一つになった。生きているうちは、愛の言葉も囁かないままに。ならば、生きたままこの身を喰らってもらえば、何度も愛情を確かめ合ったこの身を腹に収めて血肉にしてもらえば、きっと誰も明良と達幸を分かつことなど出来ないはずだ。

「もしも僕がお前より先に死んでしまったり、他の男に奪われたりしたら、その時は僕を食べて、後を追ってもいい。お前が先に死ぬのなら、その前に僕を殺して喰えばいい。何も無くたって、お前が望むならいつだって喰わせてやる。…そうすれば、二人だけの世界に閉じ籠もらなくたって僕たちはずっと一緒だ。絶対に離れない…離れようが無い！」

果たしてこの想いは、達幸に通じるだろうか？　祈るような気持ちで見詰めていたら、ぎりぎりと赤座の首に食い込み続けていた指がふと緩んだ。

「…ほん…、と…？」

わなわなと震える達幸の手から放り出され、赤座が小さく呻く。どうやら生きてはいるようだ。

達幸は盛大に咳き込み始めた赤座など一顧《いっこ》だにせず、すさまじい勢いでこちらに駆け寄り、足元にひざまずいてきらきらと期待に輝く瞳で見上げてくる。

「それ、本当？　本当に、あーちゃんを食べていいの？　俺の好きな時に食べてから、後を追いかけてもいいの？」

「…ああ、本当だ。ほら、何なら今からでもいいぞ」

赤座や山野井も居る中で衣服を脱ぐことに、明良は何のためらいも持たなかった。見せ付けてやりたいとさえ思った。この身はいずれ達幸に喰らわれるべき贄なのだと、だから達幸以外の誰にも触れる権利は無いのだと。

「ああ…、あーちゃん…、あーちゃん…俺の、なんだね…」

シャツの前を開くや、現れた白い胸に達幸はうっとりと擦り寄った。何度も肌を重ねたはずなのに、やけに性急に乳首にむしゃぶりついてくるのは、この身を喰らう許しを飼い主直々に与えられたからだろうか。突起を押し潰すように舌先で刺激していたかと思えば、薄い皮膚におもむろに歯を立てられる。

「…っ、そう、だ…全部、お前のもの、だよ…達幸…」

皮膚がじんじんするほど舐め回されるのはしょっちゅうでも、こんなに強く噛み付かれたことは無い。痛みは明良とは無縁のものだったし、痛みを心地良いと感じる性癖も無い。

けれど今、乳首から腹のラインをなぞるように次々と噛み付かれていっても、明良は快感しか覚えなかった。嬉しくて嬉しくて、頭の芯が蕩けてしまいそうだ。

だって、達幸の双眸に宿り続けていたあの暗い光が、嘘のように消え去ってしまったから。達幸が出逢ってから今までで一番幸せそうに笑い、明良の薄い腹からわずかばかりの肉を食いちぎろうとしてくれているのだから。そこが一番柔らかくて美味しい部分だと理解しているのだろう。

…お利口な達幸。さすが僕の犬だと、明良は黒髪を優しく撫でてやる。

早く、早く、僕を食べて。お前の中に入って、癒してあげたいんだ。ずっとずっと苦しかったね。でも、もう泣かなくていいんだよ。

僕が一緒だから。お前の血と肉になって、二度と離れないから。

「あーちゃん…っ、っあ、あ…あーちゃん…」

達幸は明良の腹にどんどん歯をめり込ませながら、腰にきつくしがみつき、勃起した股間を擦り付けてくる。

犯されるのだろうか、それとも食い殺されるのだろうか。どうするつもりなのか、達幸自身にもわかっていないのかもしれない。明良の命は、ここで終わるのかもしれない。親しい人々や、肉親とも二度と会えずに。

――それでも構わない。ずっと苦しみ続けた達幸が救われるのなら。…どうせここから脱出出来ないのなら、達幸の一部となって、誰よりも強く絡み合ったまま逝きたい。

ぶつり、と鈍い音がして、達幸に嚙み付かれた部分から血が溢れる。怯むどころかご馳走を逃してやるものかとばかりに強く喰い付いてきた達幸の唇が、たちまち鮮血に濡れる。

「…あ…、あ、悪魔……っ」

真っ青になった赤座ががたがた震えながら口走っても、邪魔な虫けらが何かうるさく鳴いているな、と思うだけだった。その襟元に挿した紅い薔薇よりも、きっと明良の血に染まった達幸の牙の方がはるかに美しいはずだ。

ああ、ひょっとして嫉妬しているのだろうか。明良を喰らおうとするこの犬の美しさと、深い愛情に。ただの人間では、絶対にここまで美しくなどなれないはずだから。

そう、きっと今の達幸は、あの虫けらが言う通り、悪魔のように美しいのだろう。クレアを喰らい、本物の悪魔に成り果てた悲しい神父、ニコラスのように。

「悪魔…、悪魔、悪魔だ…っ！　だ、誰か助けて…わ、私はまだ死にたくない…！」

失敬な。達幸に喰ってもらえるのは明良だけだ。あんな虫けらなぞ、達幸の視界にすら入ってはいまい。

だってほら、くちゃくちゃと咀嚼する愛しげな音が聞こえる。じゅるるるる、と明良の流した血を一滴残らず啜ってくれている。

叫びだしたくなるほどの激痛は、生じるそばから快感に変わり、明良を酔わせていく。さっきの薬入りシャンパンなど比べ物にならない、極上の酩酊感《めいていかん》だ。もういっそ、二度と醒めなくていい。

「あーちゃ…っん、…んっ、んぐぅ、ふ…」

喰らう間も明良を呼び続ける愛しい犬の艶やかな毛並を、そっと撫でてやる。

ああ…、きっとクレアは幸せだったのだろう。二十年にも満たない短い生涯だったけれど、ここまで愛してもらえたのなら。ニコラスがクレアの骸を喰らうシーンは、客席からはシルエットしか見えなかったが、きっと死せる彼女の顔には満足そうな微笑みが浮かんでいたに違いない。明良が今、そうであるように。

「ああっ、山野井くん、山野井くん…こいつらは狂ってる。今すぐ人を……いや、警察を呼んでくれ。じゃないと、私たちまで喰われてしまうぞ！」

「……警察なんて呼んだら、困るのは貴方ですよ、先生。僕らのしたことは立派な犯罪なんですから」

ふと加わった別の声にゆるゆるとまぶたを上げれば、山野井がみっともなく喚く赤座を見下ろしていた。腰を抜かしたのか、自力では立てそうもない赤座に手を差し伸べようともしない。その顔に浮かぶのは敬愛ではなく、呆れと嫌悪だ。

「何を言ってるんだ！　警察でも呼ばないと、あの悪魔を倒せないだろうが。……おい、山野井くん、山野井くんっ、聞いているのか⁉　あの悪魔を野放しにしたら、せっかく復活しかけた私の才能が……！」

「……貴方の才能はもう、枯れきったんですよ。貴方が最近書き上げた原稿を読めば、僕じゃなくても、誰だってそう思うはずです」

「何だと⁉　山野井、貴様っ、この私に向かって……！」

怒り狂う師にはもはや一瞥すらくれず、山野井はこちらまでやって来ると、明良の目の前でぱんっと掌を打ち鳴らした。かん高い破裂音にびくっとする明良の肩を、強く揺さぶってくる。

「鳴谷さん、戻ってきて下さい、鳴谷さん。僕の声が聞こえますか？」

せっかく達幸に喰ってもらえるのにどうして邪魔をするのだろう。放っておいて欲しいのに。

いやいやをする明良を、山野井は辛抱強く揺さぶり続ける。

「鳴谷さん、鳴谷さん！　僕はもうお二人を害するつもりはありません。脱出の手助けをしますから、戻ってきて下さい……！」

「……だ…、脱出…？」

そのキーワードに、酩酊していた意識はようやく醒《さ》めた。とたん、血まみれの腹部がずきんずきんと痛みだし、明良は我に返って未だに腹に喰らい付いている達幸を引き剝がす。喰われてもいいと思ったのは事実だが、脱出が可能なら、こんなところで朽ち果てることなど無い。

「……あーちゃ、ん？」

食べさせてくれるんじゃなかったの、と最初は不満そうだった達幸も、明良が激痛に顔を歪ませているのを目の当たりにしたとたん、はっとして起き上がる。どうやら、こちらも何とか現実に戻ってこられたようだ。

「大丈夫ですか？　ひとまずはこれで止血して下さい」

山野井は落ちていた明良のシャツを拾い上げ、血まみれの腹部をきつく縛り上げた。脳天まで突き上げてくるようだった痛みが、ほんの少しだけ和らぐ。

「ミキサールームの奥にある階段を上がれば、一階の空き部屋です。内側から鍵をかけてあって、誰も入ってくることはありませんから、そこで松尾さんに連絡を取って邸を出て下さい。ご一緒したいのは山々ですが、僕はここに残って後始末をしなければなりません。…歩けそうですか？」

「は…、い。それくらいなら、どうにか」

後始末というのは、まだぎゃんぎゃんと喚いている赤座のことだろう。聞き苦しい叫びの内容はだんだん支離滅裂なものになりつつあり、精神に異常をきたしているのは明白なのに、山野井は心配すらしていないようだ。


もうすっかり、師に見切りをつけてしまったのだろうか。あれだけ酷い仕打ちを受けながらも慕い続け、今回も手助けをしたのに、どうしていきなり反旗を翻《ひるがえ》したりしたのだろうか。

「山野井、さん…どうして、僕たちを、助けてくれる気になったんですか…？」

明良の疑問に、山野井はうつむいた。

「何年もかかって、ようやく書き上げた『マスカレード』を先生に奪われて…初めて、僕の中に先生への不信感が芽生えました。クリエイターにとって、生み出した作品は我が子のようなものです。それは先生だってわかっているはずなのに、僕には秘密にして、勝手に自分の名前で『マスカレード』を発表してしまった…僕がそれを知ったのは、ステーロのみんなに復活公演が報告された後でした」

「そんな…」

やはり、山野井は納得ずくで自らの作品を師に提供したわけではなかったのだ。事情を話した上で協力を乞うのでもなく、騙し討ちで弟子の作品を盗むなんて横暴すぎる。

「『マスカレード』は僕のものだと公表し、戦うことだって出来たはずなんです。でも僕はそうしなかった。ようやく復活が決まって喜んでいるステーロのみんなのため、樋口のため、先生の名誉を汚さないため…色んな言い訳を自分にしましたが、本当は全部違ったんです。…僕は、浅はかにも期待したんです。先生はこれで僕に大きな借りが出来た。きっとそのうち、何かの形で報いてくれるだろうと」

「…でも、先生は…」

「ええ。何も報いてなどくれませんでした。それどころか、青沼さんを盗撮すると言い出し、果てはこんな誘拐まがいのことまで企んで…準備は全て僕に丸投げしてきたんです。僕は悩みました。…だって、青沼さんの演技は本当に素晴らしかった。青沼さんがニコラスを演じてくれるのなら、盗まれて良かったんだとさえ思えた。だから、青沼さんまでもが先生に利用されて、才能を潰すようなことになってしまうのが怖くて…初めて先生に歯向かい、隠しカメラを取り除こうとしましたが…結局は、先生に言いくるめられてしまいました」

「…もしかして…隠しカメラは、あの花だったんですか…？」

　達幸の控え室には、途中から赤座からの贈り物だという花が飾られるようになった。ゲネプロの日には豪華なアレンジメントをわざわざ運んできたのに、山野井は何故か注文を間違えたと言って回収していってしまったのだ。隙間無くぎっしりと詰め込まれた花々の中に小さなカメラを仕込むのは難しくない。

「はい、その通りです。…僕は嫌だ嫌だと言いながら、最後まで自分の醜い欲望に勝てなかった。先生が今後脚本家として便宜を図ってくれることを期待していた。でも、先生が…いえ、赤座が『マスカレード』なんてどうなってもいいと言い切った瞬間、僕はもうあの男を師だとは思えなくなってしまったんです」

　きっと山野井は、目の前で我が子が惨たらしく殺されるのを黙って見てなどいられなくなったのだろう。我が子への愛情が、師への敬慕と打算を凌駕した。…結局、赤座は自らの手で終止符を打ってしまったのだ。そこに同情の余地など無い。

　山野井はミキサールームのドアを開け、明良たちを導くと、深々と頭を下げた。

「僕のせいで、お二人をこんな目に遭わせてしまいました。本当に…お詫びの申し上げようがありません」

「…そんな！　山野井さんが助けてくれなかったら、僕たちは、今頃…」

ずきずきと疼く傷口からは、未だに血が流れ続け、シャツを赤く染めている。二人してあのまま恍惚の世界に浸っていたら、今頃、明良は死んでいたかもしれない。当然、達幸も後を追っていた。山野井は命の恩人とも言える。

「このくらい、僕の罪を償うにはとうてい及びません。…さあ、これを」

山野井はコンソールから一枚のディスクを抜き出し、傍にあったケースに収めて二人に手渡してくれた。

「それは、お二人を盗撮した映像を記録したものです。複製して保存しておくよう命じられましたが、僕は誓って複製はしていません。処分はお二人にお任せします。…さあ、もう行って下さい。早くその傷を治療しなくては」

「…はい。ありがとう、ございます」

ふらつきながら歩き出した明良を達幸が抱え、傷口に障らぬようゆっくりと歩き始めた。奥にあった階段を上がる間際、ふと思い付き、明良は見送ってくれる山野井に尋ねる。

「山野井さん、これからどうするつもりなんですか？『マスカレード』は…」

「…罪と知りながら黙っていた僕にも責任はあります。師への最後のはなむけだと思って、盗用を訴えることはしません。ですが…これからは赤座のもとを離れ、自分の道を探そうと思います。誰かに依存するのではなく、僕自身の足で歩いていく道を」

力強く断言する山野井の顔は、今まで見たことも無いほど明るく輝いていた。

山野井には脚本がある。樋口のように心配し、支えようとしてくれる友も居る。それさえ忘れなければ、今の山野井ならきっと明るく輝く道を見付けられるだろう。

「こんなふうに吹っ切れたのは青沼さんと鳴谷さんのおかげです。…お二人のことは絶対に口外しませんから、安心して下さい」

再び頭を下げた山野井の姿が、達幸が階段を上るにつれ、だんだん見えなくなっていく。

やがて地上の部屋に出て、差し込む陽の光を浴びた瞬間、明良は達幸の胸に強くしがみついた。たとえ光り輝く世界の中でも、決して離れないのだという強い意志を込めて。

「明良…明良、ごめんなさい…俺、俺は、また…明良に、ひどい、こと…っ」

「いいんだ、達幸。…僕は嬉しいんだよ」

泣きじゃくりながらも抱き締め返してくれる達幸の腕に、明良は身を任せる。体力の消耗が激しすぎるから、というのもあるが、達幸の熱をもっとよく感じたかったのだ。

「…うれ、しいって…どうし、て？　明良、またこんな酷い、怪我…っ」

「だってお前は、二人だけの世界に閉じ籠もるよりも、僕と一緒に生きることを選んでくれたじゃないか。…それともまだ、閉じ籠もりたいと思ってるのか？」

「ううん、ううんっ、そんなわけない。俺だって、嬉しい。…嬉しくて嬉しくて、頭どうにかなっちゃいそう。明良が、食べさせてくれるなんて…」

耳朶に吹きかかる吐息が熱いのは、啜ったばかりの明良の血の甘さを思い返してでもいるせいだろうか。

だとしたら嬉しい。明良の血肉が達幸にとって美味であればあるほど、達幸は明良の愛情を確信し、奪われるかもしれないという恐怖が薄らぐはずだから。何かあればこの血肉を喰らい、共に逝けるのだとわかっていれば、今までのように焦燥に苦しむことなどなくなるはずだから。

「…いい、の？　明良は、それで…俺に食べられても、いいの？」

「…いいよ。お前とずっと一緒に居られるのなら、僕はどんな形だって構わない」

明良はずっと持ったままだった首輪で、達幸の背中をちょんちょんとつついた。

意図を察した達幸が身を離し、カラーコンタクトを外す。金具を調整して太い首に首輪をしっかり嵌めてやれば、達幸は歓喜に顔を輝かせた。

「――一緒に居よう。生きている間も、死んだ後も。僕はずっと、お前から離れない」

「明良……！」

抱き締めてくる逞しい腕に身体を預け、明良はそっと達幸の首筋を撫でた。しっとりとした革の首輪に触れても、もう怖くなどない。これは達幸が明良から永遠に離れないのだという愛の証なのだから。

その後、明良たちは松尾の力を借り、どうにか人目に付かずに赤座の邸を脱出した。血まみれの明良に仰天した松尾はその足で病院に駆け込んだが、幸いにも傷は出血量に反して大きくはなく、適切な治療を受ければ半月ほどで完治するだろうということだった。

明良は地下スタジオで見聞きした全てを包み隠さず松尾に打ち明けた。これまでのイメージをくつがえす赤座の非道ぶりに、松尾も、報告を受けた社長も強く憤ったが、最終的には沈黙を保つことになった。真相が公になったところで、エテルネも、そして青沼幸も得るものなど何一つ無いからだ。

その決断は正しかった。『マスカレード』は無事に初演を迎え、大絶賛されたのだ。達幸の神がかった演技はもちろん、達幸に引きずられて熱演した樋口たちステーロのメンバーたちも称賛を浴び、幕が閉じてもなお劇場は観客たちの興奮と熱に満たされていた。

だが、そこに演出家である赤座の姿は無かった。赤座はパーティーの翌日、突然の体調不良を訴えて入院してしまったのだ。誰もが舞台の成功を危ぶんだが、赤座の腹心の弟子である山野井が立派に代役を務めた。

赤座の復活公演にもかかわらず、肝心の赤座が不在なのではと渋い表情だった観客たちも、舞台が終わる頃にはスタンディングオベーションで称えた。彼らの心には、師を超えるかもしれない逸材として、山野井の存在が確かに刻み込まれたことだろう。『マスカレード』の本当の生みの親が山野井だということを、誰一人知らないとしても。

打ち上げの席で、山野井とは個人的に話す機会があった。どうやら、赤座が病んでしまったのは身体ではなく心の方らしい。悪魔に喰われる、としきりに怯えて、医師や看護師さえも近付けず、病室のベッドから出てこなくなってしまったそうだ。治療は難航しており、二度と外の世界に出てこられない可能性もあるら

しい。

山野井はさすがに複雑そうだったが、彼の傍には樋口がさりげなく寄り添っていた。きっと、これまでの事情を全て打ち明けられたのだろう。樋口の支えがあれば、師を失っても山野井は力強く生きていけるはずだ。

前売り券がネットオークションで十倍以上の高値で取引され、当日券も奪い合いになった『マスカレード』は、地鳴りのような喝采《かっさい》で千秋楽を終えた。チケットを取れなかったファンからは公演の途中から映像化の要望が殺到しており、来月には異例の早さでＤＶＤが発売されることになっている。近年では稀な集客力に目を付けた劇場からは密かに再演の打診が寄せられているそうだ。

様々なことはあったけれど、当初の目的通り、俳優・青沼幸は初の舞台主演でその名をさらに高めたといえるだろう。

今までは映画やドラマの依頼が圧倒的に多かったが、『マスカレード』の大成功以来舞台の依頼も増えてきた。達幸はこれから、ますます広い世界で活躍することになるはずだ。一番のファンとして、飼い主として、そして恋人としても、これほど嬉しいことは無い。苦しみを乗り越え、よくぞここまで頑張ってくれたと誉めてやりたい。

……なのに、そんな体力すら無いなんて、いったいどういうことなのだろう。

「あーちゃん、あーちゃん…」

「…っあ、達幸……」

ふさがりかけた腹の傷を、達幸が肉厚な舌で熱心に舐めていく。癒そうとしているのか、はたまた完全に癒えてしまうのを惜しんでいるのか、明良にはわからない。

広いベッドの上で重なり合う二人は、当然ながら一糸纏わぬ裸だ。明良の全身は汗と精液にまみれていて、朝目覚めた瞬間から空が暗くなってきた今までずっと達幸に貪られ続けた痕跡を色濃くとどめている。

『マスカレード』公演終了以来、取材が殺到し、達幸は多忙を極めていた。今日は久しぶりの完全オフだ。これまでの達幸なら、ここぞとばかりに始まりから終わりまで明良の胎内に居座り、明良を消耗し尽くさせていただろう。だが、時折こんなふうに結合を解き、じゃれ合うひとときが挟まれるから、明良はまだ意識を保っていられるのだ。

それは今日に限ったことではない。赤座の邸から逃れて以来、達幸はベッドでも、そして仕事中でも余裕を滲ませるようになった。たとえ明良と離されても取り乱すことはなくなったし、演技そのものもこの若さで円熟味を備えつつある。松尾は心底感嘆し、口の悪い社長などは『犬がとうとう人間に進化したのか！』などと驚いていた。

真実は、明良以外の誰も知らない。…達幸は進化したのではなく、むしろ本物の獣になってしまったのだ。本当に頭の良い獣は、どうすれば上手く周囲を欺き、獲物を得られるかを知り尽くしている。

「ああっ…」

二の腕、胸、乳首、腹、臍の回り。柔らかな肉を備えた部分を余すところ無く噛まれ、痺れるように甘美な快感が生まれる。時折、血をかすかに滲ませながら食い込んでくる歯は甘噛みなどとはとうてい呼べない。どこが美味しいのかを確認しているのだ。

ともすればそのまま肉を喰いちぎりかねない獣を、明良は突き放したりしない。愛しげに抱き寄せ、もっと喰らっていいのだと促す。だってこの身は達幸に捧げたものなのだから。達幸だけが喰らっていいものだから。

「あーちゃん…、あーちゃんあーちゃん、美味しい…大好き、あーちゃん…ね、あーちゃん、俺だけだよね？…あーちゃんの犬は、俺だけだよね？」

口付けをねだる達幸の首には、あの黒革の首輪が嵌められている。

けれど青い目に宿るのは狂おしいまでの愛情だけだ。あの暗い光が滲むことは、もう二度と無いだろう。

――幸せだ。

いつか、この身は達幸に欠片も残さず喰い尽くされるのだろう。そして明良を身の内に収めた達幸は、至福の表情で明良の後を追うのだろう。必ず訪れるその日を思えば悲しくもあるけれど、嬉しさははるかに勝る。

「…ああ。お前は僕の一番大切で、可愛い犬だよ。お前だけを愛してる…」

――愛しい唯一の恋人と未来を分かち合って、明良は今、紛れも無く幸せだった。

# フェイク・ファーザー

「とうとう、お前にもこの時がやって来たのか……」

届いたばかりの台本を眺め、鴫谷明良《しぎたにあきら》はしみじみと呟いた。真新しい表紙には、『フェイク・ファーザー』と大きくタイトルが印刷されている。

『フェイク・ファーザー』は百万部以上売り上げたミステリー小説が原作のドラマだ。複雑な謎と人間関係が絡み合う骨太なストーリーには海外のファンも多い。

冤罪を着せられ、懲戒免職された元刑事の私立探偵のもとに、ある日息子だと名乗る幼い少年が現れる。少年の母親は、かつて酷い別れ方をした恋人だった。本当に自分の子なのか半信半疑のまま親子として暮らし始めた二人だが、次々と舞い込む事件を共に解決するうちに仲を深めてゆき、やがて探偵を陥れた事件の真相にもたどり着く…という内容である。

今年が開局五十周年にあたる日東《にっとう》テレビは人脈と資金を惜しげも無く注ぎ込み、最高のキャストを集めた。ヒロイン役には視聴率の女王と名高い演技派の美人女優を、息子役には大人顔負けの演技力であちこち引っ張りだこの子役を、そして主役の探偵には青沼幸《あおぬまこう》を据えたのだ。放送開始予定は半年後だが、まだキャスティングが発表されただけにもかかわらず、今から注目の的……の、はずなのだが。

「…あーちゃん、さっきから何でそんなものばっかり見てるの」

ソファに浅く腰かけた明良を背後から抱き込み、項に鼻先を埋めていた達幸《たつゆき》が、不機嫌そうに鼻を鳴らした。ぐいと身体を抱え上げられ、達幸の膝に横向きで乗せられる。

「今は二人きりなんだから、俺のことだけ見ててくれなきゃ駄目なのに」

「達幸……」

唇が触れ合うすれすれまで近寄せられた顔は毎日公私にわたって見詰めているはずなのに、どきりと心臓が高鳴ってしまう。

出逢ってから、早いもので二十七年。身体と心を重ねるようになってからは九年。三十三歳——普通の男ならそろそろ衰えの出てきかねない年齢に差しかかった達幸は、熟成された蒸留酒が極上の香気と芳醇《ほうじゅん》たる風味を醸し出すように、男盛りにふさわしい艶を備える男に成長していた。

老けてはいないが、若いとも言いきれないこの微妙な年代は、芸能界においてはあらゆる意味で変化を求められる。若さを売りにしてきた者はルックスが衰えるにつれて仕事を失ってゆくし、演技力で勝負してきた者はさらなる実力と熟練を要求され、応えられなければ脱落してしまうのだ。

同世代の俳優たちが次々と脱落する中、達幸は艶気を増すばかりの容姿と比類無き演技力によって数多のファンを魅了し、圧倒的な存在感を放っている。オファーは引きも切らず、断るのに苦労するほどだ。

これだけのルックスと才能に恵まれながら決して驕らず、スキャンダルの類いとは無縁で、恋人の影すら窺えないとくれば、女性人気も高まる一方だ。つい先日も、達幸が表紙を飾ったファッション誌は全国で完売が相次ぎ、電子版が発売されたにもかかわらず、発売翌日に異例の重版が決定したばかりである。

ファンはもちろん、同業者からも熱い憧憬と嫉妬を一身に集める極上の男。ハリウッドの有名監督からの熱烈なラブコールをはねつけ、国内のインディーズ映画に電撃主演し、ゼロに等しかった若手監督の知名度を世界規模にまで押し上げた逸話は伝説と化し、業界の人間には達幸を半ば神聖視する者まで存在する。

…だが、明良は知っているのだ。どれほど人気を集めようと、栄誉に彩られようと、青沼達幸という男の本質は出逢った頃からまるで変わっていないことを。

「……ねえ、あーちゃん……」

何人もの共演女優を演技ではない恋に引きずり込んだ低く甘い囁きが、明良の耳に吹き込まれる。

「っ…、…あ…、達幸…」

「俺、あーちゃんの一番いい犬だよね？　…俺以外の雄なんて、飼ったりしないよね？」

聞いている方が切なくなるくらい悲しげに訴えられ、突き放せる人間なんて居ないだろう。こくんと頷いてやれば、達幸は青い瞳をきらきらと輝かせ、明良の唇に己のそれを重ねてくる。

「……ぅ、……ん……」

……ああ、もう、どうして僕は……！

逃げる間も無く舌をからめとられたとたん、条件反射のように全身から力が抜けてしまい、明良は自己嫌悪に悶えた。

達幸と明良は同じ歳なのだから、当然、明良も達幸と同じだけ歳を取っている。二十代の頃の体力や若さはさすがに衰えつつあるが、その分経験を積んでマネージメントのスキルも上がり、今では一人で達幸のマネージャーをこなせるようになった。

明良無しでは生きていけない達幸の執着と溺愛を抜きにしても、明良以外に達幸のマネージャーは務まらないと、松尾《まつお》のお墨付きだ。社長の右腕の座に収まり、経営にも関わるようになった松尾はお世辞など口にしないから、明良も年齢にふさわしい成長を遂げられたのだろう。

けれど二人で暮らすマンションに帰り、マネージャーと俳優から恋人同士に戻ると、ささやかな自信はぐらぐら揺らいでしまうのだ。

明良の飼い犬兼恋人としては変わらなくても、一人の男としての達幸は日に日に魅力を増し、手管を身につけていく。対して明良はといえば、離れている時間の方が少ないにもかかわらず、口付け一つでたやすく乱されてしまうていたらくだ。身体の関係を持ったばかりの頃の方が、まだ理性を保てていたと思う。

…時々、ほんの少しだけ怖くなる。淡白だった身体を九年かけて快楽に弱く造り替えられたのなら、もう九年後には…いや、来年にでも、ぐずぐずに溶かされてしまいそうで。

「…達、幸…」

本当に恐ろしいのは、どろどろと蕩かされ、達幸と一つに溶け合うことが嫌ではない自分だ。名残惜しそうに離れていった唇を追いかけそうになり、明良はとっさに顔をそむける。

「あーちゃん…、俺だけのあーちゃん……」

無防備な首筋に紅い痕を刻み、達幸は明良の部屋着のスウェットの裾から大きな手を差し入れた。すでに尖りつつある胸の肉粒を、きゅっとつまみ上げる。

「あぁ…っ…」

甘い疼痛が電流のように走り、明良は四肢をわななかせた。脱力した手から握ったままだった台本を取り上げられそうになり、はっと我に返る。

「…こ…、ら、達幸…っ！」

明良は好き勝手に這い回る手をスウェット越しに叩き、達幸の額を押しのけた。不満そうに唇を尖らせる達幸を、かすかに涙の滲んだ目で睨み付ける。

「今日は事務所に寄ってる暇も無かったから、帰ったら少し仕事の話をすると言っただろう？」

「…そうだけど…、でも、あーちゃんが…」

「…僕が？」

「……俺以外の奴を見て、嬉しそうに笑ったりするから……」

不機嫌そうな視線は、『フェイク・ファーザー』の台本に注がれている。

歳を取れば少しは丸くなってくれるかもしれないと期待していたのは、二十代までのこと。達幸は一生達幸のままだと、今ではすっかり諦めがついている。

「…馬鹿だな、お前は」

明良は嘆息し、達幸の乱れた前髪を梳《す》いてやった。

「嬉しいに決まってるだろ。お前に初の父親役のオファーが来たんだから」

「…俺、に？」

きょとんとする達幸に、明良は思わず苦笑を漏らしてしまう。

デビュー以来、様々な役柄を演じてきた達幸だが、自分からこの役をやってみたいと言い出したことは無い。事務所が厳選し、達幸のキャリアのプラスになると判断された仕事を諾々とこなしてきたのだ。そのせいか、達幸は長い芸歴に反して妙に疎いというか、抜けたところがある。

女優なら母親役、男性俳優なら父親役のオファーが来るのは、俳優として順調なキャリアを積み、周囲からも高い評価を得られているという一つのバロメーターのようなものだ。子どもと絡む役は好感度を稼ぎやすい上、新たなファン層を開拓出来ることから、達幸と同世代の俳優たちはこぞって演じたがるというのに。

「……あーちゃんが嬉しそうだったの、俺のせい？」

達幸の頭にあるのは、いつだって愛しい飼い主の関心と愛情を独り占めすることだけなのだ。うふ、ふふふっとだらしなく笑み崩れていく顔は、ファンには絶対に見せられない。

「そうだよ、達幸。お前が認めてもらえていることが、僕はとても嬉しい。…僕はお前のファンで、飼い主で…恋人だから」

「あーちゃん……っ！」

ぱあっと破顔し、懲りずに唇を奪おうとする達幸の膝から、明良は素早く飛び降りた。さっとテーブルを挟んだ向こう側のソファに移動し、台本を広げる。

「さあ、仕事の話を始めるぞ」

「……う、うぅぅ……」

「そんな目をしたって、駄目なものは駄目だ。…ほら、終わったら一緒に風呂に入ってやるから…な？」

「——うんっ！」

達幸は現金にも青い瞳を輝かせ、しゃきんと姿勢を正した。一番好きなのはもちろん飼い主を精液まみれにすることだが、一緒に入浴することもその次くらいに好きなのだ。明良に全身を洗ってもらうと、飼い犬心が満たされてうっとり出来るらしい。

その後は当然のように明良が洗われ、ついでに何度か交わった挙げ句、ぐったりしたところをベッドに運ばれるはめになるので出来たら避けたいのだが、今回ばかりは仕方無いだろう。このことだけはしっかり伝えておいて欲しいと、松尾からも念を押されている。

「今回、お前の息子役を演じる子役——沓名節《くつなせつ》くんだけど、お前、節くんのことは知ってる……よな？」

「うん。共演するのは初めてだけど」

こっくりと頷かれ、明良は胸を撫で下ろした。人並み外れて高い知能を持つくせに、明良や明良に絡む事柄以外にはまるで関心を払わない達幸のことだ。知らなかったらどうしようかと思ったが、さすがの達幸でも今をときめく名子役くらいは認識していたらしい。

沓名節はわずか二歳で芸能界デビューを果たして以来、愛らしい容姿とずば抜けた演技力で数々の役柄を熱演し、高い評価を受けてきた。十歳になった今では、他の子役たちとは一線を画する仕事量と存在感を誇っている。そのスケジュールは、子役の引退時期とされる十二歳までほとんど埋まっているともっぱらの噂だ。

だが節は、芸能界内部では別の意味で有名な存在なのである。

「節くんは、実のお母さんが経営する事務所の所属なんだ。デビュー当時は別の事務所に所属してたんだけど、依頼が増えてきた頃、お母さんが立ち上げた事務所に移籍した」

　これ自体はべつだん珍しくはない。高いギャラに目がくらんだ子役の親が手数料を惜しみ、自身で会社を設立するのはよくある話だ。

「節くんのためだけに立ち上げた事務所だから、所属しているのも節くんだけで、社長であるお母さん自ら節くんのマネージメントと付き人をこなしているんだ。…このお母さんが、かなり強烈な人みたいで」

「……強烈？」

「節くんの仕事先には必ず付いて来て、節くんはもちろん、共演者やスタッフたちの動向に逐一目を光らせているらしいんだ」

　節に少しでも危険が及びそうなことなら脚本を変更させてでもやらせないし、共演者の演技への口出しもしばしばあるという。節と釣り合いが取れないからという理由で、ドラマの主演俳優を降板させたこともあったそうだ。

　いくら人気絶頂の子役でも、そんな暴挙を続けてよく干されないものだ。松尾から聞かされた時には驚いたが、節の母親自身、若い頃はアイドルグループのメンバーとして活動していたという。

　当時交際していた恋人との間に節を授かり、早くに引退してしまったものの、その時の人脈はまだ維持しているようで、あちこちの大物と繋がっているのだそうだ。節が人気を維持する限り、関係者は母親の機嫌を取らざるを得ないのだろうと松尾も苦い顔をしていた。

「『フェイク・ファーザー』の撮影にも、お母さんは必ず付いて来るだろう。お前に絡んでくることもあるかもしれないから、そういう人だってことは承知していて欲しいんだ。無用なトラブルを避けるためにも」

　達幸…青沼幸にとって記念すべき初の父親役を、他人に台無しにされたくない。明良の切実な思いが通じたのか、達幸は神妙に頷いた。

「わかった。俺、あーちゃんだけ見てる」

「……は？」

「撮影の間も休憩中もあーちゃんだけ見てれば、その母親だって何も言えないでしょ。トラブルも起きようが無いよ」

万事解決、とばかりに達幸はにこにこ笑うが、もちろん何も解決などしていない。

明良は思わず額を覆った。

「…お前…、僕だけ見てたら、演技なんて出来ないだろう…」

「出来るよ」

「え……」

「身体は演技に集中させて、目と心はあーちゃんに集中させればいいだけ、でしょ？」

いつもやってるもの、と断言され、明良はつかの間放心してしまった。天才独特の感覚的な表現はいまいちわかりづらいが、つまりファンを熱狂させる完璧な演技をこなしつつ、神経は明良に集中させている…という意味なのだろうか。まるで、身体と心を完全に切り離してしまったかのように。

……そんなこと、可能なのか……？

浮かんだ疑問は、すぐさま霧散した。…可能に決まっている。何故なら目の前で緊張感の欠片も無い笑みを浮かべる男は、明良の恋人であり、愛すべき飼い犬であり――いずれこの国を代表することになるだろう俳優、青沼幸なのだから。

「……そうだな。じゃあ、僕だけを見ていてくれ」

「うん、あーちゃん！」

嬉々として立ち上がるや、達幸はテーブルを回り込んだ。えっ、と声を上げる間も与えず、あぜんとする明良を横向きに抱え上げる。

「…た、達幸…っ？」

「もう、仕事のお話は終わったでしょ。一緒にお風呂に入ってくれる約束だよ？」

「ちょ…っ、と、待て……！」

確かに一番の要注意人物については伝えられたが、まだまだ話しておかなければならないことはたくさんある。

二十代の頃より逞しくなった腕を慌てて振り解こうとして、明良はまっすぐに見下ろしてくる瞳に捕らわれた。飼い主の温もりと愛情だけを求め、狂おしい欲望に染まってゆく青い瞳――凄絶な色香を放つそれに射貫かれたら、抵抗など出来なくなってしまう。

……やっぱり、達幸は変わった。

九年前、再会したばかりの頃も容姿には恵まれていたが、まだ明良を求めるがゆえの飢えが先に出ていた。その飢えが危険な魅力となり、女性ファンを惹き付けていたのだ。

だが明良に受け容れられ、長い歳月を重ねると、飢えは愛される雄の自信と艶に変化した。強い男に憧れを抱く同性は大勢居るのか、青沼幸のファン層は、今では男性の割合の方がやや多いほどだ。

「……バスルームでは、一回だけだぞ」

紅く染まった頬を見られないよう、達幸の首に両腕を回す。返事代わりに明良の唇を貪り、達幸は早足でバスルームに向かった。


――半月後。

明良は達幸と共に、汐留《しおどめ》にある日東テレビの海岸スタジオを訪れた。日東テレビで放映されるドラマのほとんどはここで撮影される。今年の目玉作品である『フェイク・ファーザー』には最も広く、設備も充実した最上階のスタジオがあてがわれており、局側の力の入れようが窺えた。

撮影初日の今日はまずメインキャストの顔合わせを行い、その後軽く本読みをする予定になっている。ディレクターも交えて台本を読み合わせ、演出や互いの呼吸を確かめる重要な行程だ。

「おはようございます」

明良を従えた達幸が現れると、ざわめいていたスタジオはぴたりと静まった。わずかな間を置き、あちこちからどこか上擦った挨拶と熱い眼差しが返ってくるのには、明良ももはや慣れっこだ。新しい仕事が始まる際、必ず起きる現象だからである。

今や、青沼幸を画面の中で観たことの無い者など存在しないだろう。だが美形など見飽きているはずのスタッフたちの視線すら問答無用で奪い取る強烈な存在感は、同じ空間を共にして初めて理解出来るものだ。

次々と挨拶にやって来るスタッフたちに、達幸はにこやかに応じていく。超がつくほどの売れっ子になっても決して驕らず、礼儀正しさを失わない青沼幸はスタッフからの評判もすこぶる良い。

……こうしてると、非の打ちどころの無い俳優に見えるんだけどなあ……。

達幸の背後で控えめに微笑みながら、明良はそっと溜め息を吐いた。『天才俳優・青沼幸』もまた達幸の演じる役柄の一つでしかないと知るのは、この場では明良だけだ。

スタジオの奥には折りたたみ式の長テーブルがコの字型に組まれ、プロデューサーやディレクター、脚本家など、メインのスタッフがすでに揃っている。

反対側のテーブルで台本を読んでいた美女が、無言で頭を下げてきた。ヒロイン役の塩次《しおつぐ》朱音《あかね》だ。そのまさっさと台本に戻ってしまったが、不機嫌というわけではない。撮影に必要なこと以外では、ほとんど口を開かないのだ。有名な話だし、演技は完璧にこなすから、問題視はされていない。

「青沼さん、こちらへどうぞ」

若いＡＤが達幸を朱音の隣の席に案内してくれる。普通のマネージャーならここで引き上げるところだが、明良は達幸の背後の壁際に控えた。たとえ背中を向けていようと、達幸は常に明良の存在を把握している。傍を離れず、乱れやすい達幸のメンタルを安定させることも、マネージャーとしての大切な仕事の一つだ。

顔合わせ開始の予定時刻十分前になると、キャスト用の席はほとんどが埋まっていた。メインキャストでまだ到着していないのは、節だけだ。

「…おい、沓名さんはまだなのか？」

「さっき電話かけてみたんですが、繋がらなくて…」

苛立つチーフＡＤに、スマートフォンを手にしたスタッフが泣きそうな顔で首を振っている。

よほどの大御所俳優ならまだしも、メインキャストが最初の顔合わせに遅刻するなど普通は許されない。しょっぱなから空気が悪くなれば、撮影の士気にも関わってくる。これから始まる数か月の撮影期間、ここに居る皆は『フェイク・ファーザー』という同じ船に乗った運命共同体なのだ。

「く…、沓名さん、入られました！」

何度もエントランスとスタジオを往復していたＡＤが駆け込んできたのは、予定時刻を三十分ほど過ぎた頃だった。

最初は和やかに雑談していたスタッフやキャストたちもさすがに口を閉ざしてしまい、場には重苦しい空気が立ち込めている。まともな神経の主なら、居たたまれなくて引き返したくなるだろう。

「おはようございます」

しかし、ADの背後から現れた女性は空気の重さなど感じた様子も無く、堂々としたものだった。

……この人が、節くんのお母さんか。

確か、名前は沓名凛々花《りりか》。歳は達幸とそう変わらないはずだが、人気アイドルだっただけあってハイブランドのスーツを纏った身体は抜群のスタイルを保っているし、華やかな美貌は今でもタレントとしてじゅうぶん通用しそうだ。

肝心の節はといえば、目立つ母親に手を引かれ、所在無さそうに視線をさまよわせていた。幼心にも、大人たちの不機嫌さは感じ取れるのだろう。顔は凛々花によく似ているが、ふてぶてしさまでは受け継がなかったようだ。

「ほら、節、何やってるの。ご挨拶して」

「……おはようございます。沓名節です。よろしくお願いします」

母親に苛々と促され、節はぺこりと頭を下げた。

遅刻に対する詫びは無いが、さすがに皆、十歳の子どもを責め立てるほどおとなげなくはない。非難は当然、スケジュールを管理する凛々花に向けられる。

「…遅れてすみませんの一言も言えないのかよ」

ぼそりと吐き捨てたのは、達幸の元後輩の刑事役を演じる岡島《おかじま》だった。達幸より六歳下の若手俳優だ。『エテルネ』の所属ではないが、達幸とは何度か共演しており、本性も知らず達幸を無邪気に慕っている。

「――何ですって？」

誰もが同じ気持ちなので、岡島を咎める者は居ない。だが凛々花は恥じ入るどころか、綺麗に描かれた眉を吊り上げた。

「遅れたのは、前の撮影が押したせいよ。相手役の子役がうちの節に圧倒されてNGを連発したからいけないのに、どうして私が謝らなきゃいけないのよ」

そんな言い訳は通用しない。節の事情などここに集まった面々には知ったことではないし、撮影に遅れは付き物なのだから、多少余裕を持たせてスケジュールを組むべきだったのだ。

……この人、ちゃんと節くんのスケジュール管理出来てるのかな？

おそらく、凜々花と節以外の全員が同じ疑問を抱いただろう。内心はどうあれ、大人の対応として凜々花が一言詫びれば丸く収まる話なのに、当の本人にそのつもりは無いようだ。

「――神崎《かんざき》さん」

「は、はいっ！」

低く呼ばれ、ディレクターの神崎がパイプ椅子からがたんと立ち上がった。『フェイク・ファーザー』制作の総指揮にあたるディレクターは主演俳優すら逆らえない絶対的な存在――のはずなのだが、おどおどと凜々花を窺っている。

「この人、降ろして」

「……は、あ…っ…？　そ、それはどうして…」

「決まってるでしょ。うちの節は繊細な子なの。こんな無神経な人と、最高の演技なんて出来るわけがないわ」

凜々花は傲然《ごうぜん》と言い放ち、豊満な胸を張った。こんな無茶苦茶な言い分、通るわけがない。誰もがそう思ったはずだが、神崎は落ち着き無く視線をさまよわせながら卑屈な笑みを浮かべる。

「…わ、わかりました。沓名さんがそうおっしゃるのなら、仕方がありません。すぐに代役を立てます」

「――はぁっ!?　何言ってんすか？　こんなことで降板だなんてっ…」

岡島はテーブルを叩いて抗議するが、神崎は耳を貸そうとしないし、他の出演者やプロデューサーまでもが気まずそうにうつむいてしまう。

……馬鹿な。こんな無茶な要求が、どうして通るんだ？

「…やっぱり、噂は本当だったんだ…」

明良の近くに控えていたスタッフたちが、ひそひそと囁き合う。

「何それ、俺知らないんだけど」

「あくまで噂だけどな。沓名凜々花が日東のお偉いさんと、デキてたっていう…」

その話は明良も松尾から聞いていた。アイドル時代の凜々花がグループ内でも特に優遇されたのは、各局の重役たちに身体を差し出していたからではないかとまことしやかに囁かれていたのだそうだ。実際、何度か週刊誌にすっぱ抜かれそうになったらしい。

発売直前でどこかから圧力がかかり、公にされることは無かったが、芸能界に長く身を置く者なら誰もが知っているという。アイドルを引退して十年以上経っても、こんな無理筋を押し通せるほどの影響力を維持しているのか。

「ほら、さっさと帰りなさいよ。もう貴方の席は無いんだから」

「そ、そんな…」

勝利を確信した凜々花に促され、岡島は追い詰められた憐れな獲物のように周囲を見回した。だが誰も助けに入ろうとはしない。ディレクターさえ下僕のように扱う凜々花に逆らえば、岡島の二の舞になるのは明らかだ。

……こんなことで、降板させられてしまうなんて。

少し生意気なところはあるが、岡島は素直で熱心な青年だ。尊敬する達幸とまた共演出来ると、とても喜んでいたのに。

「——待って下さい」

何とかならないのかと唇を噛んだ時、聞き慣れた声が嫌な空気を破った。決して張り上げたわけではないのに不思議とよく響くそれは、画面の外でも数多の観客を魅了する。

「……あ、青沼さん……」

今にもくずおれそうだった岡島が、泣きそうな目で達幸に縋る。

達幸は安心させるように微笑んだのだと、背中を向けられていてもわかった。岡島の…いや、皆の視線が達幸に集中したからだ。そう、節や苛立ちの頂点に在ったはずの凜々花さえも。

「沓名さん」

「……っ、何かしら」

「少しうっかりしたところはあるかもしれませんが、岡島くんはいい役者です。彼と久しぶりに共演出来ることを、俺も楽しみにしていました」

岡島は大きな目を感動に潤ませるが、明良だけは知っている。今回は久しぶりに岡島と共演だと告げられた達幸が、『岡島？　それ誰だっけ』と首を傾げていたことを。

……こ、こいつ、もしかして……。

妙な予感にかられた明良を、達幸はちらりと振り返る。肩越しに視線が合ったのは一瞬だったが、口ほどにものを言う目の主張したいことがわからない明良ではない。

——ねえ、あーちゃん。俺、すごいよね？　偉いよね？　後でたくさん誉めてくれるよね？

「岡島くんが力を発揮してくれれば、俺も節くんも最高の演技が出来ると思うんです。…だからどうか、今回だけは大目に見てやってくれませんか」

折り目正しく頭を下げる姿と、ご褒美を期待して見えない尻尾をぶんぶん振りまくる本当の姿はめまいがするほど乖離《かいり》している。

だが、真実を知るのは明良だけだ。明良以外の全員には、後輩思いの誠実な俳優にしか見えないだろう。…何だか悔しくなってくる。

「……し、仕方が無いわね。青沼さんがそこまでおっしゃるのなら、今回だけは降板させなくていいわ」

ほんのり頰を紅く染め、凜々花はしきりにまばたきをする。

あれ、と明良は目をこすった。無表情のまま沈黙を保っていた節が、つかの間、可愛らしい顔をくしゃりと歪めたのだ。険悪な空気に、疲れてしまったのだろうか。

「ありがとうございます、沓名さん」

「……ありがとう、ございます！」

達幸に従い、岡島もテーブルに額を打ち付けそうなほど深く頭を下げる。内心は複雑だろうが、ひとまず最悪の事態は免れたのだ。これからは不用意な言動を慎むようになるだろう。

ぴんと張り詰めていた空気が緩み、スタッフも出演者たちも安堵の息を吐きながら達幸に称賛の眼差しを送る。これでまた、芸能界における俳優・青沼幸の名声は高まるはずだ。……納得はいかないが。

「…ねえ、お母さん…」

節が遠慮がちに母親の手を引いた。うっとりと達幸を見詰めていた凜々花は眉を顰め、小さな手を振り払う。

「外では社長と呼びなさいって言ったでしょう。何度言えばわかるのよ」

「…っ、ごめんなさい…僕、僕…」

しゅんとしょげ返る節のいたいけな姿に、大人たちは胸を痛める。確かに子役でもある程度の礼儀は必要だが、実の子を、それもこんな大勢の前で叱らなくてもいいだろうに。

「沓名節くん、だね。初めまして」

再び冷え込んでしまった空気をものともせず、達幸は立ち上がった。節の前にしゃがむ達幸を、岡島が尊敬の眼差しで見詰める。やめろ、あいつはただの犬だと叫ぶ明良の心の声は、当然届かない。

「…………」

「君のような子と共演出来て、とても嬉しいよ。短い間だけど、君と俺は親子になるんだ。一緒にいいドラマにしようね」

包容力に満ちた俳優の顔で、達幸はすっと手を差し出す。

少しためらった後、節は自分よりずっと大きなそれを握り締めた。さすがの名子役も、ご褒美に目がくらんだ達幸の本性は見抜けなかったらしい。

「さすが青沼さん……」

「ああいう人が主役なら、きっと撮影も順調にいくだろうな」

「お偉いさんが青沼さんのスケジュールをもぎ取ってくれて良かったよ」

無邪気に感心するスタッフたちを横目で窺っていると、罪悪感が胸を突き刺す。彼らは知らないのだ。二人のマンションに帰った達幸が今日の『ご褒美』を求め、飼い主の身も心も貪り尽くすことなんて。

……でも、まあ、仕方無いか。

明良に誉められたい一心だったとしても、達幸がいいことをしたのは確かだ。スタッフや出演者たちの雰囲気はぐっと良くなったし、この分なら節との共演もうまくいくだろう。

青沼幸初の父親役はきっと成功すると、明良は確信していたのだ。

――そう、この時までは。

顔合わせから一週間後。本読みも終わり、今日からリハーサルだ。ここで各部門のスタッフと責任者たちも交え、スタジオで撮影する分の演技内容を決めていくことになる。

「おはようございます」

明良と達幸がスタジオに入ると、スタッフや共演者たちはにこやかに挨拶を返してくれた。だがたった一人、節だけは椅子に座って台本をじっと読み込んだまま、顔を上げようとすらしない。

「ちょっと、節…！　青沼さんにご挨拶は？」

今日も同行していた凜々花が苛々と叱りつけると、節はのろのろと台本を閉じた。ようやくこちらに向けられた顔はどこか不機嫌そうで、節の代名詞でもある無邪気な子どもらしい笑みはどこにも無い。

「……オハヨーゴザイマス」

「節っ…！」

愛想の欠片も無いあいさつに凜々花はまなじりを吊り上げるが、節はぴょんと椅子を飛び降り、簡易セットを組み立てているスタッフたちの方へ走り去ってしまった。我が子に注ぐものとは思えないほど険しい表情は、達幸を振り返ったとたん甘く蕩ける。

「ごめんなさい、青沼さん。あの子ったら青沼さんにすごく憧れていて、ずっと一緒にお仕事したいって言ってたんですけど…」

「いえ、どうか気になさらないで下さい。節くんもきっと緊張しているだけだと思いますから」

達幸がそう言うのは、明良以外の人間にどう対応されてもまるで気にならないからだ。明良としては、節の言動は最近の悩みの種だった。

撮影が始まってみれば、傲慢できつい母親と違い、節は礼儀正しい子どもだった。わがままの類いは一切口にしないし、指示には素直に従うから、共演者たちはもちろん、ディレクターやスタッフにも可愛がられている。あの岡島さえ、今では何のわだかまりも無く接しているほどだ。

…唯一の例外が、よりにもよって達幸なのだ。

達幸にだけは、節はいつまで経ってもあんな調子で、打ち解けようとしない。演技は要求された通りにこなすが、演技以外ではろくに口もきかない始末だ。

その代わりとでもいうかのように、凜々花はしきりに話しかけてくる。

「…青沼さん、もしよろしかったら、撮影の後お食事をご一緒しませんか？　お肉がお好きだっておっしゃってましたよね。いい肉を食べさせてくれる店を知ってるんですけど…」

アイドル時代を彷彿《ほうふつ》とさせるきらきらとした笑顔は、節くらいの子どもが居るとは思えないほど若々しく、今でも数多の男を魅了するだろう。あいにく達幸は人間の姿をした犬なので、まるで惹かれた様子は無いが。

「残念ですが、今日はこの後もスケジュールが詰まってまして…」

「じゃあ、明日ならどうですか？　お店の予約はいつでも入れられますから。ご飯を食べながらゆっくりお話し出来れば、節も青沼さんに慣れると思うんです」

達幸がよく出来た苦笑でかわそうとしても、凜々花はぐいぐい押してくる。顔合わせに現れた時よりも派手になった服装に、甘い声。

「申し訳ありません、沓名社長。事務所の方針で、私的な会食は遠慮しております」

そろそろ介入する頃合かと判断し、明良は慇懃《いんぎん》に割り込んだ。濃いアイメイクを施した目できっと睨まれるが、その程度で怯んでいては青沼幸のマネージャーなど務まらない。

「私的じゃないでしょう？　青沼さんと節がいい演技をするためなんだから」

「お気持ちはありがたいのですが、事務所の方針に逆らうことは出来ませんので」

「でも――」

凜々花はなおも食い下がったが、馬鹿の一つ覚えのように『事務所の方針』をくり返すと、渋々離れていった。節を呼び戻すのかと思えば、シガレットケースとスマートフォンだけ持って非常口から外に出て行ってしまう。スタッフに遊んでもらっている節には、一瞥もくれない。

……節くんのこと、心配じゃないのか？

スタジオ内は人の出入りが激しいから、不審者が紛れ込まないとも限らない。凜々花は付き人である前に母親だ。普通なら我が子が心配でならないだろうに、毎回欠かさず同行する割には、節をあまり気にかけているようには見えないのだが…。

「あ……」

ふと刺すような視線を感じて振り向けば、節と目が合った。節はふいっと顔を背け、スタッフに呼ばれて駆け去っていく。

「……明良。こっち」

大きな手に腕を掴まれ、明良は大道具の陰に引きずり込まれた。スタッフたちの死角に入るや、達幸はずいと顔を近付けてくる。

「俺以外の雄なんて見ないでって、何度も言ってるのに」

「雄って……節くんのことか？」

まさかと思ったが、達幸は真剣な表情でこっくりと頷くではないか。

「あいつは駄目。明良、さらわれちゃう」

「…十歳だぞ？　可愛い女の子ならまだしも、僕みたいなおっさんなんて相手にもしてもらえないよ」

節が本当に意識しているのは、きっと達幸の方だ。近寄れば避けるくせに、さっきみたいに気付けばこちらを見詰めている。明良しか見ない達幸の眼中には、入っていないだけだ。

「明良はおっさんなんかじゃない。世界で一番キレイな、俺の飼い主だもの。みんな飼って欲しくなるに決まってるもの」

「あのなあ…。そんなふうに思うのは、お前くらいだよ。だいたい、僕とどうこうなるなら、沓名社長の方がまだ危険だろう？」

凜々花には明良などお呼びではないだろうが、同年代の男女ではある。十歳の男の子よりは、まだ嫉妬の矛先としては相応しいはずなのに。

「あの女はどうでもいい。…危ないのは、あっちの雄の方」

達幸は苦虫を噛み潰したような顔でそう断言するのだ。

……やれやれ。この分じゃ、やっぱり沓名社長に狙われてるのにも気付いてないな。

漏れそうになった溜め息を、明良はどうにか呑み込んだ。節とコミュニケーションを取るためという名目でしきりに誘いをかけてくる凜々花だが、本当の目的が達幸自身であるのは誰の目にも明らかである。

共演者やスタッフが達幸に恋してしまい、プライベートでも恋人同士になりたいと迫ってくることは今まで何度もあった。スキャンダルにならなかったのは、事務所のガードが完璧だったのもあるが、そもそも達幸が自分に向けられる好意にまるで無頓着だったからでもある。

節や凜々花に愛想良く振る舞うのは、『青沼幸』がそういう俳優だからというだけ。そこに特別な感情は存在しないのだが、凜々花はうわべだけの達幸の笑顔にすっかり心を奪われてしまったらしい。

節が達幸に心を開かないのは、案外、そのせいかもしれない。

母親が自分の父親以外の男に女の顔でべたべたと言い寄るところを毎度見せ付けられては、息子としては面白くないだろう。節の父親――凜々花の引退の原因にもなった男性については、平凡なサラリーマンらしいという以外、噂らしい噂も聞かないのだが。

「……達幸」

明良の腕を摑んだままの大きな手に、明良はそっと己のそれを重ねた。

「僕はお前が居てくれるから大丈夫。…それより、お前の方が心配だよ」

「…俺…？」

「節くんとの絡みが、上手くいくかどうか…。『フェイク・ファーザー』は実質、お前と節くんのダブル主役みたいなものだから」

ヒロイン役の朱音よりも、節との絡みの方が圧倒的に多いのだ。節は子役だから、当然、息子役はこれまでに何度も演じている。達幸がいかに初めての父親役を演じるか。ドラマの成功は、そこにかかっていると言っても過言ではない。

「任せて、明良」

達幸はぎゅっと明良の手を握り締める。明良にしか向けない心からの笑みを見たら、凜々花はますます恋心をつのらせるだろう。

「明良のために、俺、絶対にうまくやってみせるから。…明良はただ、いつもみたいにそこに居て、俺のことだけ見ててくれればいい」

「…僕のため、か」

「うん。明良のため。だって俺は、明良の一番いい飼い犬だもの」

今や決め台詞と化した一言に、全身の強張りが抜けていった。どうやら、初の役柄に緊張していたのは明良の方らしい。当の達幸は、気負いの欠片も無いというのに。

「そうだな、達幸。…僕の可愛い犬はお前だけだ。僕の前で、最高の演技を観せてくれ」

「……うん！」

達幸は勢い良く明良に抱き付き、項に埋めた鼻先をすんすんとうごめかした。存分に飼い主の匂いを堪能したのを見計らったように、ＡＤが達幸を呼びに来る。リハーサルの準備が整ったらしい。

スタジオの中央にはシートが敷かれ、長テーブルや椅子が組まれていた。本番用のセットは美術スタッフが制作中だから、簡易のセット代わりだ。

今日のリハーサルは物語のオープニング、主役の探偵が存在すら知らなかった息子と出逢うシーンから開始される。

すでにスタンバイしていた節は、明良と別れた達幸が現れるや露骨に顔を歪めた。再びこみ上げてきた不安を追い払い、明良はセットを取り囲むスタッフたちの後方に控える。

セットを挟んだ反対側には椅子が置かれ、凛々花が陣取っていた。さすがに本番中は我が子を見守るのだろうかと思ったが、熱を孕んだ視線は大人たちに囲まれた息子ではなく、達幸だけに注がれている。

……これ以上しつこく絡んでくるようなら、松尾さんに相談して何か手を打つべきかもしれないな。

「ではシーン一、スタート！」

考え事をしている間に達幸たちは位置につき、ディレクターが合図を出した。

いくつも並べたパイプ椅子に仰向けで寝そべっていた達幸がまぶたを開けた瞬間、長テーブルを組み立てただけの簡易セットは古びた事務所に変わる。真新しいものは何一つ無い、どこかうらぶれた空気の漂う探偵事務所からストーリーは始まるのだ。

こん、こん、と美術スタッフがノック音に見立てた音をたてる。

『――誰だ？　こんな時間に……』

開いたまま胸に置かれていた雑誌を無造作に振り落とし、面倒くさそうに起き上がった男は、もはや達幸ではなかった。『フェイク・ファーザー』の主役、霧生《きりゅう》だ。

数年前は将来有望な刑事だったが、上層部の不祥事を暴いてしまったことから冤罪を着せられ、組織を追い出された。刑事だった頃の熱意と正義感は世間の荒波に洗い流され、生きる目的を失い、探偵として細々と食いつないでいる。死なないから生きているだけの──破滅と退廃の色香を滲ませた男。

ストーリーの中の時間は真夜中だ。まっとうな客が訪ねてくるような時間ではない。居留守を決め込もうとした達幸だが、ノックの音はいつまで経ってもやまず、とうとう根負けして入り口のドアを開ける。

『……お前は？』

心細そうにたたずんでいたのは、節──霧生の息子、日向《ひなた》だった。まだ霧生が刑事だった頃の恋人が、霧生と別れた後、一人きりで産み育てていたのである。

ストーリーが始まるこの日、日向の母親はある事件に巻き込まれ、姿を消してしまった。そこで日向は生まれてから一度も会ったことの無い父親を訪ねたのだ。自分に何かあったら父を頼りなさいと、大好きな母親に言い聞かされていたから。

物心ついて以来、心の奥底でずっと追い求めていた父親。不安と慕わしさに突き動かされ、日向は父に抱き付く。ドラマ前半のキービジュアルにもなる、重要なシーンなのだが。

『…パパ！』

泣きながら達幸の胸に飛び込むはずの節は、寸前でぴたりと動きを止めてしまった。しばらく待ってみても、戸惑いの表情を浮かべたまま立ち尽くすだけだ。

「節くん、どうした？」

さすがにいぶかしんだディレクターが割り込む。

節は大きな目をしばたたきながら何度も首を傾げていたが、やがて健気に笑った。

「ごめんなさい。ちょっと、気持ちが上手く入らなかったんです。でも、もう大丈夫だから」

スタジオはかすかにざわめいた。ほとんどリテイクの無い節が、そんなことを言うのは珍しい。さすがの凜々花も、怪訝そうに目を眇めている。

……何か、嫌な空気だな。

達幸の演技に呑まれ、実力を発揮出来ない俳優は数えきれないほど目にしてきた。だが、節は彼らとは違う。呑まれているのではなく…そう、嚙み合っていないような…。

「…仕方無いな。じゃあ、もう一回初めから」

ディレクターの指示に従い、達幸と節は最初の位置に戻る。

明良の目には、二人ともこれといって悪いところは無いように見えた。しかし二人の演技は何度やり直しても最後まで嚙み合わず、その日のリハーサルはお開きになってしまったのである。


ディレクターに呼ばれた達幸を待つ間、明良は控え室で『フェイク・ファーザー』の台本を読み込んでいた。この控え室は達幸専用だから、人目を気にする必要は無い。

ぺらぺらとページをめくる。わずか三ページにも満たない短いシーンのリハーサルすら、満足に終えられなかった。こんなことは初めてだ。

いったい、何がいけなかったのだろう？

ファン、恋人、飼い主。あらゆるひいき目を抜きにしても、達幸の演技に問題があったとは思えない。人生を半ば諦めながらも崖っぷちであがく男の哀愁に、明良ですら引き込まれた。凜々花など、我が子そっちのけで恋する乙女のように達幸を見詰めていたのに。


……それが、まずかったのかな。

やはり多感な年頃の息子としては、母親の関心を独り占めする達幸にやきもちを焼かずにはいられないのかもしれない。よりにもよってその相手を、演技とはいえ父と呼ばなければならないのだから、心の中は複雑だろう。

節の気持ちはわからないでもない。明良自身、かつては父の関心を奪っていく達幸に強い嫉妬を抱いていたのだから。

同情はするが、仕事はきっちりこなしてもらわなければならないのだ。『フェイク・ファーザー』――初の父親役には、達幸の俳優としてのキャリアがかかっている。マネージャーとして…いや、恋人兼飼い主としても、達幸に挫折を味わわせたくはない。でも、こんな最初のうちからつまずいていては…。

「……を、考えているの！」

はあ、と嘆息しながら台本を閉じようとした時だった。壁越しにかん高い声が響いたのは。

……この声は、沓名社長？

メインキャストたちにはそれぞれ専用の控え室があ

てがわれている。そういえば、隣は節の控え室だったはずだ。

「……、…母さ…、ん……」

「…何のために、あんたみたいなとろい子を育ててやったと思ってるのよ！」

弱々しい応えは途切れ途切れにしか届かないが、凛々花の刺々しい怒声はその場で耳を澄ますだけではっきりと聞き取れた。明良すら思わずびくっとしてしまうのだから、幼い節は恐ろしくてたまらないはずだ。

「ごめ…さい、お…、さん…」

「ああもう、うっとうしい子ね。そういうとこはあの人にそっくりなんだから。…ほら、行くわよ。これ以上幸の足を引っ張らないように、しっかりレッスンしてもらわなきゃ」

ハイヒールの高い足音に続き、ドアの開く音がした。話し声が完全に遠ざかってから、明良はそうっと廊下に顔を覗かせる。

凛々花と節の姿はすでに無かったが、閉まりきらなかった隣のドアの隙間に、何か小さな名刺のようなものが落ちていた。

拾い上げてみれば、それは名刺ではなく、勇ましいポーズを取った戦士が描かれたカードだ。

「…これ、『バトル王』カードか」

『バトル王』は小中学生の男子を中心に、幅広い年代に人気のトレーディングカードゲームだ。明良も昔、夢中になってカードを集めていた記憶がある。そう、ちょうど節くらいの歳の頃だ。

凛々花のものとは思えないから、落としたのは節だろう。描かれた戦士はメインキャラクターでも特に人気の高い一人で、ホログラフィック加工が施されたカードはきらきらと光っている。おそらく、かなりレア度の高いカードのはずだ。

落としたのに気付いたら、節はきっと慌てふためくだろう。あの年頃の男の子にとっては宝物だ。松尾から凛々花の連絡先を聞き出し、自分が拾ったと教えてやるべきか…。

「……あーちゃんっ！」

「うわあっ⁉」

突然背後から抱き付かれ、心臓がどくんと跳ね上がった。衝撃で放してしまったカードを、空中でどうにか受け止める。

「…達幸、外でいきなりこういうことをするのはやめろって…」

「あーちゃん、無事!? 他の雄にいい子いい子させられてない？ さらわれてない？」

明良の注意をさえぎり、達幸は項や耳朶、髪の毛など、高い鼻をあちこちうごめかしては匂いを吸い込んでいく。

……いい子いい子はともかく、さらわれてたらここには居ないんじゃないか？

突っ込むのは心の中だけにしておいて、明良は胸の前に回された達幸の手をそっと握り締める。まずは達幸を落ち着かせてやらなければ、ろくに会話も成立しない。

「…いい子いい子もさせられてないし、さらわれてもいないから落ち着け」

「でも…、でも、あーちゃんから他の雄の匂いがしたから。だから俺、急いで戻ってきたのに」

「他の雄の匂い？ ……もしかして、これか？」

拾ったばかりのバトル王カードをかざしてやると、抱きすくめる腕にぎゅうっと力がこもった。青い瞳に怒りの炎が灯る気配がする。

「…うん、この匂い。…これ、あいつのだよね？」

達幸がゆらりと視線を向けた先は、『沓名節様』と張り紙のされた扉だった。歳と共に衰えるどころか、鋭さを増す一方の人間離れした嗅覚には、明良も驚かされるばかりだ。

「さっき、落としていったのをたまたま拾っただけだよ。節くんとは話してもいないから」

「本当？ 本当の本当に本当？」

「本当の本当に本当だから安心しろ」

達幸は疑り深く明良の全身を嗅ぎ回り、ようやく納得してくれたようだった。はあ、と悩ましい息を吐きながら項に唇を埋める仕草のなまめかしいこと。しょっちゅうやられている明良ですらどきりとしてしまうのだから、本性を知らないファンが熱狂するのは無理も無い。

「…それで、神崎さんは何だって？」

カードをこっそりスーツのポケットにしまいながら、明良は尋ねた。

マネージャーの明良を同席させなかったということは、おそらく演技そのものについての相談だ。共演者のNGに付き合わされることはあっても、自らはほとんどノーミスの達幸がディレクターに呼び出されるのは稀である。

「スタジオでのリハーサル以外にも、あいつとレッスンしたらどうかって」

「あいつって、節くんと？　二人で演技のレッスンをしろっていうのか？」

「うん。主役二人の呼吸が合わないままじゃ、スケジュールにも他のキャストにも影響が大きすぎるからって」

もっともらしい言い分だが、だからといって達幸と節だけでレッスンというのは不自然に思える。

かすかな疑念は、レッスンが節からの申し出だと聞いた瞬間、確信に変わった。あの節が自分から達幸とのレッスンなど望むわけがない。つまり――。

……沓名社長からの申し出ってことじゃないか！

ぞくり、と背筋を悪寒が這い上がる。

今まで自分は、凜々花を甘く見ていたのかもしれない。達幸が…青沼幸が関係者にまでもてまくるのはいつものことだから、何の脈も無ければ凜々花もそのうち諦め、離れていくだろうと。

だが凜々花は、これまでの相手とは違う。何が何でも達幸を振り向かせようという…そう、執念めいたものを感じる。

こちらが申し出を受ければ、レッスンには凜々花も当然のように同行していて、その後は半ば無理やり食事に付き合わされるのだろう。考えたくはないが、媚薬か睡眠薬でも盛られてそのまま……という展開もありうるかもしれない。いくら達幸でも、薬には敵わないはずだ。きっと…たぶん。

「神崎さんに、何て返事をしたんだ？」

すでに引き受けていたらどうしようかと思ったが、幸いにも達幸は首を振った。

「あーちゃ…、マネージャーに確かめてからじゃないとわからないって言っておいた。…それで良かったんだよね？」

「ああ。…さすが、僕の可愛い犬だ」

あたりに人影が無いのを確認し、達幸の腕の中で身体の向きを変える。伸び上がり、肉厚な唇に己のそれをちゅっと重ねてやれば、達幸はご褒美をもらった犬よろしく顔を輝かせた。

「あーちゃん…！　あのね、俺ね、すごくいいことを考えたの。聞いてくれる？」

「…いいこと？」

　思わず身構えてしまうのは、達幸の言う『いいこと』が本当にいいことだったためしが無いからだ。

　いや、青沼幸の評価は上がるし、事務所にも莫大な利益をもたらすのだが、あくまで結果的にであって、そこに至るまでには明良も松尾もさんざん振り回されるはめに陥るのである。当の達幸だけはぴんぴんつやつやしているという理不尽ぶりだ。

「うん。あいつとレッスンしなくて済むようになるんだから、いいことでしょ？」

　達幸はたんに明良に節を近付けたくないだけだろうが、節を遠ざけられれば凜々花との絡みも減らせる。確かにいいことだ。いいことなのだが、達幸の口から出ると不安しか無い。

「…わかった。帰ったら聞く」

　しかし、明良は不承不承受け容れた。はねつけたいのは山々だが、自分のあずかり知らぬところで達幸が勝手に動けばさらに面倒な事態を招くのだと、この数年で身に染みている。

　――そして、一時間ほど後。マンションに帰り着くと、達幸はさっそく『いいこと』を切り出した。

「あーちゃん、俺の子になってよ」

「……はっ？」

　ジャケットを剥ぎ取られ、前向きで達幸の膝に乗せられたまま、明良はぽかんと口を開けてしまった。慣れた手にネクタイを引き抜かれ、シャツをいそいそとはだけられる。

「おい…、僕がお前の子になるって、どういうことなんだ」

　我に返ったのは、裸の胸を大きな掌にまさぐられ始めてからのことだった。カラーコンタクトを外した双眸を、達幸はうっとりと細める。

「そのまんまの意味だよ。俺のことお父さんだと思って、俺の子になりきって欲しいの」

「どうして、そんなことをしなきゃならないんだ」

合わない理由を」

「俺、一生懸命考えたの。…あいつと、なかなか息が
物憂げにまぶたを伏せる達幸に、明良はうっかり感動してしまった。この男が演技について自発的に考察するなんて、初めてではないだろうか。

「それで、思い付いたんだけど……もしかしたら、俺に父親らしさが足りてないのかもしれないって」

「父親、らしさ…？」

「うん。…俺、父親がどういうものかわからないし、子どもも居ないから。ちゃんと霧生になりきってるつもりだけど、あいつには違和感があるのかもしれない」

「……達幸……」

つんと鼻の奥が痛んだ。達幸にはちゃんと父親が居るし、今も生きているはずだ。だがあの男は達幸に父親らしい情愛を傾けるどころか、まともに養育すらせず、一度は達幸の俳優生命を危機に陥れた。とうてい父親とは呼べない存在である。

自分たちの歳なら節くらいの子どもが居てもおかしくないが、男同士では当然、子どもは授かれない。明良と共に在る限り、達幸が父親になることは無いのだ。

明良にも同じことが言えるが、少なくとも明良には公明という父親が居た。多忙な外科医だったから共に過ごせた時間は少ないが、今では精いっぱいの愛情を注いでもらったと思っているし、定期的に連絡を取り合ってもいる。

父親に愛された経験も、父親として子どもを可愛がる経験も、達幸には存在しないのだ。節は達幸の内に秘めた戸惑いを敏感に察知し、反発しているのかもしれない。

「…だから、僕にお前の子どもになりきれって？」

「俺はどんな相手にでも合わせられるけど、時間がかかったらあいつとレッスンさせられちゃうかもしれない。そしたら、あーちゃんも困るよね？」

「それはそうだけど…でも、僕は役者の経験なんて無いんだぞ？　節くんみたいな演技は、とても…」

「演技なんて、いい」

達幸は明良の背に腕を回し、互いの胸をぴたりと重ねた。二人分の鼓動が重なり、溶け合っていく。

「俺はあーちゃんを自分の子だと思って接するから。あーちゃんも俺を父親だと思って、行動してくれれば

いいの」

「で、でも…」

「俺、この役は絶対に成功させたいって思ってる。だって、あーちゃんが楽しみにしててくれるんだもの。……だからね、あーちゃん。俺に、協力して？」

演技にかけてはずぶの素人が、達幸に協力なんて出来るのだろうか。わずかなためらいを、耳に注ぎ込まれる懇願が打ち砕く。

気付けば、明良は頷いていた。

「……、わかった」

「あーちゃん……っ！」

ぎゅううううう、ときつく抱きすくめられてすぐ、早まったかもしれないと不安になったが、あんなふうに囁かれて拒むのは明良にも不可能だ。飼い犬だと誇らしげに胸を張るくせに、人間の男としても魅力を増していくなんて反則である。

「ありがとう、あーちゃん。俺、頑張るから。あーちゃんのためにすごくすごく頑張るから」

「あ…、ああ。達幸…」

「違うでしょ、あーちゃん」

達幸はゆっくりと身を離し、明良の両頬を大きな掌で挟み込む。

「『パパ』、だよ。あーちゃんは俺の子なんだから」

「…お、『お父さん』じゃ駄目なのか？」

パパなんて小さな子どもみたいで恥ずかしいし、実父もお父さんと呼んでいたのだ。どぎまぎする明良に、達幸は蕩けるように微笑みかける。

「パパじゃなきゃ駄目。だって『フェイク・ファーザー』の日向は、霧生をパパって呼ぶでしょう？」

「……う、うう……」

必死に逸らそうとしても、期待に満ちた青い瞳は明良を逃してはくれない。自分と同じ歳の、しかも惚れ惚れするほどいい男をパパ呼ばわりしなければならないなんて、何の罰ゲームなのか。

……ええい、これも達幸のためだ……！

「パ、…………パパ」

覚悟を決めて口にした瞬間、ぞく、と背筋が粟立った。見慣れたはずの顔が、初めて会う他人のように見えたのだ。

「明良」

低く優しい呼び声も、慈愛に満ちた眼差しも、達幸であって達幸ではない。我が子のためなら己の命を差し出すことすら厭わない…父親のそれだ。

……な、んだ、これ……。

——甘えたい。頬を擦り寄せて、ぎゅっと抱っこしてもらって、優しい声を聞きながら眠りたい。

むくむくと勝手に湧き上がってくる感情に、明良は混乱した。もう十年近く肌を重ねているのだ。もっぱら求めてくるのは達幸だが、明良だって達幸を欲しがったことは何度もある。

でも今、はち切れんばかりに胸を満たすのは、ベッドの中で覚える情欲ではない。甘えたい、可愛がられたい。遠い遠い昔、父に抱いたのと同じ感情…。

「パパ……」

おずおずと達幸の胸に顔を埋める。匂いを嗅いだだけで広がる安堵に、めまいがしそうだった。

背中を撫でてくれる男は実の父親ではない。明良の一番いい飼い犬だと言ってはばからない男だと警告する理性の声が、どんどん遠ざかっていく。これまで培ってきた常識ごと。

「…なあに？　明良」

普段通りの口調だ。いつもと違うのは、二人きりなのにまともに名前を呼んでいることくらい。

なのに。

「明良…、パパのこと、大好き…」

せめぎ合う。荒れ狂い、溢れ出る。青沼達幸の子どもとしての——ありえない欲求が。

「…パパは…、明良が、好き…？」

「もちろんだよ、明良。パパは明良が一番好き。一番可愛い」

「ふふ…っ…」

可愛い可愛いと囁かれながら頭を撫でられ、嬉しくて笑うなんて、いつもと立場が逆だ。いつもなら——そう、いつもなら——明良の方が…。

……あれ？　いつもって、何だっけ……？

「可愛い明良。……俺だけの明良」

つむじにちゅっと口付けを落とし、達幸は明良を横抱きにして立ち上がる。向かったのはバスルームだ。

「汗をかいたから、パパと一緒にお風呂に入ろうね」

「……う、ん」

床に下ろされた明良は何の疑問も覚えず、乱れたシャツを脱ごうとした。だがその前に、達幸はそっと明良の手を押しとどめる。

「パパがやってあげる」

穏やかな声に、明良はおとなしく従った。子どもが親に着替えを手伝ってもらうのは当たり前だ。

「俺の明良は、本当に可愛い…」

達幸が笑ってくれると、明良も嬉しくなる。されるがまま衣服を残らず脱がされ、さっと裸になった達幸と共に浴室に入った。

「じゃあ、まずは身体を洗おうね」

達幸は明良を丸い椅子に座らせ、シャワーで明良の髪を濡らした。たっぷりシャンプーを取り、濡れた髪に馴染ませる。

「…ん…っ……」

頭皮を優しくマッサージする指先が気持ち良くて、思わず声が漏れた。昼間蓄積された疲労やストレスまでもが、とろとろと溶け出していくかのようだ。

もっと触れて欲しくて大きな掌に頭を押し付ければ、達幸の唇がほころぶ気配がした。

「…パパ、嬉しいの…？」

「嬉しいに決まってるよ。…明良が、自分から甘えてくれるんだから」

項に口付けを散らされ、心がほんのりと温かくなった。明良の本当の父の公明は、子煩悩な優しい人ではあったが、こんなふうに思いを口にしてくれることはめったに無かったのだ。

……本当の、父親？

こてんと傾げた首筋を、濡れた手が撫でていく。胸に立ち込めかけたもやもやは、髪の泡を洗い流される頃にはすっかり消えていた。

自分はいったい、何を馬鹿なことを考えていたのだろうか。本当の父だなんて。…明良の父は、ここに居るのに。

……パパ。この人が、僕のパパなんだ……。

「パパぁ……」

何一つ似たところの無い、血が繋がってもいない同じ歳の『父親』の腕に、明良は縋り付く。

「…、…どうしたの、明良？」

「離れちゃ…、駄目。…ずっと、ぎゅっとしてて、くれなきゃ…」

「……あー、…ちゃ…」

こくり、と唾を飲む音がした瞬間、奇妙なくらい凪《な》いでいた心にさざ波が立った。

自ら達幸にしがみ付く自分。明良を子ども扱いする達幸。にわかにこみ上げた強烈な違和感は、慈愛に満ちた笑みが綺麗に拭い去る。

「駄目だよ、明良。お湯に入る前に、ちゃんと身体を洗っておかなきゃ」

達幸は自由な方の手でスポンジにボディソープを含ませ、泡立ててみせる。きっとあれで明良と達幸を洗い終えるまで、ぎゅっとしてもらえないのだ。

むうっと唇を尖らせ、明良は泡だらけのスポンジを奪い取った。

「あ…、…明良？」

「僕がパパを洗ってあげるから、パパは僕を洗って」

互いを洗い合えば、その分早く終わり、抱っこしてもらえる。名案とばかりに笑い、明良は眼差しで達幸を促した。達幸はためらいつつも、素直に明良の前に両膝をつく。

同じ高さになった視線が嬉しくて、明良はうきうきと逞しい肩を洗い始めた。一つしか無いスポンジを取られてしまったら、達幸はどうやって洗うのか。疑問を覚えたのは、長い腕が背中に回された後だ。

「ふ…、…ぅ……」

ソープを纏わせた掌が、背中をゆっくりと撫で下ろしていく。強張った筋肉が弛緩していく心地良さに、甘い吐息が漏れた。

……パパ、どうしちゃったんだろう。

さっきまでは余裕たっぷりだった手が、何故か小刻みに震えている。バスルームの中も空調が効いているはずだが、寒いのだろうか。

だったら早く洗い終えて、二人でゆっくり湯に浸かろう。逞しい裸身を張り切って擦るうちに、明良の手はとうとう股間に――そこにそびえる太いものにたどり着いた。

「パパ…、ここ、どうして大きくなってるの？」

自分よりはるかに大きなそれを、明良は無邪気に摑む。

「あっ…、きら…」

「ねえ、パパ。どうして？」

ぎゅっぎゅっと力を込めるたび切っ先から透明な雫《しずく》が溢れ、余裕の無い声が漏れ出るのが面白くて、手の中で震える達幸のものをもてあそぶ。普段とかけ離れた幼い仕草が達幸にどんな影響をもたらすか、知りもしないで。

「…あ、……あー…、……」

「……パパ？」

いぶかしみながら顔を上げ、明良は脈打つものを握ったまま硬直した。果ての無い慈愛に満ちていたはずの青い瞳が、狂おしいまでの熱情に…父親は決して抱かないはずの欲望に染まっていく。

「……ああ、……ああ、……あーちゃん……」

「…っ…」

「あ、あああ、…あっ、あーちゃん…、…あーちゃん、あーちゃん、あーちゃん…っ…！」

飢えた咆哮がバスルームに響き渡る。

……あ、……あああっ！

同時に明良もまた、心の中で悲鳴を上げた。半開きになった唇にむしゃぶりつかれ、貪られていなければ、絶叫していただろう。

……僕は…、僕は、今まで何を……！

達幸を父親だと思い込み、幼い子どものように甘えまくっていた記憶が脳内を駆け巡る。

どうしてあんな真似が出来たのだろう。達幸は明良の父親なんかじゃない。恋人で飼い犬で、同じ歳の男なのに。

「…どうしてなの、あーちゃん…」

おもむろに唇を離し、ぎらつく瞳で射竦めてくる達幸には、父親らしさの欠片も無い。濡れた唇の端から、ぽたりと涎が伝い落ちる。

「た…っ、…達幸…」

「どうして…、どうしてあーちゃんは、キレイでキレイでキレイなのに、そんなに可愛いの……っ⁉　あーちゃんが可愛くて可愛くて可愛いから、俺、我慢出来なくなっちゃうんだよ…！」

「…あ、……あぁっ！」

動かせなくなった手を包み込まれ、怒張した雄を強引に扱かされる。

ほんの数度刺激されたとたん、明良の手に余るほど漲っていたそれは、ぶしゃあっと大量の精液をぶちまけた。指に絡み付き、頬にまで飛び散ったその熱さが、心の奥底に追いやられていた理性を完全に呼び戻す。

――引きずり込まれていたのか。

火照る肌を、裏腹な寒気が舐め上げる。

――父親を演じる達幸に、いつの間にか明良までもが引きずり込まれていたのか。成人男性としての自我が消え、達幸の子どもだと錯覚するくらいに。

ぞくり……。

俳優・青沼幸の才能を、明良は全身の震えと共に思い知った。達幸の共演者たちも迫真の演技と称賛されるが、あれは達幸に呑み込まれまいと必死に抵抗した結果なのだろう。素人の明良は、なすすべも無く引き込まれてしまったが。

……節くんは、すごい子なんだな。

達幸のこの演技に引きずり込まれず、己を保っていられるのだから。母親の関心を奪われた嫉妬が混じっているとしても、じゅうぶんにすごいことだ――などと悠長に考えていられたのは、そこまでだった。

「……あー、ちゃ、……ん」

「…ひ、……っ！」

果てたばかりの雄が手の中でみるまに張り詰め、どくんと脈打った。まるで達幸以外の男を思い浮かべてしまった明良を、咎めるように。

「あーちゃん…、…あーちゃん、あーちゃん、俺のあーちゃん…っ…！」

「達幸、…落ち着け、たつゆ…、…っ！」

すさまじい力で椅子から身体を持ち上げられ、バスルームの床に這わされた。

強引に割り開かれた尻のあわいに、ぬちゃり、とぬるついた生温かい液体が塗り広げられる。さっき達幸が吐き出したばかりの精液だ。

「あ…、っ……」

毎日欠かさず達幸のもので貫かれ、すっかり形を覚えてしまった蕾は、ぬるついた粘液が染み込んでいく感覚にざわめいた。一度も触れられていないはずの性器までもが熱を帯び、期待に震えている。

「…あーちゃん…っ、早く……！」

はあはあと荒い息を吐きながら、達幸は明良の尻たぶを両側から鷲摑みにした。腹に付いてしまいそうなほど反り返った雄の先端を、うごめく蕾にあてがう。

「早く…、…俺の匂い、つけなきゃ…！」

「…あっ…、あ、ああー……っ！」

動けないようがっちり拘束され、肉の隘路をいきり勃った雄に拓かれる。

何年経っても慣れないのは心だけだ。身体は従順に達幸を受け容れ、熱い肉杭に絡み付き、やわやわと締め上げては射精をねだる。腹の中を熱い精液で満たされなければ解放されないと、思い知っているから。…下肢を二つに裂かれそうな雄からも、身の内で荒れ狂う快楽の波からも。

「あーちゃん…、あーちゃんっ…」

早く早く、とうわごとのように口走りながら、達幸は腰を打ち付ける。最奥を穿たれるたび苦痛と紙一重の快感がこみ上げ、明良は腕がくたくたとくずおれそうになるのを必死に堪えた。

「…ぁっ、あっ、あ…、達幸、…達幸っ……」

「あーちゃん、駄目、そんなに可愛くちゃ駄目っ…」

濡れた床に四つん這いになって容赦無く犯され、喘ぎ声を垂れ流すだけの三十路過ぎの男のどこが可愛いというのか。突っ込む余裕などあるはずもなく、明良はがくがくと揺さぶられ続ける。

「……あー、ちゃん……！」

「…っは、…あぁ、……っ…！」

高々と掲げさせられた尻の奥に、熱の奔流がどぷどぷと注ぎ込まれた。とうとう己を支えきれなくなり、床に肘をついてしまったせいで、おびただしい量のそれはうごめく媚肉に絡み付きながら最奥にどろどろと流れ込んでくる。

「や……ぁ、あっ……」

「ねぇ、あーちゃん…孕んでくれてる？」

内側から灼かれ、びくんびくんとわななく背中に、達幸はゆっくりと覆いかぶさってくる。繋がったまま、中に出されると同時に達してしまった明良の性器を掌に収めて。

「…俺のこと…、ちゃんと、お腹に孕んでくれてる？」

「あ…っあ、…んっ、うぅ…」

「教えて、あーちゃん…」

甘くかすれた声で懇願するのなら、いやらしく腰を振り、しとどに濡らされた胎内をぬちゃぬちゃとかき混ぜるのはやめて欲しかった。みるみる逞しさを取り戻していく雄を締め付け、再び犯してもらうことしか考えられなくなってしまうから。

「孕んで…、…る…」

それでも懸命に声を絞り出すのは、身体に教え込まれているせいだ。きちんと答えない限り何度でも腹の中に注がれ、萎えない雄で栓をされたまま喘がされ続けることになると。

「…達幸を…、孕んでる、から…、だから……」

「――あーちゃん……っ！」

もう許して、と紡いだはずの声は、歓喜の咆哮にかき消された。勢い良く身体を持ち上げられ、胡坐をかいた達幸の膝に乗せられた弾みで、猛る雄がいっそう奥にずぷずぷとめり込んでいく。

「良かった…、あーちゃん。これでもう、大丈夫」

「…あっ…、あん…っ、あ…、あぁっ…」

「俺のこと孕んで、俺の匂いをいっぱいつければ…あーちゃんがどんなに可愛くたって、他の雄は絶対、寄ってこないから…」

耳元で囁くそばから、達幸は抱き込んだ明良の尻をずっちゅずっちゅと突き上げる。奥にとどまっていた精液は中を伝い落ち、蕾から零れそうになっては雄に押し戻されるのを何度も繰り返されるうちに泡立ち、媚肉に染み渡っていく。

「ん…ぁっ、あ、あああっ……」

達幸以外の男との経験など無いけれど、身の内に達幸でも自分でもない何かが宿ったような感覚に襲われるのは、きっと達幸に抱かれる時だけだろう。勝手に跳ねる太腿を力強い腕に背後から掬い上げられ、よろめいた背中は分厚い胸板に受け止められる。

「…あーちゃん…、もう一回…」

「うぁ…っ、ああ、あっ…、あ…」

入り込んだ先端はさっきよりもさらに奥で弾け、すでに一度果てているとは思えないほどの量の精液をまき散らした。内側から腹を膨らまされる――慣れたはずなのに恐ろしくなったのは、胎内の雄がたちどころに回復を遂げたせいだろうか。

「…駄目、あーちゃん。じっとして」

反射的に逃げようとした明良を、達幸はきつく抱きすくめた。腹に太腿がぎゅうぎゅうと押し付けられ、逃げ場のなくなった精液が胎内に染み込んでいく。

「…た…、つゆき…、…放して…」

お願い、お願い…と、明良は幼い子どものように泣きじゃくりながら懇願した。羞恥を覚える余裕など無い。こんなことを続けられたら。――達幸を孕まされ続けてしまったら。

「子ども…、出来ちゃうっ…」

「っ…、あーちゃん…」

「お腹に、子ども、出来ちゃうから…、もう…」

駄目と訴えた瞬間、大きな手に顎を掬われ、強引に背後を振り向かされた。…興奮しきった荒い吐息。底光りする青い瞳。

……喰われる……！

「…ふ、……ふふ、ふっ……」

貪るという表現すら生易しい口付けの合間に、達幸は喜悦の笑い声を漏らす。濡れた唇を、紅い舌で舐め上げながら。

「子ども…、あーちゃんと俺の、子ども…」

「い…、や…っ…、達幸…」

「…子どもって、いいよね…。ここに子ども出来たら…あーちゃん、動けなくなって、ずっとずっと俺の傍に居てくれるもんね…？」

「あ、……やぁぁぁ……っ！」

繋がったまま身体の向きを変えられ、正面から向かい合わされる。腹の上から大きな掌にいやらしく撫でられ、すでに二回分の精液を孕まされた胎内は粘りけを帯びた淫らな音をたてた。

「…ありがとう、あーちゃん」

優しい笑みに、さっきまでの達幸が…包容力に満ちた父親が重なる。雄がぐんぐん漲り、媚肉を内側から押し広げていなければ、パパと口走ってしまったかもしれない。

「な…、にを、言って…」

「俺…、やっとわかった。子どもが可愛い、って気持ち…あーちゃんを俺の傍から動けなくしてくれるんだから、可愛くって当たり前だよね」

どんなに頑なな子どもの心でも開いてしまえそうなくらい慈愛深く、達幸は微笑む。

「ば…、馬鹿…っ、そんな……」

――そんなわけ、あるかぁぁぁ！

心の底からの叫びは、再びむしゃぶりついてきた唇に吸い取られていった。

『……パパ！　助けてぇっ！』

長身の男の腕の中から、節扮する日向が泣きながら手を伸ばす。父が追っていた事件の犯人に、人質に取られてしまったのだ。

『日向……、待ってろ！』

達幸が演じる霧生は犯人が落とした銃を拾い、素早く引き金を引く。刑事時代、霧生は卓越した射撃の技術の持ち主だった。その腕前は未だ衰えていない。銃弾は二人の背後の排水管に命中し、噴き出した水が犯人の視界を奪う。

一瞬の隙を見逃さず、霧生は疾走した。犯人の腹に強烈な蹴りをお見舞いし、緩んだ腕から息子を取り返す。

『パパ……！』

見開いた瞳に大粒の涙を浮かべ、父にしがみ付く日向。誰もが庇護欲をそそられずにはいられないその泣き顔がズームされ――。

「……カット！」

ディレクターの上ずった声がかかった瞬間、身じろぎすらはばかられるほどの緊迫感が一気に緩んだ。ロケのために人払いがされた路地裏に、ざわめきが戻ってくる。

明良は背後のフェンスにもたれ、いつの間にか詰めていた息を吐き出した。

「すごい……」

胸の中では感動と興奮がぐるぐると回っているのに、まるで言葉になってくれなかった。それは明良だけではなく、見守っていたスタッフや出番待ちの共演者たちまでもが圧倒されたように立ち尽くしている。

「いやー、良かった！　すごく良かったよ、青沼くんも節くんも！」

普段はあまり感情を面《おもて》に出さないディレクターの神崎がばんばんと達幸の背を叩き、満面の笑顔を節に向ける。

「ありがとうございます。節くんの演技が良かったからですよ」

「……あ、……」

達幸に優しく微笑みかけられても、少し前までの節なら無表情で流すだけだっただろう。だが今の節はうっすらと頰を染め、拳を握り締めながらも、達幸から顔を逸らさない。

「…ありがとう、……ございます」

照れる節の頭を、達幸はくしゃりと撫でる。演技が途切れても親子らしい二人の微笑ましい姿に、神崎は腕を組み、うんうんとおおげさに頷いた。

「いいねいいね、二人とも息ぴったりじゃない。最初の頃はどうなるかと思ったけど、これなら成功間違い無しだよ」

「神崎さん、ちょっといいですか？『ドラマナビ』の方がいらっしゃってるんですが…」

若いADが遠慮がちに割り込むと、ああ、と神崎は手を打った。

「もうそんな時間か。すぐに行くから、ちょっと待っててもらって。…青沼くん、君も一緒に来てくれる？」

「……はい、もちろん」

一瞬、明良に悲しげな眼差しを投げかけてきた達幸だが、無言で首を振ってやると不承不承神崎と共に記者のもとへ向かった。

『ドラマナビ』は国内最高部数を誇るテレビ情報誌で、『フェイク・ファーザー』の特集を組んでくれることになっている。今日は記者がロケを訪れ、メインキャストにインタビューを行う予定なのだ。達幸が居なければ始まらない。

達幸としてはすぐにでも明良を自分専用のロケバスに連れ込みたいのだろうが、PRのためにきっちり働いてもらわなければ。

……達幸と節くん、本当に良くなったな。

諸々のリハーサルが完了し、本番の撮影に入ってひと月ほど。スタジオリハーサルでは全く嚙み合っていなかった二人の呼吸は、今や本当の親子以上にぴったり重なっていた。マネージャーとしては喜ぶべきなのだろうが、明良の心中は少々複雑だ。

「…『パパ』、か…」

小さくひとりごちるだけで、身体の芯にぽっと熱が灯る。

――あーちゃんを俺の傍から動けなくしてくれるん

だから、可愛くって当たり前だよね。

突っ込みどころ満載の悟りを開いてからというもの、達幸の『父親』の演技にはいっそう磨きがかかった。頑なに達幸と合わせようとしない節すら、引きずられずにはいられないくらいに。

周囲は節がさらなる才能を開花させたと誉めそやしたが、明良にはわかる。あれは達幸に呑み込まれてしまわないよう、必死にあらがっただけだと。むろん、しっかり引きずられた挙げ句呑み込まれ、達幸を父親だと思い込んでしまった明良に比べたら、自分を保っていられる節はすごいのひと言に尽きるのだが。

「……んっ？」

インタビュー中に何件か電話を入れておこうと思い、植え込みの陰に引っ込もうとして、明良はふと立ち止まった。組み立て式の椅子に座った節の傍に、凛々花の姿が無いことに気が付いたのだ。一体どこへ、と見回せば、神崎の横に我が物顔で陣取り、インタビュー中の達幸をうっとり見詰めているではないか。

むう、と自然に眉が寄ってしまう。達幸と節の呼吸が重なるにつれ、凛々花の態度もどんどんあからさまになっていったのだ。

節と達幸だけで特別レッスンを、とはさすがに言わなくなったが、達幸に対する好意を取り繕うのもやめてしまった。今では撮影に関わる誰もが、凛々花が恋愛的な意味で達幸に執着しているのだと知っている。

達幸はともかく、凛々花はあれでも一応既婚者である。しかも有名子役の実母であり、所属事務所の社長だ。普通ならとっくに週刊誌のスクープ記事になっていてもおかしくないのに、噂一つ立たないのは、凛々花が繋がっているという人脈のおかげなのだろう。

節はスマートフォンをいじりつつも、時折ちらちらと母親に視線を投げかける。だが、華やかに笑う凛々花は、寄る辺無さそうな息子に気付きもしない。

……達幸より、自分の子を見てやればいいのに。

「…節くん」

苛立たしさを呑み込み、明良はそっと節の前に膝をついた。凛々花がこちらを見ていないのを確認し、だいぶ前、控え室で拾ったバトル王カードを差し出す。

いぶかしそうだった節の顔が、ぱっと輝いた。

「それ…！」

「節くんのカードだよね？　ずっと前に控え室の前で拾ったんだけど、なかなか返すタイミングが無くて。遅くなっちゃって、ごめんね」

「…ううん」

節はポケットからパスケースを取り出し、受け取ったカードを大事そうにしまうと、礼儀正しく頭を下げる。

「お母さ…、…社長に見られたら絶対捨てられちゃうから、今で良かったです。拾ってくれてありがとうございます」

「とんでもない。それ、『銀河戦士《ぎんがせんし》ギャラクティカ』だよね？　僕も節くんくらいの頃、持ってたよ」

懐かしいなあと微笑めば、節は目を丸くする。

「バトル王カード、知ってるんですか？」

「僕が子どもの頃も流行っていたからね。僕と同じ年代の男なら皆、一度は遊んだことがあるんじゃないかな。節くんのお父さんも、きっと」

「お父さん……」

節は小さな手でパスケースを握り締めた。よく見れば、一番上のＩＣカードを入れるスペースには、明良と同じ年頃の男性の写真が収まっている。端整で穏やかそうな顔は節とまるで似ていないが、父親だろうか。

「このカード、お父さんがくれたんです。僕が欲しいって言ってたら、誕生日のプレゼントで送ってくれて」

「…そうなんだ」

……誕生日に『送ってくれた』、か。

そういえば、凛々花について松尾に相談した時、節の父親は妻子と別居中なのだと聞いた覚えがある。息子のプロデュースにのめり込む妻に付いて行けなくなり、家を出てしまったようなのだ。離婚こそしていないものの、夫婦仲はもはや破綻したも同然らしい。

それでも――。

「節くんのお父さんは、節くんが可愛くてたまらないんだね」

「…え…？」

「このカードのレアリティなら、カードパックを何袋も買わなきゃ当てられないはずだよ。ギャラクティカが収録されてるシリーズは特に人気があるから、どこのお店も品薄になりがちだし…きっとお父さんは、何軒もお店を回って集めたんじゃないかな」

「……本当、に？」

おずおずと、節はふっくらとした口を開く。

「お父さん…、本当に僕のこと、可愛いんだって思いますか…？　僕、お母さんにそっくりなのに…」

「もちろん。可愛くない子のために、苦労してプレゼントを用意なんてしないよ」

明良が請け負うと、節は演技ではない笑みを満面に浮かべた。独身の明良すらきゅんとさせられるのだから、実の父親なら可愛くてたまらないはずだ。写真やプレゼントのカードを持ち歩くくらいだから、節も父親を慕っているのだろうし。

「節くんは、デッキを組んで誰かと遊んだりしないのかな？」

「お仕事が忙しくて…。お父さんとはあんまり会えないし、お母さ…、社長はゲームなんかよりレッスンしなさいって言うから…」

凜々花が節のカード集めを歓迎していないことは、明良も薄々察していた。仕事に差し支えるからというよりは、別居中の夫が息子と仲を深めるのを嫌ったからなのかもしれない。

「じゃあ、いつか僕たちと遊ぼうか」

寂しそうな節の顔を見ていると、自然と誘いの言葉がこぼれ出た。凜々花のことを考えればこの母子とは必要以上の関わりを持つべきではないが、一緒に遊べば達幸と節の演技はますます良くなるはずだ。凜々花とて、達幸が絡めば反対はしづらいだろう。

「僕、たち…？　もしかして、青沼さんも？」

「うん。達…、…幸も子どもの頃はバトル王カードで遊んでいたから。今でもルールは覚えてるんじゃないかな」

自発的に興味を持ったのではなく、明良を他の友人たちと遊ばせたくない一心でプレイし始めたことは伏せておく。

「…青沼さんがバトル王カード…」

「ちょっと想像出来ないよね。でも、意外と強かったんだよ」

攻略も効率も一切考えない適当なデッキ構成のくせに、妙に引きが良く、クラスメイトたちにも連戦連勝だった。そのうち明良までもが『あいつと遊ぶと絶対青沼が付いて来るから』と誰にも相手をしてもらえなくなり、バトル王カードもやらなくなってしまったのである。満足なのは達幸だけという、悲しい思い出だ。

「…幸とお仕事以外で遊ぶのは、嫌？」

うつむいてしまった節に、明良は問いかける。今まであまり話したことも無かったのに唐突すぎただろうかと不安になったが、節は静かに首を振った。

「そんなこと、ないです。ただ…」

「…ただ？」

「青沼さんの方が、僕のこと、嫌いなんじゃないかって思ってたから。最初の頃は、特に」

「嫌いだなんて、絶対に無いよ」

否定しつつも、明良は内心冷や汗をかく。達幸は節を嫌ってはいないが、明良をさらうかもしれないと警戒はしまくっていた。あの完璧すぎる『青沼幸』の演技に騙されないあたり、節はさすがに名子役だ。

「幸も初めての父親役だから、緊張していただけなんだ。仲良くしてくれるとありがたいな」

「……」

無言で顔を上げた節の視線の先には、インタビューを終えた達幸と、その腕に馴れ馴れしく触れる凜々花が居る。苦笑する達幸が凜々花を振り払わないのは決して好意ではなく、恥をかかせては撮影に差し障るだろうという配慮なのだが、果たして子どもの節にそこまで察してもらえるかどうか。

「あの、節くん…」

「…社長がずっと前、アイドルだったこと、知ってますか？」

「……う、うん」

応えがかすかに震えてしまったのは、自分の母親を社長と呼ぶ声がやけに冷たかったせいだ。凜々花の方針なのか、陰のある役柄の依頼は一切受けない節だが、こんな声も出せたのかと驚いてしまう。

「――じゃあ、社長がその頃から青沼さんのファンで、アイドルを辞めたのも青沼さんのためだったってことは？」

「え……っ？」

いつもの無邪気さの欠片も無い表情は、演技とは思えない。凜々花がアイドル時代から達幸のファンだったのは頷けるが、達幸のためにアイドルを辞めたというのはどういう意味だろう。

……沓名社長が引退したのは、当時交際していた男性…つまり、節くんのお父さんとの間に、節くんを授かったからじゃないのか？

「節くん、それは…」

「ああ、節くん！　そろそろ節くんの番だから、こっちに来てくれる？」

どういうことだと尋ねる前に、記者が節を手招きした。節はぺこりと頭を下げ、記者の方へ走っていってしまう。

……仕方無い。後で松尾さんと一緒に調べるか。

明良はズボンの膝をぱんぱんと払いながら立ち上がり――固まった。

「……明良……」

低い囁きと共に、背後から逞しい腕に抱き込まれる。

「た、達幸…」

「…俺…、一緒に居られない間、他の雄には絶対近付かないでって言ったよね？」

確かに言われたが、節にカードを返せるタイミングは今しか無かったのだ…なんて、言い訳をするだけ無駄だろう。


「……家に帰ったら、俺の匂い、たくさんつけさせてくれるよね？」

明良に出来るのはただ、黙って頷くことだけだった。


日付が変わり、少し経った頃。

……さすが松尾さん。もう調べてくれたのか。

全裸のままブランケットに包まり、明良はスマートフォンに送られてきた松尾のメッセージを読み込んでいた。撮影が終わり、待ってましたとばかりにマンションに引きずり込まれる前、何とか『沓名凜々花の引退の理由について調べておいて欲しい』とメッセージを送っておいたのだ。

その後明良は覚悟していた通り、全身を舐め回されてから何度も精液を胎内に注ぎ込まれ、気絶するように眠りについた。朝まで寝過ごさず、真夜中に目を覚ませた自分を誉めてやりたい。

昼間明良の報告を受けてすぐ、松尾はかつて凜々花のスキャンダル――各局の重役たちに対する枕営業疑惑についてスクープしようとした記者に連絡を取ったそうだ。記者は枕営業疑惑の記事を握り潰されたことを恨みに思い、しばらくの間凜々花を追いかけていたという。

記者によれば、引退の数か月前から、凜々花は数人の一般人男性と交際していたらしい。アイドルは基本的に恋愛禁止である。事務所が別れるよう何度警告しても、一切聞き入れなかったそうだ。

しばらくして凜々花は妊娠し、お腹の子の父親である男性…今の夫と結婚することを理由に引退した。そこまでは明良も知る通りだ。違うのは、妊娠にいたるまでの経緯である。

「…これは、本当なのか？」

当時、記者が凜々花と同じグループに所属するアイドルに取材したところ、匿名を条件に語ったそうだ。早く子どもを作って引退したいから、何人もの男性と付き合っている――彼女は凜々花からそう打ち明けられたのだという。

しかも凜々花は生まれた子どもも芸能界デビューさせたいと熱望しており、容姿に恵まれた男性を厳選していたらしい。言われてみれば確かに、達幸には及ばないものの、昼間見た写真の父親はなかなか整った顔立ちの男性だった。節は母親似だが、父親に似ても綺麗な子どもに育っただろう。容姿が良ければ、子役としてもかなり有利である。

芸能界デビュー出来る子どもが欲しいから、何人もの男性と付き合った。ならば今の夫と結婚したのは愛情ゆえではなく、彼がたまたまお腹の子…節の父親だったからということになる。夫婦仲が悪いのも当然といえば当然だが…。

「ルックスのいい子どもを作るために、ここまでするのか…？」

ぞくりと背筋に悪寒が走ったのは、節の言葉を思い出してしまったせいだ。

凜々花の引退は、節によれば達幸のためだったという。達幸の熱烈なファンだった凜々花は子どもを作って引退し、その子ども…節は狙い通り有名子役になった。そう、達幸と共演するほどの。

そして今の凜々花は、アイドル時代は望むべくも無かった、達幸と同じ空間に居る。共演者の母親として。

「……まさか……」

「何が『まさか』なの？」

するりと背後から回された腕に抱き込まれ、明良は全身を強張らせた。取り落としそうになったスマートフォンをベッドヘッドに避難させ、達幸は明良の項に高い鼻をうごめかせながら埋めてくる。

「あ…っ、こら、達幸……！」

尻のあわいに昂りつつある雄を押し当てられ、腹に回された腕をぺちんと叩く。

十分くらい前に目覚めた時、それは明良の胎内に収まったままだった。こんなものを受け容れていては、ろくに考え事も出来ない。明良はなおも精液を注ごうと腰を振る達幸を無理やり引き離し、欲しくもない夜食を用意するよう命じてキッチンへ追いやったのだ。

「夜食はどうしたんだ、夜食は…っ…」

「出来たから呼びに来たら、何だか他の雄の気配がして、あーちゃん、震えてるんだもの。夜食なんかより、俺をお腹に入れてあげなきゃ」

あてがわれた先端が、ぐちゅり、と蕾にめり込む。

「…あ…っ、や、……ぁん…っ！」

すでに数えきれないほど中に出され、濡れた媚肉は何の抵抗もせず達幸の雄を呑み込んでいった。空っぽだった腹が一気に満たされる充足感と同時に、萎えた性器がふるふると震える。

「ふ…、ふっ、…あーちゃん…」

明良が尻を犯されて絶頂に上り詰めたと、蠕動《ぜんどう》する媚肉で悟ったのだろう。達幸は項に熱い吐息を吹きかけ、びくつく性器を揉みしだきながら小刻みに腹を揺すり上げる。溢れ出る歓喜を、隠そうともせずに。

「大丈夫だよ。こうして俺を孕んでれば、他の雄は絶対に寄ってこないから…」

「ほ…、かの雄、って…、松尾さんからのメッセージを、確認してただけっ…」

松尾は達幸に警戒されない稀有な男性のはずなのだが、達幸は明良の白い項に己の痕を刻み込み、ゆっくりと首を振る。

「あーちゃんが俺以外のこと考えてたら、一人きりだって他の雄に気付かれて、さらわれちゃうかもしれないでしょ？　だから、松尾でも駄目」

「…な、…な、ぁ……」

……何なんだ、その屁理屈は！

心からの突っ込みは言葉にならず、明良はただ背後からの突き上げを受け止めることしか出来なかった。ベッドのスプリングがきしきしとかすかに軋む。買い換えてまださほど経たないが、しばらくしたらまた新しくしなければならないかもしれない。

「……あ、……ぁ……！」

折り曲げられた片脚ごときつく抱え込み、達幸はわななく胎内に大量の精液をぶちまけた。己の脚と達幸に挟まれ、無理やりひしゃげさせられた媚肉に、精液は余すところ無く染みていく。

「…馬鹿ぁ…、…」

弛緩した身体をぐったりと預け、明良は肩越しに達幸を睨み付ける。ただでさえ疲れきっていたのに、また中で出されたら、今度こそ達幸を受け容れたまま眠り込んでしまう。それこそが達幸の狙いだったに違いないのだ。

その証拠に、達幸は睨まれてもうふうふと嬉しそうに笑っている。長い付き合いの明良さえ見惚れずにはいられない、艶めいた笑み。…本性を知らないファンならば、正気を失ってもおかしくはない…。

……ああ、やっぱりそうなのか。

眠りの沼に沈みながら、明良は懸命に思考の欠片を集める。

……沓名社長が結婚して節くんを産んだのは、子役に育て上げて達幸と共演させ、達幸に近付くためだったのか……。

その後も撮影は順調に進んでいったが、明良の心は重くなる一方だった。原因は達幸——ではなく、節だ。

達幸の息子役としての呼吸を、節は完璧に摑んだ。おかげで放送開始を二か月後に控え、『フェイク・ファーザー』の前評判は上々である。

だからこそ明良は不気味で仕方が無いのだ。あの口振りからして、節はおそらく両親が結婚したいきさつを理解している。

自分が母親の歪んだ欲望から生み出されたのだといういうだけでもきついだろうに、その元凶たる達幸との共演だ。普通の子どもなら逃げ出してしまいたくなるはずだが、節は回を追うごとに演技に磨きをかけている。

……いや、逃げ出さないんじゃなく、逃げられないのかもしれない。

スタジオ内に組まれたセットの中、達幸演じる霧生とソファに並んで座る節をスタッフの囲いの外から眺め、明良は溜め息を吐く。

外部ロケはほぼ終了したので、あとはスタジオ撮影を残すのみだ。今日は霧生の事務所でのシーンを撮ることになっている。

『…ねえパパ。どうしてパパはママと結婚しなかったの？』

達幸の膝に両手をつき、大きな目を不安そうにまたたかせながら見上げる節は、誰もが思わず抱き締めてやりたくなるほど愛らしい。子役としての評判は、ますます高まるだろう。

だがいくら名声を浴びようと、節はまだ十歳の子どもなのだ。一人では仕事も出来ず、親が居なければ生きていけない。

だから両親の事情を察しつつも、母親の言いなりになるしかないのだ。ひょっとしたら子役すら、節の望んだ道ではなかったのかもしれない。十歳なら、それこそバトル王カードで遊んでいる方が楽しいだろう。

明良もかつては父と同じ外科医になるよう母親に強いられ、自分の生きる道はそれしか無いのだと思い込んでいた。凝り固まった心をぶち壊してくれたのは達幸だ。せめて節にも達幸のように、己を取り囲む壁を壊してくれる誰かが居てくれるといいのだが。

……まあ、達幸の場合、壁どころか他の全部も巻き込んで更地にしちゃうんだけど。

九年前の再会からこれまでの思い出を頭に巡らせている間にも撮影は進み、昼食を兼ねた休憩時間を取ることになった。

達幸と共に控え室へ引っ込もうとした明良に、ディレクターの神崎が台本片手に寄ってくる。

「鳴谷さん、相談したいことがあるんだけど、昼飯の前にちょっと時間いいかな？」

「駄……」

「構いませんよ。どちらに伺えばいいですか？」

駄目、と食いぎみに割り込みそうになった達幸を押しのけ、明良は引きつった笑みを浮かべる。

「悪いんだけど、俺の控え室まで来てくれるかな。人には聞かれたくない話だから」

「承知しました。幸を送ったら、すぐに向かいます」

神崎には先に行ってもらい、達幸を控え室に引っ張っていく。達幸は『あいつあーちゃん狙いに決まってる』と粘ったが、いい子にしていれば後で何でも言うことを聞いてやるからと言い聞かせ、何とか引き下がらせた。

ディレクターからの申し出を、マネージャーが断れるわけがない。万が一神崎にそっちの気があるとしても、真っ昼間のスタジオで主演俳優のマネージャーにちょっかいを出すほど愚かではないだろう。

神崎の控え室は、出演者たちとはスタジオを挟んで反対側のフロアにある。

「失礼します。……神崎さん？」

明良はドアを開け、ぱちぱちとしばたたいた。高級そうな応接セットの置かれた室内に、神崎はおろか、スタッフの姿すら無かったのだ。いぶかしみながら中に入り、トイレまで覗いてみたが誰も居ない。

神崎も多忙の身だから、急用で呼び出されてしまったのだろうか。出直そうかときびすを返した時だった。

細く開けたままにしておいたドアが、ばたん、と外側から閉められたのは。

「なっ……」

かちりと施錠の音が聞こえ、明良は慌ててドアに駆け寄った。握ったノブをがちゃがちゃと上下させるが、ドアはしっかり固定されたままびくともしない。外側からロックされているのだ。

ドア越しに、くぐもった声が聞こえてきた。

「――ごめん、鴫谷さん」

「神崎さん!?　どうして…」

「少しの間、そこに居てくれるだけでいいんだ。沓名社長のお気に入りになるのは、青沼くんにとっても悪い話じゃないだろ？　なあ？」

「……！」

一瞬で悟った。これは凜々花の策略だと。神崎に命じて邪魔なマネージャーを達幸から引き離させ、一人になったところを誘惑するつもりなのだ。『フェイク・ファーザー』の撮影も残るはあとわずか。クランクアップしてしまえば、達幸に接近するチャンスはほぼなくなる。その前に思いを遂げようと、凜々花は考えたのだろう。

……沓名社長が、達幸に迫る……。

さああ、と血の気が引いていく。めまいをこらえ、明良はドアを拳で叩いた。

「…開けて下さい、神崎さん！　じゃないと、とんでもないことになりますよ⁉」

「そんな大げさな…青沼くんだって、子どもじゃないんだから」

――子どもじゃないけど、犬なんです！

そう怒鳴りつけてやれたら、どんなにいいだろう。だが神崎は腐ってもディレクターだ。明良にしか眼中に無い達幸に色仕掛けが通用するわけがないことも、明良を遠ざけた凜々花に牙を剝きかねないことも、打ち明けるわけにはいかない。

このエリアは元々人通りが少ないし、誰か通りがかっても神崎が追い払ってしまうだろう。

幸いスマートフォンは持っている。松尾に助けを求めるべきか。…いや、松尾が駆け付けてくれる前に、凜々花は達幸のもとに乗り込んでしまうに違いない。

『あーちゃんを返せえええぇぇぇ！』

泣きながら神崎をぶちのめし、ドアを破る達幸の姿が簡単に予想出来た。すぐにでもここから脱出しなければ、予想は現実になってしまう。いっそ窓から壁伝いに隣の部屋へ逃れるべきか。

半ば本気で考えた時、神崎のうろたえきった声がした。

「あ、青沼くん⁉　どうしてここに…」

「えっ……」

くらりと遠のきそうになった意識を、明良は根性で押しとどめた。

…達幸がもう駆け付けたというのか？　凜々花はどうなってしまったのだ？　まさかもう手遅れなのか？

混乱しまくっているうちに、ドアが外側から開かれた。よろけて倒れそうになった明良を、逞しい腕が支えてくれる。

「達幸…」

「…明良。無事で良かった」

微笑む達幸はいつもの達幸…いや、『青沼幸』だ。凜々花の企みを知ったのなら、冷静でいられるはずはないのに。

「いったい、何が…」

「話は部屋に戻った後で。……神崎さん、午後からの撮影は一時間ほど遅らせてもらえますよね？」

にこりと笑う達幸に、神崎は床にしゃがみ込んだまま、がくがくと頷いた。今にも失神しそうなほど青ざめてはいるが、目立った外傷は無い。

「い、い、いくらでも待たせて頂きます。…ですからどうか、あのことだけはご内密にっ」

「はい、もちろん」

今のところは、と達幸は小さく付け加え、明良を促して歩き出した。背後で声にならない悲鳴を上げる神崎には、一瞥すらくれない。

……あのことって、お前、どんなネタで神崎さんを脅してるんだよ⁉

問い質したくてたまらなかったが、スタッフの目があっては黙らざるを得なかった。スタジオを突っ切って達幸の控え室に戻り、明良はあんぐりと口を開ける。

「沓名社長⁉　…それに、節くんまで…」

革張りのソファでは凜々花が力無く項垂れ、節がその傍らに佇んでいたのだ。いつにも増して華やかにメイクされた凜々花の顔は、さっきよりも十歳はいっぺんに老け込んでしまったように見える。

青沼幸の仮面をかぶったまま、達幸が切り出した。

「…明良が出ていってすぐ、節くんがここに来たんだ」

「節くんが？　…沓名社長ではなく？」

「っ……」

自分の名前が出たからか、凜々花はオフホワイトのスーツの肩をびくりと揺らす。ディレクターに対してさえ横柄だった彼女が、こんなに弱々しい姿を晒すとは。スタッフたちが見れば腰を抜かすだろう。

「そう、節くんが。もうすぐ沓名社長が俺を誘惑しに来るから、協力して欲しいって」

「協力……？」

何のことだと首をひねると、達幸はスマートフォンを取り出した。ネイビーのそれは、見慣れた達幸のものではない。

「…返してっ！」

一瞬で鬼の形相に変貌した凜々花がソファを乗り越え、突進してくる。突然のことに明良は呆気に取られるだけだったが、達幸はあっさりとかわした。勢い余って転んだ凛々花は、乱れた髪をかき上げながら苛々と叫ぶ。

「何してるのよ、節！　あんたのスマホでしょ？　さっさと取り返しなさいよ！」

「お母さ…、……社長……」

悲しげにうつむく節は、凛々花すらぎくりとするくらい痛々しい。泣いてしまったのだろうか。明良の胸も痛んだが、すぐに己の間違いを悟る。…ゆっくりと上げられた節の顔は、子どもには似つかわしくない冷ややかな表情を浮かべていたのだ。

「……あんたがそういう人だから、わざわざ青沼さんに預けたんだろ」

「せ、節…？」

うろたえる母親には何も応えを返さず、節は達幸に頷いてみせた。達幸がスマートフォンをタップすると、小さな液晶画面に動画が再生される。右下に表示された時刻は、今から十五分ほど前だ。

凛々花が控え室に入ってきた。お邪魔虫がしばらく戻らないと確信しているからか、ソファでくつろいでいた達幸に大胆にもしなだれかかる。

『私のものになってくれれば、貴方の望みは何だって叶えてあげる。だから…いいでしょう？』

嫌悪も露わに拒む達幸も、紅い唇を吊り上げながら豊満な胸を押し付ける凛々花も、動画にははっきりと記録されていた。下から見上げるアングル――おそらく、ソファの前のローテーブルの下から撮影されたのだろう。

大人では無理だが、子どもなら床との狭い隙間に潜むことが可能だ。つまり、動画を撮ったのは。

『節…っ⁉　あんた、どうしてこんなところに…』

動画は、こちらを振り返った凛々花が驚愕の表情を浮かべるところで終わっていた。

それからの展開は、もはや説明されなくてもわかる。達幸は凛々花と監視役の節を控え室に残し、明良を救い出したのだ。

凛々花は床についた手をわなわなと震わせる。

「…節…、あんた、どうしてこんなこと…」

「もう、全部嫌になったからだよ。友達とも遊ばずにレッスンを受けるのも、忙しすぎて学校に行けないのも、お父さんに会えないのも。お父さんのとこに逃げたかったけど、ずっと黙ってた。…お父さんは僕が嫌いだから家を出たんだって、あんたが言ってたから。僕が行ったら、迷惑なんだって思ってた」

だけど、と節は凜々花を睨み付ける。

「全部、嘘だったんだ。この間電話したら、お父さんは僕を嫌ったことなんか無いって…僕と一緒に暮らしたいって言ってくれた。そんなにつらいのなら、子役なんか辞めても構わないって」

「…せ、節…」

「……あんたが、お父さんに言ったんだ。僕がどうしても子役をやりたがってて、あんたは僕のために動いてるだけだって。だからお父さんは…、今まで一人ぼっちで…」

……そういうことだったのか。

明良にも、だいたいの事情は摑めてきた。

凜々花は己の野望のために節を子役デビューさせた後、節には父親が自分を嫌っているのだと信じ込ませ、その一方で父親には節が心から子役の仕事を望んでいるのだと思わせていたのだ。だから節の父親は所属事務所の社長でもある母親を奪ってはならないと、離婚もせず別居に甘んじたのだろう。父子が互いを思い合うがゆえの悲しい行き違いが、ようやく正されたのだ。

「——でも、もう、あんたの思い通りにはならない」

節は小さな拳を握り締め、きっと凜々花を睨んだ。

「僕は『フェイク・ファーザー』の撮影が終わったら子役を辞めて、お父さんのところに行く。お父さんはあんたと離婚して、僕と暮らすって言ってくれた」

「何を勝手なことを言ってるの！　そんなの、許すわけないでしょう⁉」

凜々花は青筋を立てながら起き上がる。ひゅっと振り上げられた掌が節の丸い頰を叩く前に、達幸は素早く凜々花の細い手首を摑んだ。

『フェイク・ファーザー』にも似たようなシーンがあったと、明良は思い出す。ストーリー中盤で日向がある事件の犯人の女に叩かれそうになった時、霧生が今と同じように止めたのだ。

節も思い出したのだろう。くしゃりと泣きそうに顔を歪め、達幸から受け取ったスマートフォンをかざす。

「許さないって言うなら、この動画をばらまくよ」

「……なっ……」

凛々花は口をぱくぱくさせていたが、やがてがくりと肩を落とした。もはや抗うすべは無いと悟ったのだろう。今をときめく青沼幸を誘惑し、拒まれれば権力を振りかざしてでも思いを遂げようとした。こんな動画がばらまかれれば、凛々花は終わりだ。彼女と繋がっている業界の人間たちも、庇おうとはすまい。

「…ありがとう。鳴谷さん、青沼さん」

呆然自失状態の凛々花を促し、己の控え室に戻る前に、節はぺこりと頭を下げた。後ほど節の父親がスタジオまで迎えに来てくれる予定だそうだ。おそらくそのまま離婚の相談に入るのだろう。

「霧生を演じる青沼さんは、本当に僕のお父さんみたいだった。お二人がお父さんの本当の気持ちに気付かせてくれたから、僕、お父さんに電話する勇気が出たんです」

「節くん…」

「ごめんなさい、青沼さん。青沼さんは何も悪くないのに、撮影が始まった頃、ひどい態度ばかり取ってしまって。お母さんに無理やり子役をやらされて、ずっと辞めたいって思ってたけど…今はちょっとだけ思います。青沼さんみたいな俳優になりたかったなって」

初めて見るさわやかな笑顔を残し、節は足取りも軽やかに去っていった。達幸の演技で子どもの未来が救われたのは素直に嬉しいが、その演技が『子どもが明良を自分の傍から離れられなくしてくれるから』と悟ったがゆえだと知っている身としては、複雑なものがある。

「……ふ…っ…、ふふ、……ぐふっ、ふふっ」

悩む明良を、達幸はひょいと抱き上げた。はっと我に返った時にはソファに横たえられ、覆いかぶさられている。

「あーちゃん、あーちゃん、あーちゃん……」

「…た…、達幸……？」

ぐりっと押し付けられた股間はすでに熱く、見下ろす青い瞳は欲情に染まっている。嫌な予感にかられた明良は分厚い胸板を押し返そうとするが、両の手首を捕らわれてしまった。

「ねえ、あーちゃん。俺、すごくいい子だったよね？」

「…はっ…？」

「ずっとずっと、いい子にしてたよね？」

何のことだと混乱し、節に協力したこと、そして凜々花を止めたことだとようやく気付く。確かに、達幸のおかげで節の作戦は成功したわけだが…。

「いい子にしてたら何でも言うこと聞いてくれるって言ったでしょ？　俺、今すぐあーちゃんを孕ませたい」

「お、お前…っ…」

「あーちゃんのために頑張ったんだから、孕んでくれるよね？」

――お前、自分の欲望しか頭に無いじゃないか！

悲痛な叫びは唇ごと達幸のそれにふさがれる。やがて甘い嬌声が漏れだすまで、さほど時間はかからなかった。


――後に、青沼幸初の父親役は絶賛を浴び、その年のドラマ各賞を総なめにする。

息子を演じた沓名節もまた激賞されたが、節は日向役を最後に引退を表明し、惜しまれつつも芸能界から姿を消した。『フェイク・ファーザー』は名子役最後の出演作品として、長きにわたり語り継がれることになる。

こんにちは、宮緒葵《みやおあおい》です。『渇仰《かつごう》 新装版《しんそうばん》』お読み下さり、ありがとうございました。

この本は前レーベルから九年前に発行された文庫『渇仰』及び七年前に発行された『渇命《かつめい》』を同時に収録した新装版です。どちらも読者さんから根強く支持して頂いており、また新しい形でお届けしたいと願っていましたが、このたびクロスノベルスさんのご厚意により四六判での発行が叶いました。

四六判発行にあたり、どちらの原稿ももう一度見直したのですが、十年近く経つと色々と変わっているものですね…。今の自分では絶対にこうは書かないだろうな、というところや、逆に当時の自分にしか書けなかっただろうな、というところもあり、過去の自分と対話をしている気分でした。

明良《あきら》と達幸《たつゆき》とも久しぶりに再会し、懐かしさを噛み締めつつも、達幸のパワーにひたすら圧倒されました…。明良、よく生きてますね…。病弱設定のはずなんですが、達幸にこれだけ好き勝手されてもぴんぴんしているあたり、実は作中の誰よりも体力があるのかもしれません。いや、達幸に関わって生き延びるために進化したのかも？

書き下ろしは前々から書いてみたかった『三十代になった二人』です。この年代になって何が一番違うかというと、俳優の達幸にとっては役幅だと思うんですよね。明良は相変わらずですけど。『フェイク・ファーザー』がきっかけで、今後の達幸は父親役のオファーが増えるでしょう。本人はずっと独身なのに…。

ちなみに『渇仰』と『渇命』の間には少し時間が空いており、達幸を捨てた父親や異母弟が登場したり、彼らの起こす騒動に達幸が巻き込まれたりと色々起きていますが、そのエピソードを収録した『渇欲《かつよく》』が同時発売されています。以前同人誌で発行したお話を、クロスノベルスさんが新書にまとめて下さいました。こちらでも梨《なし》とりこ先生の素晴らしい描き下ろしイラストをご覧頂けますので、ぜひ一緒にお読み下さいませ。

今回のイラストは文庫版に引き続き、梨とりこ先生に描いて頂けました。梨先生、お忙しい中お引き受け下さりありがとうございました……！　再び先生の描かれる達幸と明良を拝見出来て、胸が震えました。先生の描いて下さった二人は私の宝物です。

それから原稿をお引き受け下さり、辛抱強く導いて下さった担当のI様。I様の支えが無かったら、途中で諦めてしまったと思います。長い間一緒に走って下さり、本当にありがとうございました。

最後に、ここまでお読み下さった皆様。十年近く前に発行された本が再び世に出られたのは、このお話を応援して下さった皆様のおかげです。出来たら二人の世界をもっともっと広げていきたいと思っておりますので、引き続き応援よろしくお願いします。

それではまた、どこかでお会い出来ますように。

『渇仰』　プラチナ文庫（二〇一二年）を加筆修正
『渇命』　プラチナ文庫（二〇一四年）を加筆修正
『フェイク・ファーザー』　書き下ろし

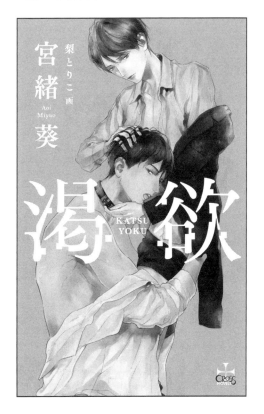

# 偽りの王子と黒鋼の騎士

著：六青みつみ　イラスト：稲荷家房之介

## 僕はただ、あなたの愛が欲しかっただけ……

グレイル・ラドウィックの愛と忠誠を、この僕に！

ローレンシア王国の一粒種・エリュシオンは、蝶よ花よと育てられ、我が儘を我が儘だと思わず生きてきた。そんな王子に唯一靡かなかったのは、護衛騎士グレイル。

エリュシオンは運命が変わるという魔法の水鏡に、グレイルのことを密かに願う。

その時、世界は一変した。偽王子の烙印を押され、凋落したエリュシオンはグレイルの下僕となる。シオンと呼び捨てられ、一から育てなおすかのように接せられるうちに、シオンの中で捨てられずにいた気持ちが溢れてくるが——!?


**CROSSNOVELS四六判 好評発売中**

# 恋渡り

**著：栗城 偲　イラスト：yoco**

## 鳥飼いの兄弟、それぞれの恋

幼い英理が水辺で出会った美しい男は、鬼神と恐れられる王弟・亜蘭だった。

彼は英理が鳥飼いと知ると足繁く禽舎に通ってくるようになる。

英理が成人を迎えた証である黥を入れた日から、少しずつふたりの関係は変わっていく。

そして亜蘭から贈られた英理の狗鷲が原因で亜蘭が倒れる事件が起きて……！？

口の利けない呪われた王子×猛禽に愛された鳥飼い・英理の弟編も同時収録

# チェンジリング
## 妖精は禁断の実を冥王に捧げる

**著：沙野風結子　イラスト：奈良千春**

## 妖精はふたたび、愛しい海賊の運命を狂わせる

「触れてはいけない。私を抱けば、あなたはまたつらい目にあってしまう」

「お前の災いの予言ごと俺が背負ってやる」

妖精の取り替え子・ルカは「災いの預言者」と皆に疎まれていた。その力を妖精王に消してもらうため、唯一の友達・ゼインの手を借りるが、そのせいで彼は追放されてしまう。11年後、ルカは海賊となったゼインと再会する。彼に過酷な運命をもたらすことになる、ある使命を胸に。だが、ルカを恨むゼインにいたぶられるも、秘めていた恋情は募り、使命を果たす決心が揺らいでいく。そして、その時はきて!?

二人がひとつになるとき、妖精界、人間界の命運を呑み込む大きな海流が動き始める──。

**CROSSNOVELS 既刊好評発売中**

**宮緒　葵** みやお・あおい

小説家　八月五日生まれ　O型

二〇一一年『堕つればもろとも』（プランタン出版）からデビュー。

再びこの犬をお届け出来て感無量です。初めましての方もお久しぶりの方もお楽しみ下さい。

**梨とりこ** なし・とりこ

イラストレーター　七月二九日生まれ　B型

二〇〇九年『禁断症状』（作：紗名マリエ、海王社）からデビュー。

また彼らに会えて嬉しいです。どうぞよろしくお願いします。

「渇仰 新装版」をお買い上げいただきありがとうございます。
この本を読んだご意見・ご感想をお寄せください。

〒一一〇-八六二五
東京都台東区東上野二-八-七　笠倉出版社
CROSS NOVELS 編集部
「宮緒 葵先生」係／「梨とりこ先生」係

CROSS NOVELS
渇仰　新装版

二〇二一年一二月二三日　初版発行

著　者　宮緒 葵　©Aoi Miyao
発行者　笠倉伸夫
発行所　株式会社　笠倉出版社
〒一一〇-八六二五
東京都台東区東上野二-八-七　笠倉ビル
［営業］電　話　〇一二〇-九八四-一六四
ファックス　〇三-四三五五-一一〇九
［編集］電　話　〇三-四三五五-一一〇三
ファックス　〇三-五八四六-三四九三
http://www.kasakura.co.jp/
振替口座　〇〇一三〇-九-七五六八六

印　刷　株式会社　光邦
デザイン　アサノミグラフィック

ISBN 978-4-7730-6320-2
Printed in Japan